dtv

Nach Anschlägen auf Frankfurter Lokalpolitiker wird in der Stadt über verschärfte Sicherheitsmaßnahmen diskutiert. Polizeireporter Norman Jacobi gerät in eine aggressive Demonstration von Gegnern dieser Pläne, bei der ein Aktivist ums Leben kommt. Schnell kursieren Gerüchte, die »Bullenschweine« hätten ihn getötet. Kurz darauf erhält Jacobi Besuch von einem der Demonstranten, der ihm mehr Informationen, sogar belastendes Material gegen den Staatsschutz verspricht. Obwohl von Kommissar Bruno Demandt gewarnt, der Mann sei ein Krimineller, schreibt Jacobi eine Reihe polizeikritischer Artikel. Aber auch Katharina Becks Recherchen ergeben: Die Aktivisten agieren skrupellos, es sind Drogen im Spiel, und sie werden vom Staatsschutz beobachtet. Jacobi steht zwischen den Fronten und fragt sich, wem er trauen kann. Da macht er in den Räumen der Bürgerrechtler eine überraschende Entdeckung: Er findet ein Dossier über sich selbst …

Frank Uhlmann, 1971 in Niedersachsen geboren, ist Soziologe, Politologe und freier Autor. Er lebt in Gießen. Nach ›Brennen sollst du‹ (dtv 21552) und ›Du hast keine Wahl‹ (dtv 21658) ist dies der dritte Teil seiner Thrillerserie um den Polizeireporter Norman Jacobi und die Historikerin Katharina Beck.

Frank Uhlmann

DIE AKTE JACOBI

Thriller

dtv

Ausführliche Informationen über unsere Autoren und Bücher
www.dtv.de

Von Frank Uhlmann
sind bei dtv außerdem erschienen:
Brennen sollst du (21552)
Du hast keine Wahl (21658)

MIX
Papier aus verantwortungsvollen Quellen
FSC® C019821
FSC
www.fsc.org

Originalausgabe 2018

Umschlaggestaltung: Alexandra Bowien/dtv
unter Verwendung von Fotos von gettyimages
Gesetzt aus der Aldus 9,75/12˙
Gesamtherstellung: Druckerei C.H.Beck, Nördlingen
Gedruckt auf säurefreiem, chlorfrei gebleichtem Papier
Printed in Germany · ISBN 978-3-423-21735-4

PROLOG

Die Fernsehbilder zeigten vergitterte Schaufenster.

Geschlossene Rollos.

Kaum Menschen auf der Straße, und die wenigen hatten es eilig. Kalter Wind wehte Papier über das Pflaster.

Als hielte die Stadt den Atem an.

»Wie High Noon in Frankfurt«, sagte der Reporter. »Aber anders als im legendären Western ist es nicht ein Einzelner, der sich einer Bande von Gesetzlosen entgegenstemmt, sondern eine mächtige Koalition aus Politik und Polizei. Und der Gegner – so muss man es wohl nennen – sind die Bürgerinnen und Bürger der Stadt. Sie, ich, wir alle.« Der junge Journalist trug eine dicke Steppjacke und fror trotzdem. Kräftige Statur, gepflegter Vollbart, vom Wind gerötete Augen. »Nachdem in den vergangenen Monaten mehrere Anschläge auf Abgeordnete verübt worden waren, ist die Politik fest entschlossen, ein Gesetz zum besseren Schutz der Mandatsträger durchzusetzen, und dies auf Kosten der Grundrechte. So sind Einschnitte bei der Versammlungsfreiheit geplant, öffentliche Gebäude sollen durch eine Bannmeile abgeschirmt und die Zugriffsrechte der Polizei gegenüber den Bürgerinnen und Bürgern deutlich gestärkt werden. Dagegen hat sich massiver Widerstand gebildet, quer durch alle Bevölkerungsschichten. Mehrfach kam es zu Protestkundgebungen und gewaltsamen Auseinandersetzungen zwischen Demonstranten und Sicherheitskräften. Trotz des Widerstands halten die Behörden an ihren Plänen für die neue Gesetzgebung fest und werten den jüngsten Ermittlungserfolg als weiteren Beweis für deren Notwendigkeit.«

Bilder eines Mietshauses. Beamte führten Männer in Handschellen zu einem Streifenwagen, andere luden Kartons und Computer in Transporter. »Die Polizei scheint überzeugt«, erklärte der Reporter, »durch den Einsatz heute Vormittag einen weiteren Anschlag auf einen Abgeordneten verhindert zu haben. Drei verdächtige Personen wurden festgenommen.«

Nun Aufnahmen einer Pressekonferenz, auf einem Podium Uniformierte und Anzugträger hinter Mikrofonen und Namensschildern. Ein gewisser Körber vom Staatsschutz hatte das Wort. »Bei der Hausdurchsuchung konnten nicht nur staatsgefährdende Schriften, sondern auch große Mengen an Waffen, Munition und Sprengstoff sichergestellt werden, außerdem Unterlagen, die auf eine konkrete Anschlagsplanung deuten.« Kameraschwenk über einen Tisch mit einem beeindruckenden Waffenarsenal. »Dies beweist leider erneut, dass eine Gruppe von Personen der Stadt den bewaffneten Kampf erklärt hat. Und dass Frieden, Freiheit und Sicherheit nur durch konsequente und uneingeschränkte polizeiliche Ermittlungsarbeit gewahrt werden können.« Körber beugte sich vor. »Heute sind die Kollegen noch rechtzeitig gekommen. Aber was ist morgen? Wir … die Stadt braucht dieses Gesetz.«

»Doch wer sind diese angeblichen Staatsfeinde«, fragte der Reporter aus dem Off, »vor denen sich Polizei und Politik in eine Wagenburg zurückziehen wollen?« Bilder eines Demonstrationszuges, dichtes Gewimmel, Transparente, gebrüllte Parolen gegen Polizeiwillkür und die Abschaffung der Grundrechte. Dazwischen Eltern mit Kinderwagen. Der Journalist fragte eine junge Frau, warum sie hier sei.

»Es geht um unsere Freiheit!«, schrie sie gegen den Lärm. »Darum, in welchem Land wir leben. Ich will nicht, dass die

Polizei meine Wohnung durchwühlen darf, nur weil ich mit einer politischen Entscheidung nicht einverstanden bin.«

Der Reporter versuchte eine Nachfrage, wurde aber übertönt vom Kreischen der Trillerpfeifen.

Der Lärm störte den alten Mann. Er tat ihm weh. Zittrig griff er die Fernbedienung und schaltete den Ton ab. So war es besser.

Er hatte wenig übrig für Geschrei. Nur Verachtung. Erreichen ließ sich damit sowieso nichts, das wusste niemand besser als er. Wer etwas bewegen wollte, musste viel subtiler vorgehen. So unauffällig, dass die Leute gar nicht bemerkten, wie ihnen geschah. Und wenn sie es begriffen, würde es längst zu spät sein.

Einen Moment noch beobachtete er das hysterische Gezappel auf dem Fernsehschirm. Schließlich wechselte er das Programm. Nun im Bild nichts weiter als ein Wohnungsflur mit hässlichen Dielen. Links an der Wand ein Rennrad, daneben ein einfaches Holzregal. Eine Weile geschah nichts, und der alte Mann genoss die Stille. Wie in einem Labor. Eine perfekt durchdachte Versuchsanordnung, in der jedes Element seinen Platz besaß. Und genauso funktionierte, wie er es geplant hatte.

Ein Mann lief durchs Bild, groß, breitschultrig, mit Boxershorts und strubbeligem Haar. Norman Jacobi war achtunddreißig, Polizeireporter und lebte in dieser Behausung. Seit geraumer Zeit hatte der alte Mann ihn im Auge.

Jacobi verschwand in einer Tür, und die Aufnahme machte einen Sprung. Mit einem Kaffeebecher saß er an seinem Computer, den Rücken zur Kamera. Auf dem Sofa neben ihm lag träge ein Hund. Wieder rührte sich nichts, der alte Mann griff den Joystick seines Rollstuhls und fuhr näher an den Bildschirm heran. Neigte den Kopf und beobachtete Jacobi, der Gesichtsausdruck mal neugierig, dann wieder streng. Wie ein Vater, der besorgt seinem Sohn zusah. Die ganze Zeit schon mühte er sich, Jacobi etwas zu erklären, ihm etwas beizubringen. Er stieß ihn mit der Nase darauf, aber Jacobi begriff nicht, und das machte den alten Mann immer wieder wütend. Andererseits hatte er genau das erwartet.

Ein wenig richtete er sich auf im Rollstuhl. Ob Jacobi damit rechnete, beobachtet zu werden? Wahrscheinlich ahnte der Journalist etwas von der Existenz des alten Mannes, irgendwo. Aber dass sie sich so nah waren? Zitternd hob der Alte den Arm Richtung Bildschirm, bis er ihn fast berührte. Er stellte sich vor, wie sie sich begegneten. Er grinste schief.

Nun trat eine Frau ins Bild, zierlich, beinahe hager. Sie trug ein kurzes Nachthemd, umarmte Jacobi von hinten, trank einen Schluck aus seinem Becher. Seit einiger Zeit tauchte Katharina Beck immer häufiger in Jacobis Nähe auf. Sie war etwas jünger und Historikerin mit Hang zum Abenteuer. In der Vergangenheit hatte sie Jacobi bei dessen Recherchen mehrfach aus der Klemme geholfen. Trotzdem misstraute ihr der alte Mann. Die Wahrheit war, dass er sie noch nicht richtig einschätzen konnte. Ob sie sein Experiment förderte oder eher gefährdete. In seiner Versuchsanordnung war sie die unbekannte Variable. Er würde auch sie im Auge behalten.

Als auf dem Bildschirm länger nichts passierte, schaltete er durch die Programme, bis er bei einem Trickfilm landete. Ein Wolf oder Hund jagte ein Tier, das ein wenig aussah wie ein Vogel Strauß. Immer wieder dachte sich der Wolf neue Methoden aus, um den Vogel in die Falle zu locken: Geschosse, Explosionen, komplexe Apparaturen. Es blitzte und knallte unentwegt. Aber das Federtier war cleverer und schneller. Grinsend raste es durch die karge Landschaft und gab dabei seltsame Töne von sich, die klangen wie eine Hupe. Nichts schien es aufhalten zu können. Die tollpatschigen Bemühungen des Wolfes amüsierten den alten Mann.

Und was, wenn Jacobi wie der Wolf aus dem Cartoon wäre,

immer auf der Jagd, aber ziemlich erfolglos, weil ihm die Cleverness fehlte und er nicht dazulernte? War er, der alte Mann, dann dieser komische Vogel? Die Vorstellung gefiel ihm. Wieder bediente er den Joystick in der Armlehne und fuhr im Kreis um den Tisch herum. Dabei imitierte er eine Hupe. Das war lustig, und er drehte noch eine zweite Runde. Danach stoppte er und wandte sich wieder dem Trickfilm zu. Es dauerte nicht lange, und der Wolf tappte in die nächste seiner eigenen Fallen. Er stürzte eine endlos tiefe Schlucht hinunter. Das konnte er unmöglich überleben.

Und Jacobi? Wie tief würde er stürzen? Wann kam der Aufprall? Würde er überleben?

Der alte Mann schaltete den Fernseher aus. Er würde sich überraschen lassen.

KAPITEL 1

»Alle Macht dem Volke! Politiker in den Zoo! Alle Macht dem Volke! Politiker in den Zoo!«

Die Sprechchöre hallten von den Häuserwänden wider, überlagerten, verdichteten sich und stachelten die Demonstranten weiter an. Ihr Schreien wurde noch lauter, noch aggressiver.

»Hände weg von unserer Freiheit!«

»Ihr seid die Totengräber der Demokratie!«

An den Rändern der Kundgebung, die sich von Bornheim in das Frankfurter Nordend schob, sah Norman Jacobi eine Phalanx aus martialisch aufgerüsteten Polizisten. Verspiegelte Helme, Schilde, Schulterpolster. Als würden sie jeden Moment zuschlagen. Davor bauten sich immer wieder Protestierende auf, versuchten, die Beamten in Diskussionen zu verwickeln oder sie lächerlich zu machen. Manche hampelten herum wie Affen im Käfig.

»Alle Macht dem Volke! Politiker in den Zoo!«

Dabei war die Grenze zwischen fröhlicher Herausforderung und wütendem Ernst kaum zu erkennen. Es wurde gerempelt, geflucht, theatralisch gestürzt. Vielleicht, dachte Jacobi, schrien sich einige auch nur warm gegen den eisigen Wind. Es war November in Frankfurt, kalt und ungemütlich.

Jacobi, der eher aus professioneller Neugier in die Kundgebung geraten war als aus politischer Überzeugung, hätte sie fragen können zu ihren Motiven und Meinungen, verzichtete aber. Politik war nicht sein Ressort. Als Polizeireporter der *Frankfurter Nachrichten* war er vielmehr zuständig für jene Ereignisse, die überhaupt erst zu den Protesten geführt hatten. Vor knapp drei Monaten waren in der Stadt unmittelbar vor der Bürgermeisterwahl drei Politiker der Freien Bürger ermordet worden. Jacobi hatte recherchiert und ein unappetitliches Geflecht aus politischen und wirtschaftlichen Interessen, aus Machtgier und Habsucht aufgedeckt, das sich um die zukünftige Energieversorgung der Stadt drehte und im Wesentlichen auf falschen Versprechungen und handfesten Lügen fußte. Daraufhin waren die Wahlen abgesagt worden. Und statt die Zusammenhänge rückhaltlos aufzuklären, sollte im Landtag ein Gesetz verabschiedet werden, um Politiker künftig besser vor ihren Wählern zu schützen. Das Volk sollte auf Sicherheitsabstand und unter Kontrolle gehalten werden. Seitdem hatte sich überall in Hessen Widerstand formiert, am heftigsten aber wütete der Protest in Frankfurt, wo alles begonnen hatte. Gewissermaßen war Norman Jacobi also mitverantwortlich für den Aufruhr.

Nun wurde auch er angerempelt. Links von sich bemerkte er eine handfeste Rangelei zwischen einem Dutzend Demonstranten und einer Handvoll Polizisten. Die Beamten mühten sich, die Protestierenden auf Distanz zu halten. Einer zückte seinen Schlagstock. Instinktiv hob Jacobi seine Kamera. Der Prügel rauschte hinunter. Aus dem vielstimmigen Raunen wurde ein Schreien, aus dem Handgemenge eine Schlägerei. Jacobi schob sich näher, um freie Sicht zu bekommen, als ihm Ellenbogen in die Rippen gerammt wurden. Eine Gruppe von sechs oder sieben wütenden Demonstranten drängte den anderen zu Hilfe. Die Situation drohte außer Kontrolle zu geraten.

Plötzlich wurde der Tumult von einem Kreischen übertönt, schrill, panisch, Frauenstimmen, dann auch Männer. »Sie bringen uns um! Die bringen uns alle um!«

Jacobi fuhr herum und sah eine Welle rennender und schreiender Demonstranten auf sich zuströmen. Uniformierte drängten ihnen seitlich entgegen, stießen und schlugen auf sie ein, um die Woge irgendwie zu kanalisieren. Dadurch konzentrierte sich ihre ganze Wucht an der Spitze, die Jacobi frontal traf. Er wurde zu Boden geschleudert, schlug auf Hüfte und Schulter auf. Die Kamera rutschte aus der Hand und krachte auf das Pflaster. Mit den Fingerspitzen gelang es ihm, sie zu greifen, als Hunderte Füße über ihn hinwegfluteten, ihn in die Seite trafen, in den Bauch. Er versuchte sich klein zu machen, krümmte sich zusammen, die Hände schützend über den Kopf gelegt, doch das machte es nur schlimmer. Sie traten ihn herum wie einen schlappen Fußball. Hektisch drehte sich Jacobi auf den Bauch, versuchte, auf die Beine zu kommen, wurde wieder umgestoßen und schlitterte mit der Schulter über das Pflaster. Schließlich konnte er sich aufrappeln und wurde mitgerissen von diesem menschlichen Tsunami, der ihn weiter vorn in eine kleine Seitenstraße spülte. Dort ließ er sich auf einen Treppenabsatz fallen und lehnte den Kopf gegen die Hauswand. Atemlos und zitternd starrte Jacobi auf den panischen Menschenstrom und die hilflosen Polizisten, die wahllos um sich schlugen.

Welcher Irrsinn war hier nur ausgebrochen?

Da er keine Erklärung fand, betastete er vorsichtig seinen lädierten Körper. Schulter, Hüfte und Knie taten höllisch weh, ließen sich aber bewegen.

Als er wieder aufsah, strandeten zwei Männer in der schmalen Gasse. Einer der beiden war ähnlich groß wie Jacobi, aber deutlich älter. Aus einer Platzwunde am Kopf lief Blut über sein Gesicht, tropfte auf seine Jacke. Es sah schlimm aus.

»Was ist hier los?«, fragte Jacobi.

Aus weit aufgerissenen Augen starrte ihn der Mann an,

sagte aber kein Wort. Der andere war kleiner, drahtig und trug eine Wolljacke. »Die haben den Verstand verloren«, erklärte er fassungslos. »Die sind komplett wahnsinnig geworden.«

»Wer?«

»Die haben ihn umgebracht. Einfach so. Kannst du dir das vorstellen?«

»Wer?«

»Was?«

»Wer hat jemanden umgebracht?«

Entgeistert sah der Mann Jacobi an. »Die Bullen«, stieß er hervor. »Einen von uns. Einfach totgeschlagen.«

»Die Polizei hat einen Demonstranten getötet? Sind Sie sicher?«

»Was bist du denn für'n Vogel? Natürlich bin ich sicher«, sagte er und wandte Jacobi den Rücken zu. An der Hauswand entlang tastete er sich einige Schritte vor Richtung Straße.

»Haben Sie das gesehen?«, rief ihm Jacobi nach. »Waren Sie dabei?«

»Nein, aber ein Freund. Er hat alles gesehen.«

»Wo ist er jetzt, Ihr Freund?«

Über die Schulter sah der Mann zurück. In seinem Blick lag Angst. »Er ist noch da drin, verstehst du?«

Mehr und mehr Demonstranten retteten sich in die schmale Seitenstraße. Sie alle waren erschöpft, einige blutig, andere nur wütend.

»Was ist passiert?«, fragte Jacobi wieder.

»Sie schlagen uns tot mit ihren Knüppeln. Die hören nicht auf, bis wir alle tot sind. Diese Faschistenschweine!«

»Und sie haben einen Demonstranten getötet?«

»Mindestens. Und wenn wir nichts unternehmen, werden es noch mehr.«

Mühsam stand Jacobi auf und trat näher. »Wie ist das passiert?«

»Sie haben ihn geschnappt und weggerissen«, rief ein anderer. Seinen Nebenmann griff er am Kragen und schüttelte ihn heftig. »Siehst du? Einfach so«, erklärte er und starrte Jacobi an aus irritierend großen schwarzen Augen.

»Wo? Wo war das?«, fragte Jacobi.

»Waagengasse.«

»Kannten Sie das Opfer?«

Kopfschütteln.

»Aber warum? Gab es Streit? Hat er die Polizisten provoziert?«

»Was soll der Scheiß?!«, rief ein bulliger Typ um die vierzig. »Sie haben ihn getötet, kapierst du das? Er hat nur seine Meinung gesagt, und dafür haben sie auf ihn eingeknüppelt wie auf Ungeziefer. Und die ihm helfen wollten, haben sie mit Pfefferspray angegriffen. Damit sie ihn in Ruhe kaltmachen können. Und wenn wir hier noch lange rumstehen, werden wir die Nächsten sein. Ich jedenfalls werde nicht darauf warten. Ich werde mich wehren gegen diese Schweine. Und ihr, was ist mit euch? Kommt ihr mit, oder wollt ihr quatschen?«

Unsichere Blicke. Jacobi erkannte Angst, aber auch unverhohlene Wut. Es fehlte nur der zündende Funke.

»Hey, seht mal, da!«, rief eine Frau und deutete auf zwei Polizisten, die ein Mädchen an der Straßenecke vorüberschleiften. Es schrie und trat um sich, hatte aber keine Chance.

Sofort stürzte sich die Gruppe auf die beiden Beamten und riss sie zu Boden. In ihren massigen Schutzwesten und festgehalten von zahllosen Armen waren sie völlig hilflos, als einige der Demonstranten auf sie eintraten und mit Fäusten auf sie einschlugen.

Entsetzt sah Jacobi zu und wusste doch, dass er nichts ausrichten konnte, diesen Furor zu bremsen. So schob er sich an der Hauswand entlang an dem dichten Knäuel vorbei zurück auf die Straße. Dort schien mittlerweile eine regelrechte Schlacht ausgebrochen zu sein. Steine flogen. Dazwischen irrten Protestierer hilf- und ziellos umher. Viele bluteten.

Dann hörte Jacobi ein tiefes Brummen von links, schließlich ein kräftiges Zischen. Der Wasserstrahl traf dicht neben ihm auf den Boden und riss eine Frau von den Beinen, katapultierte sie mehrere Meter über das Pflaster. Sofort wurden Steine gegen das gepanzerte Fahrzeug geschleudert. Die Besatzung reagierte prompt und richtete den Strahl auf die Werfer. Der Pulk stob auseinander wie eine geplatzte Melone. Bevor er sich neu sammeln konnte, feuerte der Wasserwerfer eine nächste Fontäne gegen alle, die sich noch aufrecht hielten. Offenbar war der Plan, jenen Beamten den Rücken freizuhalten, die die Straße abriegeln sollten, in der angeblich ein Mord geschehen war. Gleichzeitig wurden dadurch die Demonstranten genau auf die Truppen zugetrieben, die den Zug weiter vorn bremsen oder zumindest in ruhigere Bahnen lenken sollten. Es war idiotisch und musste im Chaos enden.

Als ob die ganze Stadt unter Drogen stünde.

Doch auch daran würde Jacobi nichts ändern. Er hatte genug damit zu tun, selbst nicht noch weiter unter die Räder zu geraten. Und er wollte wissen, wie es überhaupt so weit hatte kommen können.

Er musste zum Tatort, wenn es denn einen gab.

Der Weg dorthin führte gegen den Strom und vorbei am Wasserwerfer. Wieder schlängelte sich Jacobi an der Hauswand entlang. Dabei erwischten ihn jede Menge Ellenbogen und schließlich die nächste Fontäne. Die Gischt nahm ihm die Sicht und den Atem, und als ihn der Strahl für eine Sekunde frontal traf, hatte er das Gefühl, lebendig an die Fassade genagelt zu werden. Danach stützte er sich erschöpft auf die Knie und schnappte nach Luft. Alles tat ihm weh. Als das Fahrzeug mit tiefem Grollen dicht an ihm vorüberrollte, verspürte Jacobi wütende Lust, eine Handgranate hineinzuwerfen.

Nachdem er wieder halbwegs zu Atem gekommen war, richtete er sich auf. Langsam entfernte er sich vom Wasserwerfer, der die Demonstranten weiter vor sich hertrieb. Jacobi sah nicht auf, sondern konzentrierte sich auf jeden seiner Schritte, die böse schmerzten. Er war auf das Knie gestürzt, auf die Hüfte und die Schulter, hatte Abschürfungen an Händen und Armen. Außerdem waren seine Jacke und der Pullover komplett durchnässt, und der Wind zerrte grässlich.

Endlich ließ er die letzten versprengten Protestierer hinter sich. Das Schreien und Kreischen entfernte sich und hallte hohl von den Häuserwänden wider.

Jacobi bog ab nach rechts. Die schmale Straße war menschenleer und gesäumt von Altbauten mit schmutzigen Fassaden. Sie ließen die Luft noch eine Spur grauer erscheinen. Während er seinen holprigen Schritten lauschte, dachte Jacobi an das ungeheure Gerücht. *Sie haben einen Demonstranten totgeschlagen, einfach so.*

Und plötzlich sah er die Polizisten dicht vor Augen. Mit ihren Rüstungen wirkten sie wie menschliche Kampfmaschinen. Hinter den verspiegelten Visieren ihrer Helme waren Gesichter nicht zu erkennen. Vermutlich besaßen sie keine. Jacobi konnte nicht sagen, woher sie so unvermittelt aufgetaucht und wie viele es insgesamt waren. Vielleicht fünf, vielleicht zehn. Sie schienen überall. Sie schrien ihn an, zerrten an ihm. Dann die Schlagstöcke. Sie kamen aus allen Richtungen, zuckten über ihm wie Gewitterblitze und trafen ihn an Knie und Schulter, an Rücken und Bauch. Er schrie, versuchte sich zu schützen, doch sie waren einfach zu viele. Schließlich schleiften ihn die Polizisten weg, und die Straße lag wieder so still in der Stadt wie zuvor.

An einer Hauswand stützte sich Jacobi ab und pumpte

Luft. Er kannte diese Filme in seinem Kopf. Auf dem Weg zum Tatort verdichteten sich darin Informationen, Gerüchte und weitere Eindrücke. Die ganze Gewalt und das Grauen trafen ihn regelmäßig mit voller Wucht wie die Fontäne des Wasserwerfers. Inzwischen hatte er einigermaßen gelernt, damit zu leben. Er zog den Kopf ein und wartete, bis der Bildersturm vorüber war.

Doch das hier war anders.

Bisher war er immer nur Zuschauer gewesen. Zum ersten Mal spielte er nun selbst in dem Streifen. Der Gedanke, dass dies etwas bedeuten konnte, waberte über den Boden seiner Aufmerksamkeit und ließ ihn zittern. Bevor er an Kontur gewann, richtete sich Jacobi auf und biss sich auf die Lippe. Auf keinen Fall wollte er sich von seiner eigenen Fantasie Angst einjagen lassen. Er musste sich ein echtes Bild machen, vom Tatort, der Leiche, den Zeugen.

Wackelig auf den Beinen ging er weiter, Schritt für Schritt. Bei der nächsten Gelegenheit bog er wieder rechts ab und erreichte schließlich die Waagengasse. Dort sah er nur vereinzelte Menschen, erschöpft, verängstigt. Jacobi spürte Anspannung, zwang sich zu gerader Haltung und ging ihnen entgegen.

Die Straße weitete sich zu einem kleinen Platz, der von Häusern mit Höfen umstanden war. Eine Zufahrt war durch einen Mannschaftswagen der Polizei verdeckt. Dann musste an den Gerüchten etwas dran sein. Zumindest hatte es einen Zwischenfall gegeben. Vor dem Einsatzwagen war ein Riegel aus uniformierten Beamten postiert. Die Schaulustigen beobachteten misstrauisch von der anderen Seite des Platzes. Wie ein nervöser Waffenstillstand, der jederzeit in das nächste Gefecht münden konnte.

Zielstrebig und so aufrecht wie möglich überquerte Jacobi die freie Fläche. Dabei spürte er die Blicke. Unruhig sahen sich die Polizisten an. Einer machte zwei Schritte nach vorn und hob die Hand. »Stopp. Bleiben Sie stehen. Stehen bleiben.«

Jacobi hielt an, drei Meter vor dem Beamten.

»Das hier ist ein Tatort«, sagte der Uniformierte. »Gehen Sie zurück auf die andere Seite.«

Jacobi fixierte sein Gegenüber. »Ich bin Journalist. Ich möchte wissen, was passiert ist.«

Wieder nervöse Blicke. »Warten Sie auf die Stellungnahme der Staatsanwaltschaft.«

Die Anspannung der Beamten gab Jacobi weiter Sicherheit. »Ich möchte nur einen winzigen Blick in den Hof werfen. Das können Sie mir nicht abschlagen.« Er grinste schief. »Sie sind ja keine Schläger.«

Der Polizist biss sich auf die Lippe, sah nach links und rechts und hob dann den Kopf. »Gehen Sie zurück. Hier gibt es nichts zu sehen. Gehen Sie.«

Sie ließen sich nicht aus den Augen, bis Jacobi einige Schritte rückwärts machte und sich schließlich umwandte. In den Gesichtern der Schaulustigen bemerkte er Anerkennung, aber auch Erleichterung. Neben einer korpulenten Frau, die eine lange Strickjacke und dünne Stoffschuhe trug, blieb er stehen. »Sie wohnen hier?«

Sie nickte.

»Haben Sie was gesehen?«

Die Frau zögerte, schien Risiken abzuwägen. »Nicht direkt«, sagte sie. »Erst als es vorbei war.«

»Polizisten? Mit Helm und Schutzwesten?«

Sie sah ihn an. In ihren Augen lag ein Flehen, sie nicht weiter in Bedrängnis zu bringen. Schließlich schüttelte sie den Kopf. »Ich habe nichts gesehen. Gar nichts«, erklärte sie und ging zurück in eines der Häuser. Jacobi blickte sich um und erkannte, dass er auch von den anderen Zuschauern nichts erfahren würde. Zu tief saßen der Schock und die Furcht vor der Polizei.

Trotzdem.

Er war den weiten Weg nicht gekommen, um sich abspeisen zu lassen. Jacobi spähte die Fassaden hinauf. Etwas rechts von ihm stand ein Haus mit Balkonen zum Platz. Er überlegte nicht lange und schob sich durch eine Gruppe Anwohner in die offene Haustür. Seine Schritte hallten über die hölzerne Treppe. Im zweiten Stock klingelte er an einer Wohnung. Von dort hoffte er, über den Mannschaftswagen hinweg in den Hof sehen zu können.

Jacobi las das Klingelschild, als ein junger Mann die Tür einen Spalt öffnete und ihn misstrauisch ansah. »Herr Gradetzki? Guten Tag. Mein Name ist Jacobi. Ich bin Journalist der *Frankfurter Nachrichten*. Dürfte ich kurz einen Blick von Ihrem Balkon werfen?«

Der Mann kniff die Augen zusammen.

»Ja, natürlich, Sie haben recht«, sagte Jacobi lächelnd. »Das kann jeder behaupten. Warten Sie.« Aus seiner Brieftasche zog er seinen Presseausweis hervor und streckte ihn Gradetzki entgegen, zusammen mit einem 50-Euro-Schein. Noch immer zögerte der Mann. Um Jacobis Schuhe glänzte es feucht auf dem Treppenabsatz.

»Ich werde keine Fragen stellen«, sagte er. »Ich möchte nur schauen. Wenn Sie wollen, ziehe ich meine Schuhe aus.« Jacobi bückte sich.

In diesem Augenblick schwoll dumpfer Donner schwerer Schritte durch das Treppenhaus. »Polizei. Gehen Sie zurück in Ihre Wohnungen und schließen Sie die Vorhänge.« Es klang, als würde ein ganzes Bataillon die Stufen hinaufstürmen.

Jacobi richtete sich auf und blickte auf eine geschlossene Wohnungstür. Als er seine Brieftasche zurückgesteckt hatte, erschienen die ersten Polizisten auf dem Treppenabsatz. »Kommen Sie«, sagte einer von ihnen, »wir gehen.« Einen kurzen Moment erwog Jacobi, etwas zu riskieren, als ihn vier kräftige Hände griffen und die Treppe hinunterzerrten. Er musste aufpassen, nicht das Gleichgewicht zu verlieren. Unten schubsten sie ihn auf den Platz und zogen die Haustür hinter sich zu.

Von Schaulustigen war auf der kleinen Fläche nichts mehr zu sehen. Selbst hinter den Gardinen erkannte Jacobi nur vereinzelt scheue Gesichter. Dafür hatte sich vor dem Mannschaftswagen eine beeindruckend geschlossene Reihe aus Polizisten gebildet. Die Legion hatte wieder zu ihrer Formation gefunden. Das alles wirkte so surreal, dass sich Jacobi keinen Reim machen konnte.

Warum nur sollte die Polizei einen Demonstranten erschlagen?

Auf der Suche nach Antwort sah sich Jacobi weiter um. Dabei begegnete er Brunos Blick. Kriminalhauptkommissar Bruno Demandt stand in der geöffneten Tür eines Streifenwagens. Er arbeitete für die Frankfurter Mordkommission. Dann stimmte es also. Es hatte einen Mord gegeben. Zumindest einen Toten. Stimmte dann auch der Rest der Gerüchte? In Brunos Gesicht war ein ungutes Gefühl zu erkennen. Wortlos drehte er sich um und ging zurück Richtung Hof.

»Warte, Bruno!« Jacobi lief ihm nach. »Nun warte doch.«

Kurz bevor der Kommissar die rettende Polizeisperre erreicht hatte, fasste ihn Jacobi an der Schulter. »Was soll das? Warum rennst du weg vor mir?«

Einen Moment zögerte Demandt, schien nach Worten zu suchen. »Ich renne nicht weg. Ich habe nur einen Haufen Arbeit.«

»Zwei Minuten wirst du schon haben. Wer auch immer dahinten im Hof liegt, läuft dir nicht davon.«

Bruno lachte nicht. »Ich habe genau einen Satz für dich, Norman. Es ist zu früh.«

»Komm schon, Bruno. Nur einen Namen.«

»Nein.«

»Und warum nicht? Weil etwas dran ist an den Gerüchten?«

»Welche Gerüchte?«

»Dass es eure Leute waren. Dass sie die Kontrolle verloren und einfach losgeknüppelt haben.«

»Siehst du?«, fragte Demandt und tippte Jacobi energisch gegen die Brust. »Das ist genau der Grund, warum ich nicht mit dir reden werde. Weil du in deinem Käseblatt doch nur irgendwelches Geschwätz und Halbwahrheiten verbreitest.«

Jacobi öffnete die Arme. »Ich bin hier und höre zu. So lange du willst. Du hast mich ganz allein und exklusiv. Erzähl mir deine Geschichte.«

Demandt sah ihn an, holte Luft … und schüttelte den Kopf. »Leck mich. Wie siehst du überhaupt aus? Ziemlich beschissen, würde ich sagen.«

»Nur ein kleiner Willkommensgruß deiner Leute. Meiner Freunde und Helfer. Der Verteidiger der freiheitlichen Grundordnung.«

»Was erwartest du? Dass wir uns vom Mob anpöbeln lassen und dann noch Blümchen verteilen?«

Entgeistert sah ihn Jacobi an. »Sag mal, hast du eigentlich einen Funken Ahnung, was zwei Straßen weiter los ist? Hunderte Demonstranten sind fest davon überzeugt, dass ihr den Typen da im Hof auf dem Gewissen habt. Und deine Männer geben ihnen jedes Argument, das zu glauben. Wie die Irren prügeln sie auf die Leute ein. Und was machst du? Anstatt ein paar Dinge geradezurücken, verteidigst du sie auch noch.«

Heftig schüttelte Demandt den Kopf. »Ich verteidige gar nichts. Aber nenn mir einen Grund, nur einen einzigen, warum die Polizei einen harmlosen Schreihals erledigen sollte.«

»Das kann ich mir doch auch nicht erklären. Aber wenn

ich verhindern soll, dass die Meute deine Kollegen lyncht, dann musst du, verdammt noch mal, mit mir reden.«

Kühl sah Demandt Jacobi an, sehr kühl. »Wenn hier einer keine Ahnung hat, dann bist du das. Was glaubst du, was ich hier tue? Dass ich lässig den Ball hochhalte und auf Applaus warte? Dann bist du noch naiver, als ich dachte. Das hier ist schon lange nicht mehr mein Spielfeld. Und jetzt hau ab. Ich habe zu tun.«

Mit diesen Worten schob sich Demandt zwischen den Uniformierten hindurch und verschwand hinter dem Mannschaftswagen im Hof.

KAPITEL 2

Norman Jacobi parkte im Hof der Redaktion. Als er den Schlüssel abzog, blitzten in den Augenwinkeln wieder Schlagstöcke auf. Drohend schwangen sie über seinem Kopf. Hastig stieg Jacobi aus, trotz der Schmerzen. Er hoffte, schneller zu sein als die Bilder.

Draußen nahm er nicht den Weg über die Laderampe, weil er vermeiden wollte, Wuttke zu begegnen, seinem Lieblingsfeind aus der Politikredaktion. Stattdessen ging er zurück zur Straße. Die Räume der *Frankfurter Nachrichten* lagen in einem der ehemaligen Fabrikgebäude im Gallus, nicht weit vom Hauptbahnhof. Aus den Fugen bröckelte der Mörtel, und durch die Fensterritzen zog der Wind. Dabei hätte der Konzern, zu dem das Blatt gehörte, durchaus Geld für eine Renovierung in die Hand nehmen können. Immerhin standen die *FN* wirtschaftlich auf soliden Füßen, nicht zuletzt dank Jacobis Recherchen. Aber vermutlich fürchtete das Management, durch eine aufpolierte Fassade könnte die Zeitung ihren besonderen Charme verlieren. In der Frankfurter Medienlandschaft waren die *FN* der Underdog und ein bisschen auch das Schmuddelkind.

Als Jacobi die kleine Eingangshalle betrat, blickte der junge Pförtner nur kurz auf von seinem Comic. Erst seit wenigen Wochen arbeitete er im Haus, und noch nie hatte Jacobi ein Wort mit ihm gewechselt. Er bezweifelte, dass der Mann überhaupt seinen Namen kannte. Allerdings schien er sich nicht im Geringsten über Jacobis Aussehen und Zustand zu wundern. Sein Vorgänger hatte jeden Mitarbeiter gekannt und mit vielen regelmäßig geplaudert. Mehr als zwanzig Jahre hatte er auf dem Platz hinter dem Tresen gesessen. Dann, im Sommer, war er dem nervösen Killer begegnet, der nach einem weiteren Mord an einem Politiker auf der Suche nach Jacobi war.

Jacobi hatte riesiges Glück gehabt.

Der Pförtner nicht.

Es war eine Hinrichtung gewesen, und neben dem Telefon hatte sich das Blut dunkel in die Tischplatte gefressen.

Auch deshalb war die Stimmung in der Redaktion Jacobi gegenüber ambivalent. Einerseits verhalf er den *FN* zu mehr Aufmerksamkeit und einem Namen für investigativen Journalismus. Die Folge waren eine höhere Auflage, mehr Anzeigenkunden, mehr Geld.

Andererseits brachte er die Gefahr ins Haus.

Jacobi hatte nicht nur abscheuliche Verbrechen ans Licht gebracht. Durch seine Recherchen war er, ohne es zunächst zu ahnen, selbst ein Teil davon geworden. Und das war allen mit dem Tod des Pförtners schmerzhaft bewusst geworden.

Niemand sprach es offen aus. Niemand machte ihm Vorwürfe. Aber er spürte es. Mit seinem kleinen Büro unterm Dach und den unappetitlichen Geschichten, den Familiendramen und Autounfällen, über die er schrieb, hatte er immer schon als Sonderling gegolten. Jetzt waren einige Kollegen sicher froh, dass er ihnen nicht so oft über den Weg lief. Wahrscheinlich kam ihnen sogar gelegen, wenn sie gar nicht so genau wussten, was er eigentlich tat.

Denn alles hatte er ihnen nicht erzählt. Der Killer, der drei Politiker ermordet hatte, war tot, so viel stand fest. Aber es musste einen Drahtzieher im Hintergrund geben, von dem er seine Aufträge erhalten hatte. Nach dem wenigen, das Jacobi sich zusammenreimen konnte, handelte es sich vermutlich um einen älteren Mann, der im Rollstuhl saß.

Keine Ahnung hatte er jedoch davon, was der Kerl mit seinen Gewaltexzessen bezweckte. Ob es einen Plan dahinter gab, der mehr war als kompletter Wahnsinn. Aber sollte er jemals auf die Spur des Irren kommen, würde Jacobi bereit sein. Und dann wollte er sich auf keinen Fall von Thiel, dem Chefredakteur, sagen lassen, was er zu tun hatte. Am Ende würde der liebe Christoph noch auf die Idee kommen, ihm Wuttke als Kindermädchen an die Hand zu geben.

Jacobi schloss die Tür zu seinem Büro auf, einer langgestreckten, düsteren Kammer im zweiten Stock. Die Heizung bullerte, und trotzdem spürte er den feinen Zug vom Fenster. Vorsichtig legte er die Kamera auf den Schreibtisch, und wieder sah er, spürte er, wie er von der entsetzten Menge umgerannt wurde, stürzte, wie zuerst er selbst, dann der Apparat auf dem Pflaster aufschlug. Er hörte das Kreischen, das Stampfen der Füße, spürte die Tritte. Er zitterte.

Ich hätte tot sein können.

Hastig griff er die Kamera und starrte auf das schwarze Gehäuse, bis sich seine Hände wieder beruhigt hatten. Als er wieder klar sehen konnte, erkannte er mehrere tiefe Risse in der Fassung des Objektivs. Auch die Optik selbst war gesplittert. Möglicherweise war die Kamera komplett hinüber.

Doch bevor er sich darum kümmern konnte, musste er etwas gegen die Schmerzen unternehmen und gegen die Kälte, die ihm in die Knochen gekrochen war. Bei seinen Einsätzen kam es immer wieder vor, dass Jacobi Stunden im Regen stand, bis die Spurensicherung ihre Arbeit erledigt und sich ein Bild ergeben hatte, mit dem er arbeiten konnte. Deshalb lag immer Ersatzkleidung im Schrank. Damit war er modisch zwar nicht ganz auf der Höhe, aber sie würde ihn aufwärmen.

Er zog den durchnässten Anorak aus, streifte mühsam den vollgesogenen Pullover über den Kopf und schließlich das T-Shirt. Danach betrachtete er seinen ramponierten

Oberkörper in einem kleinen Spiegel an der Innenseite der Schranktür. Die Abschürfungen an der Schulter schimmerten wässrig rosa. An seiner Hüfte war die Unterhose mit Blut verklebt, und auf der Brust, wo ihn der Wasserstrahl getroffen hatte, war ein wirres Geflecht geplatzter Äderchen zu erkennen, das sich bald blau färben würde. Bei diesem Anblick schien der Schmerz noch stärker, und erst jetzt bemerkte Jacobi den Streifen getrockneten Blutes, der vom Haaransatz ein Stück die Schläfe hinunter verlief. Wahrscheinlich sollte ich zum Arzt gehen, dachte er, aber ihm fehlte die Zeit, zwei Stunden im Wartezimmer zu vertrödeln, nur damit er ein großes Pflaster bekam.

So nahm er eine Jeans, ein frisches T-Shirt, einen grauen Kapuzenpulli mit der Aufschrift *Salt Lake, UT,* und ein Handtuch aus dem Schrank. Damit ging er zur Toilette. Dort befeuchtete er das Tuch am Waschbecken und tupfte sich die Schulter ab. Es brannte höllisch.

Um sich abzulenken, erinnerte er sich an seine Begegnung mit Kriminalhauptkommissar Demandt. In den letzten Jahren waren sie so etwas wie Freunde geworden, hatten sich gegenseitig auf dem Laufenden gehalten und beide davon profitiert. Aber seit den Politikermorden war ihre Beziehung ähnlich angeschlagen wie Jacobis Körper. Bruno hatte nicht mit offenen Karten gespielt und dadurch eine Kettenreaktion ausgelöst, die nicht nur den Pförtner das Leben gekostet hatte. Vorhin, in der Gasse, war er unverhohlen aggressiv gegenüber Jacobi aufgetreten und hatte ihn behandelt wie einen Gegner. Dabei standen sie doch auf derselben Seite. Zumindest hatte Jacobi das bisher gedacht. Auch er konnte sich nicht ernsthaft vorstellen, dass die Polizei den Demonstranten getötet haben sollte. Deshalb fielen ihm nur zwei mögliche Erklärungen für Demandts Verhalten ein. Entweder verlor er angesichts des Drucks die Nerven oder er wusste wieder einmal mehr, als er zugab.

Vorsichtig zog Jacobi seine Hose aus und die Shorts etwas nach unten. Dadurch riss die Verletzung an der Hüfte wieder auf. In der Mitte leuchtete sie in einem dunklen Rot, das an den Rändern in ein schmutziges Graubraun überging, durchsetzt mit blauen Fusseln der Unterhose. Es sah übel aus. Während er tapfer die Wunde reinigte, erwog Jacobi ernsthaft, sich in ein anderes Ressort versetzen zu lassen. Kultur vielleicht. Er sah sich mit einer Fliege um den Hals bei einer Premiere in der Alten Oper. Er musste lächeln.

In diesem Augenblick tauchte Wuttke hinter ihm im Spiegel auf und verzog das Gesicht. »Du willst es wirklich wissen, oder? Durch Schmerz zur Erkenntnis. Bewirbst du dich für den Journalistenpreis?«

Jacobi war zu sehr mit sich und seinen Reparaturen beschäftigt, um sich auf ein Wortgefecht einzulassen. »Halt die Klappe und mach die Tür zu.«

Wuttke genoss es, sich bei jeder Gelegenheit über Jacobi und dessen Arbeit lustig zu machen. Bei den Recherchen zu den Politikermorden waren sie heftig aneinandergeraten, zuerst verbal, dann auch körperlich.

Nun lehnte der Kollege in seinem Rücken an der geschlossenen Tür. »Sag mal, trainierst du? Wenn ja, bin ich beeindruckt. Wenn nicht, machst du mir Angst.«

»Ach, Stefan, hättest du doch was gesagt. Dann hätten wir uns schon viel häufiger hier getroffen.«

Irritiert blickte Wuttke zu Boden. »Was ist passiert?«

»Die Demo gegen das geplante Gesetz. Die Polizei hat sich alle Mühe gegeben, damit das Ganze außer Kontrolle gerät.«

»Und Jacobi wie immer mittendrin.«

»Es war ein Versehen.«

Wuttke hob eine Augenbraue. »Clever.«

»Kannst du dich vielleicht später lustig machen? Es tut echt weh.«

»Es heißt, es hat einen Toten gegeben. Weiß man, wer er ist?«

Jacobi schüttelte den Kopf. »Sie haben alles abgeriegelt und stellen sich stumm.«

»Aber es gibt Gerüchte?«

»Natürlich haben die Demonstranten versucht zu provozieren. Das verlief aber alles im Rahmen. Die Polizei dagegen hat gleich groß aufgetischt. Der Wasserwerfer war erstaunlich schnell zur Stelle.«

»Und was denkst du?«

»Ich kann mir einfach nicht vorstellen, dass es die Einsatzkräfte waren. Auch wenn die Polizei alles tut, damit wir nichts anderes denken können.«

Wuttke nickte bedächtig. »Du sprichst von Provokation. Waren das Einzelne oder alle? Zufällig oder gezielt?«

Langsam hatte Jacobi den Eindruck, dass es Wuttke um mehr ging als um Neugier. Jedenfalls war er nicht hier, um sich zu erleichtern. Jacobi wandte sich um. »Was meinst du mit gezielt? Weißt du irgendwas?«

Hastig schüttelte Wuttke den Kopf, doch Jacobi blickte ihn eindringlich an. »Wirklich nicht«, beteuerte der Kollege.

»Was sagt das Rathaus?«, fragte Jacobi.

Wuttke zuckte mit den Schultern. »Sie äußern professionell ihr Entsetzen. Ansonsten finden sie blumige Worte dafür, nichts zu sagen. Weder wollen sie sich vor die Polizei stellen noch ihr in den Rücken fallen. Es ist zu früh, um zu wissen, was opportun ist.« Er sah auf seine Schuhe. »Die spannendere Frage ist, was das für die Leute bedeutet, die gegen das Gesetz auf die Straße gehen.«

»Was meinst du?«

»Ob sie sich einschüchtern lassen oder ob sie sagen, jetzt erst recht. Dann können wir uns auf einen heißen Herbst freuen. Aber zum Glück haben wir ja dich. Du wirst das schon hinkriegen«, sagte Wuttke und klopfte Jacobi auf die verwundete Schulter. Jacobi schrie auf, doch sein Kollege verließ lächelnd die Toilette.

Zurück im Büro, lehnte Jacobi in seinem Schreibtischstuhl und horchte in sich hinein. Von Frau Raabe, der Redaktionssekretärin, hatte er zwei Aspirin und einen starken Kaffee besorgt. Nun verfolgte er fasziniert, wie die Schmerzen aufzufächern und viel weniger kompakt schienen. Gleichzeitig breitete sich Wärme von seiner Körpermitte zu den Extremitäten aus. Er war wieder zurück, lebendig, und mit jeder Minute wirkten die Ereignisse des Nachmittags absurder und surrealer. Dazu passte das Knistern des Polizeifunks im Hintergrund. Es war eine Menge los in der Stadt. Noch immer lieferten sich Demonstranten vereinzelt Scharmützel mit Beamten. Aber zum Toten in der Waagengasse wurde nichts gesagt. Kein Wort. Als ob er nicht existierte.

Nach einer halben Stunde raffte sich Jacobi auf und durchforstete das Internet. Dort war die Geschichte immer dieselbe. Die Demonstration war aus dem Ruder gelaufen, es hatte gewalttätige Auseinandersetzungen gegeben, Schlägereien, Steinwürfe, Wasserwerfer, Verletzte, auch Polizisten. Nun gaben sich beide Seiten gegenseitig die Schuld an der Eskalation.

Über allem schwebte das Entsetzen über den toten Demonstranten, zu dem nach wie vor nichts bekannt war. Kein Name, kein Foto, kein Alter, kein Beruf. Er wirkte wie ein Phantom, das böse schlechte Gewissen. Als halbwegs gesichert galt nur, dass es sich um einen Mann handelte. Das Gerücht, dass die Polizei zumindest Mitschuld trug an seinem Tod, stand im Raum, Beweise dafür gab es bislang keine.

Nur in den Foren war man natürlich sicher, dass es die Bullenschweine gewesen waren, die Faschisten seien und nur darauf gewartet hätten, endlich ungestraft loszuschlagen. Glaubte man diesen Beiträgen, war der Polizeistaat längst Realität. In den sozialen Netzwerken tauchten dazu verwackelte Handyvideos der Demonstration auf, prügelnde Polizisten, das ganze Chaos, Rennen und Kreischen. Plötzlich war alles wieder ganz nah. Auf einem winzigen Schnipsel glaubte Jacobi sogar sich selbst zu erkennen.

Aber zur eigentlichen Tat fand er: nichts.

Keine Gruppe vermummter Polizisten, die einen einzelnen Mann wegzerrten. Kein dunkler Hinterhof, in dem sie wie von Sinnen auf ihn einschlugen. Jacobi fragte sich, wie das sein konnte, wo doch heute jeder ständig Bilder und Videos mit dem Smartphone machte. Dann erinnerte er sich an seinen eigenen Weg zum vermeintlichen Tatort. Er lag zentral und doch abseits der Demonstrationsroute und Fußgängerzonen. Fast schien es, als habe jemand sorgfältig darauf geachtet, dass niemand die Tat sah, aber jeder davon erfuhr. War das möglich in diesem Chaos? Oder war es am Ende gar kein Chaos gewesen? Wuttke hatte von gezielter Provokation gesprochen. Was hatte er damit gemeint? Für Jacobi ergab das alles keinen Sinn. Wahrscheinlich hatte sich sein Kollege wieder nur lustig gemacht über ihn.

Jacobi spürte ein unruhiges Kribbeln im Magen. Er musste etwas tun. Nur wie, in welche Richtung sollte er sich bewegen? Im Netz suchte er nach Namen und Telefonnummer des Mieters, an dessen Tür er geklopft hatte. Er fand ihn im Online-Telefonbuch. Dort stand auch, dass Gradetzki Kindergärtner sei. Kurz fragte sich Jacobi, ob das für oder gegen ihn sprach, und rief an. Zuerst behauptete der Mann, sich nicht an Jacobi zu erinnern. Dann sagte er nur, dass er nichts gesehen habe und auch nicht in der Zeitung auftauchen wolle. Damit legte er auf.

In den nächsten dreißig Minuten rief Jacobi weitere Leute an, die um den kleinen Platz herum wohnten. Überall war es das Gleiche. Ein einziger Mann gab zu, dass er Uniformierte hatte weglaufen sehen. Aber Gesichter habe er unter den Helmen unmöglich erkennen können. Auch keine Rangabzeichen. Dazu sei alles viel zu schnell gegangen. Das wiederholte es dreimal. Offenbar hatte er Angst. Wie alle anderen auch. Brunos Männer mussten ganze Arbeit geleistet haben.

Vielleicht aber stimmte es sogar, und sie hatten wirklich nichts gesehen.

Jacobi sah zum Fenster. Inzwischen war es nach fünf und draußen fast dunkel. Eigentlich hätte er in diesem Moment in der Uni sein sollen. Katharina hatte ihren großen Tag, und er hatte ihr versprochen zu kommen. Zwar wusste er nicht, ob sie wirklich damit gerechnet hatte. Aber um sieben waren sie im Restaurant verabredet. Das musste er schaffen. Gleichzeitig musste er etwas schreiben. Es ging darum, Stellung zu beziehen, sichtbar zu sein, die Kontrolle zu behalten.

Jacobi mühte sich mit den ersten Zeilen, als sein Rechner eine neue Nachricht anzeigte. Dankbar für die Ablenkung, wechselte er in das E-Mail-Programm. Der Betreff lautete Polizeisport. Als Absender diente eine Buchstabenkombination, die keinen Sinn ergab. Jacobi dachte an Spam, öffnete die Nachricht aus reiner Gewohnheit aber trotzdem. Sie enthielt keinen Text, dafür im Anhang ein Video. Es zeigte verwackelte Aufnahmen, die genauso aussahen wie die anderen Filmchen im Netz. Zuerst der Demozug, die Parolen, hochgerüstete Polizeibeamte am Rand. Dann Provokationen, schließlich Handgemenge. Wahrscheinlich wollte der Absender sichergehen, dass Jacobi seine Sicht der Ereignisse teilte und – viel wichtiger – verbreitete. In Aktivistenkreisen hieß das Öffentlichkeit schaffen und gehörte zum Standardprogramm.

Jacobi wollte den Film bereits anhalten, als es einen abrupten Schnitt gab. Von einem erhöhten Standpunkt aus war nun eine kleinere Straße zu sehen, menschenleer. Der Lärm der Demonstration schallte schwach herüber. Überrascht richtete sich Jacobi auf, und nach wenigen Sekunden geschah das Unglaubliche. Durch das Bild bewegten sich drei hünenhafte Polizisten, die einen einzelnen jungen Mann mit sich zerrten. Er schrie und wand sich, hatte aber keine Chance. Gebannt beugte sich Jacobi dicht vor den Bildschirm. Doch das Gesicht des Opfers war nicht zu erkennen, ganz gleich, an welcher Stelle er die Wiedergabe stoppte. Entweder der Mann verdrehte seinen Körper, um sich aus der Umklammerung zu lösen, oder er wurde von seinen Peinigern verdeckt. Die Polizisten trugen Helme mit spiegelndem Visier.

Jacobi ließ die Aufnahme weiterlaufen. Nachdem die Gruppe links aus dem Bild gezogen war, folgte ein ungelenker Kameraschwenk zurück in die Straße. Im Hintergrund waren zwei weitere Polizisten zu sehen. Sie versuchten, eine kleine Zahl von Demonstranten auf Abstand zu halten, die offenbar dem Opfer zu Hilfe eilen wollten. Es wurde geschrien und geschubst, geschlagen und getreten. Dann riss einer der Beamten den Arm hoch, und plötzlich griffen sich die Protestierenden schreiend in ihre Gesichter. Das musste Pfefferspray gewesen sein. Schnell wandten sich die Uniformierten um und folgten ihren Kollegen. Dabei schien einer der beiden für einen winzigen Moment direkt in die Kamera zu blicken. Sofort brach der Film ab.

Jacobi war fassungslos. Der massive Angriff auf den einzelnen Aktivisten, die Nachhut, die die Unterstützer in Schach hielt, das Pfefferspray, alles war genauso, wie es ihm die Männer während der Demonstration geschildert hatten.

Noch einmal ließ er den kurzen Film laufen. Nun versuchte er jedoch, das Geschehen im Vordergrund komplett auszublenden. Stattdessen achtete er nur auf die Gebäude. Jacobi hielt Ausschau nach Straßenschildern oder Reklametafeln, irgendetwas, das ihm einen Hinweis darauf gab, auf welchem Weg die Polizisten ihr Opfer an den Tatort geschleppt hatten. Aber er fand nichts. Da die Parolen der Demonstranten im Hintergrund zu hören waren, konnte die Straße immerhin nicht weit von der Hauptroute entfernt liegen. Bei einem kleinen Spaziergang würde sie sich finden lassen.

Jacobi lehnte sich zurück und blies warme Luft in seine gefalteten Hände. Dieser winzige Schnipsel besaß gewaltige Sprengkraft. Er dachte an Wuttkes Bemerkung am Waschbecken. Hatten die Beamten im Film die Nerven verloren? Oder war sogar denkbar, dass die Polizei den Mord bewusst begangen hatte, um die Leute einzuschüchtern und damit die ganze Bewegung zu schwächen?

Und dann war da ein zweiter Gedanke, der wie Stroboskopblitze durch sein Hirn zuckte. Wieder beugte er sich vor und durchsuchte das Internet nach dem Stichwort Polizeisport, dem zynischen Titel des Videos. Dabei stieß er auf jede Menge Berichte und Aufnahmen von Beamten in Judoanzügen, beim Fußball oder Eisstockschießen. Aber er fand keine Spur von dem Film.

Nicht eine einzige.

Bedeutete das, dass er ihn exklusiv besaß? Den einzigen Beweis, dass die Polizei einen Demonstranten vorsätzlich getötet hatte?

Jacobi hielt das Kribbeln in Kopf und Körper kaum aus und drehte Schleifen durch sein Büro. Wenn er je wieder etwas von Bruno erfahren wollte, wenn ihr Verhältnis nicht komplett den Bach hinuntergehen sollte, musste er sich zurückhalten. Andererseits war Demandt im Sommer nicht aufrichtig Jacobi gegenüber gewesen, hatte ihn bewusst für seine Zwecke genutzt, und die Polizei hatte sich heute ganz und gar nicht zurückgehalten. Je länger Jacobi hin und her tigerte, umso beängstigender erschien ihm das Video und was es bedeutete. Nach zehn Minuten war er überzeugt, nicht anders zu können.

Er setzte sich zurück an den Schreibtisch und holte tief Luft. Dann schrieb er einen Artikel, in dem er die Fakten des

Tages wiedergab. Dabei fasste er sich bewusst kurz, denn das alles war hinlänglich bekannt. Und es war nebensächlich. Entscheidend war einzig der letzte Satz: Hatte die Polizei die Kontrolle verloren – und auch die Beherrschung? Das Ganze, nicht mehr als einige hundert Zeichen, garnierte Jacobi mit einem unscharfen, aber doch eindeutigen Standbild aus dem Video.

Während er sich zurücklehnte, die Arme im Nacken verschränkt, und auf den Bildschirm sah, hörte er weit entfernt in seiner Vorstellung einen gigantischen Knall.

So klang es, wenn die Bombe hochging.

KAPITEL 3

»Letztlich waren es die tief greifenden theoretisch-philosophischen Richtungsstreitigkeiten zwischen und auch innerhalb der Fraktionen, die verhindert haben, dass sich die Paulskirche dauerhaft als demokratisches Gegengewicht zu den Kräften der Restauration etablieren konnte.«

Dr. Katharina Beck saß an einem einzelnen Tisch in dem kleinen Seminarraum. Sie spürte die Anspannung und Wärme auf ihren Wangen. Neben ihr lag die 312-seitige Habilitationsschrift, in der sie den Zusammenhang zwischen der Frankfurter Nationalversammlung und dem Scheitern der Revolution von 1848 untersucht hatte. Ihr gegenüber war die Prüfungskommission aufgereiht, eine Riege von fünf Professoren, die aussahen, als seien sie in Tweedsakkos zur Welt gekommen. Ganz außen hatte Dietmar Schindler Platz genommen, Inhaber des Lehrstuhls für Neuere Geschichte, Katharinas Chef, Betreuer ihrer Habilitation und ihr täglicher Albtraum. Alle fünf verzogen keine Miene.

»Hinzu kamen strategische Fehler wie der Versuch, die Verfassung ohne ausreichende Zustimmung der Länder des Deutschen Bundes in Kraft zu setzen«, erklärte Katharina. »Bedenkt man jedoch, unter welchen Bedingungen das Parlament entstanden war und auf welche geringen Vorerfahrungen die Abgeordneten zurückgreifen konnten, muss man der Nationalversammlung eine ganz erstaunliche Leistung attestieren. Letztlich sind dort in wenigen Monaten gewissermaßen aus dem Nichts heraus die Grundlagen des Parlamentarismus in Deutschland geschaffen worden.«

Dichte Stille machte sich breit.

Unter dem Tisch wippten Katharinas Füße auf und ab. Sie wusste, was sie sagte. Jeden Satz konnte sie mit Verweisen auf die Literatur belegen. Aber beim Anblick der schweigenden Tränensäcke ihr gegenüber kehrte die Nervosität zurück. Unruhig suchte sie wieder den Blickkontakt mit einigen Kollegen aus dem Institut, die ihr aus den hinteren Reihen aufmunternd zulächelten.

Endlich rührte sich etwas. Bedächtig beugte sich Professor Börner nach vorn und faltete die Hände auf dem Tisch. Er leitete die Kommission. »Vielleicht noch eine letzte Frage. Was, denken Sie, könnten die heutigen Politiker von ihren Vorgängern der Jahre 1848/49 lernen?«

Während Katharina überlegte, hallten die Worte »letzte Frage« nach in ihrem Kopf. Sie klangen wie die Zielflagge eines zwanzigjährigen Marathonlaufes. Wie der Schlussstein einer Kathedrale, die sie eigenhändig errichtet hatte. Katharina räusperte sich. »Dass es sich lohnt, große, selbst übermächtige Herausforderungen anzunehmen, auch wenn das eigene Handeln zum Scheitern verurteilt ist. Nur so können Entwicklungen in Gang gesetzt und Veränderungen bewirkt werden.«

Zum ersten Mal zeigte Börner eine Regung und nickte. Für einen unbedachten Moment fühlte sich Katharina beflügelt. »Und dass man in Wirtshäusern durchaus ernsthaft Politik machen kann.«

Ein entspannendes Lachen schwappte durch den Raum. Als es abgeebbt war, blickte Börner auf die Kollegen neben sich. »Wenn Sie keine weiteren Fragen haben …?«

Die Professoren schüttelten die Köpfe.

»Gut. Dann, liebe Frau Beck, danke ich Ihnen für Ihre äußerst interessanten und erhellenden Ausführungen. Bevor wir aber zur Bekanntgabe des Ergebnisses kommen, muss ich Sie und die Gäste nach draußen bitten, damit sich die Kommission beraten kann.« Börner lächelte. »Ich denke aber, es wird nicht lange dauern.« Er lächelte tatsächlich. Katharina hatte schon befürchtet, er sei körperlich dazu nicht in der Lage.

Nachdem ihr das Ergebnis wenige Minuten später mitgeteilt worden war, wurde Katharina von ihrer Kollegin Theresa fest umarmt. »Herzlichen Glückwunsch, Frau Doctor philosophiae habilitatus summa cum laude Beck. Du warst großartig. Keine Spur von Nervosität. Eine fantastische Vorstellung.«

Die kleine Gruppe von Professoren und Gästen hatte sich vor dem Seminarraum versammelt. Auf einem Tisch standen ein üppiger Blumenstrauß und zwei Flaschen Sekt. Etwas verlegen nippte Katharina an ihrem Pappbecher. Noch immer war ihr warm.

»Weißt du eigentlich, wie brillant du warst?«, fragte Theresa. »Ich habe dir wahnsinnig gerne zugehört. Ich konnte gar nicht genug davon kriegen. Und deshalb verlange ich jetzt eine Zugabe. Ich will eine Rede. Sofort.« Auffordernd sah sie in die Runde und erntete zustimmendes Nicken der Kollegen. »Eine Rede, eine Rede!«

Beinahe hätte sich Katharina am Sekt verschluckt. Endlich fühlte sich ihr Kopf wieder wunderbar leer an, und sie hatte keine Ahnung, in welcher Ecke sie jetzt noch halbwegs sinnvolle Sätze zusammensuchen sollte. »Tja, darauf bin ich jetzt gar nicht vorbereitet«, stammelte sie und blickte in erbarmungslose Gesichter. »Also, ich bin sehr froh … und ziemlich erleichtert … auch ein bisschen stolz … und ich freue mich, dass Sie, dass ihr alle hier seid und … Prost.«

Applaus und Gelächter hallten durch das Foyer, und Katharina entspannte etwas weiter. In den Minuten darauf ergaben sich Gespräche in kleinen Grüppchen. Dazwischen schoss Theresa Fotos mit ihrem Handy. Katharina mit den Prüfern. Katharina mit den Kollegen. Katharina mit Blumenstrauß. Sie müsse, erklärte Theresa, die Gelegenheit nutzen, solange Katharina noch da sei und nicht in Sachen Karriere um die Welt jette.

Nach einer Weile wurde Katharina durch Professor Schindler erlöst. Er nahm sie zur Seite und führte sie zur Treppe, die hinunter ins Foyer führte. Dort blieb er stehen und blickte sie an. »Sie haben das wirklich gut gemacht. Eigentlich sollten Ihre Familie und Freunde jetzt hier sein.«

Ein wenig bedrückt nickte Katharina. »Meinen Eltern geht es gesundheitlich nicht mehr so gut. Die weite Fahrt wäre für sie zu anstrengend.«

»Sie sind sicher stolz auf Sie. Und ich bin es auch. Ich weiß, es war nicht immer einfach für Sie. Aber ich arbeite gern mit Ihnen. Von Anfang an war mir bewusst, was ich an Ihnen habe. Und ich hoffe, dass Sie der Fakultät erhalten bleiben. Auch wenn ich Ihnen fairerweise empfehlen muss, lukrative Angebote anzunehmen.«

Katharina war gerührt. So hatte er noch nie mit ihr geredet.

»Leider habe ich jetzt einen Termin und muss mich verabschieden«, sagte Schindler und reichte ihr die Hand. Noch immer fand Katharina, dass er nicht gut roch, aber sein Händedruck in diesem Moment war angenehm. Als er die Treppe hinabstieg, sah sie ihm nach. All die Jahre hatte sie ihn verflucht, seine schmierige Art, seine Unberechenbarkeit und die vielen Aufgaben, für die sie heillos überqualifiziert war. Jetzt schien er sie zum ersten Mal als wertvolle Mitarbeiterin, nicht als billige Arbeitskraft zu sehen. Das irritierte sie. Wahrscheinlich war er nur deshalb so nett zu ihr, weil ihm klar war, dass er niemand anderen finden würde, der so gut und so günstig zu haben war wie sie. Dieser Gedanke beruhigte sie ein wenig.

Der Blumenstrauß nahm beinahe die Hälfte des Tisches ein, und Katharinas zierliche Gestalt verschwand fast völlig dahinter. So konnte sie von ihrem Platz aus ungestört die anderen Gäste in dem kleinen Restaurant beobachten. Allerdings gab es nicht sonderlich viel zu sehen. An einem Tisch in der Mitte saß ein älteres Paar. Der Mann hatte die Serviette in seinen Hemdkragen gesteckt und Mühe mit dem Fisch. An einem Sideboard lehnten zwei gelangweilte Kellner und plauderten leise. Es war mitten in der Woche und früh am Abend.

Noch immer spürte Katharina die Anspannung in den Waden. Sie rührte nicht nur von der Prüfung am Nachmittag, sondern war eine Folge der vergangenen Wochen. Die letzten Korrekturen, die Schwierigkeiten mit dem Verlag, die Zweifel, ob auch alles perfekt war, dann das Warten.

Katharina zupfte an ihrem Blazer und strich über die Tischdecke. Insgeheim ahnte sie, dass auch das nur die halbe Wahrheit war. Endlich war sie an dem Ziel angelangt, auf das sie so lange hingearbeitet hatte. Sie war jetzt frei, konnte gehen, wohin sie wollte. Weg von Schindler. Weg aus Frankfurt, der Stadt, die für sie in den letzten Monaten immer mehr zum Albtraum geworden war. Hier war sie in brutale, grausame Verbrechen verwickelt, war gekidnappt worden und mehr als einmal fast gestorben. Und hier hatte sie in Notwehr selbst einen Menschen getötet. Aber dadurch war sie auch mutiger geworden, durchsetzungsfähiger, reifer, manchmal aggressiv. Und, so zynisch es auch klingen mochte, all das würde sie brauchen auf ihrem Weg.

Trotzdem registrierte sie eine tiefe Unsicherheit. Sie sah sich auf einem großen Platz stehen, spürte wärmenden Sonnenschein auf der Haut und eine leichte Brise. Die Welt stand ihr offen. Doch wenn sie sich umblickte, war da nur diese Fläche. Keine Häuser, keine Straßen oder Wegweiser, nichts, an dem sie sich orientieren konnte. Ihr ganzes Leben hatte sie immer auf etwas hingearbeitet, hatte sich durch nichts ablenken lassen, sondern unbeirrt die Zwischenstopps angesteuert, sie abgehakt und war weiter geradeaus gegangen.

In Gedanken machte sie nun einige Schritte über den Platz. Ihre Absätze hallten. Das war ihr unangenehm, doch wenn sie sich umsah, entdeckte sie niemanden, der sie beachtete. Alle waren mit sich selbst beschäftigt, schienen ein Ziel vor Augen zu haben und einen Weg. Auch sie hatte immer geglaubt zu wissen, wohin sie letztlich wollte. Prof. Dr. Katharina Beck. Doch plötzlich war sie nicht mehr sicher. Vielleicht, dachte sie, bin ich auch immer nur vor etwas davongelaufen.

Sie spürte eine unangenehme Gänsehaut und ertappte sich bei dem Gedanken, doch bei Schindler zu bleiben. Möglicherweise war er gar nicht so, wie sie immer dachte. Oder er änderte sich, jetzt, wo sie habilitiert war. Vielleicht würde er sie nun mit anderen Augen sehen. Tatsächlich als Kollegin. Ein warmer Schauer huschte über ihren Rücken. Im gleichen Augenblick wusste Katharina, dass sie sich etwas vormachte.

Sie trank einen Schluck Wasser und blickte auf die Perlen in ihrem Champagnerglas. Es war zehn nach sieben und Jacobi noch immer nicht da. Natürlich war sie enttäuscht, dass er am Nachmittag nicht gekommen war, aber nicht sehr. Das hatte sie sich schnell abgewöhnt. Anders ließ sich mit einem Journalisten vermutlich keine Beziehung führen. Auch seine Verspätung jetzt beunruhigte sie deshalb kaum. Sie musste Geduld haben, und darin war sie unschlagbar.

Wieder sah sie sich auf dem großen Platz. Sie spürte ihre Hand in seiner, seine Wärme, den Halt. Das gab ihr Sicherheit, und das Gehen fiel ihr leichter. Katharina dachte an die gemeinsame Zeit mit Jacobi. An den schwierigen Start vor sechs Monaten und die schrecklichen Ereignisse auf der

Jagd nach Frauenmördern und Auftragskillern, die sie für immer miteinander verbinden würden. Darauf waren einige wunderschöne Wochen gefolgt. Mittlerweile waren die ersten Schmetterlinge verflogen, und ihr Verhältnis begann sich zu normalisieren. Auch das war eine wichtige Erfahrung. Vielleicht die wichtigste von allen: Ein Leben ohne Ausnahmezustand war möglich.

Schließlich kam er. Zuerst erkannte sie ihn fast nicht, als sie aus dem Augenwinkel heraus sah, wie er sich bei einem der Kellner nach dem Tisch erkundigte. Er trug ein albernes Sweatshirt mit großem Aufdruck, und Katharina spürte einen Stich. Er nahm den Anlass nicht ernst. Er nahm sie nicht ernst. Dann beschloss sie, diesen Abend zu genießen, ganz gleich, was Norman Jacobi tun oder auch nicht tun würde. Sie hob den Kopf ein wenig höher.

Er trat an den Tisch, gab ihr einen flüchtigen Kuss auf den Mund und murmelte beiläufig eine Entschuldigung. »Der Artikel musste unbedingt noch raus. In der Stadt ist die Hölle los.«

Norman setzte sich und legte sein Handy auf die Serviette. Es folgte eine beiläufige Entschuldigung, dass er ihren großen Auftritt verpasst hatte, und schließlich eine für seine Aufmachung. »Es hat alles mit dem Artikel zu tun, aber das erzähle ich später. Zuerst möchte ich mit dir anstoßen.« Er hob das Glas und grinste. »Es hat doch geklappt, oder?«

Katharina lachte nicht, und es kostete sie Kraft, an ihrem Entschluss festzuhalten. Sie stießen an und tranken.

»Also, erzähl, wie ist es gelaufen?«, fragte er. »Ich will alles hören.«

Katharina sah ihn an und spürte das Bedürfnis, seine Hände zu berühren. Sie lagen wenige Zentimeter entfernt, schienen aber trotzdem unerreichbar. »Gut. Es ist gut gelaufen«, sagte sie und räusperte sich. »Die Kommission war nett. Keine fiesen Fragen. Am Anfang war ich nervös, aber dann lief es immer besser. Es hat fast ein bisschen Spaß gemacht.«

Er lächelte, und sie schilderte den Verlauf der Disputation. Jacobi blickte sie unverwandt an, während sie sprach, aber sie hatte den Eindruck, dass er ihr gar nicht zuhörte. Mehrmals blickte er verstohlen auf sein Handy. »Die Kollegen waren da, das war nett«, brach sie unvermittelt ab, und es schien ihm nicht einmal aufzufallen.

»Schön«, sagte er nur, nichts weiter. Dann trat Stille ein, die sie in diesem Augenblick nur schwer ertrug. »Du bleibst doch noch? Oder musst du noch mal weg?«

»Wie kommst du darauf?«, fragte er. »Natürlich bleibe ich. Es gibt doch was zu feiern.«

»Schon. Du siehst nur nicht besonders feierlich aus.« Einen Moment ärgerte sie sich über ihren Tonfall. Dann beschloss sie, dass sie das heute durfte. Dies waren ihr Tag und ihr Abend.

»Mein Aufzug tut mir leid, ehrlich. Ich weiß, das ist dem Anlass nicht angemessen. Aber ich bin in den Regen gekommen, gewissermaßen, und hatte keine Zeit, nach Hause zu fahren.«

»Es hat geregnet? Habe ich gar nicht mitbekommen.«

»Eher im übertragenen Sinn«, erklärte er, beugte sich vor und blickte sie an mit seinem Lächeln, dem sie nichts entgegenzusetzen hatte. »Komm her.«

Es kostete sie einige Überwindung, doch als seine Hände auf ihren lagen, spürte sie eine Gänsehaut.

»Du bist großartig«, sagte er leise. »Ich könnte das nicht. Nichts davon.« Es entstand eine Pause, bestehend aus einem einzigen langen Blick. Genau so hatte sie es sich vorgestellt. Das war doch nicht so schwer.

»Und jetzt?«, fragte er plötzlich. »Was wirst du tun, wo dir alle Türen offen stehen?«

Auf diese Frage war Katharina nicht vorbereitet. Jedenfalls nicht, dass sie von ihm kam. Trotzdem wusste sie sofort, was sie antworten wollte. Wieder sah sie sich auf dem großen Platz. Doch nun spürte sie seinen kräftigen Arm im Rücken. Die Unsicherheit war verflogen. Oder die Zuversicht stärker. Dass sie ihren Weg finden würden. Gemeinsam. In ihrem Kopf klang dieses Wort so weich und warm wie seine Hände.

»Sag schon, was hast du vor? Deinem Chef mal ordentlich in den Hintern treten? Oder richtig frische Luft schnappen? Du könntest doch morgen in den nächsten Flieger steigen.«

Natürlich war das unmöglich. Sie hatte weiterhin Verpflichtungen – Vorlesungen, die Betreuung von Abschlussarbeiten, Forschungsprojekte. Aber das sagte sie nicht. Stattdessen nahm sie seine Hand zwischen ihre und küsste zärtlich seine Fingerspitzen. Dabei sah sie ihn an, so offen wie nur möglich. Der Champagner half. Trotzdem spürte sie, dass er nicht verstand.

»Gar nicht so einfach«, sagte er, »wenn man plötzlich alle Möglichkeiten hat. Aber wenn es irgendwas gibt, das ich für dich tun kann, musst du es nur sagen.«

Noch immer hielt Katharina seine Hand. Gleichzeitig hatte sie den Eindruck, dass er sich auf unsichtbaren Schienen von ihr entfernte. Und es gab nichts, wodurch sie ihn aufhalten konnte.

Erst jetzt bemerkte sie den Kratzer an seiner Schläfe. »Das kommt aber nicht vom Regen, oder?«, fragte sie und strich ihm über den Haaransatz.

»Nein, aber ich will dir nicht den Abend vermiesen.«

Hast du schon, hätte sie beinahe gesagt. »Was meinst du damit?«

»Du hast noch nichts gehört?«

Sie lehnte sich zurück und zuckte mit den Schultern. »Erzähl schon.«

Offenbar noch ganz unter dem Eindruck der Ereignisse berichtete Jacobi von einer Demonstration, wie sie außer Kontrolle geraten war und von seiner Begegnung mit einem Wasserwerfer. Katharina fand die Geschichte schrecklich, und sie verspürte nicht die geringste Lust, ausgerechnet jetzt darüber zu reden. Aber sie wusste, die Story war in seinem Kopf und dass sie nichts dagegen ausrichten konnte. So würden sie wenigstens miteinander reden statt aneinander vorbei. Norman schloss seinen Bericht mit einem ermordeten Demonstranten und den Gerüchten, dass die Polizei dahintersteckte. Katharina konnte es nicht glauben.

»Ich ja auch nicht«, erklärte er, »auch wenn ich finde, dass sich Bruno ziemlich ungeschickt verhalten hat. Um nicht zu sagen völlig bescheuert.«

»Du weißt, wie ich über ihn denke.«

»Ja. Wahrscheinlich hast du recht.«

Überrascht runzelte Katharina die Stirn. »Ich dachte, ihr seid Freunde.«

»Das habe ich auch geglaubt. Bis ich das hier bekommen habe.«

Er tippte ein paarmal auf seinem Handy herum, bevor er es ihr über den Tisch zuschob. Ein Video der Demo war zu sehen, eine beängstigende Mischung aus Lärm, Chaos und Gewalt. Katharina kniff die Augen zusammen.

Dann folgte ein abrupter Schnitt. Eine Gasse, vermummte Gestalten in Uniform, die einen Mann wegzerrten. Er wehrte sich verzweifelt, doch die anderen waren übermächtig. Sofort spürte Katharina ein Zittern, an den Armen, den Beinen, unter der Zunge, und sie hörte ein gewaltiges Rauschen in den Ohren. Sie fühlte wieder den Griff des Killers, der sie gekidnappt hatte, um an Norman heranzukommen. Sie spürte die Handschellen und die Kette, die sich mit jeder Bewegung enger um ihren Hals zog.

Und sie hatte Ralf vor Augen, ihren ersten Freund, der ihr

Furchtbares angetan hatte. Seelenruhig sah er zu und grinste. Er genoss, wie sie litt.

Katharina fühlte sich unerträglich hilflos und ohnmächtig. Sie glaubte zu ersticken. Panik stieg in ihr auf, aber auf keinen Fall sollte Norman etwas davon mitbekommen. Sie wollte endlich nicht mehr schwach sein. Nur dafür hatte sie all die Jahre so verbissen gearbeitet.

Gekämpft.

Hastig leerte sie ihr Wasserglas. Dann kippte sie den Champagner hinterher. Dabei sah sie, wie Jacobi sprach, wie sich seine Lippen bewegten, aber sie hörte kein Wort. Alles wurde übertönt vom Rauschen in ihren Ohren, der kalten Stimme des Killers, dem Klirren der Kette.

Damals hatte sie abgeschlossen mit ihrem Leben.

Jetzt wurde ihr schwindelig, aber sie würde keine Szene machen. Sie würde nicht die Kontrolle verlieren. Stattdessen richtete sie sich auf im Kreuz und stemmte ihre Füße auf den Boden, bis die Wadenmuskeln verkrampften. Sie zwang das Gefühl der Hilflosigkeit in die Knie. Darin hatte sie jahrelange Erfahrung. Langsam wurde das Geräusch in den Ohren schwächer.

Als sich ihr Gesichtsfeld endlich wieder weitete, fragte sie sich, warum er das tat. Warum erinnerte Norman sie ausgerechnet heute daran, an diesem besonderen Tag? Ihrem Tag.

Schließlich hörte sie die letzten Fetzen eines Satzes. Norman sah sie an mit großen Augen.

»Wie bitte?«, fragte sie atemlos.

»Ich habe gefragt, warum die Polizei so etwas tun sollte. Mir fällt ums Verrecken kein Grund ein.«

Katharina verstand die Frage, verstand den Appell an sie, seine Ratlosigkeit aufzulösen. Aber sie konnte nicht. Sie war völlig erschöpft.

Und sie wollte nicht. Wieder sah sie sich auf dem großen

Platz stehen. Nun löste sie sich aus Normans Griff und ging zügig voran. Es war ihr vollkommen egal, wohin sie sich bewegte. Aber mit jedem Schritt hatte sie das Gefühl, endlich wieder Luft zu bekommen.

KAPITEL 4

Vertrocknetes Laub wehte über das Gras, stoppte, änderte abrupt die Richtung, wirbelte herum. Es sah aus wie eine einstudierte Choreografie, ein stiller Tanz. Das Bühnenbild dieser Aufführung bestand aus nichts weiter als ein paar kahlen Bäumen. Darüber bewegten sich kleine weiße Wolken zügig über einen strahlend blauen Himmel. Es war ein kalter, klarer Herbstmorgen und Tag eins im neuen Leben von Dr. habil. Katharina Beck.

Sie saß in ihrem Büro im Verbindungsbau IV und blickte auf die Grünanlagen vor dem IG-Farben-Haus, in dem das Historische Seminar der Goethe-Universität seine Räume besaß. Dabei hatte Katharina den Eindruck, sich selbst zu beobachten. Erstaunt registrierte sie ihre kindliche Neugier. Als würde sie Bäume und Rasen zum ersten Mal sehen. Fasziniert betrachtete sie mehrere Amseln, die im Gras nach Würmern pickten, und ein Eichhörnchen, das durch das Laub hoppelte. Über dem ganzen Bild lag ein feiner Schleier, der ihre Wahrnehmung ein wenig unscharf und verzögert erscheinen ließ. Dieses Gefühl leichter Betäubtheit war jedoch nicht unangenehm. Störend war nur das Pochen in den Schläfen, aber Katharina weigerte sich, etwas dagegen zu unternehmen. Wenn sie sich betrinken konnte, musste sie auch die Konsequenzen tragen. Das gehörte dazu.

Zum Leben.

Und genauso erlaubt war, sich hin und wieder Zeit zu nehmen, die Welt um sich herum zu betrachten. Das hatte sie in der Vergangenheit viel zu selten getan. Trotzdem fiel es ihr nicht leicht, und mehrmals musste sie sich daran erinnern, dass sie es durfte. Zumindest heute. Ihre Vorlesung musste sie erst am Nachmittag halten, und den Text kannte sie auswendig. Zwar war ihr klar, dass es dauern würde, bis die Anspannung der letzten Monate verschwunden war, aber jede Sekunde, in der sie nicht daran dachte, was hinter ihr lag, gab ihr einen Vorgeschmack darauf, wie sich ihre Zukunft anfühlen konnte.

Nach zwanzig Minuten jedoch ließ zuerst die Aufmerksamkeit nach und kurz darauf die Lust. Vielleicht musste sie auch nicht gleich übertreiben.

Vom Flur vor ihrem Büro hörte Katharina nun wieder Schritte und Stimmen, die übliche Geschäftigkeit des Unialltags, den sie seit Jahren kannte. Trotzdem spürte sie in diesem Moment große Distanz. Sie hoffte, dass niemand an ihre Tür klopfen würde, während sie sich routiniert, beinahe mechanisch ihren Aufgaben zuwandte. Eine Studentin hatte das nächste Kapitel ihrer Abschlussarbeit geschickt, und für einen Konferenzbeitrag musste ein Abstract fertig werden. Schnell merkte Katharina jedoch, dass die Konzentration Kraft kostete, die sie heute nicht aufbringen konnte. Sie sah wieder nach draußen.

Am Abend zuvor hatten Norman und sie doch noch die Kurve gekriegt. Es wurde nicht das beste Treffen aller Zeiten, aber das Desaster, das sich angebahnt hatte, war ausgeblieben. Nach einer Weile hatten sie angefangen, miteinander zu reden und sich anzusehen, und irgendwann hatte Katharina begriffen, dass es zu früh war, über eine gemeinsame Zukunft nachzudenken. Sie übten gerade den Alltag. Das war schwer genug und brauchte Zeit, die sie sich nehmen sollten, anstatt sich gleich in das nächste Großprojekt zu stürzen. Als sie diesen Punkt gedanklich erreicht hatte, war eine deutliche Last von ihr abgefallen. Erst danach hatte sie bemerkt, wie ramponiert Norman durch die Ereignisse auf der Demonstration war. Für einen Moment hatte sie sich für ihre Unaufmerksamkeit geschämt.

Die Tatsache, dass sie beide angeschlagen waren, erwies sich jedoch bald als günstig für den weiteren Verlauf des Abends. Während des Essens tranken sie reichlich Wein und amüsierten sich darüber, wie erschöpft und mitgenommen der jeweils andere wirkte. Schließlich wetteiferten sie um ihre seelischen und körperlichen Kratzer. Als der Kellner um kurz nach zehn den Schnaps brachte, forderten sie ihn auf zu entscheiden, wer von beiden erbärmlicher aussah. Sie versuchten sogar, ihn mit Geld zu bestechen, und brachten ihn dadurch in eine ziemlich unangenehme Situation. Im alkoholumnebelten Überschwang ließ sich Katharina schließlich das Video der Demonstration von Norman auf ihr Handy schicken. So wollte sie sich jederzeit vergewissern können, dass es ihr keinen Schrecken mehr einjagte. Nüchtern betrachtet tat es das sehr wohl. Ihr Mobiltelefon lag vor Katharina auf dem Schreibtisch, aber an diesem Vormittag hatte sie es noch nicht fertiggebracht, die Aufnahme anzusehen.

Da sie sich nicht konzentrieren konnte, begann sie, ziellos im Internet zu surfen. Sie streifte Reiseportale, spürte aber trotz beeindruckender Bilder keinerlei Motivation, sich aus Frankfurt wegzubewegen. Auch die letzten Neuigkeiten aus dem Privatleben irgendwelcher B- und C-Promis interessierten sie nicht.

So landete sie nach kurzer Zeit bei den Berichten über die Ereignisse des vergangenen Tages. Katharina erfuhr, dass die Polizei auf einer Pressekonferenz am Morgen erste Informationen zum Opfer bekannt gegeben hatte. Sie fragte sich, ob die Ermittlungsbehörde aus freien Stücken gehandelt hatte. Oder sah sie sich durch den öffentlichen Druck und besonders durch Normans Artikel zur Berichterstattung genötigt, um irgendwie die Kontrolle zu behalten? Wie auch immer, nach Angaben der Staatsanwaltschaft handelte es sich bei dem getöteten Demonstranten um Andreas T., einen siebenundzwanzigjährigen arbeitslosen KFZ-Mechatroniker aus dem Raum Stuttgart, der in der Vergangenheit bereits häufiger durch Straftaten aufgefallen war. Auf der Liste standen Ruhestörung, Erregung öffentlichen Ärgernisses, Sachbeschädigung in U-Bahnen, Drogenbesitz und -handel in kleinem Maßstab, außerdem einige leichte Fälle von Körperverletzung. Das alles hatte sich zu mehreren Bewährungsstrafen summiert. Weiter hieß es, T. habe sich wahllos, aber regelmäßig an Protestaktionen beteiligt. So war er bei den Maikrawallen in Berlin und auf Demonstrationen gegen Stuttgart 21 wiederholt mit der Polizei aneinandergeraten. Ein Foto von ihm war nicht veröffentlicht worden. Trotzdem entstand vor Katharinas Auge ein Bild. Etwas jedoch störte sie daran, ohne dass sie benennen konnte, was es war.

Zum Hergang der Tat hatte sich die Kripo genauso wenig geäußert wie zur genauen Todesursache, angeblich mit Rücksicht auf die laufenden Ermittlungen. Das Ergebnis der Obduktion wurde erst in einigen Tagen erwartet. Auf Nachfragen zur Rolle der Beamten während der Demonstration und besonders zum Foto in Normans Artikel hatte die Polizeispitze einigermaßen gereizt reagiert. Das Bild sei unscharf und nichts wirklich zu erkennen. Überdies sei unklar, ob es sich überhaupt um eine authentische Aufnahme handelte. Aber natürlich werde man der Sache nachgehen.

So blieb alles sehr diffus. Als habe Andreas T. plötzlich einfach tot auf dem Straßenpflaster gelegen. Doch das war nicht, was Katharina zu denken gab.

Schließlich konnte sie in Worte fassen, worüber sie beim Lesen gestolpert war. Wer in der Autoregion Stuttgart als KFZ-Mechatroniker arbeitslos war, schien weder sonderlich talentiert noch fleißig. Wer seine Zeit dann auch noch für eine Karriere als Kleinkrimineller und Demonstrationstourist nutzte, machte sich endgültig verdächtig. Für Katharina klang es beinahe so, als sei Andreas T. irgendwie selbst schuld, dass es ihn erwischt hatte. Sollte hier eine Diskussion über den Polizeieinsatz abgewürgt werden, bevor sie richtig begonnen hatte?

Das machte Katharina neugierig. Sie gab den Namen in die Suchmaschine ein und kam doch immer wieder nur auf die Berichte zur Pressekonferenz zurück. Dazu gab es immerhin erste Leserkommentare. Darin wurden die Informationen der Polizei als billiges Ablenkungsmanöver kritisiert. Es diene einzig dazu, das eigene Versagen kleinzureden und Zeit zu gewinnen, um das umstrittene Gesetz zur Einschränkung der Bürgerrechte durchzuboxen. In einem ersten Impuls fühlte sich Katharina bestätigt. Dann fragte sie sich, ob beide Seiten vielleicht routiniert ihre Klischees in Stellung brachten und sich dahinter eingruben.

Wer waren eigentlich diese Aktivisten?

Katharina musste sich eingestehen, dass sie die Diskussionen der letzten Monate kaum verfolgt hatte. Zu sehr war sie mit ihren eigenen Kämpfen beschäftigt gewesen und damit, ihre Wunden zu lecken. Jetzt ärgerte sie sich über ihre Unaufmerksamkeit. Zum Glück gab es das Internet. Dort würde sie sicher eine Antwort finden.

Schnell stieß sie auf jede Menge Fotos, aufgenommen auf den zahlreichen Demonstrationen. Glaubte man den Transparenten, die darauf zu sehen waren, schienen die Aktivisten eine ziemlich bunte Truppe zu sein. Die Spruchbänder richteten sich gegen das geplante Gesetz, aber genauso gegen die Globalisierung, den Flughafenausbau, gegen Tierversuche oder das System an sich.

Die Aufnahmen stammten von unterschiedlichen Websites, betrieben mit mehr oder weniger Liebe zum Detail. Manche enthielten Foren, in denen diskutiert wurde, wann, wo und wie der Gegner am besten zu treffen sei. Katharina scrollte durch seitenlange Manifeste zu den Grundrechten und las Texte, die John Locke bemühten und die Verfassung der Vereinigten Staaten. An anderer Stelle wurde vor einem dunklen Hintergrund mit kernigen Worten eine neue außerparlamentarische Opposition ausgerufen. Von dort ging es weiter zu einer Seite, die den bewaffneten Kampf gegen das herrschende System forderte. Oder wenigstens die Legalisierung von Drogen.

Das alles war ganz unterhaltsam. Doch auf Katharinas Weg durch die Weiten des Netzes änderte sich zunehmend der Tonfall. Sie stieß auf Seiten, die es sich anscheinend zur Aufgabe gemacht hatten, den Politikern in einer Art öffentlicher Anklageschrift sämtliche Verfehlungen vorzuhalten. Dagegen war grundsätzlich nichts einzuwenden. Nur zu gut erinnerte sich Katharina an die Recherchen der vergangenen Monate. Daran, was sie dabei über Forster, Kaltenborn und andere Abgeordnete erfahren hatte. Wozu sie fähig waren. Aber das hier war anders. Es war die Rede von Verhältnissen mit Praktikantinnen, von Geldwäsche und ausländischen Putzfrauen, die angeblich wie Sklavinnen gehalten wurden. Die Beweise dafür waren mehr als dürftig. Aber um die Wahrheit ging es hierbei offensichtlich nicht. Vielmehr bemühten sich einige Aktivisten nach Kräften, diejenigen, die sie als ihre Gegner betrachteten, ständig und von allen Seiten unter Beschuss zu nehmen. Ihnen keine Zeit zum Atmen zu geben. Sie vor sich herzutreiben. Endgültig böse und hässlich wurde es auf Seiten mit selbst gebastelten Steckbriefen. Darin wurden Politiker ins Fadenkreuz genommen, und auf ihre Köpfe waren Belohnungen ausgesetzt.

Katharina war erleichtert, als sie aus den Untiefen des Netzes wieder auftauchte und in seichteren Gefilden auf Gruppierungen stieß, die Demonstrationen eher als Party begriffen. Mehrfach gab es Berichte über Drogen, die während der Aktionen offenbar großzügig verteilt und konsumiert worden waren. Insgesamt ergab sich ein sehr widersprüchliches Bild der Bürgerrechtler, und Katharina hoffte, auf den Seiten unabhängiger Zeitungen endlich zu erfahren, was sie von der Bewegung halten sollte. Aber auch dort mischte sich die Bewunderung für das politische Engagement mit einer kritischen Sicht auf vereinzelte Guerillaaktionen. Es hieß, einer der Aktivisten werde mit einem Bombenattentat auf ein Finanzamt in Sachsen in Verbindung gebracht.

Katharina lehnte sich zurück. Sie hatte viel gelesen, viel gesehen. Trotzdem fühlte sie sich kein bisschen schlauer. Am meisten machte ihr zu schaffen, dass die ganze Bewegung kein Zentrum zu haben schien, nichts, wo die Fäden zusammenliefen. Es gab kaum Namen und so gut wie nie ein Gesicht dazu. Die Aktivisten gaben sich alle Mühe, präsent zu sein und zugleich unsichtbar. Nach einer Weile begriff Katharina, dass sie es genauso machen würde. Gegen einen übermächtigen Gegner war die einzige Chance eine gute Deckung.

Tastend griff sie ihr Mobiltelefon und wog es in der Hand. Einen Moment zögerte sie, dann ließ sie es in die Tasche ihres Mantels rutschen, nahm ihn mit dem Schal vom Stuhl und verließ das Büro. Auf dem Weg über den Flur und die Treppe hinunter beschlich sie ein ungewohntes Gefühl von Leichtigkeit, gemischt mit schlechtem Gewissen. Die Kollegen, die ihr begegneten, schienen jedoch nichts Ungebührliches an ihrem Verhalten zu entdecken.

Draußen blies ihr ein schneidender Wind ins Gesicht, und sie bereute, keine Handschuhe mitgenommen zu haben. Katharina schob die Hände in die Taschen und spürte das Telefon mit dem Video. Sie wusste nicht genau, wie, aber sie würde herausfinden, von welcher Stelle aus es aufgenommen worden war. Als Beweis dafür, dass ihr Misstrauen gegenüber den vermummten Polizisten auf der Demonstration gerechtfertigt war. Und als Botschaft an alle, die glaubten, Muskeln und Waffen gäben ihnen das Recht, wehrlose Menschen zu misshandeln.

Drei Stationen fuhr Katharina mit der U-Bahn. In der Berger Straße gab sich die Stadtreinigung alle Mühe, aber die Spuren des vergangenen Tages waren noch immer unübersehbar. Schaufenster waren zu Bruch gegangen und nur notdürftig mit Holzplatten oder Pappe gesichert, Straßenschilder beschmiert oder verbogen, und auf dem Pflaster lagen Unmengen Steine und Scherben. Dazwischen bewegte sich Katharina betont unbeteiligt. Als sei sie nur eine Touristin, die es versehentlich in das Frankfurter Nordend verschlagen hatte.

Nach wenigen Minuten erreichte sie die schmale Waagengasse, an deren Ende sich der Hof befand, in dem Andreas T. zu Tode gekommen war. Mit jedem Schritt wuchs ihre Anspannung. Schon von weitem erkannte sie die Blumen, die Kerzen und ein Bettlaken, das als Transparent aus einem Fenster über der Hofeinfahrt hing. Niemals aufgeben! Der Kampf geht weiter!

Darunter hatte sich eine kleine Menschentraube gebildet, die eine Mahnwache abhielt. Sie wurde misstrauisch beäugt von einigen Polizisten auf der anderen Seite des Platzes. Weiter rechts warteten Journalisten darauf, dass etwas passierte. Katharina spürte die Spannung in der Luft, die Bereitschaft, bei der kleinsten Provokation wieder aufeinander loszustürmen. Auf keinen Fall wollte sie darin verwickelt werden oder auch nur gezwungen sein, Stellung zu beziehen, selbst wenn ihre Gefühle sehr klar waren.

So blieb sie in einiger Entfernung in einem Hauseingang stehen. Dort zog sie ihr Handy aus der Manteltasche, zögerte, blickte wieder zum Hof und startete das Video. Während der

Film lief, versuchte sie, nicht auf die Menschen im Vordergrund zu achten. Auch nicht auf Andreas T., der um sein Leben kämpfte. Katharina konzentrierte sich allein auf die Häuser in der Aufnahme, auf verwitterte graue und weiße Fassaden. Dann blickte sie wieder auf und verglich mit dem, was sie um sich herum sah. Die Gebäude hier sahen ganz ähnlich aus, aber doch anders, ein wenig schlanker, die Farben frischer. Hier war die Aufnahme also nicht entstanden. Ein letztes Mal schaute sie hinüber zum Hof, bevor sie umdrehte und den Weg zurücklief, den sie gekommen war.

Nach einer leichten Biegung der Waagengasse blieb Katharina stehen und atmete ihre Anspannung aus. Anschließend konzentrierte sie sich wieder auf den Vergleich von Film und Wirklichkeit. Nach etwa einer Minute hatte sie den Punkt erreicht, an dem die schmale Gasse auf den etwas breiteren Tucherweg stieß. Sie überlegte. Der Demonstrationszug musste links von ihr entlanggezogen sein. Also wandte auch sie sich in diese Richtung.

Nach etwa achtzig Metern stockte sie, sah hin und her und bewegte das Handy, um irritierende Lichtreflexionen auszuschließen. Dann spürte sie ihren Herzschlag. Sie stand vor einem Haus, das in demselben schmutzigen Grau gestrichen war und denselben großen Kratzer im Putz besaß, wie er im Video zu sehen war. Der Film musste hier, von der anderen Straßenseite aus, aufgenommen worden sein, kein Zweifel. Katharina schluckte und fragte sich, was sie tun sollte.

Der Schaden in der Fassade befand sich von Katharina aus gesehen rechts zwischen erster und zweiter Etage. Und von rechts waren auch die Polizisten mit Andreas T. gekommen. Bedächtig wandte sie sich um. Die Gebäude gegenüber besaßen fünf Stockwerke und dort offenbar jeweils eine Wohnung auf beiden Seiten des Treppenhauses. Wenn Katharina von der Schramme im Putz eine gedachte Linie in Blickrichtung der Kamera zog, landete sie beim übernächsten Haus und dort bei der Wohnung rechts im dritten Obergeschoss. Dort mussten also die Aufnahmen entstanden sein. Ein wenig neigte Katharina den Kopf und erkannte weder Vorhänge an den Fenstern noch Lampen unter der Decke.

Immer noch unsicher, machte sie einige Schritte über den Asphalt, als sie im Augenwinkel eine Bewegung links von sich registrierte. Erschrocken blieb sie stehen und blickte sich um. Der Tucherweg war menschenleer. Trotzdem fühlte sie sich ertappt. Tastend ließ sie ihren Blick über die Häuserzeile wandern, suchte nach Personen, die sich in Hauseingängen verbargen, nach Gesichtern, die sie hinter Vorhängen beobachteten.

Nichts.

Es kostete Katharina Mühe, sich zu erinnern, dass sie nichts Verbotenes tat. Also, beruhige dich.

Um sich abzulenken, während sie die Straße überquerte, versuchte Katharina der Person, die den Film gemacht hatte, eine Gestalt zu geben. War es ein Mann oder eine Frau? Sympathisierte sie mit den Aktivisten? Oder fand sie am Ende sogar richtig, was mit T. geschehen war? Und warum hatte sie den Film an die Presse geschickt, anonym? Aus Angst vor der Polizei? Oder weil sie etwas wusste?

Katharina ging durch den winzigen Vorgarten des identifizierten Hauses, als sie wieder ein Flackern links bemerkte.

Erschrocken wich sie zurück auf die Straße.

Sie wurde beobachtet.

Aber es war niemand zu sehen.

Sie schluckte und bewegte sich langsam den Gehweg entlang. Dabei schienen ihre Schritte furchtbar laut. Sie blieb stehen, atmete tief durch und setzte ihre Fersen ganz sachte. Das musste schrecklich albern aussehen.

Auf ihrem Weg spähte sie in Hauseingänge und hinter

Vorhänge. Doch nichts rührte sich. Auf der anderen Straßenseite schlingerte ein Windspiel, und einige Pflanzen schlugen gegen Häuserwände. Aber das war nicht, was sie aufgeschreckt hatte.

Bildete sie sich etwas ein?

Warum auch sollte sie jemand beobachten? Wer konnte wissen, dass sie etwas wusste?

Niemand.

Katharina blieb stehen und schüttelte den Kopf über sich selbst. Dann ging sie zügig und möglichst aufrecht zurück zu dem Gebäude, das ihr eigentliches Ziel war. Sie stieg die wenigen Stufen zur Haustür hinauf und überflog die Klingelschilder.

Jenes, das zur Wohnung im dritten Obergeschoss rechts gehörte, war nicht beschriftet.

Das musste nichts bedeuten, aber es irritierte Katharina. So wie die ganze Geschichte. Sie trat einige Schritte zurück und blickte an der Fassade hinauf. Oben war es ganz still.

Sie klingelte.

Nichts.

Klingelte noch mal.

Wieder nichts.

»Da wohnt keiner.«

Katharina fuhr herum und blickte auf eine ältere Frau, die mit einem Einkaufskorb in der Hand und einer Packung Klopapier unter dem Arm am Fuß der drei Stufen stand. Katharina hatte sie nicht kommen hören. »Die Wohnung steht schon lange leer. Zu wem wollen Sie denn?«

Katharina wog ab, was sie sagen wollte und durfte. »Haben Sie von dem Todesfall auf der Demonstration gehört?«

»Natürlich. Ist ja gar nicht weit von hier passiert. Schlimme Sache. Sind Sie von der Zeitung?«

Wieder überlegte sie. »Haben Sie etwas mitbekommen?«

»Ich? Nein. Wieso?«

Katharina stieg die Stufen hinab und zeigte ihr den Film. »Könnte das von hier aufgenommen worden sein?«

Beim Anblick der kurzen Szene kniff die Frau die Augen zusammen. »Ist das der arme Kerl?«

Katharina nickte.

Wieder blickte die Frau auf den Film und dann auf die andere Straßenseite. »Ja, das könnte das Haus sein. Schon möglich. Und jetzt wollen Sie von mir wissen, ob ich was gesehen habe? Nein. Ich war beim Arzt. Zum Glück. Nicht auszudenken, wenn ich diesen Kerlen in die Hände gefallen wäre. Es wird ja immer schlimmer. Irgendwann kann man gar nicht mehr vor die Tür gehen.«

»Haben Sie eine Idee, wer den Film gemacht haben könnte?«

»Keine Ahnung. Ich jedenfalls nicht.«

»Was ist mit der Wohnung im dritten Stock?«

»Seit Monaten nicht vermietet. Wasserschaden. Aber Lehmann hat's nicht eilig.«

»Lehmann?«

»Der Vermieter. Manche sagen, das ist Taktik. Dass er uns alle hier raushaben will. Damit er die Wohnungen doppelt so teuer an irgendwelche reichen Schnösel verscherbeln kann. Aber nicht mit mir. Ich wohne seit dreißig Jahren hier, und es werden noch mal dreißig, das verspreche ich Ihnen. Wenn meine Pumpe mitmacht.« Schnaufend stieg sie die Stufen hinauf und betrat das Haus.

Bevor die Tür zufiel, schlüpfte Katharina hindurch. Im Halbdunkel wartete sie, bis die Frau in ihrer Wohnung im Hochparterre verschwunden war. Dann ging sie langsam die Treppe hinauf und klingelte an den Wohnungstüren. Meistens rührte sich nichts. Es war Donnerstagvormittag und die Leute vermutlich im Büro. Die drei Bewohner, die sie antraf, schienen ehrlich bestürzt über die Videobilder. Alle beteuerten, weder den Film gemacht noch irgendetwas gesehen zu haben, auch nicht in der leerstehenden Wohnung.

Enttäuscht verließ Katharina das Haus und sah ein letztes Mal die Fassade hinauf. Beim Anblick der großen leeren Fenster spürte sie ein beklemmendes Gefühl. Offenbar hatten sie es mit einem Phantom zu tun.

Zügig ging Katharina daraufhin zum Bürgeramt auf der Zeil. Sie hoffte, dass das Gespenst wenigstens einen Namen bekam.

Doch in der Wohnung im dritten Stock war niemand gemeldet.

KAPITEL 5

Er fuhr zu schnell.

Die Häuser an der Hanauer Landstraße rauschten vorbei und verwischten zu einem graubraunen Schleier.

Er war unaufmerksam, fuhr zu dicht auf. Erst im letzten Augenblick bemerkte er einen Radfahrer, der rechts neben ihm auftauchte.

Um halb zwei an diesem Donnerstagnachmittag war Norman Jacobi auf der Flucht.

Die Pressekonferenz am Morgen war eine Katastrophe gewesen. Bruno Demandt hatte ihn mit finsteren Blicken bedacht und jeden Kontakt verweigert. Körber vom Staatsschutz hielt Jacobi vermutlich für schlimmer als eine Pockenepidemie. Ihre Ausführungen zu den Ereignissen des Vortages waren jämmerlich. Kritische Nachfragen hatten sie wegzulächeln versucht, und dabei war nicht mehr zum Vorschein gekommen als ihre schlechten Zähne.

So war mehr und mehr Jacobi in den Fokus der Aufmerksamkeit geraten. Statt Fragen zu stellen, sollte er plötzlich Antworten geben. Die Kollegen verlangten Erklärungen. Woher stammte das Video, das zu dem abgedruckten Standbild gehörte? Und wie war er darangekommen? Jacobi verweigerte sich, weil er es selbst nicht begriff, und geriet unter Druck. Alte Geschichten tauchten wieder auf. Wie kam es, dass dieser mittelmäßige Journalist einer unbedeutenden Zeitung immer wieder die aufregendsten Entdeckungen machte? Das konnte nicht mit rechten Dingen zugehen. Aus anfänglicher Verwunderung der Kollegen wurde schließlich handfeste Skepsis. Auf keinen Fall durfte er als Schoßhund der Polizei dastehen. Das wäre tödlich in dieser Situation. So hatte Jacobi die Pressekonferenz schon vor ihrem Ende verlassen – und gewusst, dass er es dadurch nur noch schlimmer machte.

Er brauchte Antworten.

Dazu hatte er Kollegen, die in Stuttgart für eine andere Zeitung des Konzerns arbeiteten, auf Andreas T. angesetzt. Vielleicht verschaffte ihm diese Verbindung einen kleinen Vorsprung, doch noch hatte er nichts gehört. Anschließend war Jacobi herumgefahren und hatte Zeugen gesucht, in den Geschäften an der Demoroute, in der Nähe des Tatortes, aber niemand wollte mit ihm reden. Stattdessen waren ihm Journalisten der anderen Blätter begegnet, die dieselbe Idee verfolgten. Nun war er auf dem Rückweg in die Redaktion und hatte keine Ahnung, was er dort tun sollte.

Wenig später parkte er im Hof an der Laderampe und raufte sich die Haare. Er erinnerte sich wieder an seinen Weg zum Tatort und die Bilder in seinem Kopf. Er war Teil des Films, und auf der Pressekonferenz hatte er gespürt, was das bedeuten konnte. Bevor der Streifen weiterlief, stieg Jacobi aus.

Dort traf ihn der Wind frontal. Jacobi trug nur ein Sakko über dem Pullover. Sein Anorak war noch in der Reinigung. Angesichts des tiefsitzenden Drecks vom Pflaster der Berger Straße hatte die Angestellte den Kopf geschüttelt und die Chance, dass die Jacke noch zu retten war, mit eins zu vier beziffert. Jacobi war entschlossen, die Kosten Bruno in Rechnung zu stellen. Er würde einen Tobsuchtsanfall kriegen.

»Herr Jacobi?«

Er stand ungefähr in der Mitte des Hofes, als er seinen Namen hörte, und blickte sich suchend um. Zwischen den parkenden Autos entdeckte er schließlich einen Mann, eher klein und gedrungen, aber kräftig, mit Stiernacken. Jacobi schätzte ihn auf Ende vierzig, vielleicht älter. Langsam bewegte er sich nach vorn. Seine Hände hatte er in seiner schwarzen Lederjacke vergraben. »Ich hoffe, Sie glauben nichts von dem Mist, den die Polizei erzählt.«

»Wer sind Sie?«

»Nehmen Sie's mir nicht übel, aber das möchte ich nicht sagen. Noch nicht.«

Instinktiv machte Jacobi einige Schritte rückwärts und blickte sich um. Hinter ihm führte kein Weg aus dem Hof.

»Keine Sorge«, sagte der Fremde. »Ich will Ihnen keine Angst machen. Im Gegenteil. Ich möchte Ihnen helfen.«

»Wobei.«

»Sie sind auf der richtigen Spur.«

Jacobi blieb stehen. »Wovon reden Sie?«

»Sie und ich wissen, dass die Polizei heute Morgen eine erbärmliche Show abgezogen hat. Und ich weiß, dass sie lügt. Das Opfer ein arbeitsloser Autoschlosser aus Stuttgart? Ein Fremder ohne jede Verbindung in der Stadt? Doch nur, damit niemand auf die Idee kommt, hier in Frankfurt nach ihm zu suchen und unangenehme Fragen zu stellen.«

»Wollen Sie damit sagen, die Polizei hat bewusst einen falschen Namen und eine falsche Identität veröffentlicht?«

Der Mann stand jetzt vor Jacobi und sah zu ihm auf. Er roch nach Leder und Zigaretten. »Was soll das für eine Identität sein? Das ist doch nichts weiter als eine Rauchbombe, um die Öffentlichkeit einzunebeln. Und dabei den Rechtsstaat immer weiter auszuhöhlen. Zum Schutz der Politiker. Zum Schutz für uns alle. Dass ich nicht lache.« Er spuckte aus.

»Sie sind einer von denen?«, fragte Jacobi. »Einer der Bürgerrechtler?«

Der Mann lächelte schief. »Klingt gut. So intellektuell. Aber ich bin kein Intellektueller. Ich bin nur ein Typ, der findet, dass ziemlich viel falschläuft in dieser Stadt und in diesem Land. Und dass wir etwas dagegen tun müssen. Aber wir allein haben keine Chance. Das haben sie uns gestern auf der Demo wieder eindrucksvoll bewiesen. Sie hören uns nicht zu und kommen überall an uns ran. Aber bei Ihnen ist das anders. Wenn Sie etwas sagen, wird es gehört. Und Sie können selbst diese Schweine nicht so schnell zum Schweigen bringen.«

Jacobi fühlte sich geschmeichelt und spürte doch, wie der Mann versuchte, ihn einzuwickeln. Er musste aufpassen. »Haben Sie mir den Film geschickt?«

»Welchen Film? Ich weiß nichts von einem Film.«

»Aber Sie haben das Opfer gekannt?«

Er lachte verächtlich. »Ich kenne keinen Andreas T. aus Stuttgart. Aber ich weiß, wen die Bullen gestern zu Tode geprügelt haben.«

»Wer war er?«

Für einen Moment schloss der Mann die Augen. Dann blickte er Jacobi direkt in die Augen. »Kann ich Ihnen vertrauen?«

Jacobi zögerte. Er wusste selbst nicht, was er von diesem Kerl halten sollte. Andererseits war er seine einzige Spur, die einzige Möglichkeit weiterzukommen. »Und ich? Kann ich Ihnen trauen?«

Der Fremde lächelte. »Sie wollen wissen, wer das Opfer ist? Ich bringe Sie hin.«

Verstohlen blickte Jacobi immer wieder nach rechts. Der Mann neben ihm im Auto dirigierte ihn mit kurzen Anweisungen Richtung Nordwesten. Ansonsten sah er schweigend aus dem Fenster.

Noch immer konnte Jacobi kaum glauben, was gerade passierte. Vor vierundzwanzig Stunden war Andreas T. – oder wie auch immer sein Name lautete – getötet worden.

Jetzt besaß Jacobi als Einziger einen Beweis, dass die Polizei in seine Ermordung verwickelt war. Und er war im Begriff nachzuweisen, dass sie die Öffentlichkeit dreist belogen hatte.

Wer war dieser Kerl neben ihm?

Schließlich lächelte der Mann. »Okay«, sagte er. »Wir wollen möglichst viele Leute erreichen. Dafür brauchen wir das Netz. Aber uns ist klar, dass wir uns damit angreifbar machen. Die Bullen haben nun mal die besseren technischen Möglichkeiten und keine Skrupel, sie zu nutzen. Darum greifen wir manchmal auf die altmodischen Mittel zurück. Kurzfristige Treffen. Wechselnde Orte. Und möglichst keine Namen.« Er reichte Jacobi die Hand. »Du kannst mich Freddy nennen.«

Jacobi zögerte, und wieder lächelte der Mann. »Schon in Ordnung. Du musst dir jetzt nichts ausdenken. Das wäre ein bisschen albern.«

Jacobi nickte und schlug ein. »Also gut, Freddy, wer war er?«

»Er nannte sich Holger. Seinen richtigen Namen kenne ich nicht.«

Jacobi war überrascht.

»Gleich am Anfang haben wir uns darauf geeinigt«, erklärte Freddy. »Jeder in der Bewegung nennt einen Namen. Ob es der richtige ist, spielt keine Rolle. Es dient dem eigenen Schutz.«

»Heißt das, ihr misstraut euch auch untereinander?«

»Oh, nein. Du merkst sehr schnell, auf wen du dich verlassen kannst.«

»Und auf Holger konntest du dich verlassen?«

»Absolut. Aber du weißt nie, wer sonst noch mithört.«

»Was war sein Job, seine Aufgabe?«

»Holger war ein Irrer, was Computer und dieses ganze Zeug angeht, Programmierung, Vernetzung. Er war unglaublich wichtig für die Kommunikation.« Wieder blickte Freddy aus dem Fenster. »Ich habe keine Ahnung, wie das jetzt weitergehen soll.«

Jacobi spürte einen Schauer seinen Nacken hinaufkriechen. »Willst du damit sagen, dass … dass sie ihn bewusst ausgewählt haben, um die Bewegung zu schwächen?«

»Wie viele Leute waren auf der Demo? Dreißigtausend? Vierzigtausend? Und da erwischt es ausgerechnet ihn?« Freddy schüttelte den Kopf. »In den letzten Wochen hat er immer wieder gesagt, dass sie hinter ihm her sind. Dass sie ihn beobachten, ihm auflauern. Er hat sogar überlegt unterzutauchen. Aber er wollte uns nicht im Stich lassen. Und jetzt? Jetzt haben wir ihn im Stich gelassen. Scheiße.«

Konnte das sein?, fragte sich Jacobi, als er in die Kolbestraße einbog. Nach den Erfahrungen der letzten Monate traute er Körber vom Staatsschutz so ziemlich jede Schweinerei zu. Aber dass er eine Bürgerrechtsbewegung ausspionieren und eines ihrer Mitglied bewusst töten ließ? Nein, das konnte, das wollte sich Jacobi nicht vorstellen.

»Da vorn ist es«, erklärte Freddy und deutete auf einen etwas heruntergekommenen Altbau. »Da oben.«

Jacobi nahm den Fuß vom Gas und blickte auf mehrere vorhanglose Fenster im dritten Stock, bevor er etwas weiter vorn am Straßenrand parkte. »Was macht dich eigentlich so sicher, dass er das Opfer ist? Du sagst, die Polizei hat einen falschen Namen veröffentlicht, und es gibt kein Foto des Toten. Warst du dabei?«

Freddy schüttelte den Kopf. »Ich nicht. Aber einige von uns haben gesehen, wie sie ihn in die Finger gekriegt und weggeschleppt haben. Seitdem haben sie alles versucht, mit ihm Kontakt aufzunehmen. Aber er reagiert nicht. Und glaub mir, Holger hätte sich gemeldet, wenn er nur könnte.«

Jacobi nickte. »Und jetzt?«

Aus seiner Jackentasche zog Freddy einen Schlüsselbund hervor. »Und jetzt gehen wir rein.«

Irritiert folgte ihm Jacobi zur Haustür. »Woher hast du den?«

»Du verstehst das immer noch nicht«, sagte Freddy ungeduldig im Treppenhaus. »Sie wollen uns fertigmachen. Dafür ist ihnen jedes Mittel recht. Am besten, wir wären unsichtbar. Aber das hat nicht mal Holger hingekriegt. So haben wir nur eine Chance, wenn wir ständig in Bewegung bleiben. Deshalb hatte er einen Schlüssel zu meiner Wohnung, und ich habe einen von ihm. Und von einer ganzen Reihe anderer Leute.«

»Willst du damit sagen, dass sie auch hinter dir her sind?«

»Wir sind alle polizeibekannt«, sagte Freddy und öffnete die Wohnungstür. Von innen strömte ihnen kühle, abgestandene Luft entgegen. Es roch nach Zigaretten. Zügig lief Freddy über den Flur und verschwand in einem der Zimmer. Jacobi dagegen bewegte sich langsam über die grauen Dielen. An den Wänden hingen unterschiedliche Bilder, ein Poster der Doors, ein altes Plakat einer Ausstellung für Objektkunst, verwischte Schnappschüsse kleiner Straßen, die Jacobi nicht zuordnen konnte. Er sah in eine schmale Küche, in der noch Schmutzgeschirr stand, und in ein kleines Bad. Das alles sah kaum anders aus als bei ihm zu Hause. Das machte es nicht einfacher.

»Scheiße!«, rief Freddy. »Diese Wichser! Diese gottverdammten Arschlöcher!«

Jacobi fand ihn in einem schlicht möblierten Wohnzimmer. Über einem schmalen Sofa lag eine blaue Tagesdecke, und zwei Paletten dienten als Tisch. Der Arbeitsplatz bestand aus einer Holzplatte, die auf zwei Böcken ruhte. Die gesamte hintere Wand des Raumes nahm ein Regal ein, in dem sich Bücher, Ordner und Zeitschriften stapelten. Freddy stand in der Mitte des Raumes und wirkte völlig ratlos. »Er ist weg.«

»Wer ist weg?«

»Das heißt, sie waren hier. Die Schweine waren hier.«

»Wovon redest du?«

»Die Bullen.«

»Wie kommst du darauf?«

Freddy sah ihn scharf an. »Holger war IT-Profi.«

»Und?«

»Und? Siehst du einen Computer? Nein? Erst haben sie Holger umgelegt. Dann sind sie hier eingestiegen und haben alles mitgehen lassen, was sie kriegen konnten. Sogar der Drucker ist weg.«

»Bist du sicher?«

Irritiert blickte Freddy ihn an. Plötzlich lief er aus dem Raum. Jacobi folgte ihm zum Schlafzimmer. Dort schaufelte Freddy Klamotten aus dem Kleiderschrank auf den Boden. »Fuck! Fuck, fuck, fuck!«

»Was ist?«

»Die externe Festplatte mit den Sicherungskopien: auch weg.« Freddy sank auf die Bettkante und vergrub seinen Kopf in den Händen. Er sah aus, als hätte ein Erdrutsch seine ganze Existenz weggespült.

Er tat Jacobi leid. »Vielleicht war das hier nicht alles. Vielleicht … vielleicht gibt es noch mehr. Hatte Holger noch weitere Verstecke? Denk nach.«

Langsam hob Freddy den Kopf, und sein Kampfgeist schien zurückzukehren. Seine Augen verengten sich zu schmalen Schlitzen. Schließlich nickte er. »Du hast recht. Holger war ein verdammter Paranoiker. Von jedem Scheiß hat er Kopien gemacht und sich die irrwitzigsten Verstecke dafür ausgedacht. Etwas davon muss noch hier sein.«

»Und wo? Wo sollen wir danach suchen?«

Nun schob sich ein diabolisches Grinsen auf Freddys

Gesicht. »Wo fallen Papiere am wenigsten auf? Da, wo es jede Menge davon gibt. Fang drüben im Wohnzimmer an. Nimm dir die Ordner vor, alles, was du findest.«

»Machst du Witze? Das sind Tausende von Seiten.«

Freddy stand auf und schob Jacobi in den Flur. »Worauf wartest du dann? Ich mache hier weiter.«

Ratlos stand Jacobi im Wohnzimmer vor dem Regal. Es erschien ihm wie eine riesige senkrechte Felswand ohne jede Griffmöglichkeit. Wo sollte er hier anfangen? Zögernd holte er einen ersten Ordner hervor und blätterte durch jede Menge Rechnungen und Prospekte für Computerzubehör, aber auch für Küchengeräte und Joggingklamotten. Dabei tauchte als Adressat immer wieder ein Matthias Gassmann auf. War das Holgers richtiger Name?

Jacobi fühlte sich nicht gut dabei, im Privatleben eines Mordopfers herumzustochern. Zwar war es sein Job, viele Male hatte er es bereits getan. Aber das hier war anders. Alles deutete darauf hin, dass die Polizei der Täter war, und er war hier, um Beweise dafür zu sammeln. Aber im Präsidium kannte er eine Menge Leute. Mit Bruno war er befreundet. Zumindest bis jetzt. Auch wenn seinen Freund vielleicht keine Schuld traf, hatte Jacobi ein schlechtes Gewissen, hinter seinem Rücken herumzuschnüffeln. Gleichzeitig saß ihm Freddy im Nacken. Der Kerl war ihm nicht geheuer. Andererseits fragte sich Jacobi, was er täte, wenn seine Arbeit, vielleicht sogar sein Leben so massiv bedroht würde, wie es hier den Anschein hatte. Ihn gruselte.

Er trat ans Fenster und blickte hinab auf die Straße. Hatten sie das Opfer von dort unten aus beobachtet? Seine Lebensgewohnheiten ausgespäht, ein Bewegungsprofil erstellt? Und dann auf den richtigen Moment gewartet? Weil sie ihn für eine Gefahr hielten. Wofür eigentlich? Für die öffentliche Sicherheit? Oder eher für ihre eigenen Machtansprüche? Jacobi wurde schlecht.

»Was soll der Scheiß?!«

Jacobi fuhr herum und sah Freddy in der Tür. »Willst du uns helfen oder auf den Frühling warten?«

»Es tut mir leid, was mit ihm passiert ist«, stammelte Jacobi.

»Geschenkt. Hast du was gefunden?«

»Noch nicht.«

»Dann such weiter. Wir brauchen seine Unterlagen. Sonst müssen wir von ganz vorn anfangen. Und dann ist es vielleicht zu spät.«

So schob Jacobi seine Skrupel beiseite und arbeitete sich durch Berge von Rechnungen, Auftragsbestätigungen, Versicherungsnachweisen, Werbeprospekten, Urlaubsbuchungen. Holger schien wirklich alles aufgehoben zu haben. Trotzdem hatte Jacobi nicht den Eindruck, ihm dadurch näherzukommen. Dieser Typ blieb seltsam konturlos, verschwommen. In der Zwischenzeit hörte Jacobi, wie Freddy nebenan murmelnd telefonierte. Offenbar besprach er mit seinen Leuten, wie es weitergehen sollte. Und immer wieder erkundigte er sich, ob Jacobi endlich etwas gefunden hatte.

Schließlich war es so weit.

Zuerst stieß er nur auf einige handschriftliche Notizen, Telefonprotokolle, in denen es um Absprachen zu geplanten Aktionen ging. Danach entdeckte er umfangreiche Unterlagen, Texte, Grafiken und Verweise auf weitere Papiere. Beim Überfliegen verstand Jacobi nur die Hälfte, aber er vermutete, dass es sich dabei um Pläne für eine neue Internetkampagne der Bewegung handelte.

Und dann stockte ihm der Atem.

Fassungslos sank er auf das Sofa. Auf einer ganzen Reihe von Papieren prangte das Logo des Polizeipräsidiums. Es handelte sich um interne Dokumente, kein Zweifel. Holger musste in das Polizeinetzwerk eingedrungen sein. Vor Jacobi lagen Einsatzpläne, Strategiepapiere zum Vorgehen gegen die Aktivisten, sogar Vermerke zu geheimen Absprachen zwischen der Polizeispitze und führenden Politikern. Die Bewegung wurde wie eine Terrororganisation behandelt und sollte von zwei Seiten in die Zange genommen werden. Polizei und Politik hatten ihr den Krieg erklärt. Jacobi war entsetzt.

»Und? Hast du was?«, fragte Freddy in der Tür.

Jacobi fehlten die Worte. So wedelte er nur kurz mit den Unterlagen.

»Zeig her.« Freddy setzte sich zu ihm und überflog die Papiere. »Gott sei Dank«, sagte er schließlich. »Nicht auszudenken, wenn ihnen das in die Hände gefallen wäre.« Einige der Zettel faltete er zusammen und ließ sie in seiner Jacke verschwinden. »Darüber möchte ich lieber nichts in der Zeitung lesen, wenn du verstehst. Den Rest kannst du behalten. Ich hoffe, du begreifst jetzt und heizt den Schweinen ordentlich ein.«

Noch immer war Jacobi völlig durcheinander. »Woher hatte er das alles?«

»Er war ein Profi. Und jetzt lass uns abhauen.«

»Aber warum denn? Wahrscheinlich gibt es hier noch mehr. Viel mehr.«

»Ich habe, was ich brauche. Damit können wir weiterarbeiten. Das ist das Wichtigste. Und deshalb werden wir jetzt gehen.«

»Es weiß doch niemand, dass wir hier sind.«

»Bei den Bullen wäre ich mir nicht so sicher. Irgendwann wird auch ihnen dämmern, dass sie noch nicht alles gefunden haben. Und dann sollten wir nicht hier sein.«

»Aber vielleicht finden wir Beweise, wer Holger getötet hat. Die dürfen wir ihnen nicht überlassen.«

»Kapierst du nicht? Das hier ist keine verdammte Schnitzeljagd. Die machen uns fertig, wenn sie uns in die Finger kriegen! Die bringen uns um!«

»Zwanzig Minuten.«

»Gott, bist du ein sturer Schweinehund! Zehn Minuten. Und keine Sekunde länger! Sonst schleife ich dich hier raus! An deinen Eiern!«

Jacobi verlor keine Zeit und stürzte sich wieder in die Arbeit. Tatsächlich dauerte es nicht lange, bis er auf weiteres Material stieß. Diesmal war es eine Sammlung von Zetteln mit kopierten Fotos und handschriftlichen Notizen. Jacobi konnte nicht alles entziffern, und viele der Aufnahmen waren durch die Reproduktion verwischt. Trotzdem waren die Inhalte eindeutig. Sie zeigten Demonstranten sowie Polizisten, die sie bedrängten und auf sie einschlugen. Es war also nicht das erste Mal gewesen. Jacobi hätte kotzen können. Plötzlich hörte er stampfende Schritte im Treppenhaus. Sofort erschien Freddy in der Tür und gab ihm wortlos zu verstehen, sich nicht von der Stelle zu rühren.

Es klingelte. Sie sahen sich an.

Fäuste schlugen gegen die Tür. »Aufmachen! Polizei!«

»Woher wissen die, dass wir hier sind?«, fragte Jacobi flüsternd.

»Halt die Klappe«, zischte Freddy und blickte besorgt in den Flur.

»Öffnen Sie, oder wir brechen die Tür auf!«

Kurz darauf war ein deutliches Kratzen zu hören. Jacobi spürte Angst, weniger um sich als vielmehr um die Unterlagen, die er entdeckt hatte. Überall im Raum waren Papiere, Mappen und Ordner verteilt. Sofort war zu erkennen, was er hier getan hatte. Und sollte das Material den Polizisten in die Hände fallen, hatte er vermutlich allen Grund, sich auch um sich selbst zu sorgen.

»Moment, Moment«, sagte Freddy und ging über den Flur. Hastig begann Jacobi, die Notizen, Kopien und Ausdrucke zusammenzuraffen. Er hörte, dass Freddy die Wohnungstür öffnete. »Was wollen Sie?«

»Wir haben Hinweise auf einen Wohnungseinbruch«, antwortete eine kräftige dunkle Stimme.

»Ach ja? Und von wem haben Sie die? Von einem besorgten Nachbarn?«

»Können Sie sich ausweisen?«

»Können Sie das?«

»Natürlich.«

Hektisch stopfte Jacobi die Ordner zurück. Er musste schnell sein, durfte aber keinerlei Lärm machen. Er schwitzte.

»Sehen Sie das?«, fragte Freddy. »Das ist ein Schlüssel zu dieser Wohnung.«

»Sie können sich also nicht ausweisen. Wie ist Ihr Name?«

»Den kennen Sie doch längst. Ihr beobachtet uns doch schon die ganze Zeit.«

»Sind Sie allein?«

Jacobi fuhr herum und hielt den Atem an. Was würden die Polizisten tun, wenn sie ihn entdeckten? Freddy und ihn drankriegen wegen eines Einbruchs? Oder Schlimmeres? Auf sie einknüppeln, weil sie angeblich Widerstand geleistet hatten? Jacobi wurde schlecht. Auf keinen Fall durften sie die Papiere in die Finger bekommen. Für einen winzigen Moment erwog er, sie unter das Sofa zu schieben. Aber dann käme er selbst nicht mehr an sie heran.

»Ja, ich bin allein«, antwortete Freddy auf dem Flur. »Was dagegen?«

»Können wir uns umsehen?«

»Nein, können Sie nicht.«

»Jetzt reicht's mir, du Wichser!«, rief ein anderer Polizist. Jacobi hörte, wie die Wohnungstür gegen die Wand flog. Freddy schrie. Ich muss ihm helfen, dachte Jacobi. Aber dann würden sie beide verprügelt, und die Unterlagen wären endgültig verloren.

So versuchte er, nicht hinzuhören, wie Freddy von mehreren Männern in die Mangel genommen wurde. Wie er offenbar immer wieder gegen die Wand gestoßen wurde, Schläge einstecken musste. Stattdessen nutzte Jacobi den Tumult, riss einen der Kissenbezüge auf dem Sofa auf, stopfte die Papiere hinein, öffnete das Fenster und ließ das Paket in den Hof fallen. Mit einem sanften Plopp schlug es auf. Erleichtert schloss Jacobi das Fenster.

»Sieh an, noch einer.«

Jacobi fuhr herum. Der Polizist in der Tür war ähnlich groß wie er selbst. Jacobi mühte sich, seine Angst nicht zu zeigen. »Ich schätze, Sie genießen das jetzt.«

»Worauf du dich verlassen kannst.«

»Und wenn ich mich wehre? Was machen Sie dann?«

»Sei ganz beruhigt, du wirst dich nicht wehren. Versprochen.« Wie beiläufig streifte die rechte Hand des Polizisten am Gürtel die Dose mit dem Pfefferspray. »Und jetzt komm.« Der Mann trat näher, fasste Jacobi hart am Arm und zog ihn mit sich.

»Ich kann allein gehen«, sagte Jacobi und riss sich los.

»Das glaube ich nicht«, antwortete der andere und schlug Jacobi die Faust mit Wucht in den Magen. Er krümmte sich zusammen und schnappte nach Luft. So führte ihn der Uniformierte auf den Flur. »Seht mal, wen ich hier habe. Noch so 'n Vogel, der rumzickt. Ich glaube, wir müssen ihm mal seine Lage erklären.«

»Das machen wir doch gern«, sagte einer der anderen beiden, die sich gemächlich über den Flur näherten. Hinter ihnen hockte Freddy an der Wand, erschöpft, die Lippe blutig.

Als sie Jacobi erreicht hatten, half ihm einer der beiden, sich aufzurichten. Er war etwas kleiner, aber kräftig. Er lächelte. »Also, wie kann ich dir helfen? Was genau verstehst du nicht?«

Jacobi blickte zwischen ihnen hin und her. Ihre offen zur Schau gestellte Überlegenheit, ihre schmierige Machtpose machte ihn wütend.

Unglaublich wütend.

Gleichzeitig bemerkte er, dass Freddy hinter ihnen aus der Wohnungstür kroch und den Schlüssel von außen ins Schloss schob. Er nickte Jacobi zu.

In diesem Augenblick hatte Jacobi das Gefühl, als würden in seinem Kopf einige Platinen miteinander verschmelzen.

Er dachte nicht.

Er spürte keine Angst.

Keine Zweifel.

Er trat zu und traf den kleineren Polizisten mit voller Wucht zwischen den Beinen. Dem anderen, der ihn festhielt, rammte er den Ellenbogen ins Gesicht. Der dritte war so perplex, dass er einen Schritt zurückwich. An ihm vorbei rannte Jacobi zur Tür. Freddy zog sie zu und schloss von außen ab. Hysterisch lachend klatschten sie sich ab und rannten die Treppe hinunter.

KAPITEL 6

»Du kommst jetzt runter!«

Norman Jacobi hörte seine eigene Stimme. Sie war kalt und klar, ohne jede Spur von Zweifel. Er war zufrieden.

Am anderen Ende der Leitung lachte Kommissar Demandt. »Das werde ich garantiert nicht tun.«

Jacobi saß in seinem Wagen unter einigen kahlen Bäumen und blickte zum Eingang des Polizeipräsidiums auf der anderen Straßenseite. Dort froren noch immer einige Kollegen in der Hoffnung auf weitere Schlagzeilen. Nach ihrem spektakulären Abgang aus Holgers Wohnung hatte Jacobi Freddy abgesetzt und war sofort weitergefahren.

Er war nicht wütend.

Er würde Bruno eine Lektion erteilen.

»Das wirst du sehr wohl«, sagte er. »Es gibt da nämlich was zu klären. Ich hatte gerade eine Begegnung mit der Polizei. Sie haben mich körperlich angegriffen. Einen Journalisten.«

Es entstand eine Pause. Jacobi stellte sich vor, wie sich Bruno auf die Zunge biss und die Beamten verfluchte. »Sie werden ihre Gründe gehabt haben«, schnaubte er schließlich. »Wahrscheinlich hast du deine Nase wieder in Dinge gesteckt, die dich nichts angehen.«

»Da hast du verdammt recht«, erklärte Jacobi. »Ich komme nämlich gerade aus der Wohnung des toten Demonstranten. Aber das wirklich Bemerkenswerte ist, dass er gar nicht in Stuttgart lebte, wie ihr aller Welt erzählt habt. Er wohnte in Frankfurt. In Eschersheim.«

Wieder schwieg Bruno, und Jacobi fielen eine Menge Flüche ein, die Demandt sicher in Gedanken ausstieß. Plötzlich lachte der Kommissar erneut auf. »Und jetzt willst du mit mir darüber reden? Vor der Tür? Während die anderen Schmeißfliegen dabei sind? Das kann ich mir wirklich nicht vorstellen.«

Demandts Lachen war nicht echt, zu laut, zu schrill. Jacobi hörte die Unsicherheit dahinter und die Hoffnung, noch irgendwie aus der Nummer herauszukommen. Er wusste nicht, ob Bruno ihm die Polizisten auf den Hals gehetzt hatte. Das war ihm in diesem Moment auch egal. Er wollte, dass es Demandt wehtat. Wie der Schlag in den Magen, den er selbst abbekommen hatte.

»Wer sagt denn, dass ich mit dir reden will?«, fragte Jacobi kühl. »Wenn du nicht willst, dass ich den Kollegen von euren Lügen erzähle, wirst du selbst mit ihnen sprechen müssen. Du bist ja ziemlich gut darin, dir Geschichten auszudenken. Ich gebe dir drei Minuten«, sagte er und legte auf.

Selten hatte Jacobi das Warten mehr genossen als in diesem Augenblick. Fast bedauerte er, dass Bruno schon nach weniger als hundertzwanzig Sekunden vor dem Haupteingang erschien. Er hatte die Hände tief in den Taschen seiner altmodischen Lederjacke vergraben und den Kopf leicht gesenkt. Wie ein Stier, der zum Angriff übergeht.

So bot sich Jacobi ein amüsantes Bild mit den Kollegen, die nicht wussten, wie ihnen geschah, und dem Kommissar, der ihnen nichts zu sagen hatte. Um den Spaß noch ein bisschen weiterzutreiben, stieg Jacobi aus und lehnte sich demonstrativ lässig gegen den Wagen. Langsam kamen die Journalisten in Fahrt und bedrängten Bruno immer mehr. Jacobi konnte die Worthülsen förmlich hören, die Demandt so sehr hasste und in die er sich jetzt flüchtete. Es dauerte nicht lange, bis er Jacobi entdeckte und mit einer Mischung aus Wut und Flehen zu ihm hinüberblickte.

Dann kam das Beste.

Langsam hob Jacobi den Arm und deutete auf die Fenster in Brunos Rücken. Demandt fuhr herum und sah seine entsetzten Kollegen. Natürlich begriff er sofort. Es spielte gar keine Rolle, was er den Journalisten sagte. Es zählte allein, dass er eigenmächtig mit ihnen sprach. Und dass er dabei gesehen wurde.

Jacobi war sicher, dass Bruno die Lektion verstanden hatte. Trotzdem genoss er das Schauspiel noch einen Moment, bevor er ihn anrief. »Eine jämmerliche Vorstellung. Das kann ich mir nicht länger anschauen. Wir treffen uns in drei Minuten am Hintereingang.«

Er stieg ein und fuhr um das Gebäude herum. Als er um die Ecke bog und an der gewaltigen Rückseite des Präsidiums entlangrollte, löste sich das Triumphgefühl auf, und zurück blieb ein großes, schweres Fragezeichen. Er hatte keine Ahnung, wie er je wieder vernünftig mit Bruno reden sollte.

Aber es hatte sein müssen.

Bruno wartete bereits auf dem Parkplatz zwischen Hinterausgang und Schranke. Seine leicht gebeugte Haltung verströmte unverhohlene Aggressivität. Gleichzeitig wirkte er auf der riesigen Fläche ziemlich verloren. Jacobi wendete, stoppte auf dem gegenüberliegenden Seitenstreifen und ließ die Scheibe hinunter. »Steig ein.«

Trotzig schüttelte Bruno den Kopf. Eine Weile fixierten sie einander wie Duellanten. Beide wirkten verletzt, obwohl noch kein einziger Schuss gefallen war.

»Und jetzt?«, fragte Jacobi schließlich.

»Der Scheiß hier war deine Idee.«

»Sollen wir uns über die Straße hinweg anschreien, damit es garantiert jeder hört?«

Zähneknirschend stapfte Bruno zum Auto und stieg ein. Jacobi warf das Kissen aus Holgers Wohnung auf die Rückbank.

»Pennst du jetzt schon in deiner Karre?«

»Man weiß nie, wann man mal ein Kissen braucht«, sagte Jacobi grinsend.

»Es macht dir Spaß, mich so vorzuführen.«

»Ganz und gar nicht. Aber wenn du so einen Mist erzählst, zwingst du mich dazu. Der Tote heißt nicht Andreas T., und er ist auch kein Autoschrauber aus Stuttgart. Er ist IT-Spezialist und wohnt in Eschersheim, Kolbestraße 36, dritter Stock links.«

Sie sahen sich an. Bruno versuchte, sich nichts anmerken zu lassen, aber mehrmals zuckte sein Unterkiefer. Jacobi kniff die Augen zusammen. »Du hast das gewusst, oder?«

Bruno presste die Lippen aufeinander, bis von ihnen nicht mehr blieb als ein schmaler Strich. »Natürlich. So was nennt man Ermittlungstaktik. Schließlich wollen wir nicht, dass die Bude zu einem Wallfahrtsort wird für linke Spinner und Romantiker. Und ich wäre dir sehr dankbar, wenn du darüber die Klappe halten könntest. Wenn du das irgendwie hinbekommst.«

Jacobi nickte bedächtig. »Linke Spinner und Romantiker, so siehst du das also. Und wie lange wollt ihr noch so weitermachen?«

»Solange es erforderlich ist. Wir hatten noch nicht mal Zeit, die Wohnung kriminaltechnisch vernünftig abzuklopfen. Wahrscheinlich ist es jetzt sowieso für die Katz, nachdem du überall durchgestolpert bist.«

»Aha, jetzt bin ich also schuld, dass ihr euern Job nicht auf die Reihe kriegt.«

»Hast du was gefunden?«

»Das geht dich gar nichts an.«

Bruno drehte sich im Beifahrersitz herum und fixierte Jacobi. Sein Blick verriet, dass er sich noch nicht geschlagen gab. Im Gegenteil. »Du willst Beweismittel in einem Mordfall unterschlagen?«

»Erst prügelt ihr wie die Irren auf die Demonstranten ein und dann auf einen Journalisten. Und du erwartest, dass ich trotzdem brav meine Informationen bei dir abliefere? Ist das die Art, wie ihr eure Arbeit macht?«

»Und du wunderst dich, dass die Nerven blank liegen? Nachdem du dieses Scheißfoto aus diesem Scheißfilm veröffentlichst und uns damit alle zu Mördern machst? Und dann verschaffst du dir noch widerrechtlich Zutritt zur Wohnung des Opfers und trampelst in unseren Ermittlungen herum.«

»Ich hatte einen Schlüssel, du Arsch!«

»Woher?«

»Ich mache einfach meinen Job. Versuch's doch auch mal.«

Bruno atmete tief aus. »Zu welchem Revier haben die Kollegen gehört?«

Jacobi umklammerte das Lenkrad und starrte aus dem Fenster. »Wir haben keine Visitenkarten ausgetauscht.«

»Und? Was willst du jetzt von mir? Nur deinen Frust loswerden?«

Langsam wandte Jacobi den Kopf. Sein Blick war scharf, die Stimme kalt. »Verarsch mich nicht«, sagte er. »Sonst verarsche ich dich.«

Die beiden Duellanten starrten einander an, fünf Sekunden, zehn. Wer würde zuerst zucken, wer eine falsche Bewegung machen?

Schließlich nickte Bruno, langsam, nachdrücklich. Das Eingeständnis seiner Niederlage. Zumindest für den Moment. Und vielleicht war es das Ende von allem, das sie jemals verbunden hatte.

Demandt stieg aus und überquerte Straße und Parkplatz. Plötzlich gab Jacobi unvermittelt Gas. Er würde dem Kommissar nicht nachweinen und warten, bis er im Gebäude verschwunden war.

Zwanzig Minuten später ging Jacobi mit dem Kissen unterm Arm die Stufen zum Redaktionsgebäude hinauf und fragte sich, ob er doch zu weit gegangen war. Die erste Wut war verraucht, zurück blieb eine tiefe Enttäuschung. Er stellte sich vor, mit Bruno ein Bier zu trinken, wie in alten Zeiten. Doch offenbar hatten sie sich nichts mehr zu sagen.

Während Jacobi in Gedanken trotzdem nach irgendwie angemessenen Worten suchte, flog die Eingangstür auf. Ein junger Typ in gelber Windjacke und mit orangefarbener Schirmmütze kam heraus und rempelte ihn unsanft an.

»He, aufpassen, ja?«, rief Jacobi, doch der Mann reagierte nicht. Er trug den Rucksack eines Kurierdienstes und lief über die Straße auf ein weiteres altes Gebäude zu, in dem mehrere Firmen ihren Sitz hatten.

Auf dem Weg durch das Foyer fragte sich Jacobi, wie viel wohl in den Unterlagen aus Holgers Wohnung stecken mochte. Ob sie den Schlag in den Magen und das Zerwürfnis mit Bruno wert sein würden. Ein Gefühl sagte ihm, dass er mehr zutage fördern würde, als ihm lieb war.

»Herr Jacobi?«

Er sah auf. Der Pförtner streckte ihm einen Umschlag entgegen.

»Sie kennen ja doch meinen Namen.«

Der junge Mann schien irritiert. »Das hier wurde für Sie abgegeben.«

Jacobi bedankte sich und klemmte sich das Kissen unter den Arm. Auf der Treppe riss er den Umschlag auf. Er enthielt keinen Absender, dafür mehrere schlechte Ausdrucke von Fotos, ganz ähnlich den Papieren aus Holgers Wohnung. Die Motive jedoch waren gänzlich andere. Zuerst ein U-Bahnhof, offenbar zur Rushhour. Auf dem Bahnsteig dichtes Gewimmel, in einem Zug drängten sich die Menschen. Der Name der Station war nirgends zu erkennen und auch sonst kein Hinweis darauf, wo das Bild entstanden sein konnte.

Auf dem nächsten Blatt ein See oder Teich. Mehrere Kinder, die ausgelassen darin herumsprangen. Das Ufer war dicht mit Bäumen und Büschen bewachsen, auf der Wasseroberfläche schien sich die Sonne zu spiegeln. Die perfekte Idylle. Nur ein großer Kasten, im Vordergrund schräg am Boden, irritierte Jacobi. Er brauchte einen Moment, bis er darin einen alten Kühlschrank erkannte.

Das folgende Bild dagegen war auf den ersten Blick eindeutig. Eine vierspurige Straße, Autos und LKW im Stau. Abgaswolken stiegen in einen klaren Himmel auf. Den Ort der Aufnahme konnte Jacobi jedoch wieder nicht identifizieren.

Er blätterte weiter. Nun eine Streuobstwiese und rechts mehrere Kästen, vermutlich Bienenstöcke. Aber keine Insekten. Und kein Laub auf den verkrüppelten Bäumen. Dadurch wirkte der Ort seltsam verlassen, öde, beinahe lebensfeindlich.

Der fünfte Ausdruck. Die Fassade einer alten Fabrik. Ein großer Schornstein, der sich dunkel gegen den Himmel abhob. Jacobi spürte ein Kribbeln. Er war sich nicht sicher, aber zum ersten Mal kam ihm ein Motiv bekannt vor. Als habe er es vor nicht sehr langer Zeit gesehen. In Frankfurt. Ganz in der Nähe. Einen kurzen Augenblick versuchte er angestrengt, sich zu erinnern. Dann gab er auf, blätterte um – und stutzte. Auf dem nächstem Papier stand ein einziger Satz.

Sie fragen sich, was das mit Ihnen zu tun hat, Herr Jacobi?

Ein letztes Blatt. Jacobi schluckte. Er spürte bohrende Neugier. Trotzdem zögerte er. Bis die vermummten Polizisten wieder ihre Schlagstöcke schwangen. Hastig blätterte er um – und blickte auf ein Foto, das ihm das Blut in die Füße sacken ließ. Es zeigte ihn und Freddy. In der Kolbestraße. Vor der Nummer 36, dem Haus, in dem Holger gewohnt hatte, aufgenommen vor wenigen Stunden!

Sofort lief Jacobi die Treppe hinunter zum Pförtner und

wedelte hektisch mit den Papieren. »Wer hat das abgegeben?«

»Ein Bote, gerade eben. Er müsste Ihnen draußen begegnet sein.«

Jacobi schob Papiere und Kissen über den Tresen. »Aufpassen! Und nicht anfassen!«

Dann rannte er aus dem Gebäude und sah sich nach dem Kurier um. Er entdeckte die gelbe Windjacke und die leuchtende Basecap etwa achtzig Meter entfernt. Zügig radelte der Mann die Straße hinunter. Trotzdem überlegte Jacobi keine Sekunde und nahm die Verfolgung auf. Er schrie, ruderte mit den Armen und rempelte Passanten an. Doch der Mann reagierte nicht, sondern entfernte sich immer weiter. Jacobi wollte bereits aufgeben, als er sah, dass der Typ an einer Ampel stoppte. Jacobis Beine schmerzten und die Lunge stach, doch noch einmal beschleunigte er. Er kam näher, aber der Mann reagierte noch immer nicht. Als Jacobi noch dreißig, vierzig Meter entfernt war, erkannte er, dass der Bote dicke Kopfhörer auf den Ohren trug. Jacobi fluchte und kratzte die letzten Kraftreserven zusammen.

Dann sprang die Ampel auf Grün.

KAPITEL 7

Katharina Beck wartete vor der Wohnungstür. Nichts rührte sich. Sie klingelte ein zweites Mal. Noch immer nichts. Irritiert fragte sie sich, ob sie sich in der Zeit geirrt hatte, und blickte auf die Uhr. Sie war pünktlich. Drei Minuten nach sieben am Abend. Nach einem kurzen Moment der Ratlosigkeit begann sie, in ihrer Tasche nach dem Telefon zu suchen, als das Licht im Treppenhaus erlosch. Während sie noch nach dem Schalter tastete, hörte sie endlich tapsende Schritte auf dem Flur. Als schließlich die Tür geöffnet wurde, setzte sie an zu einer halbherzigen Beschwerde, kam aber nicht weit. Norman trug nur ein Handtuch um die Hüften, und sein frisch geduschter Körper und die nassen Haare verströmten einen Duft, der ihre Stimme belegte. Für einen Augenblick wusste sie nicht, was sie tun sollte, was angemessen war. Schließlich stellte sie sich auf die Zehenspitzen, um ihm einen flüchtigen Kuss zu geben. Im selben Moment griff Norman zu und nahm sie fest in beide Arme.

»Hi«, hauchte er, während ihren Körper eine ganze Serie feiner Stromschläge durchzuckte.

Katharina schluckte. »Hi«, war alles, was sie hervorbrachte. Als er losließ, sah sie das breite Pflaster auf der Schulter und den großflächigen Bluterguss auf der Brust. Das machte es nicht einfacher.

Erst jetzt bemerkte sie Juri, der etwas weiter hinten an der Wand lehnte. Der Blick des Hundes ging ins Leere.

»Was ist mit ihm?«, fragte sie, erleichtert über die Ablenkung.

»Er ist beleidigt«, antwortete Norman. »Wir sind gelaufen, und ich habe gewonnen.«

Katharina machte einige Schritte in den Flur, ging in die Knie und streichelte dem Golden Retriever über den Kopf. »Warum muss er sich immer nur so lustig machen über dich?« Der arme Kerl war mittlerweile zwölf Jahre alt und litt sehr unter Arthrose in den Hüftgelenken. Seine Ausdauer reichte ungefähr vom Sofa bis zur Tür. »Nennst du das fair?«, fragte Katharina.

»Wer hat was von fair gesagt?«, fragte Norman und ging zurück ins Bad. Schließlich hatte auch Juri genug und trottete schwerfällig Richtung Wohnzimmer.

So war Katharina allein im Flur, der in warmes Licht getaucht war. Langsam richtete sie sich auf und machte leise Schritte über den alten Dielenboden. Dabei streckte sie den Arm und strich mit den Fingerspitzen über Normans Rennrad an der Wand und das Regal mit den vielen kleinen Kästen und Schubfächern. Noch immer war ihr nur schwer begreiflich, wie selbstverständlich sie sich durch die Wohnung eines anderen bewegte. Eines Mannes. Noch vor sechs Monaten wäre das undenkbar gewesen. Manchmal spürte sie auch jetzt noch diesen Fluchtreflex, aber immer seltener und dann nur für einen kurzen Moment. Zum großen Teil war es Normans Verdienst und das seiner unverkrampften, irritierend selbstverständlichen Art. Sie wusste, dass sie sich dafür bei ihm bedanken musste. Doch sie fürchtete, dass er dann Fragen stellen würde, die sie nicht beantworten wollte. Nicht beantworten konnte.

Deshalb würde sie weiter still genießen müssen. Dazu machte sie es sich im Wohnzimmer auf der einen Hälfte des Sofas bequem, die ihr Juri mittlerweile großzügig abtrat. Sie legte sich auf die Seite, die Beine angezogen, den Kopf auf ihren Händen, und sah sich um. Die Möbel gefielen ihr noch immer nicht. Sie waren alt, abgenutzt und weitgehend planlos zusammengestellt. Aber sie passten zu Norman. Und vielleicht passte er ja auch zu ihr. Sie jedenfalls spürte mit jedem Mal mehr, wie wohl sie sich hier fühlte. Wie sicher.

Schließlich kam er. Jetzt trug er eine Jeans und ein einfaches weißes T-Shirt und blickte zwischen Juri und Katharina hin und her. »Du siehst ein, dass ich den alten Mann nicht verscheuchen kann?«, fragte er, zwängte sich in die Sofaecke und legte Katharinas Kopf in seinen Schoß. Langsam fuhr er mit den Fingern durch ihr Haar. Sie lächelte still.

»Und? Hast du deinen ersten Tag in Freiheit genossen?«, fragte er.

Sehr, wollte sie sagen, als sich plötzlich die Bilder aus dem Video vor ihre Augen schoben. Ohne dass sie es beabsichtigte, erinnerte sie sich an die Internetseiten der Bürgerrechtler, ihre Undurchsichtigkeit. Die Bösartigkeit, mit der sie die Politiker verleumdeten. An die Wohnung ohne Klingelschild und das Gefühl, beobachtet zu werden. Das muss ich ihm sagen, dachte sie. Aber sie spürte seine Hand an ihrem Kopf und Juris Wärme an ihren Füßen.

»Bist du wirklich gelaufen?«, fragte sie.

»Ich hatte einen üblen Kater. Du etwa nicht?«

»Und wie. Die Sache mit dem Schnaps war total bescheuert. Wir haben uns komplett danebenbenommen. In dem Restaurant können wir uns nie wieder blicken lassen.«

»Immerhin wirst du nur einmal habilitiert.«

»Trotzdem.«

»Okay, du hättest dem Kellner nicht an den Hintern fassen müssen.«

Katharina erschrak, wandte den Kopf und sah Normans Grinsen.

»Du Idiot«, sagte sie und stieß ihm den Ellenbogen leicht in die Rippen.

»Nicht schon wieder!«, rief er. »Du bist ja schlimmer als die Bullen.«

»Was meinst du?«

»Hast du gehört, was sie über den toten Demonstranten gesagt haben?«

»Ja, aber für mich klang das alles ziemlich seltsam. Als würde es nicht richtig zusammenpassen.«

»Vor allem stimmt es nicht. Sie haben die Öffentlichkeit belogen.«

Katharina richtete sich auf und Norman berichtete: von der aggressiven Stimmung auf der Pressekonferenz, von Freddy, dem Aktivisten, der plötzlich aufgetaucht war und etwas ganz anderes erzählt hatte als die Polizei, von der durchwühlten Wohnung des Opfers und den Beamten, die Jacobi und seinen Begleiter gewaltsam von dort vertrieben hatten. Katharina bekam eine Gänsehaut und fühlte sich in ihrem Misstrauen gegenüber Kommissar Demandt und dessen Leuten bestätigt.

»Sie werden verfolgt, bedroht und müssen sich verstecken. Hier in Deutschland. Weil sie sich für die Grundrechte einsetzen«, sagte Norman kopfschüttelnd. »Ich verstehe die Polizei einfach nicht. Die müssen doch sehen, dass sie damit alles nur noch schlimmer machen.«

»Mich wundert das alles nicht«, hörte sich Katharina sagen. »Hat es sich wenigstens gelohnt?«

Norman stand auf und reichte Katharina einen Stapel Papiere vom Schreibtisch. »Die haben wir in der Wohnung gefunden.«

Ein wenig unsicher blätterte Katharina durch die Unterlagen, weil sie nicht wusste, was sie erwartete. Erleichtert stellte sie fest, dass sie mit den meisten Informationen nichts anfangen konnte. Nur die Bilder von den Demonstrationen und prügelnden Polizisten jagten ihr einen kurzen Schauer über den Rücken. Schließlich sah sie wieder auf.

Gedankenverloren streichelte Norman den Kopf des Hundes. »Ich habe noch nicht alles durchgesehen«, erklärte er. »Und vieles verstehe ich nicht. Weißt du etwas über die Aktivisten? Wer sie sind, was sie wollen?«

»Nur wenig. Sie sind ein ziemlich bunter Haufen, mit ganz unterschiedlichem Hintergrund. Was sie zusammenhält, ist der Kampf gegen das Gesetz. Dagegen, dass Politik und Polizei ihnen vorschreiben wollen, was sie sagen dürfen und was nicht. Gegen die Bevormundung und Willkür. Und das finde ich wichtig.«

»Sonst nichts?«, fragte er und sah sie durchdringend an. Als erwarte er, dass sie alle seine Zweifel mit einem Schlag auflösen könne.

»Was meinst du?«

»Sie sind also die Guten?«

Noch immer dieser Blick. Katharina war nicht sicher, ob sie diese Frage richtig verstand. Verstehen wollte. So zuckte sie mit den Schultern »Ja, natürlich. Aber warum fragst du das alles?«

»Ich weiß, ich müsste mit Freddy darüber reden. Das Komische ist nur …«

»Ja?«

»Ich traue ihm nicht richtig.«

Katharina sah zu Boden. Geht mir genauso, dachte sie, nach allem, was sie über die Truppe gelesen hatte. Aber irgendetwas hinderte sie daran, es auch auszusprechen. »Warum nicht?«, fragte sie nur.

»Ich kann es gar nicht genau sagen. Einerseits ist er so … kumpelhaft. Als würden wir uns schon ewig kennen. Er nimmt mich mit in diese Wohnung, lässt zu, dass ich mich dort alleine umschaue, überlässt mir geheime Pläne der Gruppe. Dadurch bekomme ich einen Einblick, den ich sonst niemals kriegen würde. Und dann wieder ist er verschlossen, aggressiv.« Jacobi blickte auf. »Ich glaube, er will auch etwas von mir. Und ich weiß nicht, ob ich ihm das geben kann. Geben will.«

»Und das wundert dich?« Endlich spürte sie wieder festen Boden unter den Füßen. »Versetz dich doch mal in seine Lage. Sie kämpfen für eine wichtige Sache. Für uns alle. Und dafür werden sie angegriffen, bedroht, getötet. Wer wäre da nicht misstrauisch und aggressiv? Und ich denke, sie können jede Unterstützung gebrauchen.«

»Wahrscheinlich hast du recht. Aber da ist noch etwas«, sagte er und reichte ihr einen weiteren Papierstapel, dieses Mal deutlich dünner. Verständnislos blickte sie auf die Aufnahme eines überfüllten U-Bahnhofes und dann auf zu Norman.

»Keine Ahnung, was das bedeutet«, erklärte er. »Interessant sind allein die letzten beiden Seiten.«

Katharina blätterte vor – und spürte Schwindel.

Sie fragen sich, was das mit Ihnen zu tun hat, Herr Jacobi?, stand auf dem vorletzten Zettel. Und auf dem letzten erkannte sie Norman mit einem anderen Mann vor einem Altbau. »Ist das …?«

»Genau, Freddy und ich in der Kolbestraße. Vor dem Haus, in dem Holger wohnte.«

Katharina stand auf und lief einige Male im Zimmer auf und ab. Endlich ließ der Schwindel nach. »Natürlich«, sagte sie unvermittelt. »Die Polizei beobachtet das Haus, kontrolliert jeden, der rein- und rausgeht. Deshalb waren sie auch so schnell da.«

Norman ließ sich in den Schreibtischstuhl fallen und nickte. »Okay. Aber warum schicken sie mir das?«

»Weil … weil sie wollen, dass du es weißt. Sie wollen dich einschüchtern, damit du die Finger davonlässt. Damit sagen sie dir, wir können jederzeit und überall an dich ran. Wir sind stärker als du.«

Norman lachte auf.

»Was?«, fragte Katharina. »Was ist so lustig daran?«

»Du. Du bist lustig. Du tust gerade so, als wäre die Polizei wie die Mafia. Als würde irgendwann Juri tot vor der Haustür liegen.«

Katharina senkte den Kopf ein wenig und kniff die Augen zusammen. Warum tat er das? Warum amüsierte er sich auf ihre Kosten? Das war nicht fair. »Man kann der Polizei nicht trauen«, stieß sie hervor. »Das sagst du doch selbst. Dass sie die Öffentlichkeit belogen haben. Sie haben dich geschlagen. Herrgott, sie haben einen Demonstranten getötet!«

»Das weiß ich alles. Und ich hätte allen Grund, sauer auf Bruno und seine Leute zu sein. Aber die Frage ist: warum du? Was haben sie dir getan, dass du so aggressiv bist?«

Er sah sie an, lächelnd, nicht überheblich, wahrscheinlich einfach nur neugierig. Doch sie fühlte sich ertappt und starrte mit großen Augen ins Leere.

Und dann stellte sie sich vor, ihm alles zu erzählen. Dass ihr die Polizei nichts getan hatte. Dass es ein einzelner Mann gewesen war, größer und viel stärker als sie. Und dass sie sich seitdem fürchtete, vor Männern und dem Gefühl, ihnen hilflos ausgeliefert zu sein. Und dass diese Furcht sie seit mehr als zwanzig Jahren im Griff hatte und alle ihre Versuche, sich von ihr zu befreien, kläglich gescheitert waren.

Katharina trat einige Schritte näher ans Fenster und sah ihr eigenes Spiegelbild, das längliche Gesicht und die schmale Figur, die sich seit damals kaum verändert hatten. Sie erinnerte sich wieder an alles. An das Fest, auf dem aus der kleinen Kathi Katharina werden sollte, an die Musik aus dem Zelt, den Regen auf ihrer Haut, die schweigsame Fahrt in Ralfs Wagen zum Lagerschuppen seines Vaters, die unausgesprochene Übereinkunft, dass es nun passieren würde. Alles war perfekt, und bis heute verstand Katharina nicht, ab welchem Punkt alles so grässlich schiefgelaufen war. Was hatte sie falsch gemacht, dass er sie einsperren und zuerst diese ekelhaften Fotos von ihr machen musste und dann … Damals war etwas kaputtgegangen in ihr, das bis heute nicht heilen wollte.

Sie stellte sich also vor, wie sie Norman davon erzählte. In ihrem Kopf hörte sie ihre Stimme, ein wenig zitternd, trotzdem gefasst. Und sie sah ihn, wie er zuhörte, aufmerksam und ernst. Er verstand jedes Wort und was es bedeutete, und schließlich stand er auf und nahm sie in den Arm. Er sagte nichts, aber darauf kam es nicht an. Denn Katharina spürte, dass Ralf verloren hatte, allein dadurch, dass sie geredet, zum ersten Mal überhaupt das Unaussprechliche gesagt hatte. Endlich besaß er keine Macht mehr über sie. Das fühlte sich großartig an.

»Was hast du gegen die Polizei?«, fragte Norman. Erschrocken fuhr Katharina herum und blickte in erwartungsvolle Augen. Die Worte lagen ihr im Mund, doch im selben Augenblick schnürte ihr etwas die Kehle zusammen, und sie spürte, wie die Tränen in ihr aufstiegen. Auf keinen Fall durfte sie weinen. Weinen bedeutete Schwäche, und Schwäche wurde gnadenlos ausgenutzt. Das wusste niemand besser als Katharina Beck.

»Was haben sie dir getan?«, fragte Norman penetrant. »Was hat dir Bruno getan? Du kennst ihn doch kaum.«

Katharina wandte sich um und schloss die Augen, bis sie die Tränen erfolgreich zurückgedrängt hatte. »Nichts«, sagte sie. »Und jetzt habe ich Hunger.« Mit diesen Worten verließ sie das Wohnzimmer Richtung Küche.

Dort stocherte sie dreißig Minuten später in ihrer Pasta. Die Soße war geschmacksneutral, und sie hatte keinen Appetit.

Sie war wütend auf Norman, obwohl sie wusste, dass ihn die geringste Schuld traf. Außerdem war sie wütend auf Ralf, der noch immer ihr Leben bestimmte. Vor allem aber war sie sauer auf sich selbst. Sie hatte die Chance gehabt, sich endlich aus seinen ekeligen Fängen zu befreien, und es wieder einmal verpatzt. Weil sie feige war. Dabei waren es nur vier Worte.

Vier Worte, und sie wäre frei.

Er hat mich vergewaltigt.

Im selben Moment, in dem sich der Satz in ihrem Kopf formte, sah sie auf und hoffte, dass Norman ihre Gedanken nicht erraten konnte. Er saß auf der anderen Seite des Tisches und fütterte Juri mit Bandnudeln. Katharina begriff, dass ihre Chance vorbei war, und spürte Erleichterung.

Und dann Traurigkeit.

Sie ertrug nicht länger den Anblick von Herr und Hund, die eine ziemliche Sauerei veranstalteten. So wandte sie sich den Unterlagen aus der Wohnung des getöteten Demonstranten zu. Zwar verstand sie nicht, was sie las, aber immerhin lenkte es sie ab.

»Juri, ich glaube, der Dame gefällt nicht, was wir hier tun«, sagte Norman. »Wann lernst du endlich Pasta zu essen wie alle anderen?«

»Ich fürchte, bei dem Vorbild wird das nichts«, antwortete Katharina, ohne aufzusehen.

»Oh, irgendwann wird sie sich noch weigern, mit uns an einem Tisch zu sitzen. Dann müssen wir an den Katzentisch. Was hältst du davon, alter Knabe? Ich und du und ein paar schnuckelige Kätzchen, das wär doch was.«

Norman schien sich köstlich zu amüsieren über seine sinnfreien Wortspiele. Oder über Katharinas Laune. Sie wusste es nicht, und es war ihr auch egal. Sie betrachtete wieder die kopierten Fotos von den Demonstrationen, hörte die Parolen und Trillerpfeifen, spürte das Gedränge. Doch das war es nicht, was ihre Aufmerksamkeit fesselte. Und ihr Angst einjagte.

Es war ein Mann, der sich am Rand des Zuges hielt, groß, unauffällig gekleidet. Er stand einfach da und schien zu beobachten. Aber nicht ziellos. Irgendjemanden oder irgendetwas außerhalb des Bildes hatte er fest im Blick.

Hastig blätterte Katharina weiter und sah auf andere Fassaden, die die Route säumten. Die Kundgebung war weitergezogen. Doch der Mann war noch immer da. Und noch immer ließ er sein Ziel nicht aus den Augen.

Katharina kannte den Mann.

»Er hat recht«, sagte sie unvermittelt.

»Meinst du Juri oder mich?«, fragte Norman.

»Verstehst du nicht? Dieser Freddy hat vollkommen recht.«

»Womit?«

Katharina stand auf, legte die Fotos vor Norman auf den Tisch und deutete jeweils auf den Mann am Bildrand. Norman wurde blass. »Dieser Drecksack!« Er sah auf, erschrocken. »Dann stimmt es also.«

Sie nickte. »Das ist Körber, unser Freund vom Staatsschutz. Die Polizei ist hinter ihnen her.«

KAPITEL 8

Die Fotokopie war nicht sonderlich gut. Das Gebäude erschien streifig, und die Fenster sahen aus wie undurchdringliche schwarze Löcher. Trotzdem vermittelte die Aufnahme einen Eindruck von den Dimensionen. Sie mussten riesig sein.

Katharina ließ den Ausdruck sinken. In natura wirkten die Meyfahrt-Werke, die ehemalige Fabrik für Büromaschinen, noch wuchtiger. Zwar wurde die verwitterte Fassade strukturiert durch die großen vergitterten Fenster. Trotzdem blieb es ein gewaltiger Block, kalt, unbeweglich, monumental. Hinter den halbblinden Scheiben waren im Erdgeschoss Maschinen aus einem anderen Zeitalter zu erahnen und Rohre, die sich in der Dunkelheit verloren. Katharina blickte die Straße hinauf und hinunter. Passanten waren nicht unterwegs. Für sie gab es hier nichts zu sehen außer vor sich hin gammelnde Überreste einer längst vergangenen Epoche. Auf der nächsten Querstraße fuhren immerhin vereinzelt Autos. Von dort zog ein feuchtkalter Wind herauf, und Katharina schloss auch noch den obersten Knopf ihres Mantels.

Sie wusste nicht so genau, warum sie eigentlich hier war. Oder es war ihr nur allzu klar, und die Gründe gefielen ihr nicht. Da war der Ärger, weil sie es wieder nicht geschafft hatte, mit Norman über Ralf zu reden und darüber, was er ihr angetan hatte. Außerdem hatte sie ein schlechtes Gewissen, dass sie Jacobi ihre Zweifel an den Aktivisten verschwiegen hatte. Ihr war bewusst, dass sie alles daransetzte, die Polizei zu überführen, die in ihren Augen ihre Macht nur dazu nutzte, Unschuldige zu terrorisieren. Ihr war auch klar, wie gefährlich es war, sich so sehr in eine einzige Spur zu verbeißen. Doch immerhin hatte sie Körber vom Staatsschutz auf einem der Bilder von den Demonstrationen entdeckt und damit den Beweis, dass die Polizei die Bürgerrechtler beobachtete.

Und dann war da noch ein Gedanke, den sie sich nicht einmal richtig zu denken traute. Er hatte etwas damit zu tun, dass diese Fabrik nur wenige Straßen von der Redaktion der *Frankfurter Nachrichten* entfernt lag, für die Norman arbeitete. Und damit, dass wer auch immer ihm die Aufnahmen geschickt hatte, davon wissen musste. *Sie fragen sich, was das mit Ihnen zu tun hat, Herr Jacobi?* Und damit auch mit mir?, ergänzte Katharina in Gedanken. Bevor sich ihre vagen Ahnungen zu konkreten Befürchtungen verdichten konnten, lief sie ihnen durch einen Torbogen Richtung Innenhof davon.

Dort wuchs Moos überall zwischen den Pflastersteinen, und an den Mauern rankten Sträucher empor. Einige Fensterscheiben unter dem hier schräg abfallenden Dach waren zerbrochen. Das alles ließ die Rückseite der Fabrikhalle ziemlich heruntergekommen erscheinen, aber auch weniger einschüchternd.

Im hinteren Teil des Hofes befand sich ein kleiner Flachbau, dessen Wände mit ungelenken Graffiti beschmiert waren. Die Tür stand offen. Katharina sah sich um, bevor sie sich zögernd näherte. Sie blickte in einen niedrigen, länglichen Raum mit weiß gefliestem Fußboden. An vielen Kacheln waren Ecken abgeplatzt. Nachdem sie sich ein weiteres Mal versichert hatte, dass sie allein war, trat Katharina über die Türschwelle. Der Boden fiel zur Raummitte hin etwas ab, wo sich mehrere Abflüsse befanden. Die Wände waren grau gestrichen, überzogen von dunkleren feuchten Flecken.

Einziges Möbel war eine große Kiste am Kopfende des Raumes, gezimmert aus groben Latten. Langsam trat Katharina näher. In etwa zwei Metern Entfernung blieb sie stehen und spähte durch die Ritzen. Der Kasten schien leer zu sein. Vorsichtig machte sie die letzten Schritte und hob den Deckel an. Dabei kniff sie die Augen zusammen, als würde ihr im nächsten Moment ein Monster entgegenspringen. Doch die Kiste war tatsächlich leer. Erleichtert atmete Katharina aus und spürte gleichzeitig Enttäuschung.

Nach einem kurzen Moment der Ratlosigkeit breitete sie auf der Box in einem Kreis jene Fotokopien aus, die Norman erhalten hatte. Zuerst ein U-Bahnhof, offenbar zur Rushhour. Dann ein See oder Teich mit spielenden Kindern und Müll im Gras. Eine vierspurige Straße, Autos und LKW im Stau. Eine Streuobstwiese mit Bienenstöcken. Schließlich diese Fabrik. Mit leisem Zittern schob Katharina die letzten beiden Blätter in die Mitte. Norman und dieser Freddy vor dem Haus, in dem der getötete Demonstrant gewohnt hatte. Und dann der Zettel, der sie wieder erschauern ließ.

Sie fragen sich, was das mit Ihnen zu tun hat, Herr Jacobi?

Im selben Moment war der unheimliche Gedanke wieder da. Als sei er ihr heimlich gefolgt. In den letzten Monaten hatten Norman und Katharina gemeinsam in zwei Mordserien recherchiert. Und in beiden Fällen hatten sie viel zu spät begriffen, welche Rolle ihnen in den grausamen Plänen der Täter zugedacht war. Zweimal wäre Katharina um ein Haar gestorben.

Und jetzt? Wusste sie nun, was sie tat? Besaß sie tatsächlich die Kontrolle?

Aber dieser Fall ist vollkommen anders, dachte sie schnell. Damals hatten die Mörder bewusst Spuren am Tatort gelegt. Riesige Schriftzeichen in fremder Sprache, über die sie stolpern sollten.

Davon war jetzt nichts zu sehen.

Oder doch?

Lagen diese Spuren womöglich vor ihr? Keine aramäischen oder griechischen Zitate, dafür schlechte Fotokopien?

Katharina spürte eine Gänsehaut am ganzen Körper. Wieder sah sie sich um – und glaubte einen dunklen Schatten durch den Hof huschen zu sehen. Wie am Tag zuvor vor dem Haus, aus dem heraus das Video gemacht worden war. Sie lief zum Fenster und spähte in den Hof. Dort schien alles ruhig. Sie wollte es bereits als Einbildung abtun und sich wieder den Fotos zuwenden, als sie eine Bewegung rechts von sich bemerkte. Angestrengt starrte sie in diese Richtung. Trotzdem dauerte es eine Weile, bis sie die Gestalt entdeckte. Sie stand jetzt reglos hinter einer eingeschlagenen Scheibe im Halbdunkel der Fabrikhalle. Vermutlich war es ein Mann in einem schwarzen Mantel. Vielleicht auch ein Geist. Katharina konnte nicht sagen, was er tat und ob er sie beobachtete. Es war ihr auch egal. Hektisch raffte sie ihre Zettel zusammen und hastete durch den Hof. Im Torbogen hallten ihre Schritte donnernd von den Mauern wider. Erst nachdem sie die Straße etwa fünfzig Meter hinuntergelaufen war, wagte sie sich umzudrehen.

Niemand folgte ihr.

Von ihrem Platz in der U-Bahn starrte Katharina in die Dunkelheit. Es war absurd zu glauben, sie sei beobachtet worden. Niemand wartete stunden-, vielleicht tagelang in der Kälte an einem derart verlassenen Ort, nur um jemandem einen Schrecken einzujagen. Augenblicklich kam sie sich kindisch vor. Doch, dachte sie im nächsten Moment. Jemand hatte die Fotos gemacht, von Norman und diesem Freddy und von der Fabrik. Und dort hatte sie jemanden gesehen, ganz sicher. Trotzig verschränkte sie die Arme. Dabei fiel ihr Blick auf ein Werbeplakat für Virtual-Reality-Brillen, mit denen man in Computerspielen in künstliche Welten abtauchen konnte. Einmal hatte Katharina es selbst ausprobiert in einem sehr interessanten Experiment. Ihr war schwindelig geworden. Doch sie hatte es auch genossen, sich von schönen Bildern und Gefühlen umschmeicheln zu lassen. Für einen Moment sehnte sie sich auch jetzt danach, sich einfach an einen anderen Ort, in eine andere Welt versetzen zu können. Gleichzeitig schüttelte sie sich bei dem Gedanken, dass sie längst eine Figur in einem gigantischen Spiel war. Ein Avatar, gesteuert von einem grausamen Spieler, verborgen irgendwo in den Weiten des Netzes.

Bevor sie darüber nachdenken konnte, was das alles bedeuten mochte, hörte sie aufgeregtes Gemurmel. Die Bahn war gut gefüllt, und Katharina brauchte eine Weile, bis sie entdeckte, was los war. Etwas weiter vorn saßen zwei Männer und deuteten gestikulierend auf den Bildschirm an der Decke. Dort war ein Ausschnitt aus den *Frankfurter Nachrichten* zu sehen. »Toter Demonstrant: Polizei nennt falschen Namen«, lautete die Schlagzeile.

»Unglaublich«, rief ein Fahrgast in der Sitzreihe vor Katharina. »Was für eine Verarschung.«

»Der Presse kannst du aber auch nicht alles glauben«, antwortete sein Sitznachbar.

»Daran ist gar nichts unglaublich«, rief ein Dritter von schräg hinten. »Alles Taktik. Pure Ablenkung. Wie bei Putin. Und diesem Verrückten in Nordkorea. Wenn die Wahrheit wehtut, wird eben gelogen. Das blöde Volk wird schon drauf reinfallen.«

»Das heißt, dass sie ihn umgebracht haben«, sagte der Erste.

»Natürlich, was denn sonst?«

Das Tuscheln wurde lauter und vielstimmiger, die Meinung aber blieb einhellig: Die Arbeit der Polizei war mindestens katastrophal, wenn nicht verbrecherisch. Das Gemurmel ebbte erst ab, als der Zug in den Hauptbahnhof einfuhr und viele Leute ausstiegen.

Plötzlich wurde es ganz still.

Einige Fahrgäste traten zurück und drängten sich an die Wand des Abteils.

Ein uniformierter Polizist mit einer Sporttasche über der Schulter war zugestiegen, vielleicht auf dem Weg zu seiner Dienststelle. Er war groß, breitschultrig und sicher gewohnt, Platz zu bekommen, ohne ihn einfordern zu müssen. Jetzt registrierte er die misstrauisch-aggressive Stimmung der Passagiere. Zunächst senkte er den Blick, schien jedoch zu spüren, wie defensiv er dadurch wirkte. Dann hob er den Kopf, sah aber durch die anderen im Zug hindurch.

Eine ganze Weile beobachteten ihn die Passagiere ohne ein Wort. Manche schienen tatsächlich auf die eine falsche Bewegung zu warten. »Na, wieder ein paar Demonstranten verprügelt?«, rief schließlich jemand von hinten. »Und jetzt? Noch ein paar Fahrgäste niederknüppeln?« Weiter vorn machten zwei Männer einige Schritte auf den Polizisten zu. Der Beamte blickte weiter starr geradeaus, aber wie beiläufig rutschte seine Hand zur Pistole im Holster.

Die Passagiere hielten den Atem an, und Katharina sah die Anspannung im Gesicht des Polizisten. Sie bemerkte die ungeheure Anstrengung, mit der er seine Kiefer aufeinanderpresste. Als die Bahn die Station Hauptwache erreichte, drängte er aus dem Waggon. Hinter ihm trat ein Mann in die Tür. »Ja, verschwinde! Uns machst du keine Angst! Arschloch!«

Schließlich setzte sich der Zug wieder in Bewegung, und zwei Fahrgäste begannen zu kichern und klatschten sich ab.

Katharina gegenüber saßen zwei Frauen, etwas älter als sie, gepflegt. Nachdem sich die Atmosphäre wieder etwas beruhigt hatte, sprachen sie mit gedämpften Stimmen über die Demonstration.

»Ich hätte nie gedacht, dass so etwas möglich ist. Vielleicht irgendwo in Afrika. Aber doch nicht bei uns«, sagte die eine und nestelte unbehaglich an ihrem Mantel.

»Irgendwann kannst du dich gar nicht mehr auf die Straße trauen.«

»Dabei hatte ich zuerst auch daran gedacht hinzugehen.«

»Zur Demo?«, fragte die zweite entrüstet. »Ich bin doch nicht verrückt. Als ich gehört habe, dass sie die Route geändert haben, war mir sofort klar, dass ich verschwinde.«

»Das wusste ich gar nicht.«

»Jetzt ist die Meute fast durch unseren Hof gelaufen. Ich habe mir sofort einen Tag freigenommen und bin zu meiner Schwester nach Mainz. Und jetzt sieht man, dass ich recht hatte.« Zur Bestätigung richtete sich die Frau auf und reckte das Kinn.

»Entschuldigung«, sagte Katharina und beugte sich etwas vor, »ich wollte nicht lauschen, aber wissen Sie zufällig, wo die Route ursprünglich langführen sollte?«

»Arnsburger Straße«, antwortete sie, »dann Eichwaldstraße, Bornheimer Landwehr und von dort weiter zum Festplatz am Ostpark.«

Das war weit vom Tatort entfernt, dachte Katharina. Mindestens einen Kilometer. »Wann haben Sie davon erfahren?«

»Das war ja die Unverschämtheit. Da laufen Horden von Demonstranten durch dein Wohnzimmer, und keiner sagt dir was davon. Nur durch Zufall habe ich davon gehört. Zwei Tage vorher. Beim Bäcker! Ist das zu fassen?«

Verständnisvoll nickte Katharina.

An der Konstablerwache stieg sie um.

Seit zwanzig Minuten wartete sie vor dem Haus im Tucherweg, von dem aus das Video gedreht worden sein musste. Inzwischen war nicht nur die Kälte ihre Waden hinaufgekrochen, sondern auch die Überzeugung, dass es eine bescheuerte Idee war. Glaubte Katharina tatsächlich, in einer leerstehenden Wohnung, in der mehrere Handwerker arbeiteten, Spuren des geheimnisvollen Filmemachers zu entdecken? Andererseits: die Aufnahmen hatten nur hier entstehen können, weil die Route der Demo offenbar kurzfristig geändert worden war. Und trotzdem war jemand zur Stelle gewesen. Wie passte das zusammen?

Die Haustür öffnete sich, und heraus trat ein bulliger Handwerker mit zwei Eimern, die er auf der Ladefläche eines Pritschenwagens am Straßenrand entleerte. Dann ging er wieder hinein und nahm Katharina jede Chance weiterzugrübeln. Bevor die Tür ins Schloss fiel, schlüpfte sie hindurch. Auf den Treppenstufen lag Staub. Katharina lauschte den Schritten des Mannes, bis sie über ihr verklungen waren.

Schließlich stand sie vor der Wohnung im dritten Stock und hörte das Dröhnen einer Bohrmaschine. Zögerlich öffnete sie ihren Mantel. Dann überlegte sie kurz und löste auch noch die obersten zwei Knöpfe ihrer Bluse. Ihre Finger zitterten. Dennoch klingelte sie. Es dauerte, bis der Lärm von drinnen verstummte. Schließlich blickte ein zweiter Handwerker irritiert durch den Türspalt.

Katharina räusperte sich. »Ist Herr Lehmann schon da?«

Der Mann hob eine Braue.

»Herr Lehmann, der Vermieter. Es geht um einen Besichtigungstermin.«

»Davon weiß ich nicht«, sagte der Mann mit osteuropäischem Akzent.

»Kann … kann ich vielleicht in der Wohnung warten?«

Katharina spürte den musternden Blick, der unendlich langsam an ihrem Körper hinab- und wieder hinaufwanderte. Sie presste ihre Zehen gegen den Boden und zwang sich zu gleichmäßigen Atemzügen.

»Ist aber nicht Laufsteg«, sagte der Mann endlich und trat einen Schritt zurück. Seine Kollegen, die im Flur arbeiteten, schienen irritiert, verkniffen sich aber jeden Kommentar.

»Was dagegen, wenn ich mich schon mal umsehe?«, fragte Katharina.

»Aber aufpassen. Nicht, dass Sie wehtun, und wir sind schuld.«

Sie schüttelte den Kopf und huschte in den erstbesten Raum, froh, die Blicke los zu sein. Einen Moment vernahm sie noch leises Getuschel, dann setzte die Bohrmaschine wieder ein. Trotzdem fuhr Katharina einmal erschrocken herum, weil sie Schritte in ihrem Rücken zu hören glaubte. Es dauerte eine Weile, bis sie begriff, dass sich die Männer nicht weiter für sie interessierten.

So entspannte sie langsam und sah sich aufmerksam um. Dabei entdeckte sie tatsächlich keine Spur eines Wasserschadens, dafür Wände, die aufgestemmt wurden, und Kabel, die aus dem Gemäuer ragten. Das Ganze sah eher nach einer Modernisierung aus, wodurch die Wohnung größer, heller und wahrscheinlich auch viel teurer würde.

Nachdem sie einen Blick in Küche und Bad geworfen hatte, betrat sie ein Zimmer, das auf den Balkon hinausführte. Von dort ließ sich die Straße einsehen, auf der die Polizisten den Demonstranten weggezerrt hatten. Während sie sich die Szene vorstellte, schoss ihr ein Gedanke durch den Kopf, und sie lief zurück zu den Handwerkern. »Haben Sie vor zwei Tagen gesehen, wie Polizisten einen Demonstranten hier vorbeigeschleppt haben?«

Die Männer verneinten.

»Aber es ist doch genau vor dem Haus passiert. Da unten, unter dem Balkon.«

Energisch schüttelte der Mann, der ihr die Tür geöffnet hatte, den Kopf. »Waren nicht hier. Chef hat Ärger geahnt wegen Demonstration. Haben wir zwei Tage in Dornbusch gearbeitet.«

Es dauerte, bis Katharina verstand. Enttäuscht nickte sie.

»Warum wollen Sie wissen?«

»Nur so«, antwortete sie und verließ den Raum, um weiteren Nachfragen aus dem Weg zu gehen.

Im Balkonzimmer lehnte sie sich an die Wand und blickte auf die Straße hinunter. Der Wind ließ eine Plastiktüte kreiseln. Sonst war niemand zu sehen.

Es war perfekt, dachte Katharina. Wer auch immer den Film gemacht hatte, hatte gewusst, dass die Wohnung leer stand und an diesem Tag verlassen sein würde. Dass ihm nichts geschehen konnte, wenn er hier einstieg.

Dann hatte er nur noch warten müssen.

Aber woher hatte er überhaupt gewusst, dass etwas passieren würde? Hatte ihn jemand informiert? Hatte er selbst etwas damit zu tun? Ergab das alles einen Sinn?

Während die Fragen durch ihren Kopf schwirrten, sah sie wieder die vermummten Polizisten, die Holger fest im Griff hatten. Er schrie, wand sich, schleuderte seinen Körper herum, doch die Einsatzkräfte hatten nicht die geringste Mühe mit ihm. Katharina lehnte den Kopf an die kühle Fensterscheibe und sah ihnen nach, bis sie aus ihrem Blickfeld verschwunden waren.

Tief atmete sie aus und stützte sich an der Wand ab. Um die Bilder aus ihrem Kopf zu bekommen, fokussierte sie ihre Hand. Erst jetzt bemerkte sie die Zeichnungen unter ihren gespreizten Fingern. Es waren drei kleine Skizzen, gemalt mit einem dicken Bleistift, unbeholfen, wie Kritzeleien von Kindern. Die erste zeigte eine Straße, dicht gesäumt von mehrstöckigen Häusern. Eine größere Personengruppe war dort unterwegs. Katharina sah aus dem Fenster und spürte eine Gänsehaut. Auf der zweiten Zeichnung lag eine Figur quer auf der Straße. Die dritte jagte Katharina einen Stromstoß durch den ganzen Körper. Sie bestand nur aus einem einfachen Kreuz mit einem Namen darauf.

Holger.

Der Filmemacher hatte also gewusst, dass etwas passieren würde. Und mit wem. Und trotzdem hatte er einfach zugesehen.

Katharina wich zurück und stolperte aus dem Zimmer. Im Flur rührten zwei der Handwerker in einem großen Bottich herum und sahen fragend auf. Katharina wollte etwas sagen, brachte aber kein Wort hervor. Stattdessen stürzte sie aus der Tür.

Dieses Mal hatte sie weder gezweifelt noch gezögert.

»Sie sind also Journalistin?«, fragte die Mitarbeiterin des Ordnungsamtes, eine Frau mit blondierten, strähnigen Haaren und blasser Haut.

»Das sagte ich schon«, antwortete Katharina schroff. »*Frankfurter Nachrichten*. Polizeireportagen. Ich arbeite für Herrn Jacobi. Wollen Sie ihn anrufen?«

Es kostete die Frau sichtlich Kraft, Katharinas Blick standzuhalten. »Nein, nein.«

»Also, wann wurde die Route geändert?«

Die Frau rang mit sich.

»Was ist so schwer an meiner Frage? Ein Mensch ist gestorben. Glauben Sie nicht, die Öffentlichkeit hat ein Recht, die Hintergründe zu erfahren?«

Die Frau schloss die Augen und nickte.

»Wann?«

»Vor vier Tagen.«

»Warum so kurzfristig?«

»Das Demonstrationsrecht ist ein hohes Gut. Eingriffe müssen sorgfältig abgewogen werden.«

»Was war der Grund?«

»Sicherheitsaspekte. Die Polizei befürchtete Ausschreitungen und Sachbeschädigungen. Zu Recht, wie man sieht«, fügte sie hinzu, wie um sich zu rechtfertigen.

»Wer von der Polizei? Ich will einen Namen.«

»Was ist daran so wichtig?«

Katharina verlor die Geduld, legte eines der kopierten Fotos aus Holgers Wohnung auf den Schreibtisch und deutete auf einen Mann am Rand des Demonstrationszuges. »War es der hier?«

»Ich weiß nicht, wie er aussieht. Er hat nur angerufen.«

»Körber? War es Körber vom Staatsschutz?«

Erschrocken blickte die Frau auf. »Woher wissen Sie …?«

Katharina wusste gar nichts, aber sie spürte, dass sie blass wurde.

KAPITEL 9

Das hier war gut.

Freddy grinste.

Eisiger Wind über dem Boden der Bahnhofshalle, darüber eine fettige Mischung unterschiedlicher Gerüche. Pendler in Businesskleidung und mit schlanken Aktentaschen, die im dichten Gedränge zu ihren Zügen hasteten. Studenten mit großen Rucksäcken, die es weniger eilig hatten. Aber alle wollten heim ins Wochenende. Niemand würde sich für ihre kleine Zusammenkunft interessieren. Gleichzeitig war der Ort öffentlich genug, um die Verhältnisse klarzustellen. Dass er nicht nötig hatte, sich zu verstecken.

Genau der richtige Ort also für sein kleines Treffen mit Körber.

Lässig lehnte Freddy seitlich an einem Getränkestand, die Hände in den Jackentaschen, der Blick aufmerksam. Obwohl sie sich noch nie begegnet waren, war er sicher, dass er Körber erkennen würde. Das Gesicht vom Foto hatte er sich eingeprägt. Und er wusste, dass der Staatsschützer groß sein musste, die meisten anderen Leute überragen würde.

Während er wartete, stellte sich Freddy das Gespräch vor. Er ahnte, wie es ablaufen würde. Körber würde jammern, wie unerklärlich und ungerecht alles war. Obwohl es ihn langweilte, würde Freddy freundlich sein und Verständnis für die schwierige Lage zeigen. Irgendwann würde Körber ihm drohen, obwohl er nichts in der Hand hatte. Bedächtig wickelte Freddy einen Bonbon aus und schob ihn langsam den Mund. Das würde der Moment sein, um Körber unmissverständlich klarzumachen, wie die Dinge lagen. Freddy hoffte nur, der Polizist würde das einsehen und das Gespräch nicht unnötig in die Länge ziehen. Jetzt räkelte er sich in seiner Lederjacke und schob die Hände wieder tief in die Taschen. Langsam hatte er genug vom Warten.

Wieder sah er sich um und bemerkte endlich die großgewachsene Gestalt am Grillstand etwas weiter links, dort, wo sie verabredet waren. Breite Schultern, steife Haltung. Körber wirkte jünger als auf dem Foto und trug einen anthrazitfarbenen Wollmantel, der zu weit geschnitten war. Typisch stillose Beamtenklamotte.

Einen Moment noch beobachtete Freddy den Staatsschützer. Er war angespannt, gehetzt, schaute sich um, immer wieder nach oben und dann schnell zur Seite. Wie ertappt. Freddy folgte dem Blick zur Decke und erkannte die Kamera an einem Stahlträger über dem Zugang zum Bahnsteig. Körber hatte sich genau im Fokus des Objektivs positioniert.

Freddys erster Impuls war Wut. Dann schien es ihm nur lästig. Mit diesem billigen Manöver glaubte Körber also, seinen Kopf aus der Schlinge zu ziehen. Wahrscheinlich hatte er auch noch jede Menge Kollegen angeschleppt, die Fotos machten. Vielleicht war er sogar verkabelt. Offenbar war er unfähig, seine Situation richtig einzuschätzen. Diese Typen waren wirklich zu dämlich. Denn selbst wenn sie beide zusammen auf Seite eins der Zeitungen oder als Topmeldung in den Nachrichten herumturnten, würde das Körbers Lage nicht ändern. Freddy stellte sich also auf ein sehr langes, sehr zähes Gespräch ein. Für einen Augenblick erwog er, Körber direkt auf die Kamera anzusprechen. Dann entschied er sich für einen Spaß, eine kleine Demonstration der Machtverhältnisse.

Am Getränkestand kaufte er eine Colaflasche. Hinter der Würstchenbude, vor der Körber wartete, öffnete Freddy den

Verschluss, setzte den Daumen auf den Flaschenhals und schüttelte kräftig. Schließlich warf er die Flasche über den Stand in die wartende Menge. Er hörte den dumpfen Aufprall auf der anderen Seite und lautes Kreischen, als die klebrige Flüssigkeit herausspritzte. Die Menschen drängten wild auseinander. Als Körber seitlich neben die Bude geschoben wurde, griff ihn Freddy an Arm und Kragen und zerrte ihn hinter den Verkaufsstand. Dort tastete er ihn ab, fand aber kein Mikro und nicht mal eine Waffe. »Sie enttäuschen mich. Sagen Sie bloß, Sie sind tatsächlich allein. Oder geben wir gerade das Brautpaar für die Hochzeitsfotos?« Freddy trat einen Schritt zurück und winkte grinsend in Richtung Bahnsteig.

Körber lachte nicht. »Waren Sie das?«

»Was meinen Sie?«

»Der lustige Scherzartikel.« Mit einem Taschentuch wischte er über den Mantel.

»Sie haben es drauf angelegt.«

»Der Treffpunkt war Ihre Idee.«

Damit immerhin hatte Körber recht. »Und? Haben Sie gefunden, was Sie gesucht haben?«, fragte Freddy süffisant.

»Wovon reden Sie?«

»In Holgers Wohnung.«

Abwechselnd blickte Körber auf Freddy und zu Boden. »Wer hat ihn getötet?«

»Was soll der Scheiß?«

»Von uns war das niemand.«

Freddy trat dicht vor Körber. »Jetzt hören Sie mal zu. Er war ein Bürgerrechtler. Und Ihr Job ist es, genau diese Rechte zu schützen. Stattdessen …«

»Nein! Für unsere Leute lege ich die Hand ins Feuer.«

»Ach ja?« Mit einer schnellen Bewegung zwängte Freddy Körbers massigen Körper zwischen sich und die Rückwand der Bude. Dann griff er die Hand des Staatsschützers und entzündete ein Feuerzeug mit großer Flamme. »Versuchen Sie's doch mal.«

Während er die Hand gegen den Widerstand des Polizisten langsam Richtung Feuer zog, starrte Körber aus weiten Augen auf die Flamme. Schließlich stieß ihn Freddy zur Seite und trat einen Schritt zurück. »So ist das also mit Ihren Leuten.«

Noch sichtlich überrascht, zupfte Körber seinen Mantel zurecht. »Alle behaupten, wir hätten ihn getötet. Aber gesehen hat es niemand. Niemand!«

»Aber alle haben gesehen, wie Sie auf die Leute eingeprügelt haben. Wie Geisteskranke.«

»Sie haben uns provoziert.«

Dieses Gejammer war wirklich nicht zu ertragen. »Jede Menge Leute waren außerdem Zeuge, wie Ihre Männer Holger gepackt und weggeschleift haben. Sie haben ihn schreien hören. Trotz des ganzen Lärms drum herum.«

Körber schüttelte den Kopf. »Nein, nein, nein. Wir waren das nicht.«

»Wollen Sie mich verarschen?!«

»Wir haben alle Beamten im Einsatz befragt. Niemand hat diesen Holger gesehen. Niemand hat ihn geschlagen, und niemand hat ihn getötet.«

»Ist das Ihr Ernst? Ihre Leute müssen nur abstreiten, und Sie sind zufrieden?«

Wieder schüttelte Körber den Kopf. »Warum sollten wir ihn töten? Nennen Sie mir einen vernünftigen Grund.«

Freddy antwortete nicht, blickte Körber nur reglos an.

»Jemand legt uns rein«, sagte der Polizist.

»Wissen Sie was? Ihre weinerliche Selbstgerechtigkeit kotzt mich an.«

»Was wollen Sie von mir?«

»Wir lassen nicht zu, dass Sie so mit uns umspringen. Sie machen uns keine Angst.«

»Ich habe alles getan, was Sie verlangt haben.«

»Ach ja? Ich kann mich nicht erinnern, dass jemals von Holger die Rede war. Dafür haben Sie etwas anderes definitiv nicht getan.«

»Aber wie soll ich denn das erklären?«

»Sagen Sie, dass es für eine gute Sache ist. Für uns. Für unsere Freiheit. Unsere Rechte als Bürger. Wir wollen keinen Polizeistaat. Setzen Sie ein Zeichen, dass Sie das verstehen. Sehen Sie's als Friedensangebot. An die Stadt, die Menschen. Praunheim, Rödelheim, Hausen.«

»Das geht nicht. Das kann ich nicht machen. Ich bin schon viel zu weit gegangen.«

»Da haben sie ausnahmsweise recht.«

»Selbst wenn ich wollte. Darauf habe ich gar keinen Zugriff.«

Inzwischen langweilte sich Freddy nur noch. »Das hätten Sie sich früher überlegen sollen. Es ist nicht unsere Schuld, dass Sie in der Klemme sitzen. Sie haben sich da reingeritten, also sehen Sie zu, wie Sie wieder rauskommen. Und ich weiß nicht, ob wir die Öffentlichkeit noch länger ruhighalten können.« Freddy lächelte süffisant. »Selbst wenn wir wollten.«

Körbers Blick verengte sich. »Sie sind ein mieses Arschloch«, sagte er langsam. »Wissen Sie das? Aber das zahle ich Ihnen heim. Wenn das hier vorbei ist. Das verspreche ich Ihnen.«

Das war jetzt also die Drohung. Doch Freddy hatte längst genug und knipste sein Grinsen aus. »Praunheim, Rödelheim, Hausen.« Dann ging er, ohne sich noch einmal umzudrehen.

KAPITEL 10

Dampfschwaden trieben durch Alma Freys Küche und schlugen sich am Fenster nieder. Die warme Luft war angefüllt mit Aromen verschiedener Kräuter, von gebratenem Fenchel und gerösteten Nüssen. Dazwischen tupfte Bill Evans am Piano leise Jazzakkorde. Konzentriert, aber geschmeidig bereitete Alma den Fisch, hantierte mit mehreren Töpfen, stieg über den am Boden ausgestreckten Juri und trank einen Schluck Weißwein. Jacobi, der zwei Etagen unter ihr wohnte, stand an der Arbeitsplatte, trug Einweghandschuhe und mühte sich mit der Roten Beete.

»Scheiben, nicht Würfel!«, sagte Alma entsetzt.

Jacobi sah sie fragend an.

»Du sollst sie in Scheiben schneiden, nicht in Würfel. Du meine Güte, wir machen ein Carpaccio, keine Holzfällerpfanne! Juri, Schätzchen, würdest du das bitte übernehmen? Dein Boss ist leider überfordert. Mit dem Gemüse!«

Nur kurz hob der Hund den Kopf und räkelte sich, bevor er sich auf die andere Seite fallen ließ.

»Na prima«, sagte Alma. Sie nahm Jacobi das Messer ab, setzte ihn auf einen Stuhl und reichte ihm sein Weinglas. »Damit richtest du weniger Schaden an.«

Jacobi widersprach nicht, sondern beobachtete. Wie sie auf ihren Strümpfen über den Boden glitt. Wie ihr Kleid dabei um ihren schlanken Körper schwang. Wie ihr eine Strähne in der Stirn klebte und die Haut am Dekolleté glänzte. Von den vielen gemeinsamen Abenden wusste er, dass sie es genauso genoss wie er, wenn er ihr zusah. Leider hatten sie schon lange nicht mehr zusammen gekocht. Zu viel war passiert. Doch dieser Abend würde endlich wieder allein ihnen gehören. Nach einigen Augenblicken hatte Alma die Brücke wieder unter Kontrolle gebracht und den Dampfer in ruhiges Fahrwasser gesteuert. Mit ihrem Weinglas setzte sie sich auf Jacobis Schoß und legte den Arm um seine Schulter. »Was ist los, großer Mann?«

»Ich bin wohl keine Hilfe.«

»Immerhin ist noch kein Blut geflossen.«

Fragend sah er sie an. »Ich versteh' das einfach nicht. Warum verhält sich die Polizei so aggressiv und gleichzeitig so zugeknöpft? Und dann die falsche Identität des Opfers. Ist doch klar, dass das rauskommt.«

»Oje, muss der kleine Norman wieder ganz allein die Welt retten? Ich hoffe nur, du machst nicht wieder solche schrägen Sachen wie beim letzten Mal. Das war nicht lustig. Stimmt's, Juri?«

Träge klopfte der Hund mit dem Schwanz auf den Boden, während Jacobi den Kopf schüttelte. »Eine völlig andere Geschichte. Das hat nichts miteinander zu tun.«

»Und deine Katharina? Macht sie auch wieder mit?«

Er zuckte mit den Schultern. »Keine Ahnung. Mal ist sie voll bei der Sache, traut der Polizei alles zu. Dann wieder ist sie distanziert, abwesend, redet nicht mit mir. Ehrlich, ich weiß nicht, was in ihr vorgeht.«

Lächelnd strich ihm Alma über den Kopf. »Ja, so ist das. Alle sind seltsam. Nur du nicht.«

»Du bist auch nicht seltsam. Jedenfalls nicht mehr als sonst auch.«

»Ach, Norman, wo hast du nur so zu flirten gelernt?« Sie stellte ihr Glas zur Seite und setzte sich rittlings auf seinen Schoß. »Sag doch mal: Alma, du bist scharfsinnig. Scharf und sinnlich.«

Jacobi spürte ihr Gewicht und konnte ihre Haut riechen. Er lächelte. »Alma, du bist heiß.«

»Weiter.«

»Du machst mich hungrig.«

»Gut so«, sagte sie. »Und jetzt streichelst du mich. Aber zieh deine Handschuhe aus. Ich will keine Flecken auf meinem Kleid. Jedenfalls nicht solche.«

Dann nahm sie seine Hände und führte sie an ihren Rücken. Dort spürte er ihre Haut und darunter die Muskeln, die sie regelmäßig im Fitnessstudio trainierte. Alma war ein paar Jahre älter als Jacobi. Sie war attraktiv und wusste das. »Am liebsten würde ich dich sofort vernaschen«, hauchte er.

Nun strich er fester über ihren Rücken und zog sie noch dichter zu sich heran. Schließlich lagen ihre Haare auf seiner Stirn. Sie schloss die Augen.

»Warum hast du mich so lange warten lassen?«, flüsterte er. »Ich wäre fast verhungert.«

Ihr Atem glitt über sein Gesicht, ihre Lippen kamen näher, und langsam öffnete sie den Mund. »Geht doch. Nicht so gut wie der Fischhändler, aber ganz passabel.« Sie streifte seine Hände ab und stand auf. »Jetzt kannst du den Tisch decken.«

Jacobi grinste. »Danke, Mrs Robinson.«

In diesem Augenblick klingelte sein Telefon. Er sah auf das Display. »Es ist Bruno.«

»Sag ihm, er hat drei Minuten. Oder es fließt doch noch Blut.«

Marthas Weinstube war geflutet von dichtem Stimmengewirr. Nur Wortfetzen waren zu verstehen, immer wieder überlagert von hallendem Gelächter. Es waren hauptsächlich Stammgäste aus dem Viertel, die auf das Wochenende anstießen. Touristen verirrten sich kaum hierher. So standen auf einfachen Holztischen Apfelwein, Rippche und Handkäs.

Jacobi und Kommissar Demandt saßen an einem kleinen

Ecktisch. Jacobi schob sich ein Stück Käse in den Mund. Er hatte Hunger und ein schlechtes Gewissen wegen Alma und wegen des Fisches. Aber die Chance auf eine Erklärung für das seltsame Verhalten der Polizei konnte er sich nicht entgehen lassen. Und Bruno hatte es dringend gemacht.

Doch seit einer Dreiviertelstunde saßen sie nun schon zusammen, ohne dass Jacobi Neues erfahren hatte. Bruno aß kaum und sagte noch weniger. Jedenfalls erklärte er nichts. Dafür trank er reichlich. »Erinnerst du dich, als wir zum ersten Mal hier waren?«, fragte er nun. »Tagelang hast du mich bearbeitet, damit ich mit dir was trinken gehe und du mich in Ruhe aushorchen kannst. Da drüben haben wir gesessen. Natürlich wusste ich, was du vorhattest. Aber es war interessant, dir dabei zuzusehen. Du hast das gut gemacht.«

Inzwischen hatte Jacobi seinen Hunger einigermaßen im Griff. Er trank einen Schluck Wein und wischte sich mit der Serviette über den Mund. »Bruno, deinetwegen habe ich ein sehr leckeres Essen mit einer sehr interessanten Frau sausen lassen. Komm endlich zur Sache.«

»Ich geb's ja zu. Ja, auch wir haben von deinen Kontakten und Informationen profitiert. Ich weiß nicht, ob ich dir das jemals so gesagt habe. Also tue ich das jetzt. Allerdings hatte ich früher auch das Gefühl, dass wir auf derselben Seite standen. Heute bin ich mir nicht mehr so sicher.«

Jacobi lehnte sich zurück und verschränkte die Arme. »Geht mir genauso. Hast du inzwischen rausgekriegt, wer die Kollegen waren, die mich in Holgers Wohnung so nett begrüßt haben?«

Bruno schüttelte den Kopf. »Keine Chance.«

Jacobi grinste süffisant. »Warum überrascht mich das nicht?«

»Du glaubst mir nicht.« Bruno nickte schwer. »Was haben die letzten Monate nur mit uns gemacht?« Mit einer Hand strich er seitlich über seinen Bauch, als habe er dort Schmerzen. »Bärbel sagt, ich solle kürzertreten und mich mehr um sie kümmern. Übrigens fragt sie, wann du mal wieder zum Essen kommst. Im Sommer musst du uns in jedem Fall besuchen. Der Teich ist endlich fertig, und ich werfe was Leckeres auf den Grill. Wird sicher nett.«

Lächelnd schüttelte Jacobi den Kopf. »Du hast eine ziemlich romantische Vorstellung.« Er beugte sich vor und stützte die Ellenbogen auf den Tisch. »In meiner Erinnerung hast du immer sehr genau überlegt, welche Informationen ich bekomme und welche du für dich behältst. Und dann, vor ein paar Monaten, hast du plötzlich gar nichts mehr gesagt. Stattdessen hast du mich ins offene Messer laufen lassen. Dass ich mir dabei blaue Flecken geholt habe – geschenkt. Aber Katharina hat es um ein Haar das Leben gekostet.«

Nun beugte sich auch Bruno vor. »Und deshalb pinkelst du uns öffentlich ans Bein? Ich hätte nicht gedacht, dass du so nachtragend bist.«

Fassungslos schüttelte Jacobi den Kopf. »Weißt du eigentlich, was auf der Demo passiert ist? Wie die Beamten zugeschlagen haben? Der Wasserwerfer hat die Leute reihenweise umgemäht.«

»Natürlich weiß ich das, und ich bin nicht stolz darauf. Aber du hast offenbar keine Ahnung, wie viel Stress so ein Einsatz für die Kollegen bedeutet. Und wie sehr diese Schreihälse provoziert haben.«

»Bruno, es gibt Bilder, auf denen deine Leute das Opfer wegzerren. Weit abseits der Route.«

»Erstens sind es nicht meine Leute. Und nenn mir zweitens einen Grund, warum sie das tun sollten.«

»Du sagst doch selbst: Stress. Sie haben die Nerven verloren.«

Kopfschüttelnd lehnte sich Demandt zurück. »Das ist doch Quatsch. Und das weißt du. Die interne Ermittlung ist dran. Und was finden sie? Nichts.«

»Aha. Und du glaubst, das genügt? Ihr wart es nicht, weil Kommissar Demandt sagt, dass ihr so was nicht tut?« Jacobi ließ sich zurück in die Lehne fallen. »Dann sag mir, wer es getan hat. Was genau ist passiert?«

»Woher soll ich das wissen, wenn wir nicht dabei waren?«

»Warum nennt ihr einen falschen Namen und eine falsche Identität des Opfers?«

»Ein blödes Missverständnis.«

»Bruno, so kommen wir nicht weiter«, sagte Jacobi kopfschüttelnd. »Es gibt Zeugen, die sagen, dass er sich von euch verfolgt und bedroht gefühlt hat.«

»Unsinn! Wer erzählt so einen Mist?«

»Und was ist mit Körber?«

Plötzlich wich Brunos abweisende Aggressivität einer Mischung aus Überraschung und Schreck. »Körber? Was soll mit ihm sein?«

»Steckt er mit drin? Verbietet er dir, mit mir zu reden?«

Demandt zögerte. »Wie kommst du darauf?«

Langsam zog Jacobi aus seiner Jackentasche die Kopie eines Fotos, das Körber auf einer der Demos zeigte, und legte es vor Bruno auf den Tisch. Irritiert sah der Kommissar abwechselnd auf das Papier und auf Jacobi. »Woher hast du das?«

»Aus der Wohnung des Opfers.« Er lehnte sich wieder zurück. »Also, was ist? Willst du mir weiter irgendwelche Geschichten erzählen? Oder redest du zur Abwechslung mal mit mir?«

Angespannt blickte Demandt sich um, als fühle er sich beobachtet. Die Kneipe war gut gefüllt, doch niemand schien von ihnen Notiz zu nehmen. Dann sah der Kommissar sein Gegenüber einen langen Augenblick wie versteinert an.

»Was ist?«, fragte Jacobi.

Ohne zu antworten, zog Bruno seine Brieftasche hervor und legte dreißig Euro auf den Tisch. »Wir gehen.«

Nun war Jacobi überrascht und folgte Demandt zu dessen

altem Kadett Kombi, der in einer Seitenstraße geparkt war. Nachdem sie eingestiegen waren, starrte der Kommissar reglos in die Dunkelheit.

»Und jetzt?«, fragte Jacobi. »Willst du fummeln oder mich verschwinden lassen?«

»Kannst du vielleicht einmal die Klappe halten? Du hast überhaupt keine Ahnung, was hier passiert.«

»Das habe ich schon mal gehört.«

»Was ich dir jetzt zeige, muss absolut unter uns bleiben. Wenn das bekannt wird, haben wir Krieg in der Stadt. Dann war die Demo ein fröhlicher Kindergeburtstag. Und dir breche ich den Hals. Hast du mich verstanden?«

Jacobi musste grinsen. Diese Dramatik passte so gar nicht zu Bruno. Andererseits schien es ihm vollkommen ernst zu sein.

»Also?«

»Ja, ich hab's kapiert.«

Bedächtig nickte Demandt, wandte sich mühsam um und griff seine Aktentasche von der Rückbank. Bevor er sie öffnete, sah er sich noch einmal nach allen Seiten um. Auf der Straße war niemand zu sehen, und Bruno schaltete die Innenbeleuchtung ein. Im fahlen Licht wirkte er müde und alt. Umständlich zog er große Fotoabzüge aus der abgewetzten Ledertasche. Wieder zögerte er, und Jacobi erkannte, dass er sich wirklich schwertat.

»Die hier sind am Tatort gemacht worden«, erklärte Bruno. »Im Hof.«

Er reichte Jacobi die Abzüge und blickte wieder in die Dunkelheit. Als könne er nicht ertragen, was jetzt geschehen würde.

Die Aufnahmen zeigten Ausschnitte der Häuserwände und des Pflasters. Auf einigen war am Bildrand der Leichnam unter einer Folie zu sehen. Doch darum ging es nicht, und das erkannte Jacobi sofort. Dass hier ein Mensch grausam zu Tode gekommen war, geriet zur Nebensache. Es war etwas anderes, das Jacobi eine Gänsehaut über den ganzen Körper jagte. Sie kroch den Rücken hinauf bis in den Nacken und setzte sich dort hartnäckig fest. Es fühlte sich an wie ein permanenter, gleichmäßiger Stromstoß.

Auf der Hauswand direkt hinter der Leiche waren Buchstaben zu sehen, lateinische Wörter, so viel konnte Jacobi erkennen, schnell hingeschmiert, vielleicht aufgesprüht. *Ex iniuria ius non oritur*, stand dort.

Jacobi schluckte und sah zu Demandt hinüber, der noch immer in die Dunkelheit starrte. Bei seinen Recherchen zu den vergangenen zwei Mordserien hatte Jacobi ähnliche Zeichen an den Tatorten entdeckt. Im Fall des Frauenmörders Wolff waren es aramäische Schriftzeichen gewesen, im Fall der Politikermorde griechische Zitate. Diese Gemeinsamkeit hatte Jacobi und Katharina zu der Überzeugung gebracht, dass es einen Drahtzieher geben musste, den großen Unbekannten im Hintergrund, von dem die Täter ihre Aufträge erhalten hatten. Den wenigen Hinweisen nach zu urteilen, musste es sich um einen älteren Mann handeln, der im Rollstuhl saß. Sicher war er gebildet, vielleicht Wissenschaftler, absolut skrupellos und in jedem Fall komplett wahnsinnig.

Und jetzt war er wieder da.

Noch immer spürte Jacobi die Gänsehaut.

»Begreifst du jetzt, warum Körber sich mit seiner Truppe eingeschaltet hat?«, fragte Bruno in die Stille hinein.

»Was steht da?«, fragte Jacobi, ohne aufzusehen. »Die Wörter, was bedeuten sie?«

»Aus Unrecht entsteht kein Recht. Alter römischer Rechtsgrundsatz.«

»Und was heißt das?«

»Dass er uns reinlegen will.«

»Wer?«

»Machst du Witze? Zuerst tut Wolff alles dafür, dass es so aussieht, als sei er ein religiöser Fanatiker. Schließlich stellt sich heraus, dass er gar nicht für den Glauben, sondern gegen alles Religiöse kämpft. Dann werden Politiker erledigt, weil sie krumme Geschäfte machen. Tatsächlich aber ist es ein Angriff auf das politische System. Und jetzt soll es so aussehen, als würden wir willkürlich harmlose, wehrlose Demonstranten erschlagen. Und was ist die Folge? Wir stehen gewaltig unter Druck für etwas, das wir nicht getan haben. Wer auch immer dahintersteckt, will uns fertigmachen und damit alles, wofür wir stehen. Recht und Gesetz. Und du hilfst ihm dabei. Wieder mal.«

Jacobi verstand die Anspielung und spürte Brunos bohrenden Blick. Wolff hatte die Zeichen hinterlassen, damit in den Medien noch ausführlicher über den Fall berichtet wurde und so die aggressiv-antireligiöse Stimmung entstand, die er eigentlich erreichen wollte. Und Jacobi hatte diese Aufgabe perfekt erfüllt. In diesem Augenblick erinnerte er sich an die Fotokopien, die ihm der Kurier gestern in die Redaktion geliefert hatte.

Sie fragen sich, was das mit Ihnen zu tun hat, Herr Jacobi?

Er kniff die Augen zusammen. Tappte er tatsächlich geradewegs in die nächste Falle?

Bruno schien sein Unbehagen zu spüren. »Was ist?«, fragte er.

»Nichts. Das ist … das wäre Wahnsinn.«

»Und deshalb darfst du sein mieses Spiel nicht länger mitspielen. Lass die Finger davon.«

Während Bruno auf eine Antwort wartete, starrte Jacobi wieder auf die Fotos mit den Zeichen. Mit Grauen erinnerte er sich daran, was Wolff seiner damaligen Freundin Rebecca angetan hatte. Vermutlich würde sie sich nie davon erholen. Wenige Wochen später war Katharina in die Hände eines Auftragskillers geraten und nur knapp mit dem Leben davongekommen. Zwar war er durch seinen Job einiges gewohnt. Doch das, was ihm in den letzten sechs Monaten an Grausamkeit begegnet war, überstieg selbst seine Vorstellungskraft. Und er spürte, dass es wieder so kommen konnte. Bruno hatte recht. Jacobi musste die Finger davon lassen. Seinetwegen. Und wegen der Menschen, an denen ihm etwas lag.

Aber da war noch ein Gedanke. Der Mistkerl, der sich das alles ausdachte, war ein verdammt cleverer Schweinehund. Er verstand es perfekt, alle um sich herum zu manipulieren. Die Menschen, die in seinem Auftrag die Morde begingen, genauso wie die Öffentlichkeit. Niemand hatte das mehr zu spüren bekommen als Jacobi. Aber jetzt, an diesem kalten Abend in einer dunklen Frankfurter Seitenstraße, hatte er plötzlich zum ersten Mal das Gefühl, es mit ihm aufnehmen zu können. Es war, als besäße er endlich einen Fingerabdruck des Drahtziehers.

»Aber warum taucht Körber immer wieder auf den Fotos der Demonstrationen auf?«, fragte er, ohne aufzusehen.

»Weil er und seine Leute zur Abwechslung mal früh geahnt haben, dass diese sogenannten Aktivisten nicht nur in Sachen Bürgerrechte aktiv sind. Von wem hast du deine Informationen?«

»Einer von ihnen. Er nennt sich Freddy.«

»Er ist auf dich zugekommen?«

Jacobi nickte und Bruno zog einen dünnen Stapel kleinerer Fotos aus seiner Tasche. »Ist er das?«

Die Aufnahmen zeigten Freddy in dichtem Gedränge, offenbar am Bahnhof. »Woher hast du die?«

»Sein richtiger Name ist Kurt Brosinski. Ein Kleinkrimineller, aber vielseitig interessiert. Bandenmäßiger Betrug, Hehlerei, Urkundenfälschung. Gerne verprügelt er auch mal seine Geschäftspartner. Alles nichts Großes. Aber ganz sicher ist er kein Bürgerrechtler. Bisher arbeitet er hauptsächlich in Praunheim und Hausen. Die Frage ist, was er jetzt vorhat.

Oder vielmehr, was unser großer Unbekannter mit ihm vorhat. Und welche Rolle er dir zugedacht hat.«

Während Jacobi die Fotos ein zweites Mal betrachtete, machte sich Genugtuung in ihm breit. Von Anfang an hatte er Freddy misstraut, und nun sah er sein Gefühl bestätigt. Bevor er in die Falle getappt war. »Warum nehmt ihr ihn nicht einfach fest?«

Energisch schüttelte Demandt den Kopf. »Nicht jetzt. Nicht, bevor er uns zu dem Irren im Hintergrund geführt hat. Aber das funktioniert nur, wenn du uns nicht länger dazwischenfunkst und uns das Leben schwermachst. Halt einfach die Füße still. Nimm dir Urlaub. Melde dich krank. Wenn dieser Freddy sich mit dir treffen will, mach das, aber lass dich auf nichts ein. Versprichst du mir das?«

Bruno sah ihn auffordernd an, doch Jacobi musste nachdenken. Vielleicht sollte er wieder eine Marionette sein. Das bedeutete aber auch, dass am anderen Ende jemand die Fäden zog. Zwischen ihm und dem Drahtzieher bestand also eine Verbindung. Diese Verbindung hieß Freddy. Und darüber würde er diesen Jemand endlich schnappen.

Jacobi sah auf. Er nickte.

KAPITEL 11

Etwas hatte sie aus dem Bett getrieben. Ein undeutliches Gefühl. Ein innerer Drang, den sie nicht in Worte fassen konnte.

Es war noch nicht halb acht am Morgen, und Katharina Beck stand in der Mitte ihres Wohnzimmers, seltsam unschlüssig. Sie trug einen Jogginganzug und dicke Socken. Heißer Dampf stieg aus ihrer Teetasse, während das Müsli unangetastet auf der Arbeitsplatte wartete. Alles um sie herum war ihr vertraut, jeder Anblick, jeder Schatten und Geruch. Trotzdem beschlich sie in diesem Moment das Gefühl, sich dessen neu versichern zu müssen.

Bedächtig sah sie sich um, bevor sie sich langsam durch den Raum bewegte. Sie spürte den Boden unter den Füßen und ließ die Fingerspitzen über die Möbel gleiten. Mit fast jedem Stück verbanden sie Erinnerungen. Manche waren sehr konkret, andere nur diffus. Ein Duft, eine Farbe, eine ganz besondere Stimmung.

Lange hatte sie sich in ihrer Wohnung versteckt. Am Anfang waren es die vielen neuen Aufgaben im Institut gewesen und Schindlers Art, die sie völlig überfordert hatte. Katharina war überzeugt, dass sie diese Zeit ohne ihren Rückzugsort nicht überstanden hätte. An manchen Tagen war es ihr schwergefallen, überhaupt vor die Tür zu treten. Dann hatte sie von zu Hause gearbeitet und sich alles liefern lassen, was sie brauchte, Lebensmittel, Kleidung. Letzteres war meistens sehr deprimierend, weil die Stücke so gut wie nie zu ihrer schmächtigen Statur passten. Aber vor nicht allzu langer Zeit hatte sie von einer spannenden Entwicklung erfahren, die es schon bald ermöglichen sollte, maßgeschneiderte Kleidung zu kaufen, ohne dafür die Wohnung verlassen zu müssen. Das käme Katharina sehr entgegen. Jedenfalls war sie immer fest entschlossen gewesen, aus Frankfurt wegzugehen, sobald sie habilitiert war.

Also jetzt.

Stattdessen setzte sie sich in ihren geliebten Ohrensessel und zog die Beine dicht an ihren Körper, bevor sie den Blick wieder durch den Raum gleiten ließ. Sehr sorgfältig hatte sie abgewogen, wem sie Zutritt zu ihrem Allerheiligsten gewährte. Das bedeutete aber auch, dass sie sich schwertat, Freunde zu finden, Menschen, denen sie ehrlich vertraute und sich öffnete. Zum Glück wohnte Carla in der Nähe, die sie schon aus Studienzeiten kannte.

Und dann waren da ihre ziemlich kläglichen Versuche mit Männern. In diesem Augenblick musste sie darüber lächeln. Katharina wusste, wem sie das zu verdanken hatte. Mit Norman Jacobi hatte sich alles geändert. Er ignorierte einfach ihre Regeln und überrumpelte sie, immer wieder. Erstaunlicherweise hatte sie ihm nichts entgegenzusetzen. Noch überraschender war, dass sie das kaum noch ängstigte. Im Gegenteil. Immer weiter konnte sie sich auf ihn einlassen, langsam zwar, aber stetig. Und Katharina genoss es. Nur manchmal war sie sich selbst etwas unheimlich.

Zur Wahrheit gehörte aber auch, dass Norman die Gefahr zurück in ihr Leben gebracht hatte.

Hierher.

Ihr Blick fiel auf den Teppich. Von den Blutflecken, die Wolff dort absichtlich hinterlassen hatte, war zwar nichts mehr zu sehen. Aber noch immer bereitet ihr die Erinnerung daran und an das furchtbare Video der geschundenen Rebecca jedes Mal einen kalten Schauer.

Gründe genug also, von hier wegzugehen.

Trotzdem machte sie keine Anstalten.

Der Gedanke an das Motiv dafür umkreiste sie wie eine Kugel den Rouletteteller. Bevor sie an Schwung verlor und Katharina Farbe bekennen musste, stand sie auf und öffnete die Balkontür.

Sie liebte die leichte Morgenbrise, das Licht, das langsam durch die Bäume kroch, die Geräusche, wenn die Stadt erwachte. Doch statt frischer Luft spürte sie jetzt nur kalte Feuchtigkeit an sich heraufziehen. Über dem Niddapark lag dichter Nebel, der es der Sonne schwermachte. Und Katharina bemerkte die Stille. Sie horchte, suchte in allen Richtungen nach Geräuschen.

Aber da war nichts.

Keine Autos. Keine Rollos, die aufgezogen wurden. Keine kichernden, kreischenden Kinder. Es dauerte, bis sich Katharina erinnerte, dass Samstag war. Anders als sie selbst schlief die Stadt heute aus.

So schloss sie die Augen und atmete tief ein. Nach wenigen Sekunden hatte sie den Eindruck, nicht allein zu sein. Vor ihrem Auge sah sie eine Gestalt, mehr ein unscharfes Flattern aus Licht und Schatten. Trotzdem war sie sicher, dass es sich um die Person handelte, die sie in der alten Fabrik beobachtet hatte. Erstaunt registrierte Katharina, dass ihr diese Erkenntnis keinen Schrecken einjagte. Ganz im Gegenteil. Sie sah sich auf die Kontur zugehen und spürte, wie ihre Aufmerksamkeit mit jedem Schritt wuchs. Sie registrierte das Knirschen unter ihren Füßen, schmutzigen Beton und rostigen Stahl um sich herum. Sie beschleunigte ihre Schritte, sah links und rechts in lange Schluchten leerer Fabrikhallen und entdeckte – nichts.

Ein wenig enttäuscht blieb sie im Geiste stehen und überlegte, wo sich die Figur verstecken könnte, als sie wieder deren Gegenwart spürte.

Direkt hinter sich.

Während sie sich langsam umdrehte, klingelte es an der Wohnungstür.

Katharina riss die Augen auf und blickte ins Wohnzimmer. War sie das? Die Gestalt, die sie verfolgt hatte?

Katharina zögerte.

Es klingelte erneut.

Auf Zehenspitzen schlich sie zur Tür, spähte durch den Spion und sah – Norman Jacobi. Für einen winzigen Moment spürte sie Erleichterung, dann Enttäuschung und schließlich das Bedürfnis, allein zu sein. Trotzdem öffnete sie.

»Habe ich dich geweckt?«, fragte er. Ohne eine Antwort abzuwarten, drängte er durch die Tür und gab ihr im Vorübergehen einen Kuss auf die Wange. Irritiert sah sie ihm nach, bis er im Wohnzimmer verschwand.

Dort stand er mitten im Raum. Seine Körperhaltung verriet Anspannung. Aber auf seinem Gesicht lag ein Grinsen, irgendwie aggressiv. Inzwischen kannte Katharina ihn lange genug, um zu wissen, dass diese Kombination nichts Gutes verhieß. Neben der Tür blieb sie stehen und bemerkte erst jetzt die Papiere in seiner Hand.

»Gestern Abend habe ich dich angerufen«, sagte er. »Du bist nicht drangegangen.«

»Du warst mit deiner Nachbarin verabredet. Ich dachte, dieser Termin sei dir heilig. Und ich war müde. Ich bin früh schlafen gegangen.«

»Ich habe dich um Rückruf gebeten.«

»Ach ja?« Katharina hörte den vorwurfsvollen Ton und blickte in den Flur. Dort musste das Handy in ihrer Handtasche liegen. Dann fiel ihr ein, dass sie sich dafür nicht entschuldigen musste. Sie verschränkte die Arme vor der Brust. »Was ist denn so dringend?«

»Gestern Abend habe ich mich mit Bruno getroffen.«

»Ich dachte …«

»Er hat mir das hier gegeben«, sagte er und streckte ihr die Fotos entgegen. Katharina erkannte Motive mit Buchstaben darauf. Sämtliche Härchen an ihrem Körper richteten sich schlagartig auf.

»Was … was ist das?«, fragte sie, obwohl sie sicher war, die Antwort zu kennen.

»Komm her und sieh es dir an.«

»Ich bleibe lieber hier.«

Er blinzelte, und endlich wich die Aggressivität aus seinem Blick. Norman trat näher und Katharina erkannte einen kurzen lateinischen Text.

»Das haben Brunos Leute am Tatort gefunden«, erklärte er. »Ich muss dir nicht sagen, wie die Übersetzung lautet.« Er machte eine Pause. »Und auch nicht, was die Worte bedeuten. Er ist wieder hier. Es geht weiter.«

Katharina rührte sich nicht. Doch innerlich wich sie zurück, so weit sie nur konnte. Die Fotos, Normans Blick, seine Körperhaltung und Stimme, alles fügte sich zusammen zu einer unumstößlichen Gewissheit. Er würde es wieder tun. Er würde wieder auf die Jagd gehen und alles riskieren. Sein Leben, ihres, das der anderen, ganz gleich, was sie dagegen sagte oder tat. »Und?«, fragte sie.

»Ist das alles, was du dazu sagst?«

Sie zuckte mit den Schultern. »Macht es einen Unterschied, was ich sage?«

Er sah sie an, als habe Katharina in einer fremden Sprache gesprochen. »Wo willst du ihn suchen?«, fragte sie dann.

Schnell blätterte Norman durch die Fotos und präsentierte ihr die Aufnahme eines Mannes in einer dichten Menschenmenge. Das Gesicht kam ihr bekannt vor. »Freddy?«

»Sein richtiger Name ist Kurt Brosinski. Und das ist nicht alles. Er ist kein Bürgerrechtler. Jedenfalls nicht nur.«

»Ich weiß.«

Erstaunt sah er auf. »Woher?«

»Ich habe auch ein bisschen recherchiert. Ich kann nicht genau sagen, was es ist, aber irgendwas stimmt nicht mit diesen Aktivisten.«

»Katharina, so was musst du mir sagen!«

»Alles, was ich über sie weiß, steht im Netz. Du hättest einfach mal nachsehen können.«

»Seit wann? Seit wann weißt du davon?«

Für einen Moment senkte sie den Blick, bevor sie wieder aufsah. »Ein, zwei Tage.«

Wissend nickte er und trat gleichzeitig einen Schritt zurück, als brauche er Sicherheitsabstand. »So was verschweigst du. Aber über alles, das auf die Polizei deutet, redest du. Warum? Warum bist du so scharf darauf, dass sie es war?«

Katharina spürte die Wärme auf ihren Wangen. »Und was ist mit dir? Warum sind deine Zweifel an der Polizei plötzlich weggeblasen? Nur, weil du mit deinem alten Kumpel getrunken hast?«

Norman zeigte keinerlei Reaktion. Als habe er gar nicht gehört, was sie gesagt hatte. Stattdessen fixierte er sie, wieder mit dieser aggressiven Körperhaltung. Nur grinste er nicht. »Da ist doch was.«

Katharina lief auf und ab, als könne sie seinem Blick und seinen bohrenden Fragen so entkommen. Doch er ließ nicht nach. »Ja, da ist was«, sagte sie schließlich trotzig. »Ich war in der Wohnung, von der aus das Video aufgenommen wurde.«

Jacobi war sichtlich überrascht. »Wie bist du da reingekommen?«

»Das ist doch jetzt egal. Wichtiger ist: Ich habe Spuren desjenigen gefunden, der den Film gemacht hat.« Sie blickte Norman geradeheraus an. So selbstbewusst, wie sie es in diesem Moment hinbekam. »Er hat genau gewusst, dass die Polizisten mit Holger im Tucherweg vorbeikommen würden. Und was mit ihm passieren würde.«

Er schien beeindruckt, aber Katharina war nicht klar, ob es an der neuen Information lag oder daran, wie sie ihn ansah. Ob er sie überhaupt verstand. »Und das, obwohl die Route kurzfristig geändert wurde.«

»Sie wurde was?«

»Ganz genau. Nur dadurch konnte der Demonstrationszug so nah an der Wohnung vorbeiführen. Erkennst du den Plan dahinter?«

»Heißt das, du weißt, wer den Film gemacht hat?«

Katharina schüttelte den Kopf. »Die Wohnung steht leer, wird renoviert. Offiziell heißt es Wasserschaden. Aber am Tag der Demo haben die Handwerker woanders gearbeitet. Es war einfach perfekt. Und jetzt rat mal, wer die Änderung der Route veranlasst hat.«

»Wer?«

Nun war es Katharina, die ihn fixierte. Sie spürte, dass sie den Moment auskostete. »Körber. Dein Freund Körber hat dafür gesorgt.«

Norman schien völlig perplex. Für einen Moment stand sein Mund ungläubig offen. Dann kniff er die Augen zusammen, als versuchte er, die Informationen in seinem Kopf aneinanderzufügen, jedoch ohne Erfolg. Bei diesem Anblick entspannte Katharina ein wenig. Es war nicht ihre Absicht zu streiten, darum zu kämpfen, wer mehr herausgefunden oder Wichtigeres zurückgehalten hatte. Sie wollte … sie hatte keine Ahnung, was sie wollte. »Ich will doch nur, dass du vorsichtig bist«, sagte sie leise. »Dass du nicht wieder in eine Falle rennst und dich für die Verbrechen anderer einspannen lässt.«

Er blickte auf, setzte an zu einer Verteidigung und nickte schließlich. »Aber dieser Mistkerl hat Menschenleben auf dem Gewissen. Ich kann einfach nicht vergessen, was er Rebecca angetan hat. Und dir. Und wenn mich Freddy zu ihm bringen kann, muss und werde ich diese Chance nutzen.«

»Und wenn auch er dich nur ausnutzt? Wie damals Wolff?«

Jacobi zögerte. »Ja, vielleicht. Aber der Unterschied ist, dass ich es weiß. Ich bin vorbereitet. Und ich kenne Freddy.«

»So was Ähnliches hast du beim letzten Mal auch gesagt.«

Wieder nickte er, trat einen Schritt näher und fasste sie an den Armen. »Wir haben doch gewusst, dass es irgendwann weitergehen würde. Willst du zusehen, wie Unschuldige sterben? Immer und immer wieder? Ich glaube nicht. Wir können nicht so tun, als ginge uns das nichts an. Das verstehst du doch.«

Seine Berührungen bereiteten ihr ein Kribbeln am ganzen Körper. Sie genoss es und wünschte sich, es würde nie aufhören. Aber offenbar war dieses Gefühl immer mit Gefahr verbunden. Ging es in ihrem Leben etwa nicht anders?

»Und warum wir?«, fragte sie. »Soll sich doch Demandt darum kümmern. Ich meine, warum nehmen sie Freddy – oder wie auch immer er heißt –, warum nehmen sie ihn nicht einfach fest?«

»Weil Demandt über ihn an den Drahtzieher ranwill.«

Bedächtig nickte Katharina. »Und dafür braucht er dich? Damit du für Demandt den Kopf hinhältst?«

Energisch schüttelte Jacobi den Kopf. »So darfst du das nicht sehen. Bruno steht wahnsinnig unter Druck. Alle erwarten, dass er den Fall schnellstens aufklärt. Und alle wollen nur hören, dass die Polizei der Schuldige ist. Für die wahren Zusammenhänge interessiert sich doch niemand. Und dazu darf er nicht mal etwas sagen. Denn wenn das hier«, er deutete auf die Fotos mit dem lateinischen Text, »wenn das bekannt wird, dann geht es erst richtig los. Dann …« Jacobi schüttelte den Kopf. »Bruno kann jede Unterstützung gebrauchen.«

Katharina verstand, was er sagte. Und wie er es tat, klang es sogar plausibel. Aber da war ihr tiefes Misstrauen gegen alle, die stärker und mächtiger waren als sie und sich nicht scheuten, diese Macht einzusetzen. Und ihre Angst, dass alles wieder lief wie beim letzten Mal. Jacobi stürmte blindlings voran, Katharina konnte ihn nicht bremsen, und am Ende tappten sie beide in die Falle. Wobei der Begriff Falle eine lächerliche Untertreibung war. Katharina war drauf und dran, Norman zu sagen, dieses Mal müsse er ohne sie auskommen, als sie sich wieder an die Kontur aus der Fabrik erinnerte. Wieder hatte sie das Gefühl, die Gestalt sei ganz in ihrer Nähe. Als müsse Katharina nur den Kopf ein wenig strecken und hinter Jacobi schauen. In diesem Augenblick begriff sie, was es bedeutete. Was sie aus dem Bett getrieben hatte. Wieder nickte sie langsam. »Aber …«

»Was?«

»Wenn Körber hinter alldem steckt oder zumindest damit zu tun hat – was ist dann mit Demandt? Gehört er auch dazu?«

Norman erschrak. Der Gedanke schien ihm völlig neu. Er sah sie an, als müsse sie auf der Stelle eine schlüssige Erklärung für alles haben. Eine Lösung für das große Rätsel.

»Ich glaube, ich werde beobachtet«, sagte sie stattdessen.

Er starrte sie an, sprachlos.

»Zum ersten Mal aufgefallen ist es mir vor zwei Tagen. Als ich mir das Haus angesehen habe, aus dem heraus der Film gemacht wurde.«

»Wer? Unser Mann? Der Kerl im Rollstuhl?«

»Nein. Ich meine, ich bin mir nicht sicher. Aber ich glaube nicht. Gesehen habe ich niemanden. Es war mehr … ein Gefühl. Aber«, schob sie schnell nach, »gestern habe ich mich in der Fabrik vom Foto umgesehen, das du bekommen hast. Es sind die Meyfahrt-Werke.«

Er nickte bedächtig.

»Und ich bin mir sicher, dass da jemand war. Ziemlich sicher.« Sie sah zu ihm auf. »Du glaubst mir doch?«

Einen Moment zögerte er. »Natürlich. Natürlich glaube ich dir. Hast du in der Fabrik etwas entdeckt?«

Sie schüttelte den Kopf. »Aber es ist doch kein Zufall, dass sie in der Nähe der Redaktion liegt.«

»Eines seiner perfiden Spielchen.«

»Du wirst ihn suchen, oder? Auch wenn ich dich bitten würde, es nicht zu tun?«

»Ich werde dich nicht überreden oder zu etwas zwingen. Aber kann ich mich auf dich verlassen, dass du mir nicht in den Rücken fällst?« Er lächelte schief. »Ich habe ja niemanden sonst.«

Wieder spürte Katharina einen warmen Schauer im Nacken und an den Armen. Schließlich nickte sie schwer. »Natürlich kannst du das.«

KAPITEL 12

Norman Jacobi blickte auf eine Mauer aus verwitterten Ziegeln und fragte sich, ob dahinter der Teufel hauste.

Von Bruno Demandt hatte er Freddys Meldeadresse in Frankfurt-Hausen bekommen. Er war hingefahren, aber wenig überraschend hatte Kurt Brosinski dort schon längere Zeit niemand mehr gesehen. Freddy selbst hatte Jacobi gegenüber angegeben, dass sie nicht nur Tarnnamen nutzten, sondern auch mal hier, mal dort schliefen, um für die Polizei möglichst wenig greifbar zu sein. So hatte Jacobi ein bisschen herumgefragt und schließlich einen Tipp bekommen. In der Maderstraße sollte es ein altes Gehöft geben, auf dem sich einige der Bürgerrechtler offenbar immer wieder trafen, um Aktionen zu planen oder Unterschlupf zu finden. Zur Straße hin wurde das Gelände von einer hohen Mauer begrenzt. Dahinter wucherten Bäume und Sträucher.

Jacobi parkte auf der gegenüberliegenden Straßenseite. Durch die geöffnete Toreinfahrt erkannte er eine typische Hofreite, eine landwirtschaftliche Anlage, die an drei Seiten von Gebäuden in unterschiedlicher Höhe, mit verschiedenen Dachformen und Mauerstrukturen eingefasst war. Ein großer, aber gedrängt wirkender Komplex, der offenbar über einen längeren Zeitraum entstanden war. Von seinem Platz aus blickte Jacobi geradewegs auf eine Haustür und einige Fenster.

Es rührte sich nichts.

Trotzdem registrierte er Anspannung bei dem Gedanken,

Freddy unter diesen neuen Umständen gegenüberzutreten. Jacobi wusste nicht, was er von ihm halten sollte. Ob er tatsächlich ein Bürgerrechtler war oder nur ein Krimineller, wie Bruno behauptete. Oder beides. Ob er mehr mit dem Mord am Demonstranten zu tun hatte, als er zugab. Und ob sich Jacobi dadurch in Gefahr begab. Zugleich spürte er eine Kraft, die ihn hergetrieben hatte und die stärker war als alle seine Bedenken. Er hoffte, Freddy würde ihn endlich zum ominösen Drahtzieher führen. Zu dem Mann, der sich das alles ausdachte. Die Morde. Die Zeichen.

Der alte Mann im Rollstuhl.

Der Teufel persönlich.

Angeblich gehörte das Gehöft einem alten Mann, der auf dem Land lebte und von dort aus die Bürgerbewegung unterstützte. Jacobi tat sich schwer mit der Vorstellung, ihm zu begegnen. Wer diese Art von Verbrechen ersann, konnte in seinen Augen kein Mensch sein, auch wenn er die brüchige, verwaschene Stimme des Alten bereits am Telefon gehört hatte. Gleichzeitig wusste er, dass er ihn niemals unterschätzen durfte. Wozu dieser Kerl fähig war, hatte er immer wieder eindrucksvoll bewiesen.

Wie ließ sich der Teufel fassen?

Jacobi stellte sich vor, wie er mit Katharina darüber beriet. Die letzten zwei Monate waren sehr schön gewesen. Endlich hatten sie Zeit gefunden, sich richtig kennenzulernen. Sie waren sich nähergekommen. Und hatten viel gelacht. Wahrscheinlich hätte sie ein Rezept ihrer Großmutter zur Teufelsbekämpfung parat gehabt. Oder ihn einfach totgequatscht. Besser noch totgesungen. Das ginge bei ihr ziemlich schnell.

Während er an sie dachte, spürte er ein Lächeln auf seinem Gesicht. Aber seit er zum Tod des Demonstranten recherchierte, registrierte er auch eine seltsame Distanz. Auf unsichtbaren Gleisen schien sie sich langsam wieder zu entfernen. Sie hatte ihm Informationen über die Bürgerrechtler vorenthalten. Warum tat sie das? Er konnte sich keinen Reim darauf machen.

In diesem Augenblick bemerkte er eine Bewegung im Haus. Nur eine kurze, unscharfe Veränderung von Licht und Schatten.

Jacobi richtete sich auf. Wenige Sekunden später nahm er eine Gestalt im Fenster neben der Tür wahr. Einige Male schien sie hin und her zu laufen. Jacobi konnte nicht sagen, ob es tatsächlich Freddy war, aber ganz sicher war es niemand, der im Rollstuhl saß. Bedächtig lehnte sich Jacobi im Fahrersitz zurück und behielt die Haustür im Auge. Das Auto, ein Honda Civic, Baujahr 2007, dunkelgrau, fuhr er erst seit wenigen Wochen. Er mochte es nicht. Alles daran war viel zu glatt. Ohne Ecken und Kanten. Der Wagen hatte keinen Charakter. Nicht mal einen eigenen Geruch. Es hatte eben schnell gehen müssen. Sein geliebter Audi 80 war den letzten Recherchen zum Opfer gefallen. Aber das war eine andere Geschichte.

Endlich verließ jemand das Haus. Tatsächlich Freddy. Reflexartig beugte sich Jacobi auf den Beifahrersitz. Während er stumm die Sekunden zählte, fiel ihm ein, dass er gemeinsam mit Freddy zur Wohnung des toten Demonstranten gefahren war – in diesem Auto. Sein Versteckspiel war also ziemlich lächerlich. Trotzdem blieb er in Deckung. Als er bis zwanzig gezählt hatte, hob er ein wenig den Kopf und erkannte Freddy im Außenspiegel. Er telefonierte und ging dabei zielstrebig in die entgegengesetzte Richtung. Schließlich verschwand er hinter der nächsten Biegung.

Jacobi atmete aus und richtete sich auf.

Und jetzt?

Abwechselnd sah er zum Gehöft hinüber und in den Rückspiegel. An Händen und Nacken spürte er, wie die Nervosität wuchs. Die Aussicht, dem Hintermann tatsächlich gegenüberzustehen, war … Andererseits war er nicht gekommen, um im Auto hocken zu bleiben. Er musste durchatmen.

Ein letztes Mal sah er sich um. Die Straße war leer. An diesem kalten, grauen Vormittag ging niemand vor die Tür, der nicht unbedingt musste.

Jacobi kratzte sich am Kopf, gab sich einen Ruck und stieg aus. In der Hofeinfahrt blieb er stehen. Links erkannte er, dass es sich nicht um ein Haus handelte, sondern um zwei. Der Gebäudeteil näher zur Straße bestand aus graubraun verputzten Mauern und besaß ein Satteldach aus roten Ziegeln. Einige Steine fehlten, und an den Fenstern platzte der weiße Lack großflächig ab. Direkt daran schloss sich ein etwas niedrigerer Bau aus verwittertem Backstein an, mit einem leicht schräg abfallenden schwarzen Dach, auf dem dicke Moosbüschel zu sehen waren. Rechts von Jacobi befand sich auf ganzer Länge des Hofes ein Haus, das etwas besser erhalten schien. Am Fuß der drei Stufen, die zur Haustür hinaufführten, standen zwei große leere Blumenkübel. Langsam bewegte sich Jacobi zur hinteren Seite der Anlage auf die Tür zu, aus der Freddy gekommen war. Das Pflaster des Hofes war wellig, und aus den Fugen spross jede Menge Unkraut. Jacobi war nicht sicher, ob der Anblick idyllisch war oder heruntergekommen. Aber er war nicht hier, um über Ästhetik zu diskutieren.

Unauffällig versuchte Jacobi, einen Blick durch das Fenster neben der Haustür zu werfen. Da er keine Anzeichen von Menschen bemerkte, legte er die Hände auf die schmutzige Fensterscheibe. Er sah in einen niedrigen Raum mit schweren Holzbalken unter der Decke, einem großen Bücherregal, einem Kickertisch und einem durchgesessenen Sofa. Zwei Türen schienen in angrenzende Räume zu führen.

Jacobi trat an die Haustür und fand keine Klingel. Er überlegte. Freddy war der einzige Aktivist, dem er bisher begegnet war. Sollte er hier auf einen weiteren Menschen treffen, konnte er irgendeine Geschichte erfinden.

Er klopfte und wartete.

Nichts rührte sich.

Er klopfte erneut.

Wieder nichts.

Beiläufig drückte Jacobi die geschwungene Türklinke aus angelaufenem Messing.

Die Tür war offen.

Er zögerte. »Hallo?«

Stille.

Er blickte zurück in den Hof und zur Straße. Niemand zu sehen.

Tastend betrat Jacobi den weißgrauen Fliesenboden und schloss die Tür hinter sich. Augenblicklich war es ziemlich düster und roch nach altem Holz und Zigaretten. Nach einigen Metern machte der schmale Flur einen scharfen Knick nach links. An den zahlreichen Türen erkannte Jacobi im Halbdunkel Plakate von Rockkonzerten, Kinofilmen und leicht bekleideten Frauen. Ziemlich seltsam für Bürgerrechtler, dachte er. Vielleicht war seine Vorstellung von modernen Aktivisten aber auch reichlich antiquiert. Einige der Türen standen offen. Hinter dicken Holzschwellen lagen kleine Wohn- oder Büroräume, teilweise miteinander verbunden. Außerdem führten zwei enge Holztreppen in einen Keller und das Obergeschoss. Jacobi spürte einen kurzen Anflug von Enttäuschung, aber auch Erleichterung. Dies war ganz sicher kein Haus für einen Rollstuhlfahrer.

»Hallo?«

Stille.

Jacobi stieg einige Stufen die knirschende Kellertreppe hinab. Bei jedem Schritt hatte er den Eindruck, Späne rieselten aus dem Holz. Schnell wurde es stockfinster, und er kehrte um in Richtung Obergeschoss, wo er ebenfalls auf zahlreiche Türen blickte. Insgesamt schien es ein vollkommen verwinkeltes, unübersichtliches Gebäude zu sein.

Wieder im Erdgeschoss, wandte er sich von der Treppe aus nach rechts dem Raum zu, in dem er Freddy einige Male am Fenster erahnt hatte. Das Zimmer besaß einen knarrenden Holzboden und wirkte wie der Gemeinschaftsraum einer Männer-WG. Auf dem Sofa lagen Fußballmagazine und in der Ecke standen leere Bierflaschen. Als er näher trat, bemerkte Jacobi auf einer der Zeitschriften ein kleines durchsichtiges Tütchen mit einigen orangefarbenen Pillen. Sie sahen nicht aus wie Medikamente, und die Verpackung trug keinerlei Beschriftung. Offensichtlich verfolgten die Bürgerrechtler ihre Ziele mit einer gewissen Leichtigkeit.

Jacobi wandte sich dem Regal zu, das fast die gesamte Wand gegenüber der Tür zum Flur einnahm. Dort fand er durchaus gesellschaftskritische Literatur, aber auch Krimis und Jugendbücher. Der Großteil der Bände wirkte ziemlich mitgenommen. Als stammten sie aus einer Haushaltsauflösung.

Daneben standen einige Dokumentenordner. Jacobi überlief ein Schauer. Wenn die Gebäude tatsächlich dem Hintermann gehörten und alle Schriftstücke an denselben Adressaten gingen – hatte er ihn dann gefunden? Oder zumindest dessen Namen? Doch der kurzen Euphorie folgte augenblicklich Ernüchterung. Die Dokumente, Nebenkostenabrechnungen, Steuerbescheide für das Haus, Handwerkerrechnungen, waren nicht nur an unterschiedliche Empfänger gerichtet. Sie stammten auch aus unterschiedlichen Jahren, manche waren sogar Jahrzehnte alt.

Während Jacobi den Ordner zurückstellte, fiel ihm auf, dass er bisher nicht den geringsten Hinweis auf die Aktivitäten der Bürgerrechtler entdeckt hatte. Kein Plakat, kein Flugblatt, keine Notizen. Nichts.

Mussten sie tatsächlich so vorsichtig sein?

Gab es dann auch hier so absurde Verstecke wie in Holgers Wohnung, des toten Computergenies der Gruppe? Jacobi blickte sich um und machte einige tastende Schritte über den Fußboden. Er suchte nach lockeren Stellen im Holz. Schnell begriff er jedoch, dass er jetzt nicht beginnen konnte, Dielen aufzuhebeln.

Aber irgendetwas musste es geben.

Entschlossen griff er einen weiteren Ordner. Das oberste Blatt enthielt einen alten Zeitungsartikel zum Einsturz eines Mietshauses nicht weit entfernt. Während er den Text überflog, kam er Jacobi irgendwie bekannt vor. Bestimmte Formulierungen waren ihm seltsam vertraut. Ein Verfasser war nicht angegeben, aber nach dem dritten Absatz war Jacobi sicher, dass der Bericht von ihm selbst stammte.

Zufall?

Er blätterte weiter und entdeckte eine ganze Reihe seiner Artikel, zu Verkehrsunfällen und Gerichtsverhandlungen, aber auch über seine Recherchen zu Wolff und dem Killer, der die Politiker getötet hatte.

Dann stieß er auf ein Papier, das ihm für einen Moment den Atem nahm. In einer Tabelle waren jede Menge Informationen über ihn zusammengetragen. Alter, Adresse und Arbeitsplatz. Dass er einen Hund besaß und sich für Fußball interessierte. Sogar die Namen einiger Freunde. Außerdem hatten sie seine Persönlichkeitsmerkmale aufgeführt und jeweils mit einem Plus oder Minus versehen.

Neugier: plus
Mut: plus
Risikobereitschaft: plus
steuerbar: minus
Kontaktverhalten: plus
Ehrgeiz: minus
Willensstärke: plus/minus (stur, mit Hang zur Verbissenheit)

Sie hatten ihn bewertet.

Sie hatten ihn bewusst ausgewählt und überprüft, ob er für ihre Zwecke geeignet war. Bruno hatte also recht gehabt, und Jacobi fragte sich, ob er sich gedemütigt fühlte. Immerhin schienen sie ganz zufrieden. Plus überwog.

Jacobi blätterte weiter. Es folgten Fotos, die ihn unterwegs zeigten, bei der Arbeit. Er schlug die letzte Seite auf und ließ die Papiere von hinten langsam durch seine Finger gleiten. Jacobi vor einem brennenden Haus. Das musste von letzter Woche stammen. Dann Jacobi auf den Stufen des Gerichts. Jacobi und Bruno. Mit Katharina, in einem Café, auf der Straße und schließlich, wie sie im Regen in ein Auto stiegen, einen Mietwagen. Das Firmenlogo war deutlich zu erkennen, und Jacobi erinnerte sich. Das war im August gewesen, unmittelbar nach Ende der letzten Ermittlungen zu den Anschlägen auf die Politiker. Dabei war Jacobis Audi auf der Strecke geblieben, aber er hatte Katharina versprochen, ein paar Tage mit ihr wegzufahren, sollte alles gut ausgehen. Also hatte er ein Auto gemietet.

Vor über zwei Monaten!

Katharina und, schlimmer noch, Bruno hatten also vollkommen recht: Freddy nutzte ihn aus, genau wie damals Wolff. Aber, dachte er mit grimmiger Entschlossenheit, dieses Mal würde er aufmerksam sein und nicht wieder blind in die Falle laufen.

Oder war er es längst?

»Schön, dass du dich für uns interessierst.«

Jacobi fuhr herum. Freddy stand in der Tür. Jacobi hatte ihn nicht kommen hören. Instinktiv trat er einen Schritt zurück und suchte nach einer Ausrede. Doch Freddy schien gar nicht sonderlich überrascht. Vielleicht gehörte auch das zu seinem Plan. Hatte die Tür deshalb offen gestanden?

Norman Jacobi stützte sich am Regal ab und richtete sich im Kreuz auf. »Mir geht es eben nicht nur um die …

um die Ereignisse, sondern auch um die Menschen dahinter.«

Freddy lächelte, doch sein Blick blieb kühl. »Das ist löblich. Und welchen Eindruck hast du von uns?«

Jacobi deutete auf das Päckchen mit den Pillen. »Ich weiß nicht. Irgendwie entspannt.«

Für einen winzigen Moment schien Freddy erschrocken. »Das, ja … Weißt du, das, was wir hier machen, so eine Kampagne, das ist aufregend. Und ziemlich riskant. Einfach irre anstrengend. Da ist es manchmal schwer, wieder runterzukommen. Und dann hilft dir so ein kleiner, bunter Freund.«

Langsam hatte sich Jacobi wieder gefangen. »Verstehe. Aber vielleicht seid ihr auch gar nicht so lässig, wie ihr vorgebt. Jedenfalls überlasst ihr nichts dem Zufall.« Er wog den Ordner mit den Artikeln und Fotos in Händen. »Ihr beobachtet mich? Seit zwei Monaten?«

Freddy zuckte mit den Schultern und nickte. »Du weißt, wie gefährlich es ist, was wir tun. Denk an Holger. Wir mussten uns sehr genau überlegen, wen von der Presse wir ansprechen. Wer vertrauenswürdig ist und auch mutig genug.«

»Um was zu tun? Der Polizei was anzuhängen?«

Nun lächelte Freddy süffisant und machte einige Schritte durch den Raum. Jacobi ließ ihn nicht aus den Augen, als könne er ihn so unter Kontrolle halten.

»Wer hat dich geschickt?«, fragte Freddy.

Es kostete Jacobi einige Mühe, dem bohrenden Blick standzuhalten.

»Verstehe. Dann sollte ich dich daran erinnern, dass du hier eingebrochen bist. Das gibt mir gewisse Rechte.« Er schob die Ärmel seiner Lederjacke ein wenig nach oben. Jacobi schluckte, und Freddy lachte kurz und schallend. »Also wer? Der Staatsschutz? Körber?«

»Du kennst ihn?«

»Bist du wirklich so naiv? Hast du immer noch nicht begriffen, was hier läuft?«

»Was hat er damit zu tun?«

»Also hat er dich geschickt.«

Energisch schüttelte Jacobi den Kopf.

»Dann muss es dein alter Kumpel Demandt gewesen sein. In Körbers Auftrag.«

Jacobi fühlte sich ertappt.

»Was hat er dir über mich erzählt?«, fragte Freddy grinsend. »Dass ich kein gesetzestreuer Bürger bin? Sondern einer von den bösen Jungs? Und? Hast du Angst?«

Jacobi hob den Blick. »Sollte ich?«

»Alles nur Ablenkungsmanöver. Nebelkerzen, damit du gar nicht erst auf die Idee kommst zu fragen, worum es wirklich geht. Was Körbers eigentliches Ziel ist.«

»Und was will er deiner Meinung nach?«

»Was glaubst du, was wir hier tun? Wofür wir kämpfen. Oder wogegen. Hast du Körber nicht gesehen? Wie verbissen er für dieses beschissene Gesetz ackert?«

»Du meinst, Körber ...?«

»Du denkst, ich übertreibe? Du kennst ihn?«

Jacobi nickte.

»Vertraust du ihm?«

Bei diesem Gedanken sträubte sich schlagartig alles in Jacobi. Auf der Suche nach dem Killer hätte der Polizist Katharina bedenkenlos für seinen Erfolg geopfert. Seitdem verabscheute Jacobi Körber. Er hasste ihn. Kopfschüttelnd sah er auf.

»Er hat die Demoroute ändern lassen«, erklärte Freddy.

»Du weißt davon?«

»Natürlich.«

»Aber warum das alles?«

»Er will uns loswerden«, antwortete Freddy trocken. »Einen nach dem anderen.«

Jacobis Mund stand offen, doch es kam nichts heraus. »Das ist doch Quatsch«, stieß er schließlich hervor. »Sieh dir doch an, was los ist, in den Medien, auf der Straße. Am liebsten würden die Leute die Bullen lynchen. So erreicht er garantiert das Gegenteil von dem, was er will. Wenn er es wirklich will.«

Sehr ernst blickte ihm Freddy in die Augen. »Vor allem ist es eine Demonstration. Indem er Holger beseitigen lässt, sagt er uns: Seht her, wir kriegen euch. Ihr könnt zu Hunderten sein, zu Tausenden, in aller Öffentlichkeit. Wir kommen an euch ran. Und alle können es sehen, können dabei sein. Trotzdem wird uns nichts passieren. Weil wir unantastbar sind. Das ist, was Körber uns sagt. Oder mit anderen Worten: Wir ficken euch, wann immer und wo immer wir wollen. Und es gibt nichts, was ihr dagegen tun könnt. Was Körber wirklich will? Den Polizeistaat natürlich. Er ist ein verdammter Faschist. Nicht mehr und nicht weniger.«

Das alles klang so unglaublich, dass Jacobi keine Worte fand. Allerdings war die ganze Geschichte, in der er seit einem knappen halben Jahr steckte, völlig irre. Nichts davon hätte er sich je vorstellen können. Also, war das möglich? Gehörte auch Körber dazu? War auch er ein Handlanger des Teufels, der die Welt bekämpfte, wie Jacobi sie kannte? War es das, was der alte Mann wollte? Die Welt komplett aus den Angeln heben, alle Strukturen, alle Sicherheiten zerstören, um ein neues Regime aufzubauen, das auf Gewalt beruhte? War der Hintermann ein Faschist?

Jacobi wusste nicht mehr, was er denken sollte. »Und ihr?«, fragte er unvermittelt. »Was ist mit euch? Von wem bekommt ihr eure Anweisungen?«

Freddy sah ihn an, als habe Jacobi behauptet, er fresse kleine Kinder. »Wir kämpfen gegen das Gesetz. Gegen Staatsterror. Wir brauchen niemanden, der uns Befehle gibt. Jeder,

der nur einen Funken Hirn und Anstand besitzt, weiß genau, was zu tun ist. Und ich hoffe, du weißt es auch.«

»Wem gehört der Hof?«

»Uns. Er war günstig zu haben, und wir haben ein bisschen Geld zusammengelegt.«

»Von wem?«

»Was soll der Scheiß? Willst du uns was anhängen? Oder hier einziehen?«

In Freddys Stimme lag fordernde Erwartung. Jacobi erwog, ihm die Zeichen vom Tatort zu zeigen. Dann jedoch zögerte er. Stammte das Zitat von Freddy, würde er es leugnen. Hatte er es nicht hinterlassen, konnte er nichts dazu sagen.

»Also, was ist?«, fragte Freddy ruhiger, aber eindringlich. »Kann ich weiter auf dich zählen? Oder hat Körber dich umgedreht? Wirst du ihm sagen, was du hier gesehen hast?«

Jacobi sträubte sich. »Nein, natürlich nicht.«

»Sicher?«

»Was willst du wirklich von mir? Warum gerade ich?«

»Körber will uns fertigmachen. Er wird nicht eher Ruhe geben, bis er uns alle geschnappt und erledigt hat. Wir müssen wissen, was er als Nächstes vorhat. Und du musst darüber schreiben. Die Leute müssen erfahren, was hier vor sich geht.«

»Ich soll … die Polizei ausspionieren?«

»Du hast die Kontakte. So nah wie du kommen wir niemals an ihn und seine Leute ran. Wir brauchen dich, Norman. Du bist unsere Lebensversicherung.«

KAPITEL 13

Er würde niemals aufhören, das hatte sie nun begriffen. Geahnt hatte sie es schon länger. Vielleicht die ganze Zeit. Jetzt besaß sie Gewissheit. Norman Jacobi würde nicht ruhen, bis er den Teufel zur Strecke gebracht hatte.

Ganz bewusst trug Katharina Beck Schuhe mit weicher Sohle und bemühte sich, leise abzurollen. Trotzdem hatte sie den Eindruck, jeder ihrer Schritte halle von den Häuserwänden wider. Sie blieb stehen, horchte in die Stille und sah sich um. Die schmale Waagengasse, die zu dem Ort führte, an dem der Aktivist Holger gestorben war, wirkte kalt und grau. Vor einem der Häuser lag ein leuchtend grünes Kinderrad. In einem Fenster rechts davon sah Katharina zwei Mädchen mit langen Papierbändern herumtoben. Sie sah ihr Lachen, die strahlenden Gesichter, doch von ihrem Kichern und Kreischen drang kein Ton nach draußen.

Und was bedeutete Normans wilde Entschlossenheit für Katharina? Es wäre naiv zu glauben, das alles ginge sie nichts an.

Blieb nur mitmachen oder gehen.

Katharina hielt die Fotos des lateinischen Zitates vom Tatort in Händen. Sie spürte die Anstrengung in ihren Fingern.

Hatte sie nicht längst eine Entscheidung getroffen?

Sie war hier, folgte einer weiteren Spur, die der Täter ausgelegt hatte.

Langsam ging sie weiter und bemühte sich, nicht auf ihre

Schritte zu achten. Stattdessen dachte sie an den Weg, der hinter ihr lag. An den psychopathischen Killer und die vergammelte Hütte im Wald, in der er sie gefangen gehalten hatte. An die Kette, die ihr immer weiter die Luft abgeschnürt hatte. An den furchtbaren Durst. An Wolff und die Scheune voller Foltergeräte.

Sie spürte aber auch, dass sie durch die Ereignisse eine andere geworden war. Sie hatte gelernt, sich zu wehren. Und sie war nicht länger naiv. Das hoffte sie zumindest. Sie erinnerte sich an die Zeichen, die ihnen in den anderen Fällen begegnet waren. Daran, dass sie ihre ganze subversive Grausamkeit erst sehr viel später entfaltet hatten.

Kam da noch mehr?

Aber noch etwas hatte sich geändert. Sie dachte an die Gestalt aus der alten Fabrik. Heute Vormittag hätte sie viel darum gegeben, ihr Gesicht zu sehen. Natürlich, es war nur ein Gedankenspiel in der Sicherheit ihrer eigenen Wohnung gewesen. Aber auch jetzt spürte sie nicht nur Anspannung, sondern beinahe aggressive Neugier. Auch sie wollte endlich wissen, wer hinter dem großen Plan steckte. Und was der große Plan überhaupt war.

Katharina erreichte den kleinen Platz am Ende der Gasse. Neben der Durchfahrt in den Hof, in dem Holger gestorben war, lagen noch immer Blumen, inzwischen ziemlich mitgenommen von der Witterung. Das Transparent war mittlerweile entfernt worden. Die Zufahrt selbst erschien Katharina wie eine große Schwelle. Als gäbe es dahinter kein Zurück mehr. Ein letztes Mal sah sie sich um, entdeckte niemanden und gab sich einen Ruck.

Der Anblick war irgendwie enttäuschend. Katharina wusste nicht genau, was sie erwartet hatte. Jedenfalls blickte sie auf drei fünfgeschossige Altbauten, schmutzig graubraun verputzt, und ganz hinten auf eine Mauer, die den beinahe dreieckigen Platz begrenzte. Im Hof standen einige Fahrräder und jede Menge Mülltonnen. Noch im Durchgang sah Katharina an den Fassaden hinauf. Aus einigen Fenstern drangen Stimmen, und es war nicht immer leicht zu sagen, ob sie von den Bewohnern stammten oder aus dem Fernsehen. Auf einem Balkon rechts stand ein Mann im Trainingsanzug und rauchte. Über allem lag kalte Feuchtigkeit.

Da sich Katharina nicht bei ihren Recherchen beobachten lassen wollte, beschloss sie, noch einen Augenblick zu warten. So betrachtete sie wieder die Fotos der Zeichen. Und wieder störte sie etwas daran. Sie wirkten so … normal. Auch der psychopathische Killer hatte seine Zitate hastig an die Wände geschmiert, ohne auf grafische Details zu achten. Trotzdem war darin eine große Geste erkennbar gewesen. Und das nicht nur, weil sie geschrieben waren mit dem Blut der Opfer. Sie waren ein Statement. Und Wolff hatte Zeichen von mehreren Metern Größe in den Erdboden gescharrt, Monate, bevor Norman sie entdeckte. Es musste Stunden gedauert haben, sie zu hinterlassen, und ebenso mühsam war es, sie zu erkennen. Allein wegen ihrer riesigen Ausmaße. Doch dann waren sie nicht länger zu übersehen gewesen, und auch nicht, dass sie für etwas Gewaltiges standen.

Das hier war anders.

Diese Zeichen hatten etwas Beliebiges. Eine Schmiererei, wie es sie vermutlich an Hunderttausenden deutscher Häuserwände gab. Als habe der Verfasser aus Langeweile einen spontanen Gedanken an der Wand hinterlassen, ganz gleich, ob ihn jemand zur Kenntnis nehmen würde oder nicht. Aber Katharina wusste, dass sie denjenigen, der dafür verantwortlich war, nicht unterschätzen durfte. Diesen Fehler hatte sie schon zu oft begangen. Und jedes Mal bitter dafür bezahlt. Also würde sie weiter sorgfältig Eindrücke sammeln, anstatt voreilig Schlüsse zu ziehen.

Sie kannte das Zitat. *Ex iniuria ius non oritur*. Aus Unrecht entsteht kein Recht. Ein bekannter römischer Rechtsgrundsatz. Die Frage war, wer hier in den Augen des Hintermannes Unrecht beging. Politik und Polizei, die um jeden Preis ein umstrittenes Gesetz durchboxen wollten, gegen den Willen der Bevölkerung und auf Kosten der Grundrechte? Oder doch die Aktivisten, die wütend dagegen ankämpften und dabei auch vor Lügen, Verleumdung und Gewalt nicht zurückschreckten? Immerhin hatte einer der Bürgerrechtler tot in diesem Hof gelegen.

Endlich hatte der Mann auf dem Balkon zu Ende geraucht. Er beugte sich weit über das Geländer und sah sich ausgiebig um im Hof, in dem nichts passierte. Schließlich spuckte er aus. Als der Speichel mit deutlichem Klatschen auf dem Boden aufschlug, schien er zufrieden und verschwand in seiner Wohnung.

Einen Moment horchte Katharina in das Rauschen der Stimmen. Dann sah sie auf die Fotos, um sich im Hof zu orientieren. Sie wandte sich nach halblinks und lief über die großen Betonplatten, mit denen der Hof gepflastert war. Aus den Fugen spross Unkraut. Im Gehen blickte Katharina an den Fassaden hinauf. Es schienen einfache Wohnungen zu sein, in denen einfache Leute lebten. Offenbar hatte die Spekulation ihre Krallen noch nicht bis hierher ausgestreckt.

Vor einem dunklen Fleck im Beton blieb sie stehen. Getrocknetes Blut? War Holger hier gestorben? Wieder sah Katharina die Bilder vor Augen. Gestalten ohne Gesicht, die auf den Aktivisten einprügelten. Sie spürte, dass sich ihr Atem beschleunigte. Um sich zu beruhigen, sah sie wieder auf die Aufnahmen, diejenigen, die im Anschnitt den mit Folie bedeckten Leichnam zeigten. Dann mussten sich die Zeichen genau links davon an der Hauswand befinden, nicht mehr als drei Meter entfernt. Katharina sah auf und entdeckte – nichts. Irritiert verglich sie Wand und Fotos – nichts. Nach einer Weile bemerkte sie Farbunterschiede an der Fassade, nicht sehr stark, bei genauem Hinsehen aber deutlich. Sie trat näher heran. Dort, wo die Zeichen sein mussten, war offenbar eine neue Farbschicht aufgetragen worden.

Wahrscheinlich hatte die Polizei das Graffito übermalen lassen. Katharina erinnerte sich, dass Norman von massiven Absperrungen am Tatort gesprochen hatte, von Sichtblenden und davon, dass die Polizei alle Schaulustigen zurück in ihre Wohnungen geschickt hatte. Offenbar wollte sie unter allen Umständen weitere Unruhe vermeiden. Noch mehr, als es eh schon gab. Katharina nickte bedächtig. Sie hielt dieses Vorgehen für angemessen und klug.

Hatte sie der Polizei unrecht getan mit ihren Verdächtigungen?

Noch während sie sich gegen diesen Gedanken sträubte, schoss eine Gänsehaut über ihren Körper. Überall schien die Kälte gleichzeitig an ihr hinaufzuziehen. Bedeutete das etwa, dass die Polizei in Kauf nahm, selbst als Täter zu gelten, nur um die Zeichen nicht veröffentlichen zu müssen? War ihre Angst vor dem Unbekannten so groß?

In diesem Moment fühlte sich Katharina sehr allein in diesem kalten Hof, als eine Stimme von den Wänden hallte, lauter als die übrigen. Katharina fuhr herum und bemerkte im Augenwinkel große schwarze Buchstaben an der Hauswand auf der rechten Seite des Hofes. Es waren lateinische Wörter, ähnlich beiläufig hingekritzelt wie diejenigen, die jetzt übermalt waren.

Pereat mundus.

Hastig sah sie die Fotos durch, drehte und wendete sie, doch von dieser Wand existierten keine Aufnahmen. Weil diese Wörter unmittelbar nach dem Mord dort noch nicht gestanden hatten.

Weil sie neu waren.

Warum hinterließ der Täter Zeichen, lange nachdem die Polizei den Tatort verlassen hatte? Hinweise, die also vermutlich nie entdeckt wurden.

Katharina schluckte.
Sie wurden ja aufgespürt.
In diesem Moment.
Von ihr.
Genau wie die Zeichen, die Wolff in die Erde gescharrt hatte. Auch sie waren nur gefunden worden, weil Norman Tage später noch einmal zum Tatort gefahren war und sich dort sehr sorgfältig umgesehen hatte.
Exakt wie Katharina jetzt.
Und damit hatte alles begonnen.
Katharina spürte, wie sich ihre Nackenhaare aufrichteten. Trotzdem sah sie wieder hin.
Pereat mundus. Ginge die Welt unter.
Ich sollte gehen, dachte sie. Sofort.
Vor ihrem inneren Auge sah sie einen großen Lastwagen. *Umzüge* stand in geschwungenen Buchstaben darauf. Und sie spürte Norman, der seinen Arm um ihre Schulter gelegt hatte, während sie dem Transporter nachblickten. Sie beide waren erfahren und gleichzeitig jung genug, um noch einmal ganz von vorn anzufangen. Weit weg, in einer Welt ohne Mord und Grausamkeit. Norman würde eine Stelle bei einer kleinen Zeitung bekommen, da machte sie sich keine Sorgen. Er konnte sehr überzeugend sein. Und auch sie würde etwas Passendes finden, vielleicht nicht gleich als Professorin. Aber sie war sicher, dass sie weiter ihre geliebten Vorlesungen halten und neue, spannende Forschungsprojekte bearbeiten würde. Oder sie machte etwas ganz anderes. Eine Arbeit, die nicht nur auf die Vergangenheit ausgerichtet war. Etwas mit Zukunft. Vielleicht ging sie sogar in die Wirtschaft und verdiente viel Geld. In diesem Augenblick erschien ihr der Gedanke gar nicht abwegig. Sie hatte sogar schon eine Idee. Und sie würden ein kleines Haus mieten. Mit einem Garten, in dem vielleicht eines Tages … Es fühlte sich gut an. Richtig.

Gleichzeitig bemerkte sie, dass die Wand mit den lateinischen Wörtern immer näher kam. Weil sich Katharina nicht davon weg-, sondern darauf zubewegte.

Pereat mundus.

Würde es tatsächlich so schlimm kommen? Würde die Welt untergehen? In ihren Ohren klang das so aberwitzig, dass es nur eine Übertreibung sein konnte.

Die Wörter waren direkt an einer Ecke des Hauses aufgebracht, etwa einen Meter über dem Boden. Katharina wandte sich ein wenig nach links und blickte dort auf einige Treppenstufen, die zur Haustür hinaufführten. Der Eingangsbereich war überdacht, und seitlich an der Mauer befanden sich Klingelschilder, Briefkästen – und weitere lateinische Wörter.

Fiat iustitia et

Es dauerte einen kurzen Moment, bis sie die Wörter in Verbindung bringen konnte.

Fiat iustitia et pereat mundus.

Es geschehe Recht, auch wenn die Welt darüber zugrunde geht.

Irgendein Leitmotiv eines Herrschers aus vergangenen Zeiten. Es besagte, dass an den eigenen Vorstellungen von Recht und Gerechtigkeit unbedingt festzuhalten war, ganz gleich, welche Konsequenzen es nach sich zog. Das Recht stand über allem, koste es, was es wolle.

Den sozialen Frieden.

Menschenleben.

Katharina blickte zurück auf die andere Seite des Hofes. Wieder überlegte sie, auf wen sich das Zitat bezog. Wer war verbissener? Wer handelte rücksichtsloser? Politik und Polizei auf der einen oder die Bürgerrechtler auf der anderen Seite?

Und wieder fragte sie sich, warum das Zitat erst angebracht worden war, nachdem sich niemand mehr für diesen Hof interessierte.

Niemand außer – Katharina.

Instinktiv wich sie einen Schritt zurück. Dabei bemerkte sie einen glänzenden Schimmer auf einzelnen Buchstaben. Als sei die Farbe noch feucht. Sie trat wieder näher, streckte zögernd die Hand aus und tippte kurz auf die Wand. An ihrer Fingerspitze haftete ein dunkler Fleck. Das Zitat musste also erst vor wenigen Augenblicken aufgebracht worden sein. Hastig sah sie sich um im Hof, entdeckte jedoch niemanden. Sie blickte an den Fassaden hinauf. Auch dort war kein Mensch zu sehen.

Katharina starrte auf die schwarzen Buchstaben auf der bräunlichen Wand und redete sich ein, dass das alles entweder ein komischer Zufall war oder ein makabrer Scherz, als ihr ein weiterer Text durch den Kopf schoss.

Sie fragen sich, was das mit Ihnen zu tun hat, Herr Jacobi?

So hatte es in der anonymen Nachricht gestanden, die Norman zusammen mit dem kopierten Foto der alten Fabrik und weiteren Aufnahmen erhalten hatte.

Fiat iustitia et pereat mundus.

Katharina sah ihn vor sich, wie er verbissen versucht hatte, die Mordfälle aufzuklären. Er war am Ende seiner Kräfte gewesen. Er hatte sein Leben riskiert und das der anderen. Aber Norman hatte nicht aufgegeben. Noch dazu hatte er mit seinen Artikeln ungewollt die öffentliche Stimmung angeheizt. Daraufhin hatte es Demonstrationen gegeben, Schlägereien. Er selbst war von einem aufgebrachten Bauern angeschossen worden.

Aber er hatte nicht aufgehört.

Konnte das sein?

Sprach der Hintermann durch das Zitat nicht nur zu Politik, Polizei und Öffentlichkeit, sondern auch ganz direkt zu Norman Jacobi?

Und damit auch zu ihr?

Zu Katharina?

Irgendwann bei ihren Recherchen hatten sie begriffen, dass der Drahtzieher einen perfiden Plan verfolgte und dass er ihnen darin eine tragende Rolle zugedacht hatte. Aber dieser Gedanke war die ganze Zeit seltsam abstrakt geblieben.

Jetzt spürte sie ihn.

Er lag auf ihrer Haut wie ein klebriges Spinnennetz. Und wo immer es ihr gelang, ihn abzustreifen, wucherte er im selben Augenblick von Neuem.

Katharina stellte sich vor, mit Norman zu reden. Ihn zu überzeugen, von hier wegzugehen. Solange sie noch konnten. Was hält uns denn hier, hörte sie sich sagen. Wir sind niemandem etwas schuldig. Wir müssen keine Kämpfe ausfechten, die andere angezettelt haben. Mit jedem Satz wurde ihre Stimme höher, der Ton flehender.

Er aber schüttelte nur den Kopf.

Warum denn nicht?

Weil es nicht geht.

Aber warum denn?

Ich kann nicht.

Plötzlich sah sie sich wieder auf dem großen Platz, wie vor drei Tagen, als sie im Restaurant auf Norman gewartet hatte. Sie hörte ihre bittende Stimme und sah sein Kopfschütteln. Dann registrierte sie, dass sie sich langsam von ihm entfernte. Seine Gestalt wurde kleiner und kleiner, bis sie irgendwann in der Menge verschwand. Katharina spürte Traurigkeit, aber auch ein Gefühl von Erleichterung.

»Hey«, rief eine Frauenstimme, »was machen Sie da?«

Katharina sah auf und erkannte, dass sie sich tatsächlich einige Schritte von der Wand mit dem Zitat entfernt hatte. Sie blickte sich um und entdeckte die Frau auf einem der Balkone des Hauses gegenüber. Katharina überlegte, was sie antworten konnte, sagte jedoch nichts. Stattdessen senkte sie ein wenig den Kopf und ging zügig Richtung Durchgang zur Waagengasse. Dort wartete ein Mann, etwa so alt wie sie, groß und schlank. Er trug einen dunkelgrauen Mantel und lächelte sie an.

Als würden sie sich kennen.

Katharina durchforstete ihr Hirn und fand keinen Anhaltspunkt. Bis eine Windbö den Mantel erfasste und ihn flattern ließ.

Die Gestalt aus der Fabrik.

Ganz sicher.

Also keine Einbildung. Sie existierte. Katharina wurde beobachtet und verfolgt.

Katharina blieb stehen mit dem Gefühl zu zerspringen. In tausend Einzelteile. Was sollte sie tun? Um Hilfe rufen? Sich auf ihn stürzen? Am liebsten hätte sie sich unsichtbar gemacht. Sich verkrochen unter der Decke in ihrer Wohnung.

Der Fremde dagegen lächelte sie weiter an.

Und dann ging er.

Einfach so.

Wieder rief die Frau vom Balkon, doch Katharina verstand kein Wort. Die Laute ergaben nichts weiter als einen zähen, verzerrten Brei.

Katharina wusste nicht, wie lange sie reglos im Durchgang gestanden hatte, als sie sich schließlich vortastete, um den kleinen Platz einzusehen, in dem die Gasse endete. Der Mann war verschwunden.

Ohne einen klaren Gedanken fassen zu können, lief Katharina zurück Richtung U-Bahn. Dabei sah sie nicht nach links oder rechts, blickte nicht in Einfahrten und Hinterhöfe. Alles, was sie sah, waren ihre Füße, die verschwommen über den Asphalt glitten.

Als sie endlich schwer atmend den Bahnhof erreichte, hastete sie in den erstbesten Zug und drängte sich stehend gegen die Wand, obwohl noch reichlich Sitzplätze frei waren.

Erst als sich die Türen schlossen und die Bahn langsam anfuhr, entspannte sie ein wenig. Mit zitternden Knien tastete sie sich zu einem Platz und atmete tief durch, traute sich jedoch nicht, die Augen zu schließen. Aus Angst, der Fremde tauche wieder auf.

In ihrer Vorstellung.

Oder neben ihr im Zug.

Nach einer Weile schreckte ihr Handy sie auf.

Es war Norman.

Katharina starrte auf das Display. Sie brachte es nicht fertig, sich zu melden.

KAPITEL 14

Sie schwiegen.

Seit zwanzig Minuten waren sie gemeinsam im Auto unterwegs, doch weder Freddy noch Jacobi hatten bisher etwas gesagt.

Völlig überraschend hatte ihn der Aktivist angerufen und angeboten, ihn zu jemandem zu bringen, der mehr über die Strukturen der Gruppe und ihre Pläne erzählen konnte. Auf dem Beifahrersitz gingen Jacobi nun tausend Fragen durch den Kopf. Brachte ihn Freddy tatsächlich geradewegs zu dem Mann, der sich das alles ausdachte? Nicht nur die Aktivitäten der Bürgerrechtler, sondern auch die Morde? Die Zeichen? Jacobi wusste nicht mehr, ob das Sinn ergab. Ob die Puzzleteile überhaupt zusammenpassten. Ob der Teufel zur Gruppe gehörte oder doch wieder sein ganz eigenes Spiel trieb. Ob Jacobi in einem Fall ermittelte oder in mehreren. Er musste sich eingestehen, dass er den Überblick verloren hatte.

Und dass ihm mulmig war.

Er misstraute Freddy. Er war nicht sicher, ob er ihm glauben konnte. Was und wie viel. Ob Brunos Warnungen zutrafen oder übertrieben waren. Andererseits war diese Fahrt vielleicht eine Chance, näher heranzukommen, an wen oder was auch immer. Vorher hatte er gehofft, noch mit Katharina sprechen zu können, ihren Rat einzuholen. Aber sie war nicht ans Telefon gegangen.

Immer wieder sah Jacobi zu Freddy hinüber. Als sei er

dadurch sicher vor weiteren Überraschungen. Außerdem setzte er darauf, dass er durch sein offensives Auftreten auf dem Gehöft Eindruck gemacht hatte. Dass Freddy ihn nun ernster nahm und offener zu ihm war. Andernfalls, so sagte er sich, wären sie jetzt nicht gemeinsam unterwegs.

Freddy hatte nicht gesagt, wo genau sie hinfahren würden. Doch das hatte Jacobi nicht weiter beunruhigt. Inzwischen wusste er, wie sehr die Gruppe ihre Geheimnistuerei genoss. Immerhin erkannte er, dass sie sich nach Norden bewegten, und war fast ein wenig enttäuscht. Bisher hatten die meisten Spuren, die auf den Teufel deuteten, in den Taunus im Westen der Stadt geführt.

»Du traust mir nicht«, sagte Freddy unvermittelt.

Jacobi sah ihn an.

»Weil wir uns vorher über dich informiert haben?«

»Wie würdest du dich dabei fühlen?«

»Du meinst, beobachtet und ausspioniert zu werden? Beschissen, aber man gewöhnt sich. Uns passiert das jeden Tag.«

Zögernd nickte Jacobi, obwohl es ihm schwerfiel. Er sah wieder hinaus, auf abgeerntete Felder, die der Regen der letzten Wochen in graubraunen Morast verwandelt hatte.

»Wir wollten nur den Besten«, erklärte Freddy. »Mit guten Kontakten. Mutig. Einen, der sich nicht einschüchtern lässt.«

Jacobi musste lächeln, wandte sich aber nicht um.

»Und wir mussten sichergehen, dass wir dir vertrauen können.«

Noch immer sagte Jacobi nichts.

»Okay, ich sehe ein, es war nicht nett, dich nicht zu informieren. Aber mittlerweile haben wir verstanden, dass wir offen zu dir sein müssen. Und deshalb sind wir jetzt hier.«

Freddy bog in eine Landstraße. Auf der Fahrbahn klebte verschmierte Erde von den Reifen der Traktoren. »Also, was willst du wissen?«

»Wohin fahren wir?«, fragte Jacobi.

»Nach Schönberg.«

»Nie gehört.«

»Ein winziges Kaff, zwanzig, fünfundzwanzig Kilometer nordöstlich von Frankfurt.«

Norman lehnte sich gegen die Beifahrertür. »Wer ist der Mann?«

»Ein ziemlich kluger Kopf. Sehr erfahren. Er weiß genau, wie der Fein…, wie die andere Seite denkt. Ein glänzender Stratege. Von ihm kommen viele unserer besten Ideen.«

Freddy sah nach rechts hinüber, als wolle er prüfen, ob sein Begleiter zufrieden war mit diesen Informationen. Jacobi verzog keine Miene.

»Am Anfang hat er noch mit uns in der Stadt gelebt«, fuhr Freddy fort. »Aber als Holger davon redete, dass die Bullen ihn verfolgen, und als uns allen jede Menge komische Sachen passiert sind, da wurde es ihm zu heiß. Dann hat er sich zurückgezogen aufs Land. Dort ist er sicherer. Hoffentlich.« Nachdenklich sah Freddy auf die Fahrbahn. »Und er hat verdammt recht damit. Scheiße.«

»Wie heißt er?«

»Ich könnte dir einen Namen nennen, aber du weißt …«

»… er wäre nicht echt. Kennst du seinen richtigen Namen?«

Freddy lächelte.

»Was ist er von Beruf?«

»Er ist klug, sehr gebildet.«

»Wissenschaftler?«

Freddy schien zu überlegen.

»Du hast gesagt, er sei erfahren«, schob Jacobi nach. »Wie alt ist er? Sitzt er vielleicht im Rollstuhl?«

»Warum willst du das alles wissen?«

»Weil es zu meinem Beruf gehört. Ich dachte, deshalb bin ich hier.«

Freddy nickte. »Es ist nicht mehr weit. Warum stellst du deine Fragen nicht ihm selbst? Er soll entscheiden, was er dir erzählt und was nicht.«

Wieder schwiegen sie, doch Freddy blickte mehrfach zur Seite.

»Was ist?«, fragte Jacobi.

»Ich frage mich, wie du auf dieses ganze Zeug kommst. Dass er alt ist, im Rollstuhl sitzt.«

»Heißt das, ich habe recht?« Jacobi schluckte.

»Wer hat dir das eingeflüstert? Dein Kumpel Demandt? Hast du die Informationen von ihm?« Freddy fixierte ihn. »Hat er dich auf uns angesetzt?«

Sie sahen sich an.

»Sag schon. Ich muss das wissen. Ich muss wissen, auf wessen Seite du stehst. Ob ich mich auf dich verlassen kann. Sonst hat das hier keinen Zweck, und wir kehren um.«

Jacobi zögerte. »Ja, natürlich«, sagte er schließlich. »Natürlich kannst du dich auf mich verlassen.«

Freddy wartete, bis er endlich nickte. »Ich muss das wissen, verstehst du? Es ist ein großes Risiko, wenn ich einen Fremden zu ihm führe. Nicht nur für ihn. Damit bringe ich uns alle in Gefahr.« Einen Moment knabberte er an seinem Daumennagel. »Es ist nicht mehr weit.«

Die Straße wand sich durch ein kurzes Waldstück. Nach rechts schien sie leicht abschüssig, und es sah aus, als würde durch die Bäume auf der anderen Seite grauer Dunst über den löchrigen Asphalt fließen.

Dann ging es nicht mehr weiter.

Hinter einer lang gestreckten Kurve standen drei Autos auf der Straße. Davor blockierten zwei Streifenwagen die Fahrbahn in beide Richtungen. Freddy stoppte und blickte erschrocken zu Jacobi hinüber.

Drei uniformierte Polizisten kontrollierten Fahrzeuge, zwei auf dieser Seite, ein weiterer hinter der Barriere in der anderen Fahrtrichtung. Dort war nur ein Lieferwagen zu sehen.

Jacobi sah, wie sich einer der beiden Beamten zum Fahrer des ersten Autos in der Reihe vor ihnen hinunterbeugte. Sein Kollege, ein hünenhafter Kerl, stand schräg dahinter. Er kaute ein Kaugummi, während eine Hand auf seinem Pistolenholster ruhte. Trotz des grauen Himmels trugen beide Sonnenbrillen. Die Szene wirkte, als stamme sie aus einer billigen amerikanischen Serie.

»Verstehst du jetzt, was ich meine?«, fragte Freddy.

»Wer weiß, vielleicht hat es einen Unfall gegeben. Oder es brennt irgendwo. Oder sie suchen jemanden. Es gibt tausend Möglichkeiten.«

»Ich kann dir genau sagen, wen sie suchen. Uns. Mich. Das sind Körbers Leute.«

»Das weißt du doch gar nicht.«

»Dann sieh sie dir an. Diese aufgesetzte Lässigkeit. Ihre Selbstherrlichkeit. Das heißt doch nichts anderes als: Seht her, wir haben die Stadt im Griff. Wir haben euch im Griff. Ihr macht keinen Schritt, ohne dass wir davon wissen. Und es euch erlauben. Diese Wichser. Das ist reine Willkür. Schikane. Dagegen musst du was unternehmen.«

»Ich?«

»Du musst da raus. Sag ihnen, dass du von der Presse bist. Dass sie so nicht mit uns umspringen können.« Auffordernd blickte er Jacobi an. Norman zögerte.

Plötzlich ein dumpfer Knall.

Vorne schlug der Polizist mit der Faust auf das Dach des Autos, das er kontrollierte. Und noch einmal. Dröhnender Donner flutete die Straße. Endlich stieg der Fahrer aus, ein älterer Mann, klein, schmal und etwas wackelig auf den Beinen. Rüde drückte ihn der Beamte gegen den Wagen und tastete ihn ab. Auf der anderen Seite erschien eine Frau, nur wenig jünger. Hilflos blickte sie sich um.

»Sieh dir das an. Diese Arschlöcher«, fluchte Freddy. »Da muss man doch was machen.«

Jacobi war erschrocken über das ruppige Vorgehen der Beamten und spürte Freddys Erwartung. Er war unsicher.

»Dann eben nicht«, sagte Freddy, stieg aus und trat an den Wagen direkt vor ihnen. Dort redete er auf den Fahrer ein, gestikulierte und deutete in die Richtung, aus der sie gekommen waren. Schließlich setzte das Auto ein wenig zurück, wendete und fuhr an Jacobi vorbei. Sofort wandte sich Freddy dem nächsten Auto zu.

Vorn zerrte der Polizist den Autofahrer zum Heck und zwang ihn, den Kofferraum zu öffnen. Während der Beamte den Inhalt durchwühlte, entdeckte die Frau Freddy nur wenige Meter entfernt. »Das dürfen die nicht«, hörte Jacobi sie rufen. »Bitte, helfen Sie uns. Die tun ihm weh.«

Dadurch wurde der zweite Polizist auf Freddy aufmerksam. »Hey, was machen Sie da?« Aufgebracht sprach Freddy mit dem Fahrer des zweiten Wagens und sah nur kurz auf. Der Polizist trat näher und zog ihn an der Schulter zurück. »Was soll das? Dies ist ein Polizeieinsatz. Steigen Sie in Ihren Wagen und bleiben Sie ruhig.«

Statt einer Antwort stieß Freddy den Mann mit beiden Händen zurück. Der Uniformierte taumelte nach hinten, stolperte und stürzte ins Gras am Straßenrand. Wütend richtete er sich wieder auf und löste den Verschluss am Pistolenholster. Jacobi spürte, dass die Situation vollkommen aus dem Ruder lief, und stieg hastig aus. »Halt! Stopp! Aufhören! Ich bin von der Presse!«, rief er und schwenkte seinen Ausweis.

Für einen kurzen Moment schien die Szene wie eingefroren. Die Polizisten, Freddy, die Frau, alle hielten inne und sahen auf Jacobi. Nur der Autofahrer des zweiten Wagens nutzte den Augenblick und machte sich aus dem Staub. »Jetzt beruhigen wir uns alle«, sagte Norman, noch immer mit erhobenem Ausweis, »und dann klären wir das wie erwachsene Menschen.«

Doch so abrupt die Pause eingesetzt hatte, so schnell war sie auch wieder vorüber. »Verpiss dich, du Arschloch«, sagte der zweite Polizist und bewegte sich wieder auf Freddy zu. Sein Kollege drückte den älteren Autofahrer gegen den Kofferraum. »Auspacken, habe ich gesagt! Du sollst das auspacken!«, schrie er und schleuderte eine Decke auf die Straße und dann einen Karton.

Nun zückte Jacobi sein Handy. »Aufhören! Sofort aufhören! Sonst steht das alles in der Zeitung!« Da jedoch niemand reagierte, schoss er Fotos vom brutalen Vorgehen des Polizisten gegen den Autofahrer. Nach den ersten Aufnahmen trat er näher heran, um einen besseren Blick zu haben. In diesem Moment traf ihn ein Schlag im Gesicht. Er stürzte, und das Telefon flog ihm aus der Hand. Während er sich aufrappelte, sah Jacobi, dass der zweite Polizist im Gebüsch nach dem Apparat suchte. Diesen Moment nutzte Freddy, um ihm einen kräftigen Stoß ins Kreuz zu verpassen. »Nicht das Handy!«, rief er. »Das Handy kriegst du nicht!«

Auf der anderen Straßenseite schlug die Frau inzwischen mit beiden Fäusten auf den Polizisten ein, der ihren Mann drangsalierte. Der Beamte sah sich von zwei Seiten unter Druck. »Hör auf, du blöde Fotze!«, rief er und stieß die Frau zurück. Da sie nicht nachließ, versetzte er ihr einen Schlag mit dem Handrücken. Sie taumelte ein paar Schritte zur Seite.

Hinter der Straßensperre fuhr mittlerweile auch der Lieferwagen davon. Mit gezogener Waffe zwängte sich der dritte Beamte zwischen den Streifenwagen hindurch, um seinen Kollegen zu unterstützen. Gleichzeitig nahm die Frau einen neuen Anlauf, ihrem Mann zu helfen. Sie schrie, der Uniformierte schrie zurück, während Freddy mit dem zweiten Beamten rang.

Ein Polizist, der die Nerven verlor.

Ein zweiter mit gezogener Waffe.
Eine hysterische Ehefrau.
Jacobi musste etwas tun.
Irgendwas.
Er rannte über die schmale Straße, griff die Frau mit beiden Armen und zerrte sie einige Schritte weg vom Wagen. »Ruhig. Bleiben Sie ganz ruhig.«

»Was tun die?!«, schrie sie mit feuchten Augen. »Was machen die mit ihm?! Das dürfen die nicht! Tun Sie doch was!«

»Bitte, beruhigen Sie sich. Alles wird sich klären. Aber Sie müssen ruhig bleiben. Sonst wird alles noch schlimmer.«

»Nein!«, schrie sie und drängte zurück zum Wagen. »Wir müssen doch was tun!« Trotz ihrer zierlichen Figur entwickelte sie erstaunliche Kraft, und es kostete Jacobi einige Mühe, sie zurückzuhalten.

»Leg das weg!«, schrie der Polizist in seinem Rücken. Der alte Mann gab nur unverständliches Murmeln von sich.

»Du sollst das weglegen! Leg das weg! Leg das weg!«

Dann ein Schuss.

Jacobi fuhr herum.

Langsam, wie in Zeitlupe, sank der alte Mann vor dem Kofferraum in die Knie. Blut sickerte durch seine Jacke, und vor ihm auf der Straße lag ein schwerer Schraubenschlüssel. Mit entsetzlich weit aufgerissenen Augen rang der Mann nach Worten, brachte aber keinen Ton hervor. Dann kippte er zur Seite und rührte sich nicht mehr.

»Rudi!«, kreischte seine Frau.

»Er hat mich bedroht!«, schrie der Polizist. »Mit dem Schraubenschlüssel. Und die Schlampe auch. Sie hat mich geschlagen. Ich hatte keine Wahl. Es war Notwehr!« Sein Gesicht leuchtete knallrot, und hektisch fuchtelte er mit der Waffe herum.

»Rudi! Was ist mit dir? Sag doch was!«

Es kostete Jacobi alle Kraft, die Frau festzuhalten.

»Und das ist alles deine Schuld, du Pressewichser!«, schrie der Schütze und kratzte Jacobi mit dem Pistolenlauf im Gesicht und an der Schulter. »Du hast sie aufgehetzt gegen mich. Sonst wäre das alles nicht passiert!«

»Was? Aufgehetzt?«

Nun drängten sich die beiden anderen Uniformierten zwischen Jacobi und ihren Kollegen. Während der eine den Schützen ein wenig zur Seite bugsierte, wandte sich der andere an Jacobi. »Hauen Sie ab, Mann, bevor Sie noch mehr Schaden anrichten.«

»Ich?«

»Verschwinden Sie! Sonst dreht er völlig durch.«

Irritiert suchte Jacob nach Worten, als ihn Freddy zurückzog. »Komm schon, hauen wir ab, bevor es uns auch noch erwischt. Der Typ ist komplett wahnsinnig. Und die anderen sind auch nicht besser.«

»Aber … das geht doch nicht. Was …? Was ist mit der Frau? Jemand muss sich um sie kümmern.«

»Wir machen das«, sagte der zweite Polizist. »Hauptsache, Sie verschwinden und lassen uns unsere Arbeit erledigen.«

Bevor Jacobi eine Antwort fand, hatte ihn Freddy ins Auto geschoben. Mit Vollgas setzte er zurück, wendete und fuhr in hohem Tempo davon. Jacobi wandte sich um und sah durch die Heckscheibe. Den leblosen Körper auf dem Asphalt. Den Mann mit der Waffe, noch immer außer sich. Den dritten Polizisten, der auf den Schützen einredete und ihn zu einem der Streifenwagen drängte. Auf der anderen Seite den zweiten Beamten, der die verzweifelt gestikulierende Frau ruppig am Arm fasste und ein Stück die Straße hinaufführte. Dann raste Freddy um eine Kurve, und die unglaubliche Szene war aus Jacobis Blickfeld verschwunden.

Trotzdem starrte er weiter nach hinten.

In seinem Job als Polizeireporter hatte er schon viel gesehen. Viel zu viel.

Aber noch nie etwas wie das.

Der Tod eines Unschuldigen. Direkt vor seinen Füßen.

Und er hatte nichts dagegen unternommen.

Während draußen graubraune Felder vorüberflogen, sah er nicht das Opfer vor Augen und nicht den Schützen. Nur das Gesicht der Frau. Ihre Hilflosigkeit. Ihr Entsetzen. Ihren Schmerz.

Hätte er etwas tun können?

Es verhindern?

»Faschisten, alle zusammen«, sagte Freddy nach einer gefühlten Ewigkeit. »Von Anfang an habe ich es gesagt. Diese Schweine sind Faschisten. Die interessieren sich einen Dreck für das Gesetz. Oder das Leben anderer. Die spielen nur nach ihren eigenen Regeln. Scheiße!«

»Bestimmt war es ein Unfall«, hörte sich Jacobi sagen.

»Unfall?«

»Er ... er hat die Nerven verloren. Und dann hat sich ein Schuss gelöst. So muss es gewesen sein.«

Freddy bremste scharf. »Unfall?! Nerven verloren?!«, rief er. »Er hat ihn abgeknallt. Eiskalt. So, wie sie Holger bewusst zu Brei geschlagen haben, so haben sie den Kerl gezielt umgelegt. Weil er nicht sofort pariert hat.« Er sah Jacobi eindringlich an. »Norman, diese Kerle wollen den Polizeistaat. Das musst du endlich begreifen. Erst haben sie die Politiker umgelegt, damit sie einen Grund haben für das Gesetz. Und jetzt töten sie die Leute, wie es ihnen passt. Es ist genau wie damals. Wie dreiunddreißig. Du musst endlich was dagegen unternehmen.«

Erschrocken blickte Jacobi auf. »Ich?«

»Du musst deine Kontakte zu den Bullen nutzen. Du musst rauskriegen, wer dahintersteckt. Wer die Morde in Auftrag gibt. Sonst hört das nie auf. Sonst bringen die uns alle um. Bitte, Norman, du musst was tun.«

KAPITEL 15

Es hörte einfach nicht auf.

Das Blut schien direkt vom Himmel zu fallen. Und aus den grauen Häuserwänden hervorzuquellen. Jedenfalls lief es daran hinab und sammelte sich am Boden in schimmernden Pfützen.

Er stellte sich vor, in den Hof zu gehen. Bis zu den Knöcheln sah er sich durch das Blut waten, manchmal bis zu den Knien. Vielleicht würde er auch komplett darin versinken.

Norman Jacobi wusste, dass es kein Blut war, das er sah, sondern Regen. Kurz nach seiner Rückkehr vor etwa einer Stunde hatte er eingesetzt. Seitdem fiel er ruhig, aber beständig aus einem konturlos grauen Himmel. Trotzdem hatte Jacobi wieder die schmächtige Gestalt vor Augen, die vor dem Kofferraum zusammensank und schließlich reglos liegen blieb.

Es hörte einfach nicht auf.

Er ertrug das Bild nicht länger, wandte sich um und erschrak. Vor ihm, mitten in seinem Wohnzimmer, saß die Frau des Opfers auf dem Boden, schmal, zerbrechlich. Aus großen, unendlich hilflosen Augen blickte sie ihn an, und einen Atemzug lang brauchte Jacobi, um Katharina zu erkennen. Sie hockte auf ihren Knien und fuhr mit beiden Händen durch Juris dichtes Fell.

Dann wieder das Geschrei in seinem Rücken.

Jacobi drehte sich zurück zum Fenster. Das Gesicht des Polizisten war rot angelaufen. Die Adern an seinem Hals traten hervor. Panisch fuchtelte er mit seiner Waffe herum. Jacobi wusste, dass er etwas tun musste, und bekam einen Schlag ins Gesicht. Trotzdem zögerte er. Schließlich zerrte ihn Freddys kräftiger Griff mit sich, und das Chaos entfernte sich. Die Menschen wurden kleiner, das Schreien leiser. Sie liefen über einen Acker. Der Matsch spritzte gegen seine Beine, und mit jedem Schritt sackte Jacobi tiefer in den Morast. Nicht mehr lange, und er würde feststecken. Oder untergehen.

In diesem Augenblick berührte ihn etwas am Arm.

Er fuhr herum. Katharina war aufgestanden und sah ihn an. Besorgt, nicht vorwurfsvoll. Er wollte etwas sagen, hatte aber keine Ahnung, wie das gehen sollte.

Sie schien es zu spüren. »Es ist in Ordnung«, sagte sie. »Du musst das nicht tun. Es ist nicht deine Verantwortung. Du hast schon genug getan.« Sie sprach leise, ohne zu flüstern. In ihrer Stimme lag eine Überzeugung, die Sicherheit verhieß, und Jacobi spürte das Bedürfnis, sich daran festzuhalten. »Es ist nicht deine Aufgabe, Gangster zu jagen und auch keine verbrecherischen Polizisten. Du musst nicht die ganze Stadt retten, wenn sie den Verstand verliert.«

Diese Worte verschafften ihm etwas Erleichterung, und wieder schilderte Jacobi, was passiert war. Zum dritten oder vierten Mal. Das aggressive Verhalten der Polizisten. Wie einer von ihnen in Panik geraten war, die Kontrolle verloren und einfach geschossen hatte. Der Zusammenbruch des Opfers.

Das Blut.

Katharina legte einen Finger auf seinen Mund. »Du kannst nichts dafür. Du konntest es nicht verhindern. Niemand konnte das. Und es ist nicht dein Job, die Verantwortlichen zur Rechenschaft zu ziehen. Auch wenn dieser Freddy dir das einreden will.«

»Aber er hat doch recht. Ich kann doch nicht einfach zusehen, wie es immer weitergeht. Immer und immer weiter. Und ich habe Möglichkeiten.«

»Und wie sehen die aus? Ins Polizeipräsidium marschieren und so lange auf die Leute einreden, bis sie einknicken und alles zugeben?«

»Ja. Nein. Ich weiß nicht. Vielleicht, wenn ich mit Bruno rede. Wenn er davon wüsste, dann …«

»Und wenn er längst davon weiß?«

»Was? Du meinst …?«

»Ich weiß es nicht. Aber er leitet die Ermittlungen, von Anfang an. Seit Jahrzehnten ist er bei der Kripo. Wie wahrscheinlich ist es, dass hinter seinem Rücken eine so mächtige und brutale Gruppe agiert, und er weiß nichts davon?«

Einen Augenblick dachte Jacobi darüber nach, so gut er in diesem Moment konnte. Dann schüttelte er vehement den Kopf. »Nein. Nein, das kann nicht sein. Unmöglich.«

»Ich weiß, das ist schwer für dich. Ich weiß, wie sehr du ihn magst. Es geht hier auch nicht um Kommissar Demandt. Ob er etwas weiß oder mit drinhängt. Es geht ganz allein um dich. Wenn es wirklich ist, wie es scheint, werden sie nicht zusehen, wie du dir Informationen über sie beschaffst, unangenehme Fragen stellst, sie unter Druck setzt. Wenn sie tatsächlich so brutal töten, dann werden sie auch vor dir nicht Halt machen.«

Jacobi hörte, was sie sagte, aber es ergab keinen Sinn. In seinem Schädel fanden ihre Worte nichts, woran sie anknüpfen konnten. Sein Hirn war ein einziger klebriger Brei. Er konnte nur den Kopf schütteln.

»Du musst nichts sagen«, erklärte sie. »Du musst auch nichts verstehen oder rechtfertigen. Du musst überhaupt nichts tun. Nur ein einziges Mal an dich denken. An uns. Wir haben wirklich genug getan, du und ich.«

Zärtlich streichelte ihm Katharina über die Wange, legte ihre Hand in seinen Nacken und den Kopf an seine Schulter. »Haben wir nicht auch das Recht auf ein bisschen … Ruhe? Auf ein wenig … Glück?« Sanft küsste sie seinen Hals.

Jacobi spürte ihre Berührungen, aber seine einzigen Wahrnehmungen waren Wärme und Feuchtigkeit. Er war irritiert.

»Das haben wir uns verdient«, flüsterte sie, während ihre Hand an seinem Hinterkopf hinaufwanderte und sich in sein Haar grub. Ihre Lippen bewegten sich sachte, aber zielgerichtet seinen Hals hinauf, an seinem Kiefer entlang in Richtung seines Mundes. Jacobi verstand, was sie tat, was es bedeutete und wie es sich für ihn anfühlen sollte. Doch ihn beschlich nur ein Gefühl der Enge, beinahe Atemnot.

»Warum lassen wir das nicht alles hinter uns und fangen noch mal ganz von vorn an?«, fragte sie. »Fangen überhaupt an. Bis jetzt hatten wir doch noch gar keine Zeit und keine Chance. Ich möchte dich so gerne kennenlernen. Du tust mir so gut. Lass uns zusammen weggehen. Irgendwohin, wo es keine wahnsinnigen Verbrecher gibt, die die ganze Welt ins Chaos stürzen wollen.«

»Du meinst eine gemütliche kleine Stadt, weit weg von Frankfurt?«

»Zum Beispiel.«

»Ein kleines Haus mit Garten? Nur du und ich und Juri?«

Auf seiner Haut spürte er, dass ihre Lippen ein Lächeln formten.

»Ich arbeite für eine Lokalzeitung und du bei einem kleinen Institut?«

Katharina hob den Kopf und nickte strahlend.

»Im Sommer grillen wir im Garten und laden die Nachbarn dazu ein?«

Aus ihrem Strahlen wurde ein kindliches Glucksen. Sie schmiegte sich eng an seinen Körper und küsste ihn wieder auf den Hals, nun deutlich intensiver, fester. »Nicht … nicht mehr kämpfen … nicht mehr weg … laufen … Nur … ankommen … Nur du … und ich.« Ihre Hand wanderte unter seinen Pullover und strich in großen Kreisen über seinen

Rücken. Jacobi spürte Hitze, ein Brennen. Es fühlte sich an wie Schleifpapier.

»Und wenn die Nachbarn weg sind, bleiben wir noch auf der Terrasse«, kicherte sie, »und genießen die laue Sommernacht.«

Inzwischen hatte ihre Hand den Weg in seine Hose gefunden und griff zu. Es tat weh, und Jacobi schob Katharina mit beiden Händen zurück. Überrascht und erschrocken sah sie ihn an. Wieder suchte Jacobi nach Worten. »Es geht nicht. Nicht jetzt.«

»Was?«

»Beides. Alles.«

Er seufzte, trat einen Schritt näher und fasste sie fest an beiden Armen. »Katharina, vor nicht einmal zwei Stunden wurde ein Mensch getötet. Direkt vor meinen Augen. Da, wo du jetzt stehst. Und du willst mit mir ins Bett und über einen Obstgarten reden und übers Grillen. Das geht nicht. Ich kann nicht so tun, als sei das nicht passiert und als ginge es mich nichts an. Ich weiß nicht, wie es mit dir ist. Das musst du allein entscheiden. Aber mich geht es etwas an.«

Er sah ihre Verletztheit, aber in diesem Moment brachte er nicht fertig, sie in den Arm zu nehmen. Sie kniff die Augen zusammen. »Glaubst du wirklich, ich verstehe nicht, wie du dich fühlst? Dass ich nicht sehe, wie beschissen es dir geht? Meinst du, mir ist egal, was da draußen passiert, Hauptsache, ich kann mit dir vögeln? Denkst du so von mir?«

Er druckste herum. »Nein … nein, natürlich nicht.«

»Glaubst du, du bist der Einzige, der sich Sorgen macht? Der etwas riskiert?«

Er schüttelte den Kopf. »Nein. Nein. Ich … ich will doch nur … das Richtige tun.«

»Vielleicht stimmt es ja doch«. Katharina machte einen Schritt zurück und befreite sich aus seinem Griff.

»Was?«

»*Fiat iustitia et pereat mundus.*«

»Was? Wovon redest du?«

»Es gibt Menschen, die sind so davon besessen, das Richtige zu tun, dass sie gar nicht sehen, welchen Schaden sie damit anrichten. Für sich und für andere.«

»Was soll das heißen? Was meinst du damit?«

»Vielleicht kannst du es einfach nicht sehen.«

Langsam begriff er. »Willst du damit sagen, dass ich …? Behauptest du gerade, dass ich … dass ich schuld bin an dem, was passiert? An den Morden?«

Sie starrten sich an. Jacobi war fassungslos und Katharina sichtlich erschrocken über die Wirkung ihrer Worte. »Nein, ich … ich wollte nur sagen … Vielleicht brauchen wir … ein bisschen Ruhe. Es war … es war einfach zu viel. Ich glaube, es ist besser, wenn ich jetzt gehe.« Hastig küsste sie ihn auf die Wange und strich ihm über die Schulter. »Wir … vielleicht sollten wir beide ein wenig schlafen.« Auf dem Weg zur Tür stolperte sie beinahe über Juri. »Entschuldigung, Dicker. Und, ähm, mach's gut.«

Jacobi hörte, wie sie über den Flur hastete und die Tür hinter sich zuzog.

Dann war es still.

Katharinas Worte hallten nach in seinem Kopf. Sicher, er hatte Fehler gemacht, und der Gedanke daran war kaum auszuhalten. An Rebeccas furchtbare Folter und Katharinas Höllentrip. Jacobi ging in die Knie und streichelte Juri. Das warme, weiche Fell und der Brustkorb, der sich unter seiner Hand gleichmäßig hob und senkte, machten es ein wenig erträglicher. Und immer hatte er nur versucht, das Morden zu beenden, da war er sicher. Und um nichts anderes ging es ihm auch jetzt. Jacobi nickte sich Gewissheit zu, als sein Handy klingelte.

Freddy.

Jacobi ahnte, warum er anrief. Er würde ihn bedrängen,

endlich etwas zu unternehmen. Gegen die Polizei. Gegen Körber. Gegen Bruno.

Freddy war mutig gewesen, hatte sich sofort mit den Polizisten angelegt. Jacobi dagegen hatte gezögert.

Zu lange?

Hatte Katharina doch recht?

Jacobi schwirrte der Kopf, und er hob ab.

»Wie geht es dir?«, fragte Freddy.

»Ich hatte schon bessere Tage.«

»Es hat dich ziemlich mitgenommen.«

»Dich etwa nicht?«

»Doch, doch, natürlich. Ich bin entsetzt, fassungslos. Vielleicht nicht so überrascht.«

»Weil ihr ständig bedroht werdet.«

»Du sagst es.«

Schweigen.

»Vielleicht musst du dich nur ein bisschen ausruhen«, sagte Freddy. »Schlafen. Den Kopf freibekommen. Hast du jemanden, der sich um dich kümmert?«

Jacobi dachte an Katharina, sah ihren verletzten Blick. »Das weißt du doch. Du bist doch bestens informiert.«

»Stimmt. Dann lass dich gut umsorgen, und morgen sieht die Welt schon wieder anders aus.«

»Sicher.«

»Apropos morgen: Schon von der Pressekonferenz gehört?«

»Nein. Welche Pressekonferenz?«

»Die Bullen. Morgen früh um neun. An einem Sonntag. Damit wir alle noch schlaftrunken genug sind, um die Märchen zu glauben, die sie uns auftischen. Dass es ein furchtbarer Unfall war. Eine Verkettung unglücklicher Umstände. Ein Missverständnis, geschuldet der angespannten Situation, dem Stress, unter dem die Beamten stehen. Zum Kotzen. Du wirst hingehen, oder?«

Jacobi kratzte sich an der Stirn. »Ich weiß nicht. Ich … das muss ich mit der Redaktion klären.«

»Das ist nicht dein Ernst. Du bist Polizeireporter, der Mann für die Verbrechen. Und da begeht die Polizei irre Verbrechen, immer und immer wieder, und du sagst, es interessiert dich nicht?«

»Das habe ich nicht behauptet.«

»Du musst da hin und ihnen ordentlich einheizen. Die Öffentlichkeit muss erfahren, wie es wirklich war. Du musst sagen, was du weißt und was du gesehen hast.«

»Freddy, ich … Wir werden das sehen … ich …«

»Norman, du kannst nicht länger tun, als ginge es dich nichts an. Einmal hast du zugesehen, wie jemand getötet wird. Das geht jetzt nicht mehr. Du musst was tun. Sonst hört das nie auf.«

»Gib mir etwas Zeit, okay? Ich muss mich besprechen und ich muss mich ausruhen.«

»Wir haben aber keine Zeit. Wer weiß, wen es als Nächstes erwischt. Vielleicht mich.«

»Ich melde mich, okay?«

Damit beendete er das Gespräch und war sicher, dass sich Freddy so leicht nicht zufriedengeben würde.

Schwerfällig schlurfte Jacobi über den Flur und legte sich auf sein Bett. Er starrte auf die Tapete und hoffte, dass sich die Raufaserstruktur über die Bilder in seinem Kopf legen würde. Damit er sie endlich nicht mehr sehen musste. Doch das funktionierte nicht. Es hatte noch nie geklappt. Die Tapete war die Leinwand, auf der der Film in seinem Kopf lief. Immer und immer wieder.

Er drehte sich um, als das Telefon klingelte. Jacobi rollte sich zurück auf die andere Seite und presste die Augen zusammen. Wie stellte sich Freddy das überhaupt vor? Dass Jacobi ins Polizeipräsidium spazieren würde und … und was? Das war doch Irrsinn.

Wieder klingelte der Apparat. Jacobi presste sich das Kissen auf den Kopf, doch es half nichts. So rappelte er sich mühsam auf. Als er die Wohnungstür öffnete, bemerkte er Juri, der mit traurigem Blick am Ende des Flurs hockte. Jacobi schnappte ihn und trug ihn die zwei Stockwerke hinauf zu Alma Frey. Als sie öffnete, sah sie ein wenig irritiert an Jacobi hinunter und wieder hinauf.

»Kannst du mich bitte zum Lachen bringen?«, fragte er und setzte den Hund ab.

Ohne ein Wort ging sie vor in die Küche, wo sie an irgendwelchem Papierkram arbeitete. »Soll ich mir vielleicht ein Bananenröckchen anziehen?«

»Das ist mir egal. Hauptsache, ich komme auf andere Gedanken.«

Sie sah nicht auf. »Ich will gar nicht wissen, was das für Gedanken sind. Wann bringst du endlich dein Leben in Ordnung?«

Ohne eine Antwort trat Jacobi ans Fenster und sah Freddy, der im Regen vor dem Haus an seinem Auto lehnte und auf seinem Handy herumtippte. Schwer atmete Jacobi aus.

»Immer wieder stürzt du dich in was hinein«, sagte Alma. »Und dann beklagst du dich, dass dir die Sache über den Kopf wächst.«

»Vielen Dank für die treffende Analyse, aber mir ist gerade nicht nach klugen Ratschlägen.«

»Also gut. Ich kann dir ein Bier anbieten oder auf Juri aufpassen. Um den Rest musst du dich selber kümmern.«

Sie sah ihn an, ernst, ohne jede Spur von Spott oder Ironie. Er spürte ihre Ungeduld. Das war ungewohnt. Und unangenehm. Jacobi blickte zur Tür, wo der Hund auf der Schwelle saß, und wieder aus dem Fenster. »Okay, ich verzichte auf das Bier. Aber könntest du mit Juri die Runde um den Block machen? Ich würde jetzt wirklich ungern da rausgehen.«

Noch immer blickte sie ihn an, mittlerweile sichtlich genervt. Schließlich stand sie auf mit einem tiefen Seufzer und zog einen Mantel an. »Warum eigentlich brauchen wir die Heilsarmee, die Caritas und das Rote Kreuz? Es gibt doch mich. Komm schon, Juri. Ich habe noch zu tun.« Der Hund trottete zur Tür, die Alma hinter sich zuzog.

Jacobi trat zurück ans Fenster und sah, dass Freddy telefonierte. Sicher rief er wieder bei ihm an. Da sich niemand meldete, blickte Freddy an der Fassade hinauf und erkannte Jacobi in der erleuchteten Küche. Reflexartig drehte sich Norman zur Seite. Als er nach etwa zehn Sekunden wieder auf die Straße lugte, kamen Alma und Juri aus dem Haus. Durch seine Recherchen musste Freddy den Hund kennen. Und natürlich konnte er zwei und zwei zusammenzählen. Er sprach Alma an. Sie blieb stehen, und Freddy streichelte Juri. Daraufhin sagte Alma irgendwas, und Jacobi war sicher, dass es dabei um ihn ging und dass es kein Kompliment war. Jedenfalls sah Freddy wieder zu ihm hinauf und grinste.

In diesem Augenblick fragte sich Jacobi, ob er einen Fehler gemacht hatte.

Wieder mal.

Er lief die Treppe hinab und schloss sich in seiner Wohnung ein, ohne zu wissen, warum. Dort lief er ziellos umher, immer das Telefon in der Hand. Vom Wohnzimmer ging er ins Schlafzimmer, dann ins Bad und wieder von vorn. Die Küche mied er. Irgendwann hielt er es nicht mehr aus und trat an das dunkle Küchenfenster. Noch immer wartete Freddy vor dem Haus und tippte eifrig auf seinem Handy herum. Kurz darauf blinkte Jacobis Telefon und signalisierte eine eingegangene Nachricht. Es war nur ein einziger Satz, aber er genügte, um Jacobi einen Schrecken einzujagen.

Sollte bekannt werden, wie nah du beim Tod des Autofahrers dabei warst, könnte das leicht missverstanden werden.

Bisher hatte Jacobi Freddy misstraut. Jetzt fürchtete er ihn.

»Also gut«, tippte er als Antwort, »du hast gewonnen.«

KAPITEL 16

In der Nacht hatte die Stadt gebrannt.

Jacobi hatte die Flammen gesehen, live im Fernsehen, auf verwackelten Aufnahmen im Netz, aber auch, als er am späten Abend aus der Redaktion heimgefahren war. Überall in Frankfurt war es zu Ausschreitungen gekommen, mit Barrikaden auf den Straßen, eingeschlagenen Schaufenstern, brennenden Autos. Es hatte ausgesehen wie Bürgerkrieg, und der gemeinsame Feind war die Polizei. In der Gewalt entlud sich die ganze Wut der Bevölkerung. Über die Brutalität und vor allem über die offensichtliche Willkür, mit der die Beamten den Autofahrer getötet hatten. Um die Unruhen nicht weiter anzuheizen, hatte sich die Polizei nun zurückgehalten. Ganze Bezirke hatte sie freigegeben. Doch das hatte es nur schlimmer gemacht. Eilig waren Hundertschaften aus anderen Städten hinzugezogen worden. Aber auch ihnen war es nicht gelungen, die Lage zu beruhigen oder auch nur zu stabilisieren. Ganz im Gegenteil. Erst am frühen Morgen waren die Tumulte abgeebbt.

Vielleicht war die Wut verraucht.

Vielleicht sammelten die Aufrührer auch nur Kraft für die nächste Welle.

Wie war es so weit gekommen?

Etwa drei Stunden nach der Tat waren erste Gerüchte im Netz aufgetaucht. Die Frau des Opfers hatte sich an einen Nachbarn gewandt und dieser die Presse informiert. Sehr plastisch berichtete die Frau von den Ereignissen. Von der grundlosen Brutalität der Polizisten und ihrer eigenen Hilflosigkeit. Von einem Fremden, der sich den Beamten mutig entgegengestellt hatte, und einem Journalisten, der versucht hatte, das Schlimmste noch zu verhindern. Weder kannte sie seinen Namen, noch wusste sie, für welches Medium er arbeitete. Weitere Autofahrer hatten die Informationen teilweise bestätigt: eine willkürliche Verkehrskontrolle und aggressive Polizisten.

Daraufhin waren mehrere Reporter zum Tatort gefahren und hatten dort nichts entdeckt. Keine Leiche, keine Spurensicherung, keine Ermittlungen, nicht einmal Blutflecken auf dem regennassen Asphalt. Auf ihre überraschte Nachfrage hin hatte die Polizeispitze den Ort der Ereignisse eilig abriegeln lassen und eine Nachrichtensperre verhängt. Dies waren jedoch nicht mehr als hilflose Versuche, die Kontrolle zurückzugewinnen. Gleichzeitig schuf die Behörde dadurch Raum für Gerüchte. So dauerte es nicht lange, bis sich die ersten Randalierer auf der Straße zusammenfanden und den Worten Taten folgen ließen.

Jacobi hatte Freddys Warnung verstanden. Sollte herauskommen, dass er der Journalist vor Ort gewesen war, aber geschwiegen hatte, würde er sich unangenehme Fragen gefallen lassen müssen. Und Jacobi war lange genug im Geschäft, um zu wissen, dass es irgendwann herauskommen würde. So hatte er hastig einen Artikel geschrieben. Die Aggressivität der Polizisten, die Hilflosigkeit des Opfers und Freddys mutigen Einsatz hatte er eindrücklich dargestellt und auch seine eigenen Bemühungen erwähnt. Kaum war er fertig, in der Hoffnung, Freddy damit zufriedenzustellen, als ihm schlagartig die Konsequenz bewusst wurde. Würde er diesen Text veröffentlichen, machte sich Jacobi endgültig zum Kronzeugen gegen die Polizei. Keinen Schritt würde er noch unbeobachtet tun können und nichts mehr herausbekommen. Seine Ermittlungen wären beendet.

Andererseits konnte er nicht ignorieren, was um ihn herum geschah. In der klammen Dunkelheit seines Büros hatte Jacobi gespürt, auf welchen Drahtseilakt er sich eingelassen hatte. Jeden noch so kleinen Schritt musste er sorgsam abwägen, und die geringste Unaufmerksamkeit oder eine unerwartete Windbö konnten den Absturz bedeuten. Daraufhin hatte Jacobi seinen Text verworfen und stattdessen aus den Informationen und Gerüchten, die sowieso schon kursierten, eine eigene Geschichte gebastelt und routiniert seine Empörung geäußert.

Nun also die Pressekonferenz.

Sie war nur ein weiterer Versuch der Polizei, die Deutungshoheit und damit die Kontrolle über die schlimmen Ereignisse zurückzugewinnen. Dabei konnte sie weder leugnen, was passiert war, noch es offen zugeben. Beides würde die Randalierer direkt zurück auf die Straße treiben. Jacobi war gespannt, wie sie dieses Dilemma aufzulösen versuchte.

Es war kurz nach halb neun an diesem kalten und nassen Sonntagmorgen. Trotzdem herrschte um das Polizeipräsidium ein Auftrieb wie vor einem Eintracht-Spiel. Vorne hatten sich schon wieder Demonstranten versammelt, die lauthals den Kopf des Polizeipräsidenten forderten. Zwischen ihnen und dem Eingang waren Metallgitter aufgebaut, hinter denen eine hochgerüstete Hundertschaft bereit war, jederzeit loszuschlagen. Noch blieb es bei verbalen Scharmützeln, aber die Waffenruhe stand auf wackeligen Füßen.

Hinter dem Gebäude parkten die Übertragungswagen. Jacobi hatte nicht nur Mitarbeiter der örtlichen Sender gesehen, sondern Kennzeichen aus ganz Deutschland, aus Holland, England und Schweden, aus Frankreich, Polen und Österreich.

Drinnen war die Luft schon jetzt verbraucht. Es roch nach Feuchtigkeit und Schweiß. Alle Journalisten wurden namentlich erfasst und sorgfältig abgetastet. Dabei war die

Stimmung derart angespannt, dass es nicht mal die üblichen spöttischen Bemerkungen gab. Die Beamten waren von förmlicher Höflichkeit und vermieden jeden direkten Blickkontakt. Während Jacobi seinen Rucksack mit Aufnahmegerät, Handy und Wasserflasche öffnete, ließ er den Blick durch das Foyer gleiten. Der Weg zu Brunos Büro war ihm vertraut. Auch in den Räumen des Staatsschutzes war er schon gewesen, kannte sich dort jedoch kaum aus.

Aber genau dorthin musste er. Direkt hinein ins Auge des Orkans.

In diesem Augenblick erinnerte sich Jacobi an einen Traum, den er in letzter Zeit häufiger gehabt hatte. Darin ging er noch zur Schule. Es war der Abend vor einer wichtigen Klausur. Er hatte gelernt, sich wirklich Mühe gegeben. Aber er begriff den Stoff einfach nicht und fragte sich, was er tun sollte. Ging er hin, würde er kläglich scheitern. Blieb er zu Hause, würde es auffallen, und ihm fehlte eine entscheidende Note. In beiden Fällen würde sein Abschluss den Bach hinuntergehen. Er konnte nur verlieren.

Jetzt trank er einen Schluck Wasser und trat in die Tür zum Pressesaal. Der Raum war gerammelt voll. Die Journalisten drängten sich in engen Tischreihen, auf dem Podium wucherte ein dichter Pulk aus Mikrofonen, und an den Wänden waren die Kameras aufgebaut. Das Gedränge kam Jacobi entgegen. So konnte er draußen stehen bleiben und sich später unauffällig entfernen. Bis es so weit war, widmete er sich konzentriert seinem Handy. Er wollte vermeiden, sich von Kollegen in ein Gespräch verwickeln zu lassen. Stattdessen ging er in Gedanken den Weg durch das Gebäude ab. Von hier aus zuerst zu den Toiletten. Dann unauffällig zum Fahrstuhl. Oder besser um die Ecke ins Treppenhaus und rauf in den vierten Stock. Dort den Gang entlang.

Und dann?

Noch einmal öffnete er seine Wasserflasche, als sie endlich kamen. Leitender Oberstaatsanwalt, Polizeipräsident, Körber und Bruno bewegten sich durch das Foyer wie ein Rammbock. Kein Zweifel sollte aufkommen, wer ab jetzt wieder die Richtung vorgeben und die öffentliche Diskussion bestimmen würde. Sie alle kannten Jacobi, würdigten ihn aber keines Blickes. War das ein Zeichen ihrer aggressiven Souveränität oder von Scham? In jedem Fall spürte er ihre Anspannung. Sie ahnten, was auf sie zukommen würde.

Drinnen bahnten sie sich den Weg durch die Enge. Augenblicklich ebbte das Raunen ab. Die vier Beamten nahmen hinter den Mikrofonen Platz und blickten mit scheuem Trotz in die Runde. Wie Examenskandidaten, die sich teuer verkaufen wollten, obwohl sie genau wussten, dass sie durchfallen würden.

Der leitende Oberstaatsanwalt, ein Mann mit üppigem Bauch und gewöhnlich kräftigem Bass, räusperte sich. »Ich kann die öffentliche Empörung verstehen«, sagte er nach einer knappen Begrüßung. »Die Situation ist unerträglich.« In diesem Augenblick klang seine Stimme überraschend weich und zitterte ein wenig. In seinem kurzen Statement versprach er Aufklärung ohne Wenn und Aber. »Und ich kann Ihnen mitteilen, dass die Ermittlungsbehörden dabei bereits einen großen Schritt vorangekommen sind.« Mit diesen Worten wandte er sich seinem Nebenmann zu, sichtlich erleichtert, es für den Moment hinter sich zu haben.

Der Polizeipräsident trug Uniform und las mit fester Stimme und starrem Blick von einem Zettel. »Dringend tatverdächtig für den bedauerlichen Todesfall in Zusammenhang mit einer Verkehrskontrolle auf der Kreisstraße K67 im Bereich von Hellenheim ist ein Beamter der Polizeistation Friedberg, der die Kontrolle über die Situation verloren hatte. Wie die Ermittlungen ergeben haben, befand er sich seit mehreren Wochen in einer tiefen persönlichen Krise und hätte nicht für den Einsatz eingeteilt werden dürfen.

Unverzüglich nach Bekanntwerden der Vorfälle wurde er vom Dienst suspendiert, in Gewahrsam genommen und dem Haftrichter vorgeführt. In Kürze wird eine psychologische Behandlung eingeleitet. Einsatzkräfte und Polizeiführung tragen die Verantwortung für den Zwischenfall und werden ihn zum Anlass nehmen, interne Entscheidungsstrukturen der hessischen Polizei zu überprüfen und die Diensttauglichkeit der Beamten noch engmaschiger zu kontrollieren. Außerdem wird die Gestaltung der Einsatzpläne angepasst und eine bessere psychologische Betreuung der Beamten im Außendienst erwogen. Eine Verbindung mit den Ereignissen im Zuge der Protestkundgebung in Frankfurt vor vier Tagen besteht nach bisherigem Erkenntnisstand ausdrücklich nicht.« Damit ließ er seinen Zettel sinken und blickte in die Mitte des Saales, ohne irgendjemanden anzusehen.

Ungläubiges Raunen waberte durch den Raum. Sollte das wirklich alles gewesen sein? Die Überarbeitung von Dienstplänen als einzige Reaktion auf den Tod eines Autofahrers? Nach einigen Sekunden der Fassungslosigkeit stürmten die Fragen auf das Podium ein. Wer war der Beamte, der geschossen hatte? Waren weitere Polizisten beteiligt? Warum überhaupt hatte es die Verkehrskontrolle gegeben, an dieser Stelle? Wer hatte sie angeordnet? Wer trug die Verantwortung für das Desaster? Und wo war eigentlich die Leiche? Nicht nur die Ehefrau hatte ein Anrecht darauf, das zu erfahren.

Offenbar aber hatte der Polizeipräsident als Antwort keinen weiteren Zettel vorbereitet, an dem er sich festhalten konnte. Dabei hatte er doch wissen müssen, dass diese Fragen kommen würden. Stattdessen begann er nervös zu lavieren. Seine Aussprache wurde undeutlich, seine Angaben widersprüchlich und vor allem nichtssagend. Ganz offensichtlich war sein einziges Ziel nur noch, möglichst wenig Treffer einzustecken. Jacobi kam es vor, als versuchte die Behörde, die Sache als einen kleinen Sprung im Teller darzustellen, nachdem sie zuvor mit einem Bulldozer durch den Porzellanladen gerast war.

Er jedenfalls hatte genug gehört.

Jacobi ging zu den Toiletten. An der Tür sah er noch einmal zurück und erkannte erleichtert, dass niemand von ihm Notiz nahm.

Im Waschraum empfing ihn kühle Sachlichkeit. Die Wände waren mit großen dunklen Kacheln gefliest, die Armaturen aus poliertem Stahl. Jacobi spritzte sich Wasser ins Gesicht und sah im Spiegel seine Anspannung. Er war also tatsächlich im Begriff, bei der Polizei einzubrechen. Neben der Absurdität des ganzen Plans lag das Hauptproblem darin, dass er nicht wusste, wonach er eigentlich suchen sollte. Hinweise, wer hinter den Morden steckte, würden kaum in Dienstanweisungen stehen. Jacobi sollte Puzzleteilchen finden zu einem Bild, von dem er keine Ahnung hatte, wie es aussah.

Sorgfältig trocknete er die Hände. Gleichzeitig war ihm bewusst, dass er nicht zu viel Zeit verlieren durfte. Jeden Augenblick konnten die Männer auf dem Podium die Flucht ergreifen.

Jacobi trat wieder hinaus ins Foyer. Vom Konferenzsaal schwappten immer noch erregte Stimmen herüber. Gut so.

Er nahm die Treppe, weil er es für unwahrscheinlicher hielt, dass ihm dort jemand begegnete. Und die Bewegung half, ihn etwas zu beruhigen. Tatsächlich sah er niemanden bis hinauf in den vierten Stock. Immerhin war Sonntag, und wer nicht unbedingt hier sein musste, machte heute sicher einen großen Bogen um das Gebäude.

Oben musste sich Jacobi kurz orientieren, bevor er sich nach links durch eine Glastür wandte. Er trat in einen langen Flur mit PVC-Fußboden, auf dem jeder seiner Schritte ein unangenehmes Quietschen erzeugte. Während er sich bemühte, möglichst leise abzurollen, sah er auf die Türschilder. Er glaubte, dass Körbers Büro ziemlich am Ende des Ganges lag, war aber nicht sicher.

Plötzlich Stimmen von vorn.

Abrupt blieb er stehen und blickte auf.

Niemand zu sehen.

Er brauchte einen Moment, bis er die steife Stimme des Polizeipräsidenten erkannte. Die nächste Tür auf der rechten Seite stand ein wenig offen, und durch den Spalt sah Jacobi mehrere Beamte, die um einen Computerbildschirm versammelt waren, auf dem sie offenbar die Pressekonferenz verfolgten. Jacobi war erleichtert, und plötzlich erschien ihm sein Plan gar nicht mehr so abwegig, sondern ziemlich einfach und ziemlich clever.

Triff deinen Gegner dort, wo er es am wenigsten erwartet. Mitten hinein ins Herz der Finsternis.

Schließlich stand er vor dem Büro von Körber und dessen Kollegen. Bork war ein großer, kantiger Kerl, der versuchte, fehlende Intelligenz durch Körpereinsatz auszugleichen. Jacobi erinnerte sich, wie die beiden bei ihm eingebrochen waren, ihn verprügelt und bestohlen hatten. Dann war das, was er jetzt vorhatte, vielleicht gar kein Gesetzesverstoß, sondern nur eine kleine, verdiente Revanche. Er hoffte nur, dass auch Bork vorne mit den anderen der Übertragung zusah.

Jacobi holte Luft, hielt den Atem an und drückte vorsichtig die Klinke. Die Tür war tatsächlich offen und der Raum leer. Jacobi schlüpfte hinein und war erleichtert. Die erste Hürde hatte er ohne Blessuren genommen.

Das Büro war klein und düster. Durch ein schmales Fenster fiel der Blick in einen der grauen Innenhöfe des Präsidiums. In der Mitte des Zimmers standen zwei große Schreibtische einander gegenüber und an den Wänden Aktenregale. Ein Kalender mit Bergpanorama und der Wimpel des Sportvereins Giebelskirchen neben einem der Bildschirme schienen die einzigen persönlichen Gegenstände zu sein.

Jacobi trat an den hinteren Arbeitsplatz, weil er überzeugt war, dass Körber als ranghöherer Beamter sicher nicht mit dem Rücken zur Tür saß. Links und rechts auf der Arbeitsfläche stapelten sich Akten. Jacobi blieb wenig Zeit, und er hoffte, die Stichworte auf den Deckeln würden ihn schnell auf die richtige Spur führen. Beim dritten Bündel hielt er inne. *Fall Demo* stand darauf, und Jacobi streifte das Band ab, mit dem die Papiere zusammengehalten waren. Obenauf lagen handschriftliche Notizen, die er in seiner Anspannung kaum entziffern konnte. Die folgenden Fotos vom Tatort zeigten ihm aber, dass er auf der richtigen Fährte war. Gleichzeitig spürte er, dass ihm die Ruhe fehlte, die Unterlagen auch nur zu überfliegen. So zog er sein Handy aus dem Rucksack und machte eine Aufnahme von jedem Zettel, den er nicht auf Anhieb wiedererkannte. Dabei horchte er immer wieder in den Flur.

Alles ruhig.

Jacobi kam gut voran, aber die Akte war dick. Er hob das Handy ein wenig höher und konnte so umblättern, ohne dass die Kamera ihn hinderte.

Nur noch blättern und klick.

Blättern und klick.

Nach einigen Aufnahmen hatte er seinen Rhythmus gefunden, als er eine Stimme vom Flur hörte. »Ich bin sicher, dazu habe ich was. Ich schaue nach. Gib mir eine Minute.« Der dröhnende Klang kam ihm bekannt vor.

Bork!

Wenn er Jacobi hier entdeckte, war es aus.

Quietschende Schritte vom Gang.

Hektisch schob Jacobi die Akte zurück auf den Stapel, schnappte Handy und Rucksack und trat in die Ecke neben der Tür, gerade noch rechtzeitig. Die Tür flog auf und gab ihm komplett Deckung. Vollkommen still, aber ungeheuer erleichtert atmete Jacobi aus. Dabei hörte er, wie Bork etwas suchte, blätterte, Akten auf den Schreibtisch fallen ließ, wieder blätterte.

Dann bewegte sich die Tür.

Langsam, Zentimeter für Zentimeter, fiel sie wieder zu. Fieberhaft überlegte Jacobi, wie er sie stoppen konnte. In den Händen trug er Rucksack und Telefon. Eine unbedachte Bewegung, und Bork musste auf ihn aufmerksam werden. Schließlich streckte er vorsichtig den Fuß, hatte den entscheidenden Moment aber verpasst. So konnte er nur noch zusehen, wie sich die Tür in einem sanften, gleichmäßigen Schwung schloss. Schließlich stieß sie mit leisem Klacken gegen den Rahmen.

Der Polizist, der ihm den Rücken zuwandte, reagierte nicht. Zu sehr war er in seine Suche vertieft. Trotzdem fühlte sich Jacobi vollkommen nackt. Wenn Bork den Raum wieder verließ oder sich nur umdrehte, würde er Jacobi unweigerlich sehen.

Das durfte nicht passieren.

Auf keinen Fall.

Weiter reichten seine Gedanken nicht.

Mechanisch trat Jacobi drei Schritte vor und hieb Bork mit der rechten Hand, in der er sein Telefon trug, heftig gegen die Schläfe. Der Staatsschützer gab einen überraschten Laut von sich. Der Arm, mit dem er sich über den Akten abgestützt hatte, knickte ein, und der Kopf fiel auf einen der Papierstapel auf der Schreibtischplatte. Benommen murmelte Bork Unverständliches, aber Jacobi war unsicher, ob es genügte, um unentdeckt zu verschwinden. So zog er den massigen Körper auf den Boden und trat dem Beamten kräftig ins Gesicht. Nun war er still.

Jacobi dachte nicht darüber nach, ob sein Angriff notwendig war oder brutal oder eine gerechte Revanche. Dazu war er nicht in der Lage. Er schnappte die Akte und stopfte sie mit dem Telefon in seinen Rucksack. Zitternd warf er einen letzten Blick auf den reglosen Körper, bevor er die Tür so leise wie möglich zuzog.

Zügig ging er über den Flur. Aus dem Büro vorn drangen immer noch die Stimmen der Pressekonferenz, und die Beamten blickten weiter gebannt auf den Bildschirm.

So erreichte er unbemerkt das Treppenhaus. Während er die Stufen hinunterrannte, begann sein Blick zu verschwimmen. Mehr als einmal fürchtete er, ins Leere zu treten. Unten war er völlig erschöpft, und ihm war übel. Jacobi zwang sich, stehen zu bleiben und zu warten, bis sich sein Atem etwas beruhigt hatte. Erst dann trat er ins Foyer. Dort sah er einige Kollegen unverändert in der Tür des Konferenzraumes. Die Veranstaltung lief also noch. Er war erleichtert.

Wieder ging er auf die Toilette. Er ließ eiskaltes Wasser über seine Unterarme laufen, bis er sie nicht mehr spürte. Hatte er das Richtige getan? War Körber tatsächlich ein Faschist, der Morde in Auftrag gab? Rechtfertigte das Jacobis Handeln, oder verriet er damit alles, wofür sein Beruf stand? Und was war mit Freddy und dessen Leuten? Waren sie wirklich die Guten und auf seine Hilfe angewiesen? Oder spielten sie nur ein falsches Spiel mit ihm? Auf keine dieser Fragen fand er eine Antwort. Sein Kopf fühlte sich an wie ein nackter Hintern in einem Ameisenhaufen.

Ein letztes Mal spritzte er sich Wasser ins Gesicht und kniff die Augen zusammen, bis er wieder scharf sehen konnte. Das Wichtigste für den Moment war, heil aus dem Gebäude zu kommen. Es war das Einzige, das zählte. Er gab sich einen Ruck und ging zurück zum Saal. Dort mühte sich der Polizeipräsident stotternd zu erklären, wie es überhaupt zu der Verkehrskontrolle gekommen war. »Ziel war es, gewaltbereite Aktivisten aus der Stadt fernzuhalten. Der Einsatz war geplant als deeskalierende Maßnahme. Das wurde leider nicht erreicht.«

Statt Verständnis erntete er wieder empörte Reaktionen der Journalisten. Neben Jacobi stand ein Kollege, den er von irgendwoher kannte. Kopfschüttelnd blickte der Mann ihn an. »Das geht nicht. So was kann man nicht bringen. Das lernst du im zweiten Semester auf der Journalistenschule. Übrigens siehst du ziemlich scheiße aus. Alles in Ordnung?«

Jacobi erschrak. »Ich weiß nicht«, sagte er zögernd. »Irgendwas muss ich mir eingefangen haben. Habe ich was verpasst?«

»Nur, wie die Herren sich bemühen, öffentlich kollektiv Selbstmord zu begehen. Sieht aus, als würden sie's hinkriegen.«

KAPITEL 17

Er hatte einen Fehler gemacht.

Norman Jacobi starrte aus dem Fenster seines Büros. Es lag im zweiten Stock, direkt unter dem Dach der ehemaligen Fabrik, in der die Redaktion untergebracht war. Sein Blick fiel auf moosbewachsene Ziegel, auf die unablässig der Regen tropfte. Alles wirkte kalt und grau, und durch die Ritzen spürte er einen feinen Luftzug. Mittlerweile war es nach eins am Nachmittag, aber noch immer hatte er keinen Appetit. Zwar war ihm nicht mehr übel, dafür wippte er ununterbrochen mit den Füßen auf und ab.

Wieder sah er ins Netz, las zum wiederholten Male die Kommentare zur Pressekonferenz. Dazu, dass die Polizeispitze nichts zu ihrer eigenen Verantwortung gesagt hatte und überhaupt mehr Fragen offen geblieben als beantwortet worden waren. Die meisten Kollegen hatten mittlerweile etwas geschrieben und waren sich einig. Der Polizei war es nur darum gegangen, schnell einen Täter zu präsentieren, um von eigenen Fehlern abzulenken und so die aufgeheizte Stimmung in der Stadt zu beruhigen.

Nur Jacobi hatte bisher geschwiegen.

Was hätte er auch schreiben sollen? Er war ja nicht dabei gewesen.

Stattdessen hatte er einen schlimmen Fehler gemacht.

Zum Glück war die Pressekonferenz nach seiner Rückkehr schnell zu Ende gegangen, und er hatte sich unbemerkt aus dem Staub machen können. Das hoffte er zumindest.

Von seinem Überfall stand jedenfalls nichts in den Artikeln, doch das beruhigte ihn kaum. Natürlich würde Bork seinen Kollegen davon berichten. Wahrscheinlich würden sie es nicht an die große Glocke hängen, weil peinlich war, dass sich die Polizei in dieser Situation auch noch hatte bestehlen lassen. Aber als Täter kamen nur Journalisten infrage. Alle waren namentlich erfasst, und Jacobi konnte nicht sicher sein, ob Bork ihn nicht doch erkannt hatte. Und selbst wenn Körbers Kollege keine Ahnung hatte, würde Bruno vielleicht ins Grübeln kommen, sobald er davon erfuhr.

Wie hatte Jacobi nur so bescheuert sein können, sich darauf einzulassen?

Inzwischen hatte Freddy bereits dreimal angerufen, hatte sich furchtbar aufgeregt über die Pressekonferenz, die ein Witz gewesen sei. Vor allem wollte er natürlich wissen, ob Jacobi etwas entdeckt hatte. Etwas, das Körber eindeutig mit den Todesfällen in Verbindung brachte. Das ihn überführte.

Etwas, das Jacobi zeigte, dass er doch das Richtige getan hatte.

Nur: Er fand nichts.

Immer wieder blätterte er durch die Akte. Einiges erkannte er wieder, anderes war neu und erschreckend. So gab es Überlegungen, die Bürgerrechtler tatsächlich dauerhaft zu beobachten, und zwar ganz öffentlich, um sie dadurch einzuschüchtern.

Aber nirgends war belegt, dass Körber ein Faschist war, der Morde in Auftrag gab.

Und wann immer Jacobi etwas hörte, eine Tür, die ins Schloss fiel, ein Auto im Hof, Schritte im Haus, schrak er auf, weil er fürchtete, im nächsten Augenblick würde Bruno in der Tür stehen und ihn mitnehmen.

Jacobi wippte weiter mit den Füßen und starrte aus dem Fenster. So würde er nie etwas finden.

Er hatte Angst.

Um Viertel vor zwei rief Freddy an, zum vierten Mal. »Und?«, fragte er aufgeregt, »hast du endlich was gefunden?«

»Nein. Und es hilft nicht, wenn du jede halbe Stunde danach fragst. Sobald ich was habe, melde ich mich. Versprochen.«

»Wir haben aber keine Zeit. Ein einzelner Bulle, der wegen persönlicher Probleme die Kontrolle verliert. Ha, dass ich nicht lache. Kein Name, kein Dienstgrad, und jetzt verstecken sie ihn auch noch irgendwo anonym in einem Knast weit weg. Damit er aus der Schusslinie ist. Und mit ihm Körber und seine Leute. Damit niemand unangenehme Fragen stellt. Damit sie in Ruhe weitermachen können. Weitermorden.«

Jacobi hörte auf zu wippen und beugte sich vor. »Freddy, ich weiß das alles. Aber hast du eine Ahnung, wie dick diese verdammte Akte ist? Und du glaubst doch nicht im Ernst, dass Körber etwas darüber schreibt, dass er Leute töten lässt.«

Ein kurzer Moment Stille in der Leitung. »Nein, natürlich nicht. Aber irgendwas wird schon drinstehen. Hinweise, Puzzleteilchen, etwas, womit wir ihn festnageln können. Herrgott, das ist dein Job, und ich muss dir nicht sagen, wie du ihn zu machen hast. Gib dir einfach etwas Mühe.«

Freddy hatte sich in Rage geredet, und Jacobi fragte sich, wie er reagieren würde, sollte die Akte tatsächlich nichts hergeben. Einen Vorgeschmack erhielt er wenige Sekunden später.

»Oder willst du gar nichts finden?«, fragte Freddy mit eisiger Stimme. »Machst du dir Sorgen, dein Kumpel Demandt könnte auch Kratzer abbekommen? Ist es das?«

Jacobi lief es kalt den Rücken hinunter. »Quatsch«, war die einzige Antwort, die er zustande brachte.

»Sag schon«, erklärte Freddy, »du hast was gefunden, aber du hältst es zurück.«

»Nein, verdammt! Und jetzt lass mich in Ruhe arbeiten.«

Damit legte er auf und versuchte, sich wieder auf die Akte zu konzentrieren.

Es funktionierte nicht.

Er musste sich eingestehen, dass er sich nicht nur über die Polizei Gedanken machte, sondern dass ihm auch Freddy immer unheimlicher wurde. Mehr und mehr spürte Jacobi den Druck. Ihm allein lud Freddy die ganze Verantwortung auf, Körber zu überführen.

Wie weit würde der Aktivist dafür gehen?

Jacobi bekam eine Gänsehaut und trat ans Fenster, als könne er ihr davonlaufen. Er blickte auf graue Pfützen im grauen Hof und versuchte allen Ernstes, Regentropfen zu zählen. Schließlich löste sich das Kribbeln auf, und er begriff, dass er so nicht weitermachen konnte. Er musste Freddy Grenzen aufzeigen.

Sollte er sich doch durch die Papiere wühlen.

Einen Moment zögerte er noch, bevor er mit Akte und Handy in die Tür trat. Dort blieb er stehen, dachte nach und legte das Mobiltelefon schließlich zurück auf den Schreibtisch. Auch Freddy würde sich in Geduld üben müssen.

Im Erdgeschoss suchte Jacobi den Praktikanten, ein schlaksiger, etwas schüchterner Typ mit einer Vorliebe für gestreifte Shirts. Ihm drückte er die Akte in die Hand mit dem Auftrag, jedes Blatt einzuscannen und die Daten an eine E-Mail-Adresse zu senden, die er auf einem Zettel notierte. Kaum war der junge Kerl aus seinem Blickfeld verschwunden, fühlte sich Jacobi etwas besser.

An diesem frühen Nachmittag war die Redaktion für einen Sonntag erstaunlich gut besetzt. Trotzdem war es ruhig. Es herrschte konzentrierte Betriebsamkeit. Die Arbeit an der nächsten Ausgabe lag in den letzten Zügen. Jacobi war klar, dass auch er noch etwas schreiben musste. Die *Frankfurter Nachrichten* konnten die Ereignisse der vergangenen Nacht und des Vormittags unmöglich ignorieren. Sie lebten davon. Glücklicherweise waren auch die Kollegen aus der Politik- und der Lokalredaktion an der Sache dran. So würde es für den Moment genügen, wenn Jacobi einige Zeilen zur verunglückten Pressekonferenz schrieb. Das würde er ohne große Mühe hinbekommen.

Wenn Bruno ihn bis dahin nicht abgeholt hatte.

Aber würde er sich wirklich trauen, einen Journalisten zu verhaften? In einer Redaktion? In dieser Lage? Das konnte sich Jacobi nicht vorstellen. Wahrscheinlicher war, dass sie möglichst wenig Aufsehen erregen wollten. Einen Augenblick überlegte Jacobi, den Praktikanten anzuweisen, die Unterlagen doch nicht zu verschicken.

Dann säße ihm Freddy wieder im Nacken.

Nein, es war richtig, dass auch er sich mit den Papieren herumschlug. Dass er einen Teil der Last trug und die Schwierigkeiten erkannte.

Vielleicht hatte Jacobi einen schlimmen Fehler gemacht. Vielleicht aber hatte er unter den gegebenen Umständen auch nur das Beste herausgeholt.

Endlich bekam er etwas Hunger und ging in die Teeküche. Dort roch es nach eingebranntem Kaffee und Nudeln mit Tomatensoße. Jacobi warf einen Blick in den Kühlschrank, der überraschend aufgeräumt und sauber wirkte. Leider gehörte ihm darin nur eine angebrochene Buttermilch. Lieber hätte er ein Bier gehabt. Auch zu essen hatte er nichts. Er hätte sich etwas kaufen können, aber irgendwie schien ihm die kleine Küche in diesem Moment ein sehr angenehmer Ort. Auf der schmalen Theke stand nur eine Schale mit Keksen, die offenbar von einer Besprechung übrig geblieben waren. Jacobi schob sich einige davon in den Mund, als Wuttke den Raum betrat. Die aktuellen Ereignisse waren auch für die Politikredaktion aufreibend, sodass sie sich in den letzten Tagen kaum begegnet waren. Auch jetzt hätte

Jacobi gerne darauf verzichtet, wollte sich aber keine Blöße geben.

»Mahlzeit«, sagte Wuttke.

Jacobi hielt sich die Hand vor den Mund und nickte.

»Nicht gerade das, was man sich unter einem lässigen Sonntag vorstellt«, sagte der Kollege. »Ich finde, sie könnten wenigstens einen Lieferservice organisieren. Keine Sterneküche. Nur eine kleine Anerkennung für unseren Einsatz. Ein bisschen Wertschätzung. Das müsste doch drin sein.«

Endlich hatte Jacobi ausgekaut und schluckte die Reste hinunter. »Du bist der Mann mit dem guten Draht zum Chef. Ich bin nur ein kleiner Polizeireporter.«

Wuttke überlegte, dann grinste er. »Da hast du recht. Also, wie war die Pressekonferenz? Nur schlechtes Kabarett oder wenigstens unterhaltsam?«

»Nicht wirklich.«

»Ein Witz, oder? Sie wollen uns einen verwirrten Einzeltäter verkaufen, damit niemand weitere Fragen stellt. Ich frage mich nur, warum du dich damit so schwertust. Warum hast du noch nichts geschrieben? Zufälligerweise weiß ich, dass das dem Chef nicht sonderlich gefällt.«

Jacobi zögerte und suchte nach Worten.

»Du weißt mehr?« Wieder schob sich ein breites Grinsen auf Wuttkes Gesicht. »Verdammt, dieser kleine Polizeireporter. Also, von wo kamen die Anweisungen?«

»Das weiß ich nicht«, antwortete Jacobi schroff. »Und warum glaubt eigentlich alle Welt, ich wüsste mehr?«

»Weil du der Mann mit dem guten Draht zur Polizei bist. Und wieso alle Welt?«

Lange blickte Jacobi seinen Kollegen an und stellte sich vor, ihm alles zu erzählen. Dass er sich mit Freddy eingelassen hatte. Von den Spuren in Holgers Wohnung. Dass er bei den Schüssen auf den Autofahrer dabei gewesen war. Schließlich sein Einbruch bei der Polizei und der Druck, den

Freddy ausübte. Der Gedanke, nicht mehr die ganze Last allein zu tragen, verschaffte ihm ein Gefühl der Erleichterung.

Dann sah er Wuttkes grinsendes Gesicht und wusste, dass es unmöglich war.

»Sag du mir, was du über die Bürgerrechtler weißt«, erklärte er stattdessen, »und ich verrate dir, was ich herausbekommen habe.«

Einen Augenblick fixierte ihn Wuttke, bevor sich dessen Mundwinkel wieder auseinanderzogen. »Sieht aus, als würdest du tatsächlich dazulernen.« Er stieg auf einen der Barhocker und setzte sich an die Theke. »Sie sind clever. Echte Profis. Zumindest einige unter ihnen. Nicht die Schreihälse auf der Straße. Die Strategen im Hintergrund, die die Fäden ziehen. Die wissen ganz genau, wie man Themen besetzt, Stimmungen schafft, Meinungen macht, in den Medien, den Netzwerken. Und damit treiben sie ihre politischen Gegner vor sich her, zwingen sie von einem Fehler zum nächsten. Nun haben wir es in Frankfurt mit einer Politik zu tun, die sich seit Monaten alle Mühe gibt, sich selbst zu zerlegen. Und mit einer selten unfähigen Polizeiführung. Trotzdem: Diese Aktivisten wissen, was sie tun. Nur manchmal übertreiben sie ein wenig.«

»Was meinst du damit?«

»Ich sehe, du bist bestens informiert. Sie nutzen Gerüchte, Lügen, Rufmord, das ganze Programm. Sie werfen mit jeder Menge Dreck und hoffen, dass irgendwas kleben bleibt. Steuerhinterziehung. Die unangemeldete polnische Putzfrau. So was in der Art. Ich glaube nicht, dass sie das nötig hätten. Und ich fürchte, dass ihnen das irgendwann auf die Füße fallen wird. Dass man auch ihnen unangenehme Fragen stellen wird. Und dann ist da noch die Sache mit dem Sprengstoff.«

Jacobi schluckte. »Sprengstoff?«

»Vor viereinhalb Jahren öffnet ein Finanzbeamter im

beschaulichen Görlitz in Sachsen ein Paket. Er hält es für Steuerunterlagen. Stattdessen fliegt es ihm um die Ohren. Er verliert beide Hände und ein Auge. Seine Kollegin am anderen Schreibtisch wird von Splittern durchsiebt. Zunächst sieht es aus wie die Tat eines frustrierten Steuerzahlers. Bei näherer Betrachtung zeigt sich aber, dass der Absender Teil eines linksextremen Netzwerkes ist, das Gewalt für ein legitimes Mittel im Kampf gegen das System hält. Er wandert in den Knast, wo er auch noch eine ganze Weile bleiben wird. Aber seinen Freunden lässt sich eine Beteiligung am Anschlag nicht zweifelsfrei nachweisen. Sie bleiben straffrei. Und mindestens einer von ihnen verlegt daraufhin seinen Wirkungskreis ziemlich bald nach Westdeutschland, genauer nach …«

»Frankfurt. Wie heißt er?«

»Er hört auf den schönen Namen Waldemar Daufuß, Kampfname Dagobert. Du erinnerst dich an den Kaufhauserpresser?«

Jacobi war erleichtert, dass es nicht um Freddy ging. »Er hat Warenhäuser mit Bomben erpresst und bei der Geldübergabe die Polizei veralbert.«

»Und sich dadurch einige öffentliche Sympathien erarbeitet. Wir können davon ausgehen, dass dieser Waldemar sich das genauso vorstellt. Und wahrscheinlich besitzt er auch ähnliche technische Fähigkeiten, dafür aber deutlich weniger Humor als das Original.«

Die Erleichterung war schnell verflogen. Wuttkes Ausführungen ergaben ein beängstigendes Bild. Worauf hatte sich Jacobi nur eingelassen? Warum hatte Katharina ihm das verschwiegen? Und was war mit Bruno? Jacobi fühlte sich, als würde er über schmale Planken durch einen Sumpf waten. »Aber was wollen sie? Was ist ihr Ziel?«

»Gute Frage. Angefangen haben sie tatsächlich in Frankfurt, um das Gesetz zum Schutz von Politikern zu verhindern.

Dann haben sich immer mehr Gruppierungen angeschlossen, mit ganz unterschiedlichen Interessen. Mittlerweile ist es eine bunte Truppe aus Bürgerrechtlern, Globalisierungskritikern, Umweltaktivisten, Gegnern des Flughafenausbaus. Das macht sie stark, weil es ein sehr breites Bündnis ist. Gleichzeitig ist es ihre größte Schwäche, weil ihnen die Richtung fehlt, das klare Profil. Und weil sie sich hinter den Kulissen mächtig darüber streiten. So, genug geplaudert. Du bist dran. Was weißt du?«

Während ihm tausend Dinge durch den Kopf gingen, malte Jacobi mit dem Zeigefinger Kreise auf die Theke. »Ich … wow, das ist neu. Das war mir so nicht bewusst. Ich muss … das muss ich erst mal verdauen. Und du hast recht, ich sollte schleunigst etwas schreiben. Ich danke dir. Wir reden später.«

Eilig ging er zur Tür.

»Jacobi.«

Er blieb stehen und wandte sich noch einmal um. Wieder grinste Wuttke. »Du bist wirklich ein verdammter Wichser. Aber du machst das gut. Respekt.«

Ohne weiter darüber nachzudenken, lief Jacobi durch die schmalen Gänge, die Treppe hinauf und verkroch sich wieder in sein Büro unter dem Dach. Dort lag die Akte auf dem Schreibtisch mit einer Notiz des Praktikanten, dass er seine Aufgabe erledigt hatte. Jacobi wog den schweren Papierstapel in der Hand. Er dachte an die neuen Informationen, die er von Wuttke erhalten hatte. Daran, dass er sich vielleicht mit Extremisten, mit Terroristen eingelassen hatte. Plötzlich erschien Freddys Warnung, er müsse unbedingt etwas über den Mord am Autofahrer schreiben, in ganz anderem Licht. Was würde er tun, sollte sich Jacobi seiner Forderung widersetzen? Wie weit würde er gehen?

Jacobis Blick fiel auf die Fotos mit dem lateinischen Zitat vom Tatort.

Ex iniuria ius non oritur.

Aus Unrecht entsteht kein Recht.

Wem galt diese Mahnung? Der Polizei und ihrem rabiaten Vorgehen? Oder doch den Bürgerrechtlern und ihren fragwürdigen Methoden? Beiden?

Dann die seltsamen Fotokopien, die ihm anonym zugespielt worden waren. Ein U-Bahnhof zur Rushhour. Ein Badesee mit Müll am Ufer. Eine vierspurige Straße im Stau. Eine Streuobstwiese. Die alte Fabrik ganz in der Nähe. Jacobi gemeinsam mit Freddy.

Sie fragen sich, was das mit Ihnen zu tun hat, Herr Jacobi?

Während er tatsächlich darüber nachdachte, beschlich ihn ein beunruhigendes Gefühl. Ein nervöses Kribbeln, das seine Waden hinaufkroch, bis in den Bauch. Dort verharrte es und wandelte sich zu einem unangenehmen Brennen, das bis in den Rücken ausstrahlte. Schließlich schüttelte er sich. Es half nicht, sich mit allen diesen Fragen das Hirn zu zermartern. Ihm blieb nichts anderes übrig, als von Schritt zu Schritt zu denken.

Jacobi ließ die Akte auf den Tisch fallen. Er schob alle Papiere zusammen auf einen Stapel, den er am äußersten Rand der Arbeitsfläche platzierte, damit er sie nicht länger vor Augen hatte. So hoffte er, sich endlich wieder auf seinen Job als Journalist konzentrieren zu können.

Trotzdem fiel ihm der Anfang schwer.

Schließlich besann er sich, dass die einfachsten Artikel oft die wirkungsvollsten waren. Er begann mit dem Aufsehen, das die jüngsten Ereignisse auch weit über die Stadt hinaus erregt hatten. Er schrieb von den vielen ausländischen Journalisten auf der Pressekonferenz, den Sicherheitsvorkehrungen, der angespannten Stimmung. Dann fasste er die wenig überzeugenden Erklärungen der Polizeispitze zusammen. Auch schilderte er seinen Eindruck, dass den Männern auf dem Podium durchaus klar war, dass sie mehr Fragen aufgeworfen als beantwortet hatten. Jacobi schloss mit der Befürchtung, dass dieser Auftritt nicht genügen würde, die Stadt wieder halbwegs zu befrieden.

Zu versöhnen.

Während er den Text ein zweites Mal las, wurde ihm klar, dass er kein Meisterstück abgeliefert hatte. Aber mehr war in dieser Situation eben nicht drin. Gerade hatte er die Datei zur weiteren Bearbeitung abgeschickt und begonnen, auf einen einigermaßen ruhigen Restsonntag zu hoffen, als er eine E-Mail von Freddy erhielt. Unwillkürlich richtete sich Jacobi auf in seinem Stuhl. Er spürte ein Zittern in den Fingern und im Unterkiefer.

Würde sich Freddy mit den Unterlagen zufriedengeben?

Oder den Druck erhöhen?

Ein kurzer Blick in den Text genügte, um zu erkennen, dass er nicht einverstanden war.

»Willst du uns verarschen?!«, schrieb Freddy. »Wenn du tatsächlich glaubst, wir ließen uns mit diesen nutzlosen Schnipseln abspeisen, dann hast du etwas grundsätzlich missverstanden. Ich rate dir dringend, uns Informationen zu liefern, mit denen wir etwas anfangen können. Und zwar schnell. Noch kann ich die Bilder zurückhalten. Aber meine Leute werden ungeduldig. Sehr ungeduldig.«

Jacobi raufte sich die Haare. Nach Wuttkes Schilderungen hatte er so etwas befürchtet. Aber was sollte er tun? Wo sollte er diese Informationen finden? Und wie sollte er darankommen?

Wenn es sie überhaupt gab.

Er blickte auf, las den Text erneut und stolperte über den Satz mit den Bildern. Erst jetzt bemerkte er, dass die Nachricht einen Anhang enthielt.

Zwei Bilddateien.

Jacobi schluckte.

Zitternd öffnete er das erste Attachment.

Augenblicklich durchzuckte ihn ein Schock.

Das Foto zeigte Jacobi, wie er die Frau des Autofahrers festhielt, während hinter ihm der Beamte den tödlichen Schuss abgab.

Als würde er der Polizei dabei helfen, einen Mord zu begehen.

Jacobi blickte auf.

Er steckte in Schwierigkeiten.

Bis über den Hals.

KAPITEL 18

Das Foto sah furchtbar aus.

Im Dämmerlicht des Sonntagnachmittages leuchtete es vom Bildschirm wie ein schreiendes Mahnmal. Eine Ikone der Machtlosigkeit. Auf der einen Seite die Frau in ihrem hilflosen Schmerz. Auf der anderen der Polizist, die Augen hinter einer Sonnenbrille versteckt. Ein gesichtsloser, brutaler Soldat einer gesichtslosen, grausamen Macht. Vor ihm der alte Mann, der tödlich getroffen zusammensank.

Und dazwischen Norman, der die Frau festhielt.

Dessen Äußeres, seine Kleidung waren nicht die eines Soldaten. Norman Jacobi sah aus wie einer von uns. Und das machte es noch perfider, noch grausamer.

Katharina wusste, dass es nicht stimmte. Dass Norman die Frau hatte schützen wollen und nicht den Täter. Aber sie erkannte auch, wie das Bild wirken würde, sollte es an die Öffentlichkeit gelangen. Wie es gesehen werden musste. Der Journalist als Lakai der Macht. Ein Spitzel. Ein Folterknecht. Oder beides. In jedem Fall wäre das Foto ein Schlag ins Gesicht all derjenigen, die noch an einen Rest von Recht und Gerechtigkeit geglaubt hatten.

Damit war es jetzt endgültig vorbei.

Norman starrte hinaus in den Hof hinter seinem Wohnzimmer und schwieg. Immer wieder hatte er zu Erklärungen angesetzt, aber jedes Mal nach wenigen Worten abgebrochen. Die Sache war klar und dennoch unglaublich. Freddy, für den er eine Menge riskiert und Prügel eingesteckt hatte, erpresste ihn auf die schamloseste und niederträchtigste Art und Weise.

Hinter ihm auf dem Sofa saß Katharina, sehr aufrecht und aufmerksam, neben sich die Ermittlungsakte, die Norman gestohlen hatte. Sie hätte ihm vorhalten können, dass er wieder einmal dabei war, sich um Kopf und Kragen zu ermitteln. Dass sie ihn gewarnt, ihn angefleht hatte, es nicht zu tun. Aber sie wusste auch, dass Rechthaberei jetzt das Letzte war, das er gebrauchen konnte.

Allerdings hatte Katharina keine Ahnung, was sie stattdessen tun sollte.

Während Norman mehrfach in die Küche gerannt war, um zu sehen, ob Freddy wieder vor dem Haus lauerte, hatte sie Juri zu seiner Nachbarin Alma Frey gebracht. Mehr war ihr nicht eingefallen, und so blieb ihr nichts, als Jacobi zuzusehen, wie er litt.

»Du hast es gewusst«, sagte er jetzt unvermittelt, ohne sich umzudrehen. »Oder zumindest geahnt.«

»Was meinst du?«

Endlich wandte er sich um, und Katharina erschrak. Er blickte sie an wie Jack Nicholson, unmittelbar bevor ihn der Wahnsinn überfiel. »Freddy. Wie er tickt. Wozu er fähig ist.«

Katharina schluckte.

»Ich frage mich, warum du nichts gesagt hast.«

»Ich … ich habe das nicht gewusst. Wie auch? Niemand konnte das wissen oder ahnen. Niemand konnte wissen, dass … dass du in diese Polizeikontrolle gerätst. Und dass der Polizist so … dass er die Nerven verliert.«

»Aber du hast gewusst, was das für Menschen sind, diese Aktivisten. Welche Methoden sie benutzen.«

Sie zögerte, bevor sie verlegen nickte. »Aber das habe ich dir auch gesagt. Erinnerst du dich? Ich habe dir gesagt, dass sie nicht ganz koscher sind.«

»Und die Sache mit dem Sprengstoffanschlag?«, fragte er

scharf. »Davon hast du nichts erzählt. Aber du wusstest davon.«

Katharina blickte zu ihm auf und sah seine Wut und die Angst dahinter.

»Sag schon.«

Sie stand auf. Trotzdem fühlte sie sich klein gegenüber seiner kräftigen Statur. »Alles, was ich über sie weiß, habe ich aus dem Netz. Nichts davon ist geheim. Das hättest du alles auch selbst rauskriegen können.«

»Es ist eine einfache Frage, Katharina. Hast du davon gewusst, ja oder nein?«

Ein langer Blick, dem sie nicht standhielt. Sie nickte.

Er stöhnte auf. »Ich wusste es. Fuck! Warum, Katharina? Warum tust du das? Ich dachte, ich könnte dir vertrauen. Stattdessen lässt du mich ins offene Messer laufen.«

»Aber das stimmt doch nicht. Erst gestern habe ich dich wieder gebeten, mit der Suche aufzuhören. Aber du wolltest unbedingt weitermachen.«

Er lachte verächtlich. »Natürlich, klar, ich bin schuld. Ist dir schon mal in den Sinn gekommen, dass es mein Job ist, den ich da mache? Wenn in dieser Stadt etwas passiert, dann kann ich nicht so tun, als ginge mich das nichts an. Ich muss dahin, wo's wehtut. Verstehst du das?«

Die Antwort darauf war sofort da. Sie explodierte förmlich in ihrem Schädel. Wie ein Airbag. Dann such dir endlich einen anderen Job, wollte sie ihm entgegenschreien. Stattdessen biss sie sich auf die Lippen und wartete, bis in ihrem Rachen wieder Platz für etwas Luft war. »Natürlich verstehe ich das«, sagte sie so besonnen wie möglich. »Aber du musst dich beruhigen. Es bringt doch nichts, wenn wir uns gegenseitig an die Kehle springen.«

»Du hast gut reden. Es ist ja auch nicht dein Gesicht auf dem Foto. Es bist nicht du, über den Medien und Öffentlichkeit herfallen werden. Es sind nicht deine Karriere und dein

Leben, die gerade den Bach runtergehen.« Er kam auf sie zu, eine große, dunkle Silhouette vor dem Fenster. Sie wusste, dass er ihr nichts tun würde. Trotzdem wich sie unwillkürlich zurück, bis er stehen blieb. »Warum, Katharina? Von Anfang an hast du alles so gedreht, dass die Polizei als Mörder dasteht. Die dunkle Seite der Macht. Die Aktivisten dagegen hast du die ganze Zeit verharmlost. Vielleicht nicht ganz astrein, aber auch nicht weiter wild. Fast sieht es aus, als hieltest du schützend deine Hand über sie. Warum tust du das? Das möchte ich schon gerne wissen.«

Er kam nicht näher. Dennoch fühlte sie sich von ihm in die Enge getrieben. Wie mit Worten an die Wand genagelt.

»Bis vor Kurzem dachte ich«, sagte sie gepresst, »dass ich in einem Rechtsstaat lebe. In einem Land, das meine Rechte garantiert, schützt und mehrt. Stattdessen sehe ich Politiker, die meine Freiheit beschneiden wollen. Und ich sehe eine Polizei, die sich zu ihrem willigen Helfer macht. Die Gesetze bricht, statt sie zu verteidigen. Ich dachte, die Bürgerrechtler wehren sich dagegen. Und wenn der Gegner die Regeln bricht, muss man sich selbst dann immer daran halten? Kann man das überhaupt?«

»Wie stellst du dir das denn vor mit dem Schutz deiner Rechte? Dass immer ein Bulle neben dir herläuft, für den Fall, dass dir jemand die Handtasche klauen will? Aber natürlich soll er dadurch auf keinen Fall deine Freiheit einschränken. Er soll da sein, wenn du ihn brauchst, und dich in Ruhe lassen, wenn es gerade nicht so passt. Und das soll er natürlich im Voraus wissen – selbstredend ohne irgendwelche Daten von dir zu erfassen.« Norman trat dicht vor sie und blickte auf sie hinab wie ein selbstgerechter Lehrer auf ein kleines, dummes Schulmädchen. »Freiheit bedeutet Verantwortung, Katharina. Und Leben heißt Risiko.«

»Gilt das nur für andere«, fragte sie trotzig, »oder auch für dich?«

Sie trat zur Seite, aus seinem Schatten, und ging Richtung Fenster. »Hast du eigentlich eine Ahnung, wie das ist, als Frau eine Straße entlangzugehen? Kennst du die sabbernden Blicke? Die dämlichen Sprüche von schmierigen Typen, die glauben, sie könnten sich alles erlauben? Die das alles wahnsinnig witzig finden. Aber ich kann dir sagen, das ist überhaupt nicht witzig. Und weißt du, was diese Frauen von der Polizei zu hören kriegen, wenn sie sich belästigt fühlen? Dass sie selber schuld sind, weil sie kurze Röcke tragen.«

»Und weißt du, welchen beschissenen Job die Polizisten haben? Ich rede nicht von der Gewalt, dem Blut und alldem. Ich meine den ganz normalen Alltag. Den Schichtdienst, die Überstunden, die schlechte Ausrüstung, das Gepöbel der Leute. Die Demonstranten, die bewusst provozieren. Und immer müssen die Polizisten den Kopf hinhalten. Und ganz egal, was sie tun, es ist immer falsch.« Er deutete auf den Monitor mit dem Foto. »Was, wenn dieser Mann kein kaltblütiger Killer ist, sondern tatsächlich im Stress die Nerven verloren hat?«

»Das darf aber nicht passieren. Polizisten dürfen nicht die Nerven verlieren.«

»Sind Polizisten keine Menschen?«

»Sie sind der Staat. Sie müssen unsere Sicherheit garantieren. Wer soll es denn sonst tun?«

»Nein, Katharina, sie sind nicht der Staat, nicht das System. Sie sind Menschen. Menschen, die Fehler machen.«

»Fehler?«, rief sie fassungslos. »Norman, ich verstehe dich einfach nicht. Sie töten, und du verteidigst sie.« Katharina hob das Kinn. »Oder geht es dir nur darum, Bruno Demandt zu schützen?«

»Was?«

»Weil er dein Freund ist.«

»So ein Quatsch.«

»Ich bin vergewaltigt worden.«

Stille.

Als hätte die Erde aufgehört, sich zu drehen.

Er starrte sie an mit offenem Mund. Katharina wusste nicht, warum sie es gesagt hatte. Auch nicht, wie es sich anfühlte. Jedenfalls nicht nach Erleichterung. Nur stickig und beklemmend.

»Was … wann …?«, stammelte er.

»Ich war fünfzehn«, sagte sie. Im selben Moment wusste sie, dass sie nicht darüber reden würde. Auf keinen Fall wollte sie ein Kreuzverhör. Warum konnte er nicht einfach seine Klappe halten und sie in den Arm nehmen? Gleichzeitig fürchtete sie, an seiner Berührung zu ersticken.

»Aber … warum hast du nie was gesagt?«

»Was denn? Hallo, mein Name ist Katharina Beck, und mein erster Freund hat mich vergewaltigt?«

»Aber wie …?«

»Ich werde auch jetzt nicht darüber reden. Vergiss einfach, was ich gesagt habe.«

Er starrte sie weiter an, sie ertrug es nicht länger und wandte sich um. Im Hof glitzerten die Pfützen. Wenigstens hatte es aufgehört zu regnen. Katharina versuchte, nichts zu denken, als sie seine Nähe spürte, zuerst seinen Atem in ihrem Nacken, dann seine Hände auf ihren Armen. Ihre Haut brannte bis in die Zehen, und sie bekam kaum Luft. Nach wenigen Sekunden befreite sie sich aus seinem Griff, riss das Fenster auf und atmete tief ein. Der frische, feuchte Luftzug kühlte ihre Haut und die Lunge. Während sie versuchte, wieder den Boden unter den Füßen zu spüren, ahnte sie, dass er sie genau beobachtete und auf keinen Fall das Falsche sagen oder tun wollte.

Die Stille war so drückend, dass es schmerzte.

»Bitte, Norman, hör auf. Ich werde nicht darüber reden. Weder jetzt noch später.«

Sie fuhr herum und sah ihn so direkt an wie irgend möglich. Er wirkte wie ein geprügelter Hund, nickte aber.

»Gut. Und wie geht's jetzt weiter?«, fragte sie erleichtert.

»Ich habe keine Ahnung.« Er sah sie an mit einer Mischung aus Enttäuschung, dass sie ihn nicht früher eingeweiht hatte, und vollkommener Hilflosigkeit. Auch das war schwer auszuhalten. So wandte sie sich ab und bemerkte das Leuchten am Anrufbeantworter. »Du hast eine Nachricht.«

»Nicht!«, sagte er hastig.

»Du meinst, es ist Freddy?«

»Ich ... ich kann das nicht. Nicht jetzt.«

Und ich ertrage deinen Dackelblick nicht länger, dachte Katharina. »Vielleicht ist es was Wichtiges«, sagte sie und drückte den Wiedergabeknopf.

»Ja?«, sagte eine Männerstimme. Ungläubig blickten sich Katharina und Jacobi an. War das – Norman? Auf seinem eigenen Anrufbeantworter?

Einen Moment tat sich nichts. Dann ein Räuspern.

»Sehen Sie die Bilder, Herr Jacobi?« Die Stimme eines älteren Mannes, brüchig und irgendwie gurgelnd. »Die Fernsehbilder, Herr Jacobi, sehen Sie sie?«

»Ja, sehe ich«, sagte Norman vom Band.

»Hören Sie auf.«

»Womit? Womit soll ich aufhören?«

Langsam ahnte Katharina, worum es in dem Gespräch ging. Eiskalt lief es ihr den Rücken hinunter.

»Sie zu suchen«, sagte der alte Mann.

»Wen?«

»Rebecca Marx, Ihre Freundin.«

Nun hatte sie Gewissheit. Die schleppende Stimme gehörte dem Mann, den Norman nur noch den Teufel nannte. Dem Drahtzieher, der dunklen Gestalt im Hintergrund, bei der alle Fäden zusammenliefen, die Morde an den Frauen und Politikern, die hinterlassenen Zeichen. Er hatte das Netz ausgelegt, in dem sie nun schon seit Monaten gefangen waren. Der Anruf stammte vom Mai. Damals hatte er angerufen, nachdem der Frauenmörder Wolff Normans Freundin Rebecca entführt hatte. Mit Schaudern erinnerte sich Katharina an diese furchtbare Zeit.

»Wer sind Sie?«, hörte sie Jacobi vom Band sagen. Auch Norman hatte inzwischen das Gespräch wiedererkannt. Fassungslos starrte er auf den Anrufbeantworter.

»Das spielt in diesem Moment keine Rolle«, antwortete der Mann langsam. »Und ich werde auch nicht lange genug dranbleiben, um den Anruf zurückverfolgen lassen zu können. Also empfehle ich Ihnen, gut zuzuhören.«

»Wo ist Rebecca?«

»Ich weiß es nicht.«

»Und das soll ich Ihnen glauben?«

»Ich fürchte, Sie werden mir glauben müssen.« Die Stimme des Alten klang, als würde ihn das Sprechen anstrengen.

»Angenommen, es stimmt: Trotzdem soll ich aufhören, sie zu suchen?«

»Ja.«

»Ich soll also zusehen, wie sie getötet wird. Das ist pervers.«

»Das mag für Sie so aussehen, ja.«

»Für Sie nicht? Wenn Sie das so sehen, lässt das für mich nur den Schluss zu, dass Sie irgendetwas über Rebecca wissen, das ich nicht weiß. Wenn ich Ihren Rat annehmen soll, muss ich wissen, was das ist.«

»Sie leidet furchtbare Qualen und wird bald sterben.«

Das war zum Glück nicht geschehen. In allerletzter Sekunde hatte Katharina sie retten können, bevor sie lebendig verbrannt wäre. Sie hatte überlebt, aber die tiefen Narben würden bleiben. Nicht nur am Körper.

»Das weiß ich schon«, sagte Jacobi mit hörbarer Ungeduld. »Und das reicht mir nicht.«

Ein heiseres Lachen. »Sie verstehen das falsch, Herr Jacobi. Ich rufe nicht an, um mit Ihnen zu feilschen. Ich gebe Ihnen nur einen gut gemeinten Rat. Sie allein entscheiden, ob Sie ihn annehmen.«

»Dann nennen Sie mir einen Grund, warum ich das tun sollte.«

»Vielleicht, weil Sie ein vernünftiger Mensch sind, klug genug, einen guten Rat zu erkennen und danach zu handeln.«

Mit diesen Worten brach die Aufzeichnung ab. Ungläubig blickten sie sich an.

»Was … was war das?«, stammelte Jacobi.

»Das weißt du.«

»Ja, aber … warum … was … was will er von mir?«

Einen Augenblick sah Katharina hinaus in die Dämmerung. »Ich glaube, das ist eine Warnung.«

»Eine Warnung wovor?«

»Erinnerst du dich an die Kopien der Fotos, die du bekommen hast? Die Fabrik? Die Straße im Stau?«

Er nickte.

»Auch an den Zettel mit der Nachricht? *Sie fragen sich, was das mit Ihnen zu tun hat, Herr Jacobi?*«

Wieder Nicken.

Am Sofa kramte Katharina in ihrer Tasche. »Ich war noch mal am ersten Tatort, dem Hof. Dort habe ich das hier gefunden.« Sie streckte ihm einen Zettel entgegen. *Fiat iustitia et pereat mundus,* las er.

»Was heißt das?«

»Das Zitat wird einem Kaiser aus dem 16. Jahrhundert als Leitspruch zugeschrieben. Übersetzt heißt er: ›Es geschehe Recht, auch wenn die Welt darüber zugrunde geht.‹«

»Ich verstehe nicht.«

»Das bedeutet, dass es Menschen gibt, die streng nach dem Gesetz handeln und dabei in Kauf nehmen, dass andere dadurch Schaden erleiden. Hauptsache, dem Recht wird Genüge getan. Dieser Spruch taucht nicht auf den Fotos der Polizei auf. Das heißt, er muss später angebracht worden sein. Als sich schon lange niemand mehr für den Hof interessiert hat. Niemand außer uns. Als ich die Zeichen entdeckt habe, war die Farbe noch feucht.«

Jacobi runzelte die Stirn.

»Und ich bin meinem Verfolger begegnet, einem jungen Kerl.«

Norman holte tief Luft.

»Keine Angst, er hat mir nichts getan. Wahrscheinlich sollte er nur dafür sorgen, dass ich die Zeichen entdecke. Danach hat er nett gelächelt und ist verschwunden. Und jetzt das aufgezeichnete Telefongespräch vom Mai. Das heißt, dass der alte Mann seit einem halben Jahr plant, dir dieses Band vorzuspielen.«

Norman warf die Hände in die Luft. »Und? Was heißt das jetzt alles?«

Katharina blickte zu Boden und schloss die Augen. Sie fürchtete sich vor dem nächsten Satz, den sie sagen würde. Nicht nur vor Jacobis Reaktion. Vor der ganzen Tragweite, die sie selbst noch nicht im Ansatz erfassen konnte. Sie holte Luft. »Ich glaube, das heißt … dass es bei alldem um dich geht.«

»Was?!«, schrie er. »Aber warum …?«

»Ich weiß es nicht. Natürlich geht es bei den Morden darum, die Religion anzuprangern, die Politik, unser Rechtssystem, die Methoden der Polizei. Aber ich denke – so verrückt es auch klingt –, eigentlich geht es nur um dich. Um Norman Jacobi.«

»Aber was habe ich denn …?«

Endlich traute sich Katharina, ihn anzusehen. »Ich weiß es nicht«, sagte sie tonlos. »Ich habe keine Ahnung.«

»Und … was soll ich jetzt tun?«

»Du verschwindest, haust ab, bist unsichtbar. Du spielst nicht mehr mit.«

»Aber … Freddy …«

»Vergiss ihn. Er will dir nur Angst machen. Tun kann er dir gar nichts. Wenn er das Foto veröffentlicht, bist du erledigt und damit völlig nutzlos für ihn. Und wenn er es doch tut, gehen wir weg aus Frankfurt und fangen woanders ganz neu an. Wäre sowieso besser für uns.« Sie schob ihn zur Tür. »Und jetzt pack ein paar Sachen und verschwinde, bis sich alles beruhigt hat.«

KAPITEL 19

Im Licht über dem Eingang waren die Umrisse der Gestalten gut zu erkennen. Manchmal bewegten sie sich ein wenig auf und ab, um sich irgendwie warmzuhalten. Dann wieder leuchtete ein Feuerzeug auf und das Glimmen der Zigaretten. Hin und wieder schwappten auch Wortfetzen herüber, die keinen Sinn ergaben, oder ein kurzes Lachen. Freddy konnte sich denken, worüber die Journalisten sprachen, die noch immer vor dem Polizeipräsidium warteten.

Er selbst fror unter den Bäumen auf der anderen Straßenseite. Den Rucksack hatte er zwischen den Beinen abgestellt. Mittlerweile war es dunkel und er nicht zu erkennen. Und selbst wenn, hätte sich für ihn ohnehin niemand interessiert. Er hoffte nur, sich nicht zu erkälten. Vorsorglich schob er einen Hustenbonbon in den Mund.

Die Dinge liefen, und es war faszinierend, wie wenig er dafür tun musste. Mit großem Ehrgeiz sägte die Polizei an dem Ast, auf dem sie saß, und auch Jacobi tat, was Freddy von ihm verlangte. Dabei hatte er allerdings den Eindruck, dass der Journalist mehr Aufmerksamkeit erforderte als der gesamte Behördenapparat.

Doch nun war erst mal Körber wieder an der Reihe. Langsam könnte er kommen, dachte Freddy und stellte sich vor, ihn anzurufen und zu sich zu bestellen. Eine kleine, feine Demonstration der Verhältnisse. Dann fiel ihm ein, dass Körber auf keinen Fall den Vorderausgang nehmen würde. Wegen der Journalisten. Und weil der Parkplatz auf der Rückseite des Gebäudes lag. Kurz fragte sich Freddy, ob er den Moment verpasst hatte, auf den er sich schon den ganzen Tag freute.

Im Schatten der Bäume schlenderte er auf der gegenüberliegenden Straßenseite vom Präsidium den riesigen Gebäudekomplex entlang. Auf keinen Fall durfte er jetzt hektisch wirken. Sonst würden die Journalisten doch noch aufmerksam. Es kostete ihn einige Mühe, sich zu beherrschen und nur langsam zu bewegen. Wie jemand, der nach einem anstrengenden Tag noch einmal frische Luft schnappte. Am Ende der Vorderfront angelangt, überquerte er im rechten Winkel die Straße und passierte die Seitenfassade. Nun, da der Haupteingang mit den Journalisten außer Sichtweite lag, begann er zu laufen. Das strengte ihn an. Ich bin zu alt und zu fett für diesen Quatsch, dachte er, aber immerhin wurde ihm warm.

Schließlich erreichte er die Rückseite des Gebäudes mit dem großen Parkplatz. Dort standen nur noch wenige Autos. Die Übertragungswagen waren längst weg. Suchend bewegte sich Freddy über die Fläche und war erleichtert, als er Körbers Wagen entdeckte. Er würde also doch noch Spaß haben.

Im Gebäude waren noch einige Fenster erleuchtet, und erst jetzt bemerkte Freddy die Gestalten vor dem Hinterausgang. Weitere Medienleute, natürlich. Die würden es nicht einfacher machen. Einen Moment ärgerte er sich, bis ihm eine hübsche Idee kam. Er lächelte.

Zum Glück dauerte es nicht mehr lange, bis Körber am Hinterausgang erschien. Sofort bedrängten ihn die Journalisten. Es waren die immer gleichen Fragen nach der Verantwortung und wie es überhaupt so weit hatte kommen können. Körber jedoch fehlte jede Souveränität. Er schwieg und schob sich ruppig durch die kleine Ansammlung, die sich aber nicht abschütteln ließ.

Dies war Freddys Moment.

Er lief auf die Gruppe zu. Körber erschrak, als er ihn erkannte, traute sich aber nicht, etwas zu sagen.

»Bitte!«, rief Freddy. »Herr Körber hat Ihnen doch alles erklärt. Was soll denn jetzt noch kommen? Gönnen Sie ihm und sich selbst ein wenig Pause. Die haben wir uns doch alle redlich verdient. Es ist Sonntag. Tun Sie sich und Ihren Familien was Gutes. Fahren Sie nach Hause.«

Schützend legte er seinen Arm um Körbers Schulter und brachte seinen massigen Körper zwischen ihn und die Meute. Zielstrebig führte er den Polizisten zu dessen Wagen. Körber betätigte die Fernbedienung, und beide stiegen ein. Zügig fuhr der Beamte vom Parkplatz.

Auf dem Weg durch die dunkle Stadt sah Körber immer wieder zu Freddy hinüber, sagte aber nichts. Nach einigen Kilometern fuhren sie durch das nördliche Gallus. Die breite Straße war von Bürotürmen gesäumt. Menschen waren kaum zu sehen.

»Sie müssen sich nicht bedanken«, erklärte Freddy schließlich. »Ich mache das gern. Ich weiß, die Situation ist nicht einfach für Sie. Halten Sie dort drüben.«

Nach etwa hundert Metern stoppte Körber in einer Parkbucht. »Und jetzt? Wollen Sie mir den Schädel einschlagen?«

»Sie haben wirklich seltsame Vorstellungen. Glauben Sie, dafür habe ich Sie da rausgeholt?«

Körber wandte sich um. »Wie oft denn noch? Wir haben Ihren Holger nicht getötet.«

»Und der Autofahrer? Das waren Sie wahrscheinlich auch nicht.«

»Der Kollege hat die Nerven verloren.«

»Ja, ja, ich weiß. Aber deshalb bin ich nicht hier.«

»Was wollen Sie?«

»Sie an etwas erinnern. Wir hatten eine Abmachung.«

»Abmachung?! Sie haben mich erpresst.«

»Und Sie halten die Vereinbarung nicht ein.«

»Weil ich das nicht kann. Auch das habe ich Ihnen schon mehrmals gesagt.«

»Und deshalb habe ich Ihnen etwas mitgebracht. Vielleicht macht es das leichter für Sie.«

Aus seinem Rucksack zog Freddy einen dicken Umschlag und reichte ihn Körber.

»Was ist das?«

»Sehen Sie es sich an.«

Körber schaltete die Innenbeleuchtung ein. Im fahlen Licht wirkte er unendlich müde. Er öffnete den Umschlag, blätterte durch die Papiere und brauchte nicht lange, um zu erkennen, worum es sich handelte. Es war eine Kopie der Akte aus seinem Büro. »Sie waren das also«, sagte er.

»Ich? Was?«

»Sie sind in die Räume des Staatsschutzes eingedrungen, haben einen Beamten niedergeschlagen und Ermittlungsakten gestohlen. Das geht selbst für Bürgerrechtler zu weit. Wenn das rauskommt, sind Sie erledigt. Und verlassen Sie sich darauf: Das wird rauskommen.«

»Ich soll was …? Nein. Überlegen Sie doch mal. Das Gebäude ist doch bestens gesichert. Wie hätte ich denn da reinkommen sollen?«

Mit großen Augen sah ihn Körber an und schien endlich zu begreifen.

»Tja, wie's aussieht«, erklärte Freddy süffisant, »haben Sie ein kleines internes Problem. Einen Maulwurf.« Schlagartig verschwand das Lächeln aus seinem Gesicht. »Wir kommen an Sie heran. Wann immer und wo immer wir wollen. Kein schönes Gefühl, wenn sich der Wind dreht und plötzlich von vorn kommt, oder? Also hören Sie auf, mit uns zu spielen. Das können wir besser als Sie.« Nun grinste er wieder. »Wer weiß, vielleicht sind Sie ja die undichte Stelle. Wäre doch eine hübsche Schlagzeile.«

»Sie …!«

»Sparen Sie sich das. Praunheim, Rödelheim, Hausen.«

Ohne auf eine Antwort zu warten, stieg Freddy aus, beugte sich aber noch einmal in den Wagen. »Und wenn Sie mal wieder zu viel Stress haben, nehmen Sie die hier«, sagte er und warf ein Tütchen mit zwei orangefarbenen Pillen auf die Akte in Körbers Schoß. »Damit geht alles gleich viel leichter.«

Mit diesen Worten schlug Freddy die Tür zu und ging in entgegengesetzter Richtung die Straße hinunter. Nach einer Weile hörte er, dass Körber weiterfuhr, drehte sich aber nicht um. Es hatte Spaß gemacht. Er hoffte nur, dass der Polizist endlich begriff, wie viel Ernst dahintersteckte.

Inzwischen war es halb sieben am Abend und Freddy müde und hungrig. Er hätte nichts lieber getan, als den Rest des Sonntags faul auf dem Sofa zu verbringen. Aber es gab da noch diesen zweiten Patienten, um den er sich kümmern musste. Er rief Jacobi an, erreichte ihn aber nicht. Das hatte Freddy befürchtet. So lief er über menschenleere Gehwege vor zur Mainzer Landstraße. Dort musste er knapp zehn Minuten auf ein Taxi warten. Im Wind spürte er die Kälte an sich hinaufziehen, und als endlich ein Wagen hielt, ließ er sich schwer in den Fond fallen. Das war so mühsam und vor allem so sinnlos. Am Ende würde er doch bekommen, was er wollte. Warum also ersparten sie ihm nicht die ganze Arbeit?

Vor dem Haus, in dem Jacobi wohnte, stieg er aus. Die Fenster im zweiten Obergeschoss waren dunkel. Noch einmal rief er an, und wieder meldete sich niemand. Er klingelte. Nichts. Langsam begann Freddy sich zu ärgern. Der Tag hatte so gut begonnen, und die Aussicht, die Nacht hier draußen verbringen zu müssen, war alles andere als verlockend. Er hätte nicht gedacht, dass Jacobi so zickig sein würde.

Nach einer Weile öffnete sich die Haustür, und Freddy sah eine Frau, die sich mit einem zotteligen Hund mühte. Offensichtlich war es auch dem Tier draußen zu ungemütlich.

»Ich weiß auch, dass es kalt ist«, sagte die Frau ungeduldig zu dem Hund. »Und erzähl du mir nichts von Blasenentzündung. Aber solange du das mit dem Katzenklo nicht kapierst, bleibt uns nichts anderes übrig.«

Freddy erinnerte sich an Jacobis Nachbarin, die sich ab und an um dessen Hund kümmerte. Ihr Name fiel ihm gerade nicht ein. Trotzdem lief er hinüber und hielt die Tür auf, damit die Frau das Tier hinausbugsieren konnte. »Ganz schön störrisch«, sagte er.

»Nur verwöhnt. Männer eben.«

»Ist das nicht Normans Hund?«

»Eigentlich ist er ein netter Kerl.«

»Norman?«

Sie rollte mit den Augen. »Ich meine Juri. Den Hund.«

Freddy lachte, während die Tür wieder zufiel.

»Sie kennen den Blödmann?«, fragte die Frau.

»Ein guter Freund von mir. Und ich glaube, wir beide sind uns auch schon mal begegnet. Gestern Nachmittag, im Regen. Ziemlich genau hier. Sie waren auch mit dem Hund unterwegs.«

»Ich erinnere mich. Da hatte er mir Juri auch schon aufs Auge gedrückt.«

»Ich hoffe, es geht ihm gut.«

»Zu gut. Er hat wieder eine seiner beknackten Ideen. Und ich darf es ausbaden.«

»Ich verstehe, was Sie meinen. Er ist ein lieber Kerl, aber leider ziemlich unzuverlässig. Was ist es dieses Mal?«

»Wieder so eine bescheuerte James-Bond-Nummer. Unterwegs in geheimer Mission. Kein Wort zu niemandem. Aus dem Staub gemacht hat er sich. Mistkerl.«

Einen Moment dachte Freddy nach, dann nickte er. »Das ist blöd. Ich hätte nämlich was Wichtiges mit ihm zu besprechen. Aber das sieht ihm ähnlich. Sagen Sie, haben Sie was dagegen, wenn ich Sie ein Stück begleite?«

KAPITEL 20

Zuerst bemerkte er die Stille.

Völlig lautlos schienen sich die wenigen Menschen auf dem kleinen Bahnhof einige Kilometer nordöstlich von Lüneburg zu bewegen. Als habe jemand den Ton abgedreht, kletterten sie unhörbar aus dem Zug, wurden scheinbar schweigend von ihren Angehörigen begrüßt, stiegen wortlos in die parkenden Autos und verschwanden in der Dunkelheit.

Dann war Jacobi allein.

An ihrer Stimme hatte er erkannt, dass Peggy nicht sonderlich froh über seine Ankündigung war, sie so spontan zu besuchen. Aber abzulehnen, dass er sich auf den weiten Weg machte, um seine Tochter zu sehen, war auch ihr nicht in den Sinn gekommen. So hatte sie versprochen, ihn abzuholen. Jetzt ließ sie ihn sicher absichtlich warten.

Doch das störte ihn in diesem Moment kaum. Die Luft war genauso kalt wie in Frankfurt, aber irgendwie klarer. Das kleine Bahnhofsgebäude lag verlassen vor ihm, einige Fenster waren mit Holzplatten verrammelt. Wenn sich Jacobi weiter umschaute, sah er nur wenige Lichter, und die zwei schmalen Gleise verloren sich schnell in der Finsternis. Der Ort strahlte eine Ruhe und Weite aus, die er nicht kannte. Nicht mehr.

Nach fünf Minuten stoppte ein Auto neben dem Bahnhof. Als Peggy und Lea auf ihn zukamen, spürte Jacobi Freude, aber auch Unsicherheit. Schließlich standen sie sich gegenüber, Peggy sehr aufrecht, die Hände tief in den Taschen ihres offenen Mantels. Unschlüssig sah sie ihn an. »Hallo«, sagte sie schließlich.

»Hallo«, antwortete er, trat vor und nahm Lea in beide Arme. Er hielt sich an ihr fest, bis sie sich aus seinem Griff befreite und einen Schritt zurück machte.

Die Fahrt führte vorbei an kleinen Geschäften, einem Fleischer, einem Blumenladen, dem örtlichen Installateur. Es folgten großzügige Wohnhäuser mit gepflasterten Höfen und weitläufigen Gärten, in denen akkurat gestutzte Hecken standen. Neugierig nahm Jacobi die Eindrücke auf, wie auf einer Reise durch ein fremdes Land. Dabei war er selbst in einem ähnlich kleinen Ort aufgewachsen, gar nicht weit von hier. Lächelnd blickte er auf die Rückbank. Dort war Lea in ihr Handy vertieft.

Nach einer Weile ließen sie die letzten Häuser hinter sich. In der völligen Dunkelheit konnte Jacobi die Felder links und rechts der Straße nur erahnen. Nebelschwaden zogen vor den Scheinwerfern entlang. Er erinnerte sich, dass in diesen Gegenden jederzeit ein Reh mitten auf der Fahrbahn auftauchen konnte, und sah zu Peggy hinüber. Konzentriert steuerte sie den Wagen, und nach wenigen Kilometern erreichten sie den nächsten Ort.

»Schon komisch«, sagte sie unvermittelt. »Da verliert ganz Frankfurt den Verstand, und ausgerechnet jetzt schicken sie dich an die Küste.«

»Es geht um eine Spur in einem lange zurückliegenden Fall«, log er mit schlechtem Gewissen. »Es muss schnell gehen.«

Peggy nickte, ohne ihn anzusehen.

Einige Minuten später stoppte sie unter einem Carport aus weiß gestrichenen Holzbalken. Die Außenbeleuchtung schaltete sich ein, und Jacobi sah das wuchtige zweigeschossige Haus mit rotem Klinker und links davon den Garten, in dem die Beete mit Tannenzweigen winterfest gemacht waren.

Dahinter lagen nur noch Felder, auf denen jetzt der Nebel stand.

Sie gingen hinauf ins Obergeschoss. In der Wohnung empfingen sie helle, warme Farbtöne. An den Flurwänden hingen einige Kunstwerke, die Skulptur eines Kopfes aus einem Material, das aussah wie vertrocknetes Kaugummi, und ein undefinierbarer Kasten, der genauso gut vom Sperrmüll hätte stammen können. Das alles war überhaupt nicht Jacobis Geschmack. Aber er spürte, dass hier jemand wirklich zu Hause war, angekommen. Es gab auch einige Fotos, sogar eines, das ihn mit Lea zeigte. Er war schon häufiger hier gewesen und kannte das Bild, aber in diesem Augenblick rührte es ihn.

»Ziehst du bitte die Schuhe aus?«, bat Peggy.

»Natürlich.«

Sie führte ihn in ein kleines Zimmer. Dort standen eine schmale Couch, ein Regal voller Kinderbücher, eine Nähmaschine und weiteres Zeug, das sie wohl nicht mehr richtig brauchte, aber offenbar auch nicht wegwerfen wollte. Dies schien ihr also der passende Ort für Jacobi. Das Bettzeug lag auf einem Stuhl mit schmalen Armlehnen. »Das habe ich nicht mehr geschafft«, erklärte sie.

»Kein Problem«, antwortete er lächelnd.

»Wir essen dann gleich.«

»Danke.«

Sie nickte und verließ das Zimmer.

Wieder allein, sah sich Jacobi um und spürte plötzlich ein warmes, heimeliges Gefühl. Mit dem Finger strich er über Bücher, die er teilweise aus seiner eigenen Kindheit kannte. Und er nahm Gerüche wahr, die ihn an ihre gemeinsame Zeit erinnerten.

Bevor er sentimental wurde, packte er seine kleine Tasche aus. Dabei fiel ihm sein Mobiltelefon in die Hände. Neun verpasste Anrufe, fast alle von Freddy. Jacobi hörte sie nicht ab, erwog aber für einen Moment, in den sozialen Netzwerken nachzusehen. War das Foto schon veröffentlicht, er längst erledigt und damit seine Flucht umsonst? Es kostete ihn Kraft, diesem Impuls zu widerstehen. Stattdessen warf er das Handy auf den Stuhl, wo es unter die Bettwäsche rutschte.

Er löschte das Licht und trat ans Fenster. Der Nebel wurde dichter, und nur schemenhaft erkannte er die Umrisse einiger Obstbäume, die ihre Blätter verloren hatten. Jacobi hörte wieder die gurgelnde Stimme vom Anrufbeantworter und sah Katharinas erschrockenes Gesicht. Er dachte an ihre Worte. Dass es bei allem, was in den letzten sechs Monaten passiert war, allein um ihn gegangen sein sollte. Er hatte nicht die geringste Vorstellung, was das bedeuten sollte. Und warum es ausgerechnet ihn getroffen hatte. Er versuchte sich zu erinnern. Hatte er womöglich etwas übersehen? Plötzlich durchzuckte ihn ein Schauder. Vor einigen Tagen. Der Weg von der Demonstration zum Tatort. Dabei waren ihm Bilder durch den Kopf gegangen, wie immer. Doch zum ersten Mal hatte er selbst in dem Film mitgespielt, der in ihm ablief. Aber das war unmöglich. Denn es würde ja bedeuten, dass der verfluchte Teufel sich sogar schon in seinem Hirn … Erschrocken trat Jacobi zurück vom Fenster und ging in die Küche.

Zum Abendessen gab es Brot, Käse und ein wenig Salat, um keine falschen Erwartungen zu wecken. Sie aßen schweigend, und Jacobi konzentrierte sich auf jeden Bissen, um die beunruhigenden Ahnungen aus seinem Kopf zu bekommen.

»Wie lange bleibst du?«, fragte Lea nach einer Weile.

»Spätestens übermorgen muss ich weiter«, erklärte er, »aber morgen Nachmittag können wir zusammen was unternehmen.«

Sie nickte, mit einer Mischung aus Enttäuschung und Erleichterung.

»Bald sind doch Herbstferien«, sagte Jacobi. »Wie wär's,

wenn du dann ein paar Tage zu mir kommst? Oder ich komme hierher.«

»In den Ferien fährt Lea mit deinem Vater eine Woche nach London«, sagte Peggy mit bissigem Unterton.

»Und warum weiß ich nichts davon?«

»Überleg mal, woran das liegen könnte.«

Für einen Moment spürte Jacobi Ärger, fühlte sich übergangen. Aber ihm war klar, dass er keine Szene machen durfte. »Und was werdet ihr euch ansehen?«

»Ich weiß nicht genau«, antwortete Lea und griff verlegen nach einer Gurkenscheibe.

»Westminster Abbey? Den Kerker im Tower? Covent Garden ist sehr schön.«

»Ich brauche dringend neue Pullis.«

»Okay«, sagte er gedehnt und stellte sich seinen Vater im Gewühl bei *Primark* vor. Dieses Bild versöhnte ihn etwas, als das Telefon klingelte und Peggy die Küche verließ.

Jacobi sah seiner Tochter zu, wie sie mit gesenktem Kopf auf ihrem Käsebrot herumkaute. Das dicke braune Haar fiel bis über die Schulter und verdeckte einen Teil ihres Gesichtes. Trotzdem war nicht zu übersehen, wie sich ihr Körper veränderte. Die Finger wirkten weniger zerbrechlich, die Schultern waren kräftiger, und auch ihr Oberkörper entwickelte sich. Dass auch innen drin etwas vor sich ging, war offensichtlich, aber Jacobi hatte keine Ahnung, wie er es ihr leichter machen konnte.

»Wie geht es dir?«, fragte er.

»Gut.«

»Und Mama?«

»Ist gestresst.«

»Der Job?«

Kopfschütteln.

»Meinetwegen?«

Endlich sah sie auf, zuckte mit den Schultern und nickte.

Dass sich Peggy schwertat mit Jacobi, war nicht neu und störte ihn nicht sonderlich. Im Grunde war es nie anders gewesen, und vielleicht genoss er es sogar insgeheim. Aber auf keinen Fall wollte er Lea auf die Nerven gehen. Jedenfalls nicht mehr, als es in der Natur der Sache lag, wenn man dreizehn war und ein Mädchen.

»Mache ich dir auch Stress?«, fragte er vorsichtig. »Du kannst es ruhig sagen. Dann verschwinde ich sofort und suche mir ein Hotel.«

Schnell schüttelte sie den Kopf, bevor sie sich genauso hastig wieder ihrem Brot zuwandte. Offenbar spürte sie jedoch, dass er sie weiter ansah. »Ganz schön was los bei euch«, sagte sie nach einer Weile.

»Ja. Es ist ziemlich schlimm.«

»Aber auch spannend.« Sie blickte auf, ohne den Kopf zu heben. »Oder?«

»Wie man's nimmt.«

»Jedenfalls spannender als hier.«

Er lachte. »Ja, das ganz bestimmt.«

»Und wie ist das so? Als Journalist, meine ich. Was tust du, wenn so was passiert?«

Es war das erste Mal, dass sie ihn nach seiner Arbeit fragte. Jacobi spürte eine neue Verbindung zwischen ihnen, einen dünnen Faden, den er auf keinen Fall abreißen lassen wollte. »Ich rede mit Leuten, höre zu, lese. Ich versuche, mir ein Bild zu machen.«

»Hast du Angst?«

»Wovor?«

»Ich dachte, du hast viel mit Polizisten zu tun. Und jetzt bringen sie diese Leute um.«

»Das wissen wir noch nicht.«

»Nicht?«

»Jedenfalls nicht genau. Und man muss eben vorsichtig sein. Und du? Hast du Angst?«

»Mama will nicht, dass ich die Nachrichten gucke. Dann mache ich das eben im Internet. Ich verstehe es nur nicht. Ich dachte, du könntest es mir erklären.«

»Das ist ziemlich schwer zu erklären. Ehrlich gesagt, verstehe ich es auch nicht genau.«

In diesem Moment kehrte Peggy zurück. Jacobi fand es schade und hatte den Eindruck, dass auch Lea lieber allein mit ihm gesprochen hätte. Peggy setzte sich und sah zwischen den schweigenden Gesichtern hin und her. Jacobi glaubte, Misstrauen zu spüren, und genoss es.

»Wenn ihr fertig seid«, sagte Peggy, »lasst uns ins Wohnzimmer gehen. Wir könnten was spielen.«

»Ich bin müde. Gute Nacht«, sagte Lea, stellte ihren Teller in die Spüle und ging.

Ein wenig überrascht sah Peggy ihrer Tochter nach. Dann begegnete sie Jacobis Blick, und wieder bemerkte er ihre Anspannung und die Mühe, die es sie kostete, sie zu verbergen. Das machte es ihm leichter. »Wenn du auch schlafen gehen willst, kein Problem«, sagte er. »Ich komme zurecht.«

»Und du? Bist du nicht müde?«, fragte sie eine Spur zu schroff.

Lächelnd schüttelte er den Kopf. »Ich habe eine Flasche ganz guten Wein dabei. Ich dachte, das sei das Mindeste. Wenn du Lust hast …«

»Na dann«, antwortete sie und drückte sich mit den Händen von der Tischplatte ab, um aufzustehen.

Während Jacobi im Wohnzimmer die Flasche öffnete, sah er zu, wie sie zwei bauchige Gläser aus der Vitrine holte. Der Raum war eingerichtet wie die gesamte Wohnung, freundlich, warm und dekoriert mit irritierenden Kunstwerken. Peggy hatte Kunstgeschichte studiert und war sicher gewesen, eines Tages für eines der großen Museen zu arbeiten. Jacobi erinnerte sich, dass sie nur von London, Florenz oder New York gesprochen hatte. Da war ein kleiner Reporter ohne jede Ambition eher hinderlich. Jetzt war sie Kulturreferentin für den Landkreis. Sie organisierte Ausstellungen zur Regionalgeschichte oder von heimischen Aquarellmalern, kümmerte sich aber auch um Ausschilderungen von örtlichen Sehenswürdigkeiten. Immerhin ein fester Job und ein regelmäßiges Einkommen. Ob sie damit zufrieden war oder innerlich mit dem Verlauf ihrer Karriere haderte, vermochte Jacobi nicht zu sagen. Darüber sprachen sie nie. Sie sprachen überhaupt sehr wenig.

Schwer ließ sie sich nun auf das Sofa fallen, während er einschenkte. Sie sah erschöpft aus und schien ein wenig zugenommen zu haben. In diesem Moment wirkte sie auf Jacobi wie eine Frau, die an zu vielen Fronten gleichzeitig kämpfte und der langsam die Kraft ausging.

»Sieht teuer aus«, sagte sie, als sie anstießen.

»Ich hoffe, er ist es wert.«

»Ja, kann man trinken«, antwortete sie lächelnd nach dem ersten Schluck.

Er stellte sein Glas zurück. »Wie geht's dir?«

Jacobi bemerkte ein Zucken in ihren Augen. Als sei sie dankbar für sein Interesse, wittere aber gleichzeitig eine Falle. »Ist eben viel Arbeit. Als alleinerziehende, berufstätige Frau.«

»Kann ich mir vorstellen. Wenn Lea in den Ferien weg ist, solltest du dir auch mal was gönnen.«

Sichtlich irritiert über sein unerwartetes Verständnis nickte sie.

»Du machst das gut«, ergänzte er.

Nun wurde sie rot. »Lea macht es mir leicht. Sie ist toll.«

»Ihr seid eben ein gutes Team. Ich fehle wohl nicht besonders.«

Peggy griff wieder zum Glas und zuckte mit den Schultern. »Steckst du wieder in Schwierigkeiten?«

Er hatte diese Frage erwartet. Trotzdem musste er überlegen. Schließlich lächelte er. »Ausnahmsweise nicht.« Ein wenig richtete er sich auf, bereit für das Verhör, doch sie gab sich mit der Antwort zufrieden.

Das weitere Gespräch blieb zäh, aber immerhin lachten sie manchmal gemeinsam. Offenbar gab es zwischen ihnen die unausgesprochene Übereinkunft, an diesem einen Abend nicht zu kämpfen und keine alten Wunden aufzureißen. Jacobi erinnerte sich an eine Episode aus dem Ersten Weltkrieg, über die er mal gelesen hatte. Deutsche und britische Soldaten hatten sich erbittert bekämpft. Doch an Weihnachten waren sie plötzlich aus ihren Schützengräben gestiegen und hatten gemeinsam gesungen. Danach war das Gemetzel weitergegangen. Mit dieser friedlichen Stimmung wollte Jacobi schlafen gehen, und nach dem zweiten Glas verabschiedete er sich.

Es war nach halb zwölf, als er in der kleinen Kammer das Bett bezog. Beim Griff nach dem Kissen rutschte das Handy vom Stuhl auf den Boden. Jacobi zögerte, sah dann aber doch nach.

Keine weiteren Anrufe von Freddy. Seit 19.03 Uhr.

Es hatte einfach aufgehört.

Für einen Moment spürte Jacobi Erleichterung. Vielleicht hatte Freddy tatsächlich eingesehen, dass sie auf diesem Weg nicht weiterkamen. Vielleicht gönnte er beiden auch nur eine kleine Atempause.

Oder er plante schon die nächste Attacke.

Erschrocken warf Jacobi das Telefon zurück auf den Stuhl, trat ans Fenster und sah hinaus. In der Scheibe spiegelte sich das Zimmer, und der Garten war nur zu erahnen. Was hatte Katharina bloß damit gemeint, dass es bei allem nur um ihn, um Jacobi, ginge? Womit hatte er das verdient? War das die Strafe dafür, dass er sich zu wenig um seine Tochter kümmerte?

Quatsch, dachte er. Dieser Drahtzieher ist vollkommen wahnsinnig, und ich werde es langsam auch.

In diesem Augenblick hatte er den Eindruck, als bewege sich etwas im Garten. Das unnatürliche Ausschlagen von Zweigen eines Busches.

Ein Tier?

Oder schlich jemand draußen herum?

Sofort löschte Jacobi das Licht und starrte hinaus in die Dunkelheit. Dicke Nebelfetzen bewegten sich träge über den Rasen. Manchmal verschluckten sie alles, dann wieder gaben sie plötzlich den Blick frei.

Da! Wieder ein Zittern in den Ästen, ein schummriger Schatten.

Ein Reh auf der Suche nach Nahrung?

Oder doch …?

Jacobi war drauf und dran, draußen nachzusehen, bewaffnet mit einem Regenschirm. Aber er fürchtete, Peggy aufzuwecken. Dann würde er einiges erklären müssen, und sofort würde sie ihn rauswerfen. Weil er gelogen und ihr Vertrauen missbraucht hatte.

Und der Gedanke, Lea in die ganze Sache hineinzuziehen, war unerträglich. Er dachte daran, was Katharina mit fünfzehn zugestoßen war. Es musste furchtbar gewesen sein. Sollte seiner Tochter jemals etwas Derartiges passieren, würde Jacobi töten, da war er sicher. Und er würde es nicht bereuen.

So beschloss er, Wache zu halten, notfalls die ganze Nacht. Er starrte in die Dunkelheit, als könne er allein dadurch das Böse von diesem Ort und seiner Familie fernhalten. Lange passierte nichts, und Jacobi zog den Stuhl ans Fenster und kroch darauf unter die Bettdecke. Es war furchtbar unbequem. Trotzdem wurden die Augen schwerer und schwerer. Bis er aufschreckte, weil er wieder eine Bewegung hinter dem Haus zu sehen geglaubt hatte. Für eine Weile richtete er sich auf und durchmaß mit Blicken den Garten, von links nach rechts, von vorn nach hinten. Doch nichts rührte sich, und wieder spürte er die Müdigkeit. So ging es eine ganze Weile, und irgendwann fielen ihm die Augen zu.

Es waren Stimmen, die ihn aufweckten. Für einen Moment wusste er nicht, wo er war. Als er den Kopf hob, spürte er einen trockenen Gaumen und einen stechenden Schmerz im Nacken. Jacobi schlug die Augen auf. Schräg lag er auf dem Stuhl, und das Bettzeug bedeckte nur seinen Oberkörper. Die Füße waren eiskalt.

Langsam kehrte die Erinnerung zurück, und wieder sah er aus dem Fenster. Der Nebel hatte sich aufgelöst. Sein Blick glitt über den Garten und umgepflügte Äcker. Dann hörte er wieder die Stimmen. Zuerst Lea, kurz darauf Peggy. Ihnen war also nichts passiert, und für einen Moment der Erleichterung sackte Jacobi das Blut in die Füße.

Als er sich gefangen hatte, zog er Pullover, Hose und Socken aus und fuhr sich mit den Händen heftig durch die Haare. Gähnend betrat er die Küche, wo Peggy und Lea beim Frühstück saßen. »Morgen.«

»Guten Morgen«, antwortete Peggy. »Gut geschlafen?«

Jacobi zuckte mit den Schultern.

»Kenne ich. Die erste Nacht im fremden Bett ist immer schwierig. Kaffee?«

Er nahm Platz, und sie schenkte ihm ein. »Und was werdet ihr beide heute Nachmittag unternehmen?«

»Es tut mir leid«, erklärte Jacobi, »aber gestern spätabends habe ich noch einen Anruf bekommen. Gleich nach dem Frühstück muss ich los.«

Peggy und Lea sahen sich an, und Jacobi glaubte, einen Anflug von Enttäuschung zu erkennen. Schließlich nickten sie.

KAPITEL 21

Sie hatten es tatsächlich getan.

Irritiert, vor allem aber erschrocken sah Katharina wieder auf ihren Monitor. Es war nicht schwer gewesen, das Foto vom Mord am Autofahrer im Netz zu finden. Inzwischen war es vielfach verlinkt und geteilt. Noch war Normans Gesicht unkenntlich gemacht. Doch immer mehr Internetnutzer beteiligten sich mit großem Spaß und noch mehr Eifer an der Jagd auf den Unbekannten. Katharina machte sich keine Illusionen. Irgendwann würde er enttarnt werden.

Frei zum Abschuss.

Katharina hatte nicht damit gerechnet, dass dieser Freddy das Bild wirklich veröffentlichen würde. Damit gab er sein stärkstes Pfand aus der Hand. Doch sie hatte ihn unterschätzt. Wieder einmal. Umso mehr musste sie Norman jetzt beistehen.

Aber sie erreichte ihn nicht.

Nur einmal hatte er sich kurz gemeldet, früh am Morgen auf ihren Anrufbeantworter gesprochen, gesagt, dass er schon jetzt weiterführe an die Küste, eher als geplant. Einen Grund hatte er nicht genannt.

War etwas passiert?

Oder hatte er sich nur wieder mit seiner Ex-Freundin gestritten? Das kam ständig vor. Eigentlich immer, wenn sie miteinander sprachen. Ein ewiger Kampf.

Aber war das ein Grund, Katharina jetzt mit Schweigen zu strafen? Was dachte sich der Blödmann dabei?

Oder fürchtete er, dass sie abgehört wurden? Reichte der Arm der Aktivisten so weit? Oder jener der Polizei? Erschrocken schob Katharina ihr Handy ans andere Ende des Schreibtisches.

Wo hatte Norman sich nur wieder hineinmanövriert? Auf der einen Seite Polizisten, die wahllos töteten, auf der anderen Freddy und seine Leute, die ein perfides Spiel mit ihm trieben.

In diesem Moment überkam Katharina ein kalter Schauer. War es wirklich seine Schuld, dass er in dieser Klemme steckte? Hatte er eine Wahl gehabt? Oder war alles von langer Hand vorbereitet und er nur ein Rädchen in der Maschinerie?

Sie fragen sich, was das mit Ihnen zu tun hat, Herr Jacobi?

Katharina blickte zum Fenster. Und sie? Was bedeutete das für sie selbst? Dass auch sie …?

Ich muss dringend was für die Arbeit tun, dachte sie unvermittelt. Am Nachmittag stand noch ein Seminar auf dem Programm. Dafür sollte ich zumindest einen Blick in meine Aufzeichnungen werfen. Außerdem musste sie an einem Artikel für eine Fachzeitschrift feilen.

Aber ich kann Norman jetzt unmöglich alleinlassen.

Vom Flur drangen Stimmen in ihr Büro, als Katharina zögernd nach der Akte des Staatsschutzes griff, die Norman ihr vor seiner Flucht gegeben hatte. Fand sie darin die Antwort auf alle Fragen? Die Auflösung des Rätsels? Freddy war offenbar nicht der Meinung. Doch schon mehrmals hatte Katharina in ähnlichen Situationen in einem dicken Stapel Papier entscheidende Hinweise gefunden. Darin war sie einfach gut. Das hatte sie im Studium gelernt und durch ihren Job perfektioniert. Wie es aussah, arbeitete sie doch nicht allein für die Schublade.

Aber wollte sie wirklich wissen, wie alles zusammenhing?

Katharina sah sich durch ein riesiges altes und düsteres Haus stolpern, voller knarrender Treppen und verwinkelter

Gänge. Hinter jeder Tür, jeder Ecke konnte die nächste irritierende, erschreckende, verstörende Überraschung lauern. Sie spürte, dass sie umkehren sollte, aber auch, dass sie den richtigen Moment verpasst hatte. So tastete sie sich weiter durch die Finsternis in der Hoffnung, es bis zur allerletzten Tür zu schaffen, die wieder Licht versprach. Zumindest eine Erklärung.

Und wenn sie Norman dahinter entdeckte?

Katharina hatte keine Vorstellung davon, was das bedeutete, kein Bild, keine Worte. Nur ein beklemmendes Gefühl, das ihr die Luft nahm.

Sie gab sich einen Ruck und schlug die Akte auf. Bevor sie sich einzelne Papiere näher ansah, ließ sie den dicken Stapel wie ein Daumenkino durch die Finger gleiten, Fotos, Skizzen, handschriftliche Notizen, Gesprächsprotokolle. Obenauf lagen die Bilder vom ersten Tatort. Glücklicherweise zeigten sie das Opfer mit dem Gesicht zum Boden. Das zweite lateinische Zitat war auf keiner der Aufnahmen zu sehen. Galt es also tatsächlich einzig Jacobi – und Katharina?

Fiat iustitia et pereat mundus.

Sie hatte nicht den Eindruck, dass die Unterlagen chronologisch sortiert waren. Vielleicht waren sie bei Jacobis hastiger Flucht aus dem Polizeipräsidium durcheinandergeraten. Ungefähr in der Mitte des Stapels stieß sie auf den Obduktionsbericht. Katharina war mit den medizinischen Fachbegriffen nicht vertraut, verstand aber, dass Holger, oder wie auch immer er hieß, mit schwer vorstellbarer Gewalt zu Tode geprügelt worden war. An keiner Stelle war von Schüssen die Rede oder einem Messer. Nur von Schlägen, entsetzlich vielen Schlägen. Die Fotos der Obduktion ersparte sie sich.

Auch die Anwohner, die Zeugen des ungleichen Kampfes gewesen waren, beschrieben die Gewalt der Polizisten in drastischen Worten. Doch das schien die vernehmenden Beamten nicht sonderlich zu interessieren. Ihre Fragen drehten sich fast ausschließlich um die Identität der Täter. Oder darum, sie zu verschleiern.

»Die beteiligten Beamten trugen Schutzhelme? Heißt das, Sie konnten ihre Gesichter nicht erkennen?«

»Sie sagen, der Kampf hat sich auf der linken Seite des Hofes abgespielt. Dann muss die Sicht darauf durch die Müllcontainer verdeckt gewesen sein. Zumindest teilweise.«

»Sie hatten also Nachtschicht. Bis in den Nachmittag haben Sie geschlafen und sind erst vom Tumult im Hof aufgewacht. Dann waren Sie sicher noch sehr müde.«

Es folgten wieder Fotos, Notizen, einige nicht zu entziffern, sogar Papiere mit Kaffeeflecken, wodurch einzelne Worte und ganze Abschnitte unleserlich waren. Kopfschüttelnd lehnte sich Katharina zurück. Sie wissen genau, wer es war, und sie tun alles, damit es nicht ans Licht kommt.

Bevor sie sich unnötig ärgerte und dadurch wertvolle Zeit verlor, blätterte Katharina weiter und stieß auf Fotos einer Demonstration. Am aufgedruckten Datum erkannte sie, dass sie bereits vier Wochen alt waren. Der Staatsschutz hatte die Bürgerrechtler also tatsächlich über einen längeren Zeitraum beobachtet.

Dann das Protokoll eines Gespräches, das Körber einige Tage später geführt hatte. Ein offenbar besorgter Bürger, dessen Name nur mit G. abgekürzt war, hatte sich an ihn gewandt. G. behauptete, Leute zu kennen, die die Bürgerrechtler aktiv unterstützten und ziemlich offen über ihre Pläne sprachen. Darin ging es um gezielte Provokationen, um Polizei und Behörden zu unbedachten Reaktionen zu zwingen. Deshalb fürchtete er, die Situation könne eskalieren.

Als Nächstes entdeckte Katharina Notizen einer Besprechung im Polizeipräsidium. Darin hatte Körber für ein zurückhaltendes Auftreten der Beamten im Streifendienst plädiert, um die Stimmung in der Stadt nicht weiter anzuheizen. Er schlug sogar vor, bei bestimmten leichten Vergehen wie

Falschparken, Ladendiebstahl oder Drogenkonsum zumindest vorübergehend ein Auge zuzudrücken. Mit dieser Haltung hätte Katharina nicht gerechnet. Vor allem überraschte sie, dass er offenbar tatsächlich glaubte, sich auf diesem Weg den Frieden in der Stadt und letztlich die Zustimmung zum Gesetz erkaufen zu können.

Weiter hinten in der Akte begegnete Katharina erneut der Zeuge G. Bei einem Treffen in einem Café hatte er Körber von der zunehmenden Gewaltbereitschaft unter den Aktivisten berichtet. Demnach hatten sie vor, die Stimmung in der Bevölkerung aufzuheizen, gegen das Gesetz, die Politik, die Polizei. Katharina stellte sich G. vor als einen Mann mittleren Alters, nicht sonderlich groß, schütteres Haar, ein bisschen unsicher, linkisch, einfach gekleidet. Eine graue Maus, die zufällig etwas mitbekam und plötzlich das Gefühl hatte, wichtig zu sein. War er das? Oder nur ein Wichtigtuer? Katharina spürte Abneigung, aber dafür war nicht der richtige Zeitpunkt. Sie las weiter, als es an der Tür klopfte. Sie sah nicht auf.

Plötzlich wurde es laut. Eine Studentin stand im Büro, eine Tasche über der Schulter und Papiere in den Händen. Katharina kannte das Gesicht, erinnerte sich aber nicht an den Namen. Hinter ihr auf dem Flur waren andere Studenten zu sehen, redend, lachend. Dazwischen schob die Putzfrau einen Wagen mit ihren Arbeitsutensilien ratternd über den Gang.

Katharina war irritiert.

»Entschuldigung«, sagte die Studentin, die einen langen blonden Pferdeschwanz trug. »Ich habe nur eine kurze Frage zu meiner Hausarbeit.«

»Nicht jetzt.«

»Es geht auch ganz schnell.« Sie stellte ihre Tasche ab und trat an den Schreibtisch. »Ich habe nämlich die Gliederung noch mal umgestellt und wollte fragen, ob das so in Ordnung ist.«

»Kommen Sie in meine Sprechstunde. Die Zeiten stehen draußen an der Tür.«

»Aber schauen Sie nur mal kurz.«

»Raus!«

Erschrocken bewegte sich die junge Frau rückwärts zur Tür und vergaß beinahe ihre Tasche. Katharina dagegen war wieder einmal entsetzt, wie vielen jungen Leuten jedes Gespür für die Situation fehlte.

Danach brauchte sie einen Moment, um sich wieder auf ihre Arbeit zu konzentrieren. Bei ihrem nächsten Gespräch berichtete G. von Plänen der Aktivisten, die Polizei durch gezielte Provokationen zu Gewaltmaßnahmen zu zwingen und damit die Öffentlichkeit immer weiter gegen Polizei und Politik aufzubringen. In der Folge wurden die Abstände zwischen den Treffen mit Körber immer kürzer und G.s Warnungen immer eindringlicher.

Doch irgendetwas war falsch daran. Katharina konnte es nicht in Worte fassen, aber irgendetwas stimmte nicht.

Dann brachen die Protokolle ab. Das letzte datierte vom Tag vor der Demonstration, die mit dem Tod im Hof am Ende der Waagengasse geendet hatte. Darin war G.s Angst zu spüren. Fürchtete er sich vor den unkontrollierbaren Folgen? Oder vor den Aktivisten persönlich? Offenbar besaß er eine enge Verbindung zur Szene. Die Bürgerrechtler wiederum schienen Katharina seltsam nachlässig, dass sie so offen über ihre Pläne mit jemandem sprachen, der gar nicht dazugehörte. Und obwohl die Polizei die ganze Zeit mitgehört hatte, war es ihr nicht gelungen, das Schlimmste zu verhindern. Typisch.

Was aber stimmte nicht?

Dann fiel es ihr auf. Es waren die Treffpunkte. G. war nicht etwa ins Präsidium oder auf eine Polizeistation gekommen. Er hatte sich mit Körber in einer Gaststätte getroffen. Wie alte Bekannte. Katharina sah im Internet nach – und stutzte.

Das Lokal lag im Grabenweg, drei Straßen entfernt von Holgers Wohnung.

Der nächste Treffpunkt war ein Friedhof: zwei Straßen.

Ein Café: nur zwei S-Bahn-Stationen.

Und schließlich wieder eine Kneipe.

Sie lag in derselben Straße wie Holgers Wohnung.

Hatte G. seine Informationen von ihm?

Wieder drang der Lärm vom Flur ins Büro. Katharina ärgerte sich und sah nicht auf. »Nicht jetzt. Kommen Sie in meine Sprechstunde. Die Zeiten stehen auf der Tür.«

»Würde ich liebend gerne. Leider lassen meine Termine das nicht zu.« Eine Männerstimme, älter, ein wenig verlebt. Katharina sah auf und erschrak. Kommissar Demandt stand ihr gegenüber, während sie in einer gestohlenen Polizeiakte las. Sie traute ihm nicht. Sie hasste ihn.

Sie hatte Angst.

»Wo ist er?«, fragte der Kommissar. »Wo ist Norman? Er hat sich verkrochen. Nicht mal die Jungs bei der Zeitung wissen, wo er steckt. Die finden das nicht lustig. Also, wo ist er? Ich muss mit ihm reden.«

Augenblicklich hatte Katharina brennende Halsschmerzen und das Gefühl, keinen Ton rauszubekommen.

»Verstehe«, erklärte Demandt. »Sie machen mit bei seinem albernen Versteckspiel.«

Er schloss die Tür, nahm sich einen Stuhl und setzte sich Katharina gegenüber an den Schreibtisch. »Dann erkläre ich Ihnen mal die Situation. Diese sogenannten Bürgerrechtler nehmen es mit den Gesetzen nicht so genau. Sie sind Kriminelle. Zumindest einige von ihnen. Und der liebe Norman weiß etwas darüber. Unglücklicherweise ist er ein mäßig begabter Schreiberling und kann sich auf Quellenschutz berufen.« Er machte eine Pause und sah ihr direkt in die Augen. »Sie können das nicht. Und ich wette, er hat ihnen was gesagt. Das heißt für Sie Behinderung der Ermittlungen, vielleicht sogar Strafvereitelung. Paragraf 258 StGB. Nicht schön für eine Karriere im öffentlichen Dienst.« Er beugte sich vor und roch nach alter Lederjacke und Kaffee. »Haben Sie mir was zu sagen?«

Katharina war wie gelähmt. Sie hatte das Gefühl, ihre Beine keinen Zentimeter bewegen zu können. »Ich … ich weiß nicht, wo er ist.«

Demandt nickte lächelnd. Offensichtlich glaubte er ihr kein Wort. Er senkte den Blick, schien zu überlegen – und erkannte die Akte. »Sieh an. Er also. Hätte ich mir denken können.« Demandt zog den Papierstapel zu sich herüber und blätterte beiläufig darin. »Einbruch, Diebstahl, Körperverletzung.« Er blickte wieder auf und sah Katharina durchdringend an. »Sie wissen immer noch nicht, wo er steckt?«

Ein drittes Mal flog die Tür auf, und Professor Schindler stand im Büro, Katharinas Chef. Noch nie war sie so erleichtert gewesen, ihn zu sehen. »Ah, ja, gut, dass Sie kommen.« Sie stand auf, trat um den Tisch herum und streckte Demandt die Hand entgegen. »Tut mir leid, dass ich Ihnen nicht weiterhelfen kann. Wenn sonst nichts ist?«

»Eine ganze Menge«, antwortete Demandt, stand ebenfalls auf und schob den verdutzten Schindler aus der Tür. »Und Sie kommen später wieder.«

Nun standen sie sich gegenüber, keine drei Meter voneinander entfernt. Katharina hatte Angst. »Norman hat eine Kopie der Akte«, rief sie. »Wenn Sie mir was tun, nützt Ihnen das gar nichts.«

Der Kommissar schüttelte den Kopf und blickte zur Seite. Plötzlich wirkte er müde und abgekämpft. »Sie glauben, ich will Ihnen was antun? Was denn? Sie in Ketten legen oder aus dem Fenster werfen? Hat er Ihnen das eingeredet? Das ist alles so verrückt. Hören Sie«, sagte er und trat näher.

»Bleiben Sie, wo Sie sind!«

Beschwichtigend hob er die Hände. »Okay, okay, ich rühre mich nicht von der Stelle. Und ich will weder Ihnen etwas tun noch Norman. Auch wenn es schwer sein wird zu erklären, wie er an die Akte gekommen ist. Aber auch ich habe Fehler gemacht.« Einen Moment blickte er zu Boden, bevor er wieder aufsah. »Haben Sie eine Vorstellung, wie das ist, wenn alle Welt in Ihnen einen Mörder sieht? Wie beschissen sich die ganze Truppe fühlt? Alle zermartern sich das Hirn, wie es so weit kommen konnte. Und wissen Sie was? Ich habe keine Ahnung.«

Er sah sie an, hoffte offenbar auf eine Geste des Verständnisses. Katharina verschränkte die Arme vor der Brust.

Demandt nickte. »Verstehe. Aber ich bin auch nicht hier, um mich auszuweinen. Es geht um Körber.« Er schüttelte den Kopf. »Irgendwas stimmt nicht mit ihm. Von Anfang an hat er die Ermittlungen an sich gezogen. Zuerst hat das auch Sinn ergeben. Aber je länger die Geschichte läuft, umso mehr schottet er sich ab, gräbt sich ein. Ich glaube, er spielt ein eigenes Spiel. Und das ist nicht gut. Darüber muss ich mit Norman reden. Nur reden. Sagen sie mir, wo er steckt.«

Unverwandt sah ihn Katharina an, auch wenn sie das große Kraft kostete. Konnte sie ihm trauen? Bei diesem Gedanken sträubte sich alles in ihr. Und wenn sie weiter leugnete zu wissen, wo Norman steckte, würde er sie noch stärker unter Druck setzen. In dieser Situation sah sie nur eine Chance. Sie hob das Kinn ein wenig höher.

»Wenn Sie wissen wollen, wo Norman ist, bringen Sie mich in die Wohnung, in der Holger gelebt hat, der tote Demonstrant.«

Von diesem Vorstoß schien Demandt überrascht und irritiert. »Und warum sollte ich das tun?«

»Als Beweis, dass Sie's ernst meinen.«

Lächelnd schüttelte er den Kopf. »Ich kann Sie einsperren.«

»Gut, dann tun Sie das. Aber dann werden Sie nicht erfahren, wo er ist und was er weiß.«

»Also gut«, sagte Demandt sichtlich erschöpft. »Kommen Sie.«

»Ich fahre allein. Wir treffen uns dort.«

KAPITEL 22

Die Straße, nur ein schmales asphaltiertes Band aus Schlaglöchern, führte zwischen den kleinen, geduckten Häusern hindurch. Sie waren gemauert aus rotem Backstein, gedeckt mit Reet oder überwachsenen Ziegeln und umsäumt von Gärten, in denen sich knorrige Bäume und Sträucher trotzig gegen den ewigen Wind stemmten. Dahinter begannen auf der linken Seite die Dünen, ein gewundener Wall aus Sand und Gras, der sich schützend vor den Ort zu legen schien. Trotzdem konnte Jacobi hören, wie die Brandung auf den Strand schlug. Tief über ihm hingen grauschwarze Wolken.

An einer Kreuzung blieb er stehen. Nach links lief der Weg direkt auf den Strand zu, und Jacobi bildete sich ein, dass er das Salz riechen konnte und den Sand, der noch feucht war vom Tau. Er bog rechts ab auf die Straße, die in den Ortskern führen musste. Es folgten weitere Häuser, und irgendwo dort musste der Garten mit der großen Schaukel liegen. Peggy hatte nicht widerstehen können und auf dem höchsten Punkt der Pendelbewegung sogar das Wasser gesehen. Jetzt konnte Jacobi die Schaukel nirgends entdecken und blickte die Straße zurück. Hatte er sich doch geirrt? Möglicherweise gab es den Garten gar nicht mehr, vielleicht nicht mal das Haus. Immerhin siebzehn Jahre war es nun her, dass sie gemeinsam in dem kleinen Ferienort in der Nähe von Zierow an der Ostsee gewesen waren. Allerdings hatte er nicht den Eindruck, dass sich sonderlich viel geändert hätte. Die grüne Farbe an manchem Fensterrahmen war nicht mehr ganz frisch. Sonst sah alles ziemlich genauso aus wie in Jacobis Erinnerung.

Es war ihr erster gemeinsamer Urlaub gewesen. Peggy hatte darauf bestanden, keine Ferienwohnung zu mieten, sondern ein Haus. Mit Rucksäcken und Taschen voller Proviant waren sie in den Zug gestiegen, in Wismar in einen Bus geklettert und den letzten Kilometer zu Fuß durch einen Wald gelaufen, bis sie endlich die dunkle und spärlich eingerichtete Kate erreichten. Sie war das Einzige, das sie sich als Studenten leisten konnten, nur ein paar Tage Anfang Oktober. Die Saison war längst zu Ende, und das neue Semester hatte noch nicht begonnen. So hatten sie lange Spaziergänge am Strand unternommen, gemeinsam gekocht, gespielt und sich mit warmem Tee und heißem Grog unter die Bettdecke verkrochen, weil die Heizung nicht richtig funktionierte. In seiner Erinnerung war es die schönste gemeinsame Zeit, und als Katharina ihn fortgeschickt hatte, war ihm sofort klar, wo er sich verstecken würde.

Vielleicht, weil er insgeheim hoffte, die große Uhr noch einmal zurückdrehen zu können.

Natürlich war das kleine Haus noch frei. Mitte November gab es keine Gäste außer ihm. Und es hatte sich so gut wie nichts verändert. Der Sofabezug besaß eine andere Farbe, aber die Vorhänge waren noch dieselben. Als er seine wenigen Sachen im Schrank verstaute, hatte er sich vorgestellt, noch einmal mit Peggy hier zu sein. Wahrscheinlich würden sie sich in der klammen Enge nun sofort an die Gurgel gehen. Für Lea wäre es vermutlich unvorstellbar, zumal die Heizung immer noch muckte. Aber Jacobi bedauerte, beide nur so kurz gesehen zu haben. Es hatte deutlich besser funktioniert als so oft. Vielleicht aber waren Peggy und er auch nur zu erschöpft gewesen, um zu streiten.

Nüchtern betrachtet war es richtig gewesen, früher aufzubrechen. Auch wenn er sich nur eingebildet hatte, dass jemand in Peggys Garten herumgeschlichen war, hätte er die Zeit nicht mehr genießen können. Der Gedanke, Lea könnte etwas zustoßen, war … Jacobi hoffte jedenfalls, dass er im Nebel Dinge gesehen hatte, die nicht existierten. Er drehte sich um. Die Straße machte eine leichte Biegung und war nur etwa dreißig Meter zu überblicken. Es war kein Mensch zu sehen.

Oder doch?

Jacobi, du wirst verrückt!

Hinter der Kurve, im Zentrum des Dorfes, musste der Tante-Emma-Laden liegen. Jedenfalls war er damals dort gewesen, und tatsächlich befand er sich immer noch an derselben Stelle. Die Fassade wirkte etwas aufgehübscht, und er gehörte jetzt offenbar zu einer Kette, schien aber sonst wenig verändert. Am Eingang nahm Jacobi einen Korb. Innen sah der Laden aus wie ein gewöhnlicher kleiner Supermarkt. Die Gänge waren schmaler als in den großen Geschäften in Frankfurt, das Sortiment überschaubar, und außer Jacobi waren nur noch zwei, drei andere Kunden im Laden, vermutlich allesamt Rentner.

Jacobi hatte nicht darüber nachgedacht, was er brauchen würde. Wie lange er überhaupt bleiben wollte. Oder musste. Für den Moment griff er nur zum Nötigsten, abgepacktes Brot, Käse, Nudeln, Soße. Am Kaffeeregal suchte er nach einer kleinen Packung, als ihm einfiel, dass die Maschine im Haus vermutlich seit Monaten nicht mehr benutzt worden war. Er entschied sich für lösliches Pulver.

»Moin.«

Neben ihm räumte eine Verkäuferin Waren ins Regal. Sie trug keinen Kittel, aber ein T-Shirt mit dem Emblem des Ladens. Jedes Mal, wenn Jacobi auf diese gelassene, typisch norddeutsche Art begrüßt wurde, entspannte er sich. »Moin.«

»Urlaub?«, fragte die Frau.

»Ja, ganz spontan.«

»Ist ja nicht viel los gerade. Da fällt jedes neue Gesicht auf. Frisch heute.«

»Tut gut, mal durchgepustet zu werden. Anders als in Frankfurt. Da ist es nicht frisch, nur kalt.«

»Frankfurt?«, fragte die Verkäuferin überrascht und setzte ein künstliches Lächeln auf. »Ist ja ganz schön weit. Dann noch schöne Tage bei uns.« Zügig schob sie den Wagen mit dem Nachschub weiter, obwohl im Regal noch deutliche Lücken zu sehen waren.

Irritiert blickte Jacobi ihr nach. Warum hatte sie ein Gespräch begonnen, um es dann so abrupt abzubrechen? Ihm fiel keine plausible Erklärung ein, und er legte eine Tiefkühlpizza in den Korb, obwohl er nicht sicher war, dass der Backofen im Haus funktionierte. Auf der Suche nach dem Bier bog er um die nächste Ecke und sah die Verkäuferin im Gespräch mit einer Kollegin. Als diese Jacobi bemerkte, stupste sie die andere an, und sofort brach die Unterhaltung ab. Einen Moment starrte ihn die Frau an, die ihn angesprochen hatte, bevor sie im Lagerraum verschwand.

Was hatte das zu bedeuten? Ganz offensichtlich hatten sie über ihn gesprochen. War etwas mit ihm? Jacobi sah an sich hinunter und konnte nichts Auffälliges entdecken. Er drehte sich um. Eine ältere Kundin schenkte ihm keine Beachtung.

An der Kasse sagte die zweite Verkäuferin kein Wort, blickte Jacobi aber immer wieder verstohlen an. Was war hier nur los? Wussten sie etwas über ihn? Plötzlich wurde Jacobi heiß. Hatten sie ihn erkannt? Hatte Freddy doch sein Gesicht im Internet veröffentlicht?

Hastig stopfte Jacobi seine Einkäufe in den Rucksack. Draußen suchte er sofort im Internet nach dem Foto. Wieder war er für einen Moment fassungslos, dass Freddy es tatsächlich online gestellt hatte. Erleichtert stellte Jacobi fest, dass zumindest sein Gesicht weiter unkenntlich gemacht war.

Allerdings wurde nun sein Name als einer von mehreren im Zusammenhang mit dem getöteten Autofahrer erwähnt. Das war zu erwarten gewesen.

Trotzdem.

Freddy war ein elender Schweinehund. Nie hätte sich Jacobi auf ihn einlassen dürfen. Während ihm der Wind auf dem Rückweg zum Ferienhaus ins Gesicht blies, fragte er sich, ob es für ihn noch ein Zurück gab. Irgendetwas, mit dem er Freddy zur Vernunft bringen konnte. Doch alles, was Jacobi hatte, war Brunos vage Behauptung, der Kerl sei kein Aktivist, sondern ein Krimineller. Aber was war mit Demandt? Konnte er Jacobi raushauen? Für einen kurzen Moment spürte er einen Hoffnungsschimmer. Dann fiel ihm ein, dass er sich diese Chance mit seinem Einbruch im Präsidium selbst verbaut hatte.

Blieb Katharina.

Schon so viel hatte sie für ihn getan. Und wie die Dinge lagen, würde noch einiges hinzukommen. Außerdem war da die Geschichte aus ihrer eigenen Vergangenheit. Sie hatte sich eine kurze Atempause mehr als verdient. Später würde er sie anrufen, nett mit ihr plaudern. Vielleicht bekamen sie es hin, die ganze Geschichte wenigstens für einen Moment zu vergessen. So wie mit Peggy.

Jacobi erreichte die Stelle, an der der Weg zwischen den Dünen hindurch auf den Strand führte. Dahinter waren nur die See, die schäumend auf den Strand schlug, und tiefhängende Wolken. Einen Horizont gab es nicht. In diesem Moment beschlich Jacobi zum ersten Mal das Gefühl, dass es eng werden könnte. Dass ihm nicht mehr viele Fluchtwege blieben.

Wenige Minuten später schloss er die Kate auf und wurde empfangen von klammer Kühle. Noch immer lief die Heizung nicht auf vollen Touren. Jacobi würde noch mal mit dem Vermieter reden müssen und sich bis dahin warm anziehen. Vielleicht war dies der Preis für die Nostalgie.

In der kleinen Kochecke packte er seine Einkäufe aus, als die Wolken etwas aufrissen und ein schmaler Streifen Sonnenlicht den Wohnraum in ein warmes Gelb tauchte. Lächelnd blickte Jacobi hinaus in den Garten. Vielleicht gelang es ihm ja doch, auf andere Gedanken zu kommen. Ernst würde es früh genug wieder werden.

Er setzte Wasser auf für den Kaffee und schob zwei Scheiben Mischbrot in den Toaster. Dann zog er in einem Anfall von Trotz seine Jacke aus und die Schuhe. An der Garderobe neben der Eingangstür bemerkte er im Sonnenlicht Schuhabdrücke auf dem Fußboden. Am Meer kroch der Sand durch jede Ritze. Jacobi irritierte jedoch, dass das Muster der Sohlen nicht von seinen Schuhen stammte. Wahrscheinlich hatte sie der Vermieter bei der Schlüsselübergabe hinterlassen.

Mit Kaffee und Toast kroch er auf dem Sofa unter die Decke. Das Gebräu schmeckte wirklich scheußlich, aber das Brot war okay. Während er kaute und ihm langsam wärmer wurde, ließ er den Blick durch den kleinen Wohnraum gleiten und versuchte, die Erinnerungen aufleben zu lassen. Flachbildschirm und DVD-Player hatte es damals noch nicht gegeben und genauso wenig die kompakte Stereoanlage auf dem Sideboard. Sie hatten nur ein Radio gehabt, aber es hatte genügt, um einen ganzen Abend zu tanzen. Mit wohligem Schauer dachte Jacobi an seinen legendären Auftritt zu den *Village People*.

Dann blieb sein Blick neben der Anlage an den Büchern und Zeitschriften hängen, die er mitgebracht hatte. Jacobi war sicher, sie alle zusammen aus dem Rucksack genommen zu haben, bevor er zum Einkaufen gegangen war. Doch jetzt lagen sie nicht auf einem Stapel, sondern auf zweien.

Die Fußabdrücke.

Die Zeitschriften.

Ruckartig richtete sich Jacobi auf.

War jemand hier? Hatte er sich gestern Nacht doch nicht getäuscht? War Freddy hinter ihm her?

Hastig schob er die Decke zur Seite, trat neben das Fenster und spähte in den Garten hinaus. Der Wind wirbelte vertrocknetes Laub über den Rasen und einige Maulwurfshügel. Bäume und Sträucher hatten sämtliche Blätter verloren und boten kein sicheres Versteck.

Jacobi wandte sich um. Das winzige Bad lag vorn an der Haustür. Auf dem Weg dorthin nahm er das Brotmesser von der Arbeitsfläche. Langsam, Zentimeter für Zentimeter drückte er die Klinke. Schließlich gab er der Tür einen kleinen Schubs. Der Raum war nicht größer als drei, vier Quadratmeter. Waschbecken, Toilette, Dusche. Dort war der Vorhang zugezogen. Mit der Messerspitze am ausgestreckten Arm schob Jacobi das Plastik langsam zur Seite. Die Dusche war leer, und er spürte Erleichterung und ein Zittern in den Knien.

Blieb nur noch der Spitzboden mit den Schlafplätzen. Langsam stieg er die Holzleiter hinauf, das Messer weiter fest umklammert. Oben spähte er über die Kante des Holzbodens, auf dem nur Kinder stehen konnten, und das auch nur in der Mitte, direkt unter dem Giebel. Im Halbdunkel erkannte er die zwei großen Matratzen und am Rand die schmale Kommode. Jacobi tastete nach dem Lichtschalter neben sich.

Alles war unberührt und er allein.

Erschöpft ließ er den Kopf auf die Matratze sinken. Wie lange würde das noch so weitergehen? Wie lange würde er durchhalten?

Mühevoll richtete er sich wieder auf und stieg langsam einige Stufen die Leiter hinab. Aus dieser Perspektive erkannte er im Sonnenlicht weitere Fußspuren auf dem Fliesenboden. Von der Eingangstür führten sie geradewegs in den

Wohnbereich zum Sideboard, dorthin, wo der DVD-Player stand. Erschrocken hielt Jacobi inne und hatte wieder den furchtbaren Film vor Augen, der die gequälte Rebecca zeigte. Der Frauenmörder Wolff hatte ihn in Katharinas Wohnung hinterlassen. Als unmissverständliche Warnung davor, seine Regeln zu brechen. Der Streifen gehörte zum Entsetzlichsten, das Jacobi je gesehen hatte.

Und jetzt? Welcher Horror wartete jetzt auf ihn?

Jacobi schluckte, bevor er die Leiter weiter hinunterkletterte. Während er sich bedächtig über den Flur bewegte, achtete er darauf, die Fußspuren nicht zu berühren.

Als wären sie kontaminiert.

Vor dem Sideboard blieb er stehen und streckte den Finger aus zum DVD-Player.

Er zögerte. Seine Hand zitterte. Schließlich drückte er den Knopf.

Surrend öffnete sich das Discfach.

Es war leer.

KAPITEL 23

Katharina spürte die Blicke und konnte sie nur schwer ertragen.

Neben ihr auf dem Beifahrersitz saß ihre Kollegin Theresa und sah immer wieder fragend zu ihr herüber. Als sich Katharina überstürzt auf den Weg gemacht hatte, war Theresa ihr als Erste in die Hände gefallen, und Katharina hatte sie gebeten, ihr befohlen, sie zu begleiten, ohne ein Wort der Erklärung. Unmöglich hätte sie sagen können, dass sie in einem Mordfall recherchierte und sich deshalb mit einem Kommissar traf, der sie einsperren oder ihr noch Schlimmeres antun konnte. Das hätte unweigerlich eine Kaskade von Fragen provoziert, die sie keinesfalls beantworten wollte – weder Theresa noch sich selbst. Glücklicherweise besaß ihre Kollegin genug Gespür, um im richtigen Moment die Klappe zu halten.

Nun bog Katharina nach rechts in die Kolbestraße ab, ein kurzer Streifen Asphalt, gesäumt mit kaum sanierten Altbauten. Etwa in der Mitte parkte sie am Bürgersteig. Von Kommissar Demandt war nichts zu sehen. Wahrscheinlich trommelte er noch ein paar Leute zusammen, um sie zu verhaften. Zuzutrauen war es ihm. In jedem Fall hätte Katharina gerne auf ihn verzichtet. Aber diesen Moment hatte sie verpasst. Ihre ganze Hoffnung ruhte nun darauf, dass er erkannte, dass er mit ihr mehr erreichen konnte als ohne sie. Sicher war sie sich nicht. Um sich abzulenken, suchte sie die Straße ab nach der Kneipe, in der sich der Zeuge G. mit Körber getroffen hatte. Dabei streifte ihr Blick schmutzig graue Fassaden und ungepflegte Vorgärten. In etwa hundert Metern Entfernung entdeckte sie das Schild einer Gaststätte. Den Namen konnte sie nicht entziffern. Aber das musste sie sein. Katharina stellte sich das konspirative Treffen der beiden Männer vor. Den besorgten, aber etwas naiven G. und den undurchsichtigen Körber, der sein Gegenüber nicht ernst nahm und wahrscheinlich nur möglichst viel über Holger herausbekommen wollte. War hier gar der Plan entstanden, den Aktivisten auf der Demo zu töten, um die Bewegung gezielt zu schwächen?

Wieder sah Theresa zu ihr hinüber und kämpfte mit sich.

»Es tut mir so leid«, erklärte Katharina, »aber ich kann dir wirklich nichts sagen. Glaub mir, es ist besser so.«

»Ist es gefährlich?«

Katharina sah ihre Kollegin an und suchte nach einer Antwort, die einigermaßen der Wahrheit entsprach, ohne Theresa einen Schrecken einzujagen. Da ihr nichts einfiel, blickte sie aus dem Seitenfenster. Ein dunkelblauer Kadett Kombi fuhr vorbei und stoppte etwas weiter vorn. Kommissar Demandt stieg aus, allein. Katharina holte tief Luft und griff sich ihre Tasche von der Rückbank. »Es geht los. Komm mit.«

Sie stiegen aus, und einen Atemzug lang hatte Katharina das Gefühl, der Boden gäbe nach. Es war in Ordnung, nervös zu sein, aber auf keinen Fall durfte Demandt etwas davon spüren. So blieb nur die Flucht nach vorn, und Flucht beherrschte sie perfekt. Sie richtete sich im Kreuz auf und hob das Kinn. »Am besten, du bleibst dicht neben mir und lässt mich reden.«

Demandt näherte sich und blieb etwa drei Meter entfernt stehen. »Was soll das?«, fragte er und deutete auf Theresa.

»Zu meinem Schutz. Damit Sie nicht auf blöde Gedanken kommen.«

Der Kommissar schüttelte den Kopf. »Und ich dachte, wenigstens Sie hätten nicht den Verstand verloren. Also« – er wies ein Stück die Straße hinunter – »das ist es. Nummer 36. Lassen Sie's uns hinter uns bringen.«

»Zuerst gehen wir noch woanders hin.«

»Was denn? Gemütlich einen Kaffee trinken und plaudern? Hören Sie, gute Frau, dass ich hier …«

»Sie können gerne warten. Komm, Theresa«, antwortete Katharina und zog ihre Kollegin mit sich auf den Gehweg. Demandt blieb nichts, als grummelnd hinterherzutrotten.

Das Rochus war eine typische Eckkneipe. In der Luft hing der Zigarettenrauch aus vielen Jahren und über der Theke ein Brett, auf dem jede Menge Apfelweinkrüge standen. Die Wände waren dicht behängt mit Schals verschiedener Fußballvereine und weiteren Fanartikeln. An einem Tisch rechts saßen zwei Männer bei Handkäs und Bier, und weiter hinten in der Ecke trank ein älteres Pärchen Kaffee. Der Wirt hinter der Theke trug ein kurzärmeliges Hemd und sein graues Haar zu einem Pferdeschwanz gebunden. »Was kann ich für euch tun?«

Während Demandt mit den Schultern zuckte, zögerte Katharina einen Moment. Schließlich zog sie ein Papier aus ihrer Tasche und faltete es auf der Theke auseinander. Als der Kommissar auf dem Zeitungsfoto Körber und sich selbst während der Pressekonferenz sah, verzog er das Gesicht.

»Haben Sie den schon mal gesehen?«, fragte Katharina und tippte auf den Staatsschützer. »Ich meine hier.«

Ein wenig irritiert blickte der Wirt zwischen der Aufnahme und Demandt hin und her. »Ja.«

»Sind Sie sicher? Sehen Sie genau hin. Es ist wichtig.«

»Wer seid ihr? Polizei?«

»Ja, wir sind die Bullen«, antwortete Demandt ungeduldig. »Und wir legen jeden um, der nicht spurt. Also?«

»Ruhig, Brauner. Ist ja gut. Ja, ich habe ihn hier gesehen.«

Katharina und Demandt sahen sich an. Er schien irritiert. Und beeindruckt.

Sie holte Luft. »Allein?«

Der Wirt schüttelte den Kopf.

»Mit wem war er hier? Mit einem Mann?«

Schulterzucken, dann Nicken.

»Können Sie ihn beschreiben?«

Der Wirt wiegte den Kopf. »Wie sieht er aus? Groß, dürr, so ein schlaksiger Kerl mit schlabbrigen Hemden, dünner Bart. Typ ewiger Student, würde ich sagen.«

Fast war Katharina enttäuscht. Diese Schilderung deckte sich überhaupt nicht mit ihrer Vorstellung von G. »Waren die beiden häufiger hier?«

»Den vom Foto habe ich nur einmal gesehen. Der andere kommt öfter, mit unterschiedlichen Leuten, manchmal auch allein. Hin und wieder holt er spät noch eine Frikadelle. Dann ist er immer ein bisschen blass und müde. Wie einer, der die ganze Nacht vorm Computer hängt.«

»Heißt das, er wohnt hier in der Gegend?«

»Möglich.«

»Wissen Sie noch, wann sie sich hier getroffen haben?«

»Ist erst ein paar Tage her. Vielleicht eine Woche.«

»Am letzten Dienstag?«

»Kann sein. Da drüben haben sie gesessen.«

»Sind Sie sicher? Ich meine, wie kommt es, dass Sie sich so genau erinnern?«

»Weil sie so unterschiedlich waren. Dieser Schluffi und der andere im Anzug, ziemlich steif. Und sie haben heftig miteinander diskutiert, mit den Armen gefuchtelt und so. Da sieht man schon mal rüber.«

»Worüber haben sie geredet?«

»Keine Ahnung.«

»Sie sagen, sie hätten heftig diskutiert.«

»Hör zu, junge Frau, ich belausche meine Gäste nicht.«

»Natürlich nicht. Aber vielleicht haben Sie ja ...«

»Nein, habe ich nicht. Alles, was ich gehört habe, war mal ein lautes ›Nein, das geht nicht‹. Dann haben sie sich erschrocken und sofort wieder beruhigt. Die wollten nicht, dass man ihnen zuhört.«

»Haben Sie die beiden seitdem wiedergesehen?«

»Nein.«

»Auch nicht den Jüngeren?«

»Exakt, junge Frau.«

»Danke.«

Auf dem Weg die Straße zurück zur Nummer 36 herrschte tiefes Schweigen. Katharina fragte sich, ob sie das Gespräch in der Kneipe weiterbrachte. Dieser G. war offensichtlich ganz anders, als sie ihn sich vorgestellt hatte. Vielleicht war er auch gerade deshalb so leicht an vertrauliche Informationen der Aktivisten gelangt. Weil er aussah wie einer von ihnen. Warum aber hatte Körber die Informationen nicht genutzt, um das Schlimmste zu verhindern?

Weil er es gar nicht wollte?

In diesem Augenblick spürte Katharina einen festen Griff an ihrem Arm. Demandt hielt sie zurück. »Das war eine tolle Show. Und jetzt erklären Sie mir auf der Stelle, was das Ganze sollte.«

Sie zögerte. Konnte sie Demandt trauen?

Hatte sie eine Wahl?

Katharina holte tief Luft. »In den letzten Wochen hat sich Körber mehrmals mit einem Zeugen getroffen, auch in der Kneipe. Körber nennt ihn nur G. Seinen vollen Namen kenne ich nicht. Er ist ein Insider. Einer, der bestens über die Pläne der Aktivisten informiert ist.«

»Ein Spitzel?«

»Oder nur ein besorgter Bürger, der hoffte, die Polizei würde etwas unternehmen. Bevor es zu spät ist.«

Ein wenig betreten blickte Demandt zu Boden.

»Alle Treffpunkte liegen in unmittelbarer Nähe von Holgers Wohnung«, erklärte Katharina. »Wahrscheinlich wohnt auch G. hier. Ich glaube, er hat Holger gekannt und seine Informationen von ihm. Vielleicht finden wir in Holgers Wohnung eine Spur, die uns zu ihm führt.«

Sie sah Demandt an und erkannte in seinem Blick einen Anflug von Anerkennung.

»Steht alles in der Akte«, sagte sie.

Der Kommissar nickte, und sie gingen weiter. Im Haus stiegen sie die knarrende Holztreppe hinauf. An der Wohnungstür durchtrennte Demandt das Siegel. Was erwartete Katharina? Dass hinter dieser Tür alle Fragen beantwortet wurden? Oder dass sich die Hölle auftat?

»Sie bleibt draußen«, sagte Demandt und deutete auf Theresa.

Katharina setzte an zu einem Protest, doch der Kommissar fuhr ihr dazwischen. »Entweder sie oder wir alle.«

»Kein Problem«, sagte Theresa und hob beschwichtigend die Hände. »Macht euch um mich keine Sorgen.« Sie setzte sich auf die Treppe zur nächsten Etage. »Ich rühre mich nicht von der Stelle.«

»Ich sage Bescheid, bevor ich sie aus dem Fenster werfe. Versprochen«, erklärte Demandt und öffnete endlich die Tür.

Im Flur empfing sie abgestandener Zigarettenrauch. Während sie dem Kommissar folgte, beobachtete Katharina jede seiner Bewegungen. Beim Blick ins Wohnzimmer zuckte sie zusammen. Es war regelrecht verwüstet. Berge von Büchern und Papieren lagen auf der Tischplatte und dem Boden. Zwei Blumenkübel waren genauso umgestoßen wie ein Stuhl. Demandt wandte sich um.

»Norman war mit Freddy hier«, sagte Katharina. »Dann sind Polizisten gekommen und haben sie rausgeschmissen«.

Er nickte betrübt. »Und wonach suchen wir?«

»Ich weiß nicht. Irgendwas, das auf G. deutet. Vielleicht gibt es Fotos von beiden, Briefe, Notizen.«

Sie machten sich an die Arbeit. Dabei ließ Katharina den Kommissar weiterhin nicht aus den Augen, was die Sache nicht leichter machte. Nach fünfzehn Minuten ergebnislosem Stochern und Wühlen fragte sie sich, ob Holger gewusst hatte, in welcher Gefahr er schwebte. Dass G. ihn ausspionierte. Diese Vorstellung erzeugte ein Kribbeln, das auch nicht weiterhalf. Schließlich erinnerte sie sich, dass Norman Holgers Marotte erwähnt hatte, wichtige Dinge an den unmöglichsten Orten zu verstecken.

Katharina richtete sich auf und trat in die Mitte des Raumes. Langsam drehte sie sich um sich selbst und ließ dabei ihren Blick über Wände und Möbel gleiten. Wo würde ich wirklich wichtige Informationen verstecken?, fragte sie sich. Dinge, die geheim sind. Oder gefährlich. Sie ignorierte Demandts irritierten Gesichtsausdruck und trat an die Wand. Mit den Handflächen strich sie über den Putz. Er war kühl und irgendwie klamm. Ein unsichtbares Versteck, ein Geheimfach entdeckte sie nicht.

Wie von einer dunklen Kraft gezogen, bewegte sie sich über den Flur, sah sich um, tastete.

In der Küche.

Im Bad.

Nichts.

Demandt stand in der Wohnzimmertür und sah ihr schweigend zu. Vielleicht spürte auch er die Energie, die Katharina bewegte. Oder er hatte einfach keine bessere Idee.

Im Schlafzimmer war das Bett durchwühlt, und der Inhalt des Kleiderschranks lag auf dem Boden. Katharina ignorierte das Durcheinander, ging auf alle viere und sah unter das Bett.

Turnschuhe, eine leere Sporttasche.

Als sie sich wieder aufrichtete, bewegte sich eine Diele

unter ihren Füßen. Sie trat zur Seite, beugte sich erneut hinunter und drückte auf das Holz. Es gab tatsächlich nach.

Katharina sah sich um. Sie war allein im Zimmer und versuchte, das etwa sechzig Zentimeter lange Dielenstück zu lösen. Drei Versuche brauchte sie, um es richtig zu fassen zu bekommen. Dann ließ es sich leicht herausheben. Darunter befand sich ein länglicher Hohlraum mit einer Plastiktüte, groß genug für einige Unterlagen. Katharina richtete sich auf und strich sich mit dem Handrücken über den Mund. Sie überlegte, Demandt zu informieren, entschloss sich aber, für diesen kurzen Moment ihren Vorsprung zu nutzen. Ihre Entdeckung würde der Kommissar noch früh genug zu Gesicht bekommen.

Möglichst leise zog sie das kleine Päckchen aus dem Hohlraum hervor. Es enthielt einen dünnen Stapel mit Akten. Katharina brauchte nicht lange, um zu erkennen, dass es sich um Strategiepapiere der Aktivisten handelte. Dazu gehörten auch genaue Pläne, wie Politik und Polizei weiter öffentlich unter Druck gesetzt werden sollten. Einige der aufgeführten Behauptungen hatte Katharina bei ihrer ersten Internetrecherche fast wortwörtlich auf den Seiten der Bürgerrechtler gelesen. Offenbar hatte Holger als Computerfachmann der Gruppe die Verleumdungskampagne umgesetzt. Oder sie sogar entwickelt. Auf den nächsten Seiten folgten Ideen, die Polizei bewusst zu Gewaltmaßnahmen gegen die Aktivisten zu provozieren, um so die öffentliche Stimmung weiter anzuheizen. Es war exakt die Vorgehensweise, vor der G. Körber gewarnt hatte.

Von G. aber fand sich keine Spur.

Er schien mehr und mehr ein Phantom zu sein.

Katharina sah auf. Demandt stand in der Tür. Wortlos reichte sie ihm die Papiere. Der Kommissar überflog die Unterlagen. »Ich wusste es! Diese Schweinehunde!«

Während sie ihm zusah, bemerkte Katharina, dass die

Tüte noch nicht leer war. Sie griff hinein und zog einige Flyer hervor. Sie warben für das *St. James*, einen Club in der Fehrenbachstraße. Von diesem Laden hatte Katharina noch nie gehört, aber die Straße lag in Praunheim, auf der anderen Seite des Niddaparks, nur wenige Kilometer von ihrer Wohnung entfernt. Was daran war so wichtig, dass Holger die Werbezettel derart gut versteckte? Während sie darüber nachdachte, wedelte Katharina beiläufig mit den Flyern herum. Ein weiteres kleines Papier fiel heraus und segelte zu Boden. Sie hob es auf. Es enthielt eine Mobilnummer, handschriftlich, und dahinter den Vermerk »nur im Notfall«. Sie reichte den Zettel dem Kommissar. Demandt überlegte, wählte schließlich die Nummer und stellte sein Telefon auf laut.

Es klingelte lange.

Schließlich meldete sich am anderen Ende eine zögerliche Männerstimme. »Wer … wer ist da?«

»Man hat mir diese Nummer gegeben«, erklärte Demandt, »und gesagt, ich solle anrufen, wenn es Schwierigkeiten gibt.«

»Und … wer hat Ihnen die Nummer gegeben?«

»Holger.«

»Holger ist tot.«

Katharina wurde heiß. Sie kannte die Stimme, ganz sicher. Fieberhaft suchte sie nach dem Gesicht dazu, der Situation.

»Das weiß ich«, antwortete Demandt. »Deshalb muss ich wissen, wie es jetzt weitergeht.«

»Was? Wie was weitergeht?«

Demandt sah sie an, und Katharina bedeutete ihm, weiterzureden, Zeit zu gewinnen.

Sie war ganz dicht dran. Sie spürte es.

»Die … Zusammenarbeit«, stotterte Demandt. »Die Aktionen.«

»Welche Aktionen? Wovon reden Sie?«

»Gegen die Bullen. Ihnen einheizen.«

»Wer sind Sie?«

In diesem Augenblick hatte sie ihn. Katharina war sicher, die Stimme erst gestern gehört zu haben. Sie zog das Foto der Pressekonferenz hervor und tippte auf Körber. Demandt wurde blass.

»Körber, bist du das?«

Schweigen am anderen Ende der Leitung.

»Hier ist Demandt. Bist du das, Körber? Sag was.«

Abruptes Knacken in der Leitung. Dann Stille.

Demandt starrte sie an. »Was zum Teufel hat das zu bedeuten?«

Katharina hatte das Gefühl zu stürzen. Ihr Körper raste eine Schlucht hinab, die kein Ende besaß. »Das bedeutet, dass Körber seine Informationen von Holger hatte«, sagte sie tonlos. »Es bedeutet, dass es diesen G. nicht gibt. Holger und G. sind – waren – ein und dieselbe Person. Das bedeutet, dass Holger ein Aktivist war und gleichzeitig ein Informant der Polizei. Ein Spitzel. In Körbers Auftrag.«

»Ein V-Mann? Unter Bürgerrechtlern? Ist er wahnsinnig?!«

»Deshalb durfte Holgers Identität unter keinen Umständen bekannt werden.«

»Ich bringe ihn um.«

»Dafür hat Körber sogar in Kauf genommen, dass die Polizei selbst unter Verdacht gerät.«

»Dieser gottverdammte Idiot. Dieser Hurensohn.«

Katharina spürte, dass auch sie blass wurde.

»Was?«, fragte Demandt.

»Wenn Holger ein V-Mann von Körber war, würde er ihn dann töten?«

Demandt schüttelte den Kopf. »Er würde alles tun, ihn zu schützen.« Der Kommissar lächelte erleichtert. »Das heißt, wir waren es tatsächlich nicht. Wir haben ihn nicht getötet. Doch wer dann?«

Katharina begann zu zittern. »Wer profitiert davon? Davon, dass die Polizei öffentlich als Mörder dasteht?« Sie deutete auf die Strategiepapiere der Bürgerrechtler.

Langsam schien auch Demandt zu verstehen. »Sie meinen …?«

»Sie müssen rausgekriegt haben, dass Holger ein doppeltes Spiel gespielt und für die Polizei gearbeitet hat. Er war ein Sicherheitsrisiko. Sie mussten ihn loswerden. Gleichzeitig war er das perfekte Werkzeug in ihrer Strategie gegen die Polizei. Er war das perfekte Opfer.«

Demandt schluckte. »Diese Mistkerle. Sie töten einen ihrer Leute und schieben es uns in die Schuhe.«

»Alles, was sie dafür brauchen, sind ein paar Polizeiuniformen und Helme, die ihre Gesichter unkenntlich machen.«

»Diese Hurensöhne.«

Katharina begann zu zittern.

»Sie töten jeden, der ihnen gefährlich werden kann.«

Der Kommissar nickte schwer.

»Was ist mit Norman?«

KAPITEL 24

Der Blick war unbezahlbar.

Er stand an der Abbruchkante der Steilküste. Direkt vor seinen Füßen fiel das Gelände fast senkrecht ab, zehn, vielleicht zwölf Meter, eine Wand aus Sand, durchsetzt mit Wurzeln und einzelnen Steinen. Unten der Strand, hauptsächlich Kies und Muscheln, außerdem einzelne Felsbrocken, ein wenig Treibholz, Tang.

Dahinter das Meer.

Der Wind hatte etwas nachgelassen. In der Dämmerung begrenzten schwarze Wolken den Himmel und verlängerten das Wasser ins Unendliche. Dazwischen glitten letzte Sonnenstrahlen über die Wogen. Caspar David Friedrich hätte es nicht besser hinbekommen.

Norman Jacobi wusste nicht, wie lange er schon hier oben stand. Solange er zurückdenken konnte, hatte er das Meer gemocht, auch wenn er gar nicht oft dort gewesen war. Es hatte etwas bestechend Einfaches. Keine Ziele, keine Taktik, keine Tricks. Nur Wind und Wellen. Alles Kämpfen und Fürchten, Hoffen und Zweifeln wirkte dagegen so unsinnig. Das Meer war schon immer den Strand hinaufgerollt und würde es ewig weiter tun. Dass er selbst vor nicht einmal 36 Stunden bei der Polizei eingebrochen war und sich nun vor einem unberechenbaren Aktivisten versteckte, schien vollkommen unwirklich. Auch die Blicke und das Getuschel der Verkäuferinnen waren längst weit weg. Hier draußen war niemand mehr. Dafür war es einfach zu kalt.

Während er weiter auf das Wasser hinausblickte, sah er sich selbst in einem kleinen Boot. Am Anfang kämpfte es gegen die Brandung, dann ging es leichter. Immer weiter glitt es hinaus, wurde kleiner und kleiner, und irgendwann war es zwischen Wolken und Wogen nicht mehr zu erkennen.

Einfach verschwunden.

Diese Vorstellung bereitete ihm ein warmes Gefühl in der Magengegend. Für den Moment schien alles klar und leicht. Doch Jacobi spürte, dass er nicht allein dort draußen auf dem Meer war. Ein Gedanke hatte sich mit an Bord geschmuggelt und ließ sich einfach nicht abschütteln.

»... dass es bei alldem um dich geht«, hatte Katharina gesagt.

Seitdem zermarterte er sich das Gehirn, was das bedeutete. Wann hatte es angefangen? Was hatte er getan? Welchen furchtbaren Fehler hatte er nur begangen?

Mit dem Fuß kickte Jacobi einen Stein über die Abbruchkante. Es dauerte, bis er unten landete und der Wind das Knirschen wieder hinaufpustete. Das Gefühl der Leichtigkeit war verflogen, und Jacobi stapfte weiter durch feuchtes gelbliches Gras, den Kopf gesenkt, die Schultern hochgezogen.

Das alles war unmöglich.

Wie hätte der Drahtzieher wissen oder planen können, dass ausgerechnet er, Norman Jacobi, so intensiv zu den Mordfällen recherchieren würde? Das hatte er zuvor nie getan. Also musste Katharina sich irren.

Jacobi blickte auf und atmete tief ein. Die feuchte Luft war kalt und lag salzig auf der Zunge, ein wenig brackig.

Außerdem hatte es immer Motive für die Morde gegeben, die nichts mit seiner Person zu tun hatten. Der Kampf gegen religiösen Fanatismus, gegen schmutzige Geschäfte der Politik. Und es war um konkrete Verbrechen gegangen, zu deren Aufdeckung Jacobi beigetragen hatte. Es war also immer gut und wichtig gewesen, dass er recherchiert hatte. Was konnte er dafür, dass dadurch ein geisteskranker Alter auf ihn aufmerksam geworden war und nun versuchte, ihn für seine irren Pläne zu nutzen?

Nichts. Rein gar nichts.

Diese Gedanken erleichterten ihn. Nachdem er sie innerlich noch mehrmals hin und her bewegt hatte und das angenehme Gefühl blieb, kehrte er um. Nun kam der Wind von schräg vorn, kaum gefiltert von einigen knorrigen Bäumen und trockenem Gestrüpp direkt am Abhang. Jacobi schlug den Kragen auf. Zurück in seiner kleinen Behausung, würde er es sich mit einem Bier auf dem Sofa gemütlich machen. Er stellte sich vor, Katharina schmiegte sich dann an ihn, doch es fühlte sich nicht richtig an. Sie beide brauchten jetzt eine Verschnaufpause. Noch früh genug würden sie wieder aufeinander angewiesen sein. So dachte er an Alma, aber sie schien ihm im Moment entschieden zu anstrengend. Jacobi grinste. Sein alter Kumpel Juri wäre genau die richtige Gesellschaft. Sie mochten dieselben Fernsehserien, und der Hund quatschte nicht andauernd dazwischen.

Allmählich spürte Jacobi, wie Feuchtigkeit seine Hose hinaufkroch und der Wind durch seine Jacke drang. Ihm wurde kalt, und er beschleunigte seine Schritte. Kurz darauf fiel das Gelände wieder sanft zur Siedlung ab. Im Halbdunkel steuerte Jacobi auf die Kate zu.

Drinnen brannte Licht.

Jacobi blieb stehen. Hatte er vergessen, es zu löschen? Nein. Als er das Haus verlassen hatte, war es noch hell gewesen. Er hatte gar kein Licht gemacht. Da war er sicher.

Er sah die Straße entlang. Jacobi täuschte sich nicht. Es war nicht das Nachbarhaus. Das war größer, mit einem Windrad im Garten, das sich deutlich hörbar drehte. In diesem Haus war es dunkel. Genau wie in allen anderen Ferienhäusern drum herum.

Nur bei ihm brannte Licht.

Vor dem Haus, in etwa hundert, hundertfünfzig Metern Entfernung, stand ein großes Auto, ein SUV. Im Scheinwerferlicht erkannte Jacobi eine männliche Gestalt, ein Bein auf der Stoßstange abgestützt. Jacobi kniff die Augen zusammen. Wer war das? Ein Einbrecher? Aber warum brannte das Licht?

Im Näherkommen sah er, wie der Mann in den Wagen stieg. Plötzlich blendete das Fahrzeug auf und erfasste Jacobi im vollen Lichtschein. Abrupt blieb er stehen, als sei er vor eine Wand gelaufen. Der Kerl stieg wieder aus und verschwand im Haus. Nach wenigen Sekunden kehrte er zurück, gefolgt von drei weiteren Gestalten. Alle vier stiegen in den SUV und der Motor sprang an. Doch der Wagen verschwand nicht in der Dämmerung.

Er kam auf ihn zu.

Ohne nachzudenken, drehte Jacobi um und lief den Weg zurück, den er gekommen war. Der Weg zur Anhöhe war nicht sehr steil, doch nun fielen ihm die Schritte schwer. Die Entfernung zum Plateau schien jetzt viel größer als beim Heruntergehen. Jede Bewegung kostete Kraft, mit jedem Meter brannten Jacobis Oberschenkel stärker. Er stolperte, griff in das kalte, feuchte Gras und keuchte, als er endlich die Anhöhe erreichte. Erst jetzt sah er zurück. Auch der Scheinwerfer kroch langsam den Hang hinauf. Trotzdem hatte Jacobi etwas Abstand zwischen sich und den Wagen gebracht. Ein kurzes Gefühl der Euphorie schwappte über seinen Körper.

In diesem Augenblick wurde Jacobi wieder vom Scheinwerfer erfasst, und er blickte auf seinen eigenen Schatten vor sich. Im Reflex warf er sich flach auf den Boden und begriff, dass er keinen Vorsprung gewonnen hatte.

Seine Verfolger ließen sich Zeit, um ihre Überlegenheit auszukosten. Doch irgendwann würden sie oben angekommen sein.

Und dann?

Im Licht des Scheinwerfers erkannte er die Umrisse einer kleinen Baumgruppe, vielleicht vierzig, fünfzig Meter vor ihm direkt am Steilhang. Er glaubte sich zu erinnern, dass dazwischen einige Sträucher wuchsen, Sanddorn oder so etwas.

Ein lausiges Versteck.

Das einzige, das er hatte.

Als das Licht des Scheinwerfers über ihm ein wenig nach links wanderte, sah er seine Chance. Die ersten Meter krabbelte er auf allen vieren. Dann richtete er sich auf und lief, so schnell er konnte. Hinter ihm jaulte der Motor auf, und für einen winzigen Moment schienen die Räder im sandigen Untergrund durchzudrehen. Schließlich erreichte Jacobi die Bäume und warf sich wieder auf den Boden. Wie ein Läufer, der mit letzter Kraft über die Ziellinie stürzt.

Dort horchte er und hörte nichts als den Wind im Gras. Das Licht bewegte sich wieder auf ihn zu. Flach auf dem Boden zwängte er sich unter den Büschen hindurch und ignorierte die Dornen, die an seiner Kleidung rissen und ihm durch das Gesicht fuhren. Immer tiefer kroch er ins Gestrüpp.

Bis seine Hand ins Leere griff.

Von unten spülte der Wind salzige Feuchtigkeit und das Rauschen der Wellen zu ihm hinauf.

Jacobi sah den Abgrund hinunter und wieder auf die Ebene. Langsam senkte sich das Scheinwerferlicht in die Horizontale. Nur noch wenige Augenblicke, und der SUV würde die Anhöhe erreichen. Hastig krabbelte Jacobi weiter nach vorn, direkt an der Abbruchkante entlang. So hoffte er, den Abstand möglichst lange zu halten. Doch es dauerte nicht lang, bis das Gras links neben ihm hell erleuchtet wurde. Als ginge die Sonne auf. Nun hörte er auch wieder den Motor.

Als könne er darin verschwinden, presste Jacobi seinen

Körper fest an den Boden. Der Wagen kam unaufhaltsam näher, und in einem Impuls drehte sich Jacobi herum und kroch zurück in die Richtung, aus der er gekommen war. Vielleicht fielen sie ja darauf rein.

Tatsächlich bewegte sich der SUV auf ihn zu und an ihm vorbei. Innerlich ballte Jacobi triumphierend die Fäuste und erhöhte seine Anstrengung. So viel Platz wie möglich wollte er zwischen sich und seine Verfolger bringen.

Doch dann hörte er, dass der Wagen hinter ihm stoppte. Im Reflex presste er sich wieder gegen den Boden, rührte sich nicht, lauschte.

Eine Tür wurde geöffnet. Noch eine.

»Wo steckt der Mistkerl?«, sagte eine kräftige Männerstimme. »Irgendwo hier muss er doch sein.«

»Ganz ruhig«, sagte ein Zweiter. »Von hier oben kann er nicht weg. Jedenfalls nicht, ohne dass wir ihn sehen.«

Jacobi wurde schlecht. Er kannte die Stimme. Sie gehörte Freddy, kein Zweifel, und sofort begriff Jacobi, warum er hinter ihm her war. Er duldete nicht, dass er abgetaucht war. Freddy wollte ihn wieder unter Kontrolle bringen. Es war eine Demonstration seiner Macht. Wir finden dich, sagte er damit, ganz gleich, wo du dich verkriechst.

»Lange hält er hier draußen sowieso nicht durch«, erklärte Freddy. »Wir müssen nur warten.«

Woher rührte nur diese unnachgiebige Aggressivität? Was machte ihn so wichtig für Freddys Pläne? Ging es möglicherweise um etwas ganz anderes? Wusste Jacobi etwas? Fieberhaft dachte er nach. Konnte er Freddy gefährlich werden?

»Ich habe aber keine Lust«, erklärte dessen Kumpan, »mir seinetwegen den Arsch abzufrieren. Schon blöd genug, dass ich in diese gottverdammte Pampa muss. Und du hast gesagt, du hast alles im Griff. Du hast ihn unter Kontrolle.«

»Okay, ich habe ihn unterschätzt. Aber ich biege das

wieder hin. Versprochen. So was passiert mir nicht noch mal.«

»Hör auf rumzuquatschen.«

»Dann such ihn. Je eher wir ihn haben, umso schneller sind wir wieder verschwunden.«

Schweigen. Nur das Schäumen der Brandung und das gleichmäßige Rauschen des Windes.

Was hatte das alles zu bedeuten? Was hatten sie vor? Ein wenig hob Jacobi den Kopf und bemerkte einen weiteren Lichtkegel im Gras, dann noch einen.

Taschenlampen.

Damit würden sie das Gebüsch absuchen, und in wenigen Augenblicken würden sie ihn haben.

»Ich mach ihn fertig, den Wichser«, sagte der Erste.

»Meinetwegen«, antwortete Freddy. »Aber erst mal müssen wir ihn haben.«

Die Lichtkegel entfernten sich, wanderten an Jacobi vorbei, doch das beruhigte ihn nicht. Im Gegenteil. Sicher würden sie bald zurückkehren. Und dann würden sie ihn schnappen. Ihn in einem dunklen Keller an einen Stuhl fesseln. Ihn foltern, um Informationen aus ihm herauszupressen. Und er hätte keine Ahnung, was sie von ihm hören wollten. Doch sie würden ihm kein Wort glauben und schließlich seinen Kopf in einem Bottich unter Wasser pressen.

Norman Jacobi spürte Atemnot. Panik stieg in ihm auf.

In diesem Augenblick kehrten die Lichtkegel zurück.

Jacobis Verstand rief, bleib still, rühr dich nicht. Doch sein Körper gehorchte nicht länger. Wie ferngesteuert vor Angst kroch er weiter nach vorn, weg vom Licht, getrieben von der irrwitzigen Idee, ihnen auf allen vieren doch noch zu entkommen.

Plötzlich verlor er den Halt.

Er schrie auf, rutschte den Hang hinunter. Äste schrammten über seinen Körper, Steine prallten gegen seine Brust. Er drehte sich um die eigene Achse, schluckte Sand und schlug schließlich hart im Kies am Fuß des Steilhangs auf. Dort blieb er liegen. Alles tat weh. Besonders das linke Bein schmerzte oberhalb des Knies, als hätte ihn dort ein Bus gerammt. Vorsichtig versuchte er, es einige Zentimeter zu bewegen, und tatsächlich kratzte sein Fuß durch den Kies. Jacobi spürte Erleichterung, als ihn das Licht traf wie der Scheinwerfer auf einer Theaterbühne.

Sie hatten ihn.

Unfähig, irgendetwas zu unternehmen oder auch nur zu denken, sah er, wie zunächst zwei der Männer und dann ein dritter begannen, den Hang hinabzuklettern. Ohne jede Eile tasteten sie nach Wurzeln, die aus dem Sand ragten, suchten sie Schritt für Schritt Halt im losen Untergrund. Oben fuhr der Wagen langsam weiter die Anhöhe entlang. Jacobi erinnerte sich, dass das Gelände zum nächsten Dorf wieder abfiel. Dort war eine Zufahrt zum Strand möglich.

Von zwei Seiten nahmen sie ihn in die Zange.

Die drei Männer hatten etwa ein Drittel des Hanges geschafft, als einer von ihnen einige Meter abrutschte, bevor er sich wieder abfing. Nur noch wenige Augenblicke, und sie waren am Strand. Hektisch überflog Jacobi seine Möglichkeiten. Erschöpft und angeschlagen, wie er war, würde er ihnen auf dem steinigen Untergrund niemals entkommen.

Blieb nur das Meer.

Ohne eine Sekunde über diesen Wahnsinn nachzudenken, rappelte er sich auf und stolperte geradewegs in die Brandung. Das Wasser spritzte eisig gegen Beine und Oberkörper, doch er lief weiter, immer weiter. Nur sehr langsam fiel der Meeresboden ab, und als ihm das Wasser über die Knie reichte, brannte die Kälte bereits den Rücken hinauf. Je tiefer das Wasser wurde, umso mehr Schutz würde es ihm bieten. Und umso schneller würde er erfrieren.

Trotzdem lief er immer weiter. Erst als ihm das Wasser bis

zur Brust stand und das Vorwärtskommen immer schwerer fiel, wagte er sich umzudrehen. In diesem Augenblick erreichten die drei Männer das Ufer und leuchteten aufs Meer. Nach drei Sekunden hatten sie ihn. Einen Moment zögerten sie. Dann stürmten sie mit donnernden Schritten ins Wasser.

Hektisch blickte sich Jacobi um. Im tänzelnden Licht der Taschenlampen erkannte er etwas weiter rechts größere Umrisse, Felsbrocken, die aus dem Wasser ragten – das Einzige, das ihm noch einen Hauch von Deckung bieten konnte. Er steuerte darauf zu. Nach wenigen Metern begann er zu schwimmen. Um schneller voranzukommen und weniger aufzufallen. Die Kälte brannte am ganzen Körper wie Peitschenhiebe. Arme und Beine schienen ihm kaum noch zu gehorchen. Mehrmals schluckte Jacobi Wasser und fürchtete zu ertrinken. Trotzdem erreichte er die Steine. Dort war das Meer mittlerweile so tief, dass er nur noch auf Zehenspitzen stehen konnte. Mit den Händen suchte er nach einem sicheren Griff, doch die glatte, nasse Oberfläche der Felsen bot keinen Halt. Jacobi reckte den Hals, aber immer wieder schwappten ihm Wellen ins Gesicht oder drückten seinen Kopf unter Wasser.

Nach wenigen Augenblicken erleuchtete das Licht der Taschenlampen das Meer um die Felsen herum. Nun wirkte das Gestein wie eine gewaltige Festung, aber das bedeutete nur, dass Jacobis Versteck kein Versteck mehr war, sondern ein leuchtender Wegweiser. Seht her, hier habe ich mich verkrochen. Die Schritte seiner Verfolger pflügten weiter durch die Brandung. Weder schienen sie es eilig zu haben, noch gaben sie sich Mühe, unauffällig zu sein. Warum auch? Jacobis einziger Fluchtweg führte hinaus aufs offene Meer und die letzte Wahl, die er zu treffen hatte, bestand darin, ob er erfrieren wollte oder ertrinken.

Norman Jacobi holte tief Luft und stieß sich vom Felsen ab. Mit kräftigen Armzügen versuchte er, schwimmend entlang der Küste voranzukommen. Doch die vollgesogene Kleidung kostete doppelte Anstrengung, und die Strömung drückte ihn zurück Richtung Strand. Während er sich mühte, sah er im Augenwinkel, wie das Licht um die Felsen wanderte und der Schatten, der ihm Schutz bot, immer mehr zusammenschmolz. Gleich würden sie ihn entdecken. Dieser Gedanke nahm ihm noch mehr Kraft, und er sank unter die Wasseroberfläche.

Dort war es still.

Keine donnernden Schritte mehr. Nur ein schillerndes Lichterspiel auf der Wasseroberfläche. Für einen Moment fühlte sich Jacobi leicht. Als hätte er eine Last abgeworfen und alle Probleme hinter sich gelassen. Er stellte sich vor, einfach hierzubleiben. Wenn es nur nicht so entsetzlich kalt wäre. Er spürte seine Finger und Zehen nicht mehr. Das Wasser stach wie Millionen Nadeln in die Brust, und die Luft wurde knapp.

Er drehte sich auf den Rücken und erkannte zwinkernd, dass das Licht ein gutes Stück hinter ihm auf den Wellen schwamm. Mit bedächtigen Bewegungen brachte er sich unter Wasser in die Senkrechte und streckte Augen, Nase und Mund wenige Zentimeter an die Oberfläche. Die Luft, die seine Lungen füllte, schien ihm warm wie Wüstenwind. Als der Eindruck nachließ, die Kälte würde ihm den Brustkorb zerreißen, wagte er, den Kopf ein Stück höher zu heben. Gegen das Licht der Taschenlampen konnte er seine Verfolger nicht sehen. Aber er hörte ihre Schritte und Rufe.

»… so arschkalt! Dafür wird er bezahlen! Wenn ich den Wichser erwische, bringe ich ihn um. Erst breche ihm jeden Knochen einzeln. Und dann drehe ich ihn durch den Wolf.«

»Red nicht so einen Scheiß! Alles, was wir tun, ist warten. Den Rest erledigt das Wasser. Wenn er nicht schon längst abgesoffen ist.«

»Nein, bloß nicht! Ich will ihn haben. Ich will ihn fertigmachen.«

»Meinetwegen, aber halt endlich die Klappe!«

Unter der Wasseroberfläche ruderte Jacobi mit den Armen, um seine Position möglichst zu halten. Dabei stellte er sich seine Verfolger vor. Sie klangen nicht wie Bürgerrechtler. Eher wie minderbemittelte Schläger. Woher kam nur diese Wut? Was hatte er ihnen getan?

Bevor er eine Antwort fand, überspülte ihn von hinten eine Woge. Jacobi erschrak, schnappte nach Luft und schluckte Wasser. Er kippte zur Seite und strampelte unter der Oberfläche, um sich wieder in eine aufrechte Position zu bringen. Dabei stießen seine Füße auf Grund. Er konnte stehen. Diese Erkenntnis setzte noch einmal Kraft frei und gab ihm etwas Zuversicht. Vorsichtig holte er Luft, tauchte wieder unter und schwamm weiter parallel zur Küste. So brachte er wieder etwas Abstand zwischen sich und seine Verfolger.

An einer Stelle, an der ihm das Wasser kaum an die Brust reichte, stoppte er, streckte den Kopf halb aus dem Wasser und schlang seine steifen Arme um seinen Körper. Von hier aus sah er, wie die Männer noch immer durch das Wasser wateten und mit ihren Taschenlampen nach ihm suchten. Er verstand nicht mehr, was sie sagten, aber ihre Stimmen klangen zunehmend frustriert. Dann haut doch endlich ab, dachte Jacobi. Ersauft, erfriert, ist mir egal. Hauptsache, ihr verschwindet.

Tatsächlich schienen sie schließlich aufzugeben und zurück Richtung Ufer zu gehen. Aber Jacobi kam es vor, als bewegten sie sich in Zeitlupe. Kein donnerndes Trampeln mehr, kein aufgewühltes Wasser. Nur winzige Schritte. Dann blieben sie stehen. Leuchteten die Wasseroberfläche ab. Bewegten sich ein wenig. Blieben stehen.

Jacobi zitterte nicht mehr. Stattdessen fühlte sich sein Schädel an, als säße er in einem Schraubstock. Dafür nahm er seine Arme und Beine gar nicht mehr wahr. So hatte er jeder noch so kleinen Welle nichts mehr entgegenzusetzen. Sie schubsten ihn herum wie einen Gummiball. Statt der Schmerzen spürte er nun immer mehr Angst. Wenn die Kerle nicht bald verschwanden, würde er erfrieren. Oder durch den Seegang hinaus auf das offene Meer getrieben und dort ertrinken.

Endlich stiegen die Männer aus dem Wasser und in den SUV, den der vierte Mann inzwischen ans Ufer gefahren hatte. Doch der Wagen verschwand nicht etwa mit knirschenden Reifen vom Strand, sondern rührte sich nicht von der Stelle. Nach wenigen Sekunden blendete er auf und erleuchtete die Wasseroberfläche weiträumig. Reflexartig tauchte Jacobi wieder unter. Dabei verlor er das Gleichgewicht und taumelte durch das dunkle Meer. Wann immer er blinzelte, sah er ein verheißungsvolles Leuchten über sich. Hieß es nicht, man bewegte sich durch einen Tunnel auf ein Licht zu, wenn man starb? War es jetzt so weit? War dies der Moment? Langsam wanderte der Schimmer nach links. Oder war es unten? Jacobi hatte jede Orientierung verloren und die Kontrolle über seinen Körper. Spülte ihn die Strömung an den Strand, oder zog sie ihn immer weiter hinaus? Er wusste es nicht, und je länger er durch die Schwerelosigkeit trieb, umso gleichgültiger wurde es ihm. Ihm war egal, wo er ankam.

Ob überhaupt.

Schließlich spürte er einen warmen Hauch im Gesicht und schnappte nach Luft.

Eine weitere Woge erfasste seinen Körper, und seine schlaffen Beine schleiften über den Grund. Drei, vier Wellen später blieb er auf dem Strand im Kies liegen.

Norman Jacobi war noch einmal davongekommen, aber er spürte keine Erleichterung. Er war einfach nur müde, unendlich müde, und für einen Moment wünschte er sich nichts, als endlich einzuschlafen und nie wieder aufzuwachen. Doch anstatt Ruhe zu finden, kehrte das Zittern zurück. Unkontrolliert schlugen seine Kiefer aufeinander, und seine Beine zuckten durch das Kiesbett. Der Wind kratzte über seine Haut wie ein stumpfes Rasiermesser. Irgendetwas sagte ihm, dass er aufstehen musste, auch wenn er nicht verstand, wofür das gut sein sollte. Schwer grub sich seine Hand in den steinigen Untergrund, ohne Halt zu finden. Nur ganz langsam gelang es ihm, sich auf die Seite zu drehen und von dort auf alle viere zu kommen. Immerhin begann er, den Druck in seinen Handflächen zu spüren und nach einigen Schritten auch an den Knien. An einem größeren Stein zog er sich hinauf in den Stand. Auf den ersten Metern danach knickten seine Knie ein, bis er sich auf den Beinen halten konnte wie ein tapsender Zweijähriger.

Erst jetzt erinnerte er sich wieder, was ihn ins Wasser getrieben hatte. Hastig blickte er sich um, doch vom SUV war nichts mehr zu sehen. Er war vollkommen allein am Strand.

Schritt für Schritt stolperte Jacobi weiter über Steine und Muscheln, bis er den Steilhang erreichte. Er grub seine Hände in den klammen Boden, tastete nach Wurzeln, zog sich daran hoch und kam doch kaum voran. Aber durch die Anstrengung begann das Blut in seinen Adern wieder zu zirkulieren und seine Füße und Hände ihm langsam wieder zu gehorchen. Das setzte neue Energie frei, und plötzlich schien es Jacobi schäbig, hier unten in der Kälte zugrunde zu gehen.

Er hockte sich auf die Knie und atmete einige Male tief durch, bevor er einen neuen Versuch unternahm, nach oben zu kommen. Im Zickzack bewegte er sich den Steilhang hinauf und zog sich schließlich, beide Hände fest in das Gras gekrallt, über die Abbruchkante in Sicherheit.

Nach einer kurzen Atempause richtete er sich auf und ging zügig auf der Anhöhe entlang, wobei er sich am dunklen Schimmer des Meeres zu seiner Linken orientierte. Schließlich sah er die Häuser des Dorfes und war unendlich erleichtert, dass sie im Dunkeln lagen. Die letzten Meter bis zur Kate rannte er beinahe.

Dann stoppte er.

Und wenn sie ihm drinnen auflauerten?

Vom SUV keine Spur.

Er tastete sich zur Haustür.

Sie stand offen.

Jacobi schob sie zur Seite.

Stille und Dunkelheit.

Der vertraute Geruch. Im Fenster über der Spüle die Umrisse der Bäume im Garten.

Jacobis Hand tastete zum Lichtschalter. Sie zitterte.

Er schaltete das Licht ein.

Er war allein.

Jacobi spürte, wie das Blut aus seinem Kopf in die Beine sackte. Er taumelte vorwärts, stützte sich am kleinen Tisch ab, setzte sich und vergrub den Kopf in seinen Händen. Dann kehrte das Zittern zurück.

Vor einer halben Stunde war er beinahe gestorben. Und er hatte keine Ahnung, warum.

Ruckartig blickte er auf. Woher hatte Freddy überhaupt gewusst, wo er Jacobi suchen musste? Es gab nur ganz wenige Menschen, denen er erzählt hatte, wohin er fahren würde. Katharina und Alma.

Und Peggy.

Schlagartig erinnerte sich Jacobi an die letzte Nacht. An seinen Eindruck, dass jemand hinter ihrer Wohnung durch den Garten geschlichen war.

Oh Gott.

Hektisch suchte Jacobi nach seinem Handy, unter den Zeitschriften, in seinem Rucksack. Schließlich fand er es zwischen den Kissen im Sofa. Sofort rief er Peggy an.

Ewig langes Klingeln.

Endlich meldete sich eine müde Stimme. »Ja?«

»Peggy? Peggy, bist du das?«

»Ja. Und wer ist da? Norman?«

»Geht's dir gut? Was ist mit Lea? Geht es ihr auch gut?«

»Ja, natürlich geht es ihr gut. Du hast sie doch erst heute Morgen gesehen.«

»Gib sie mir. Ich will sie sprechen.«

»Was soll das, Norman? Sie ist im Bad. Und gleich geht sie schlafen.«

»Bist du sicher?«

»Natürlich bin ich sicher. Sag mal, hast du getrunken? Oder nimmst du Drogen?«

»Danke, Peggy. Du glaubst gar nicht, wie glücklich du mich machst.«

Jacobi legte auf und rief Alma an. Sie ging nicht ran. Das kam häufiger vor. Manchmal hatte sie einfach keine Lust. Auf ihrem Anrufbeantworter hinterließ er die flehende Bitte, sie solle sich bei ihm melden. So schnell wie möglich. Erst danach sah er, dass Katharina mehrmals angerufen hatte. Sie bat dringend um seinen Rückruf, weil sie eine wichtige Entdeckung gemacht hatte. Und um ihn zu warnen.

Vor Freddy und den Aktivisten.

Sofort wählte Jacobi ihre Nummer.

Sie ging nicht an ihr Telefon.

KAPITEL 25

Sie sah, wie sich der Mund ihrer Freundin unaufhörlich bewegte, aber Katharina verstand kaum ein Wort. Allenfalls Bruchstücke kamen bei ihr an. Carla redete und redete, doch ihre Stimme wurde übertönt von den wummernden Beats aus den mächtigen Lautsprechern, und manchmal schien es, als kämen die zuckenden Blitze nicht aus einer Lichtanlage, sondern direkt aus ihrem Kopf.

Katharina war froh, Carla dabeizuhaben, verspürte aber wenig Lust auf ihre Geschichten über blöde Kollegen, anstrengende Kinder oder neue Boutiquen. Sie war zu Recherchezwecken hier, und insofern war Carla ihre perfekte Tarnung. Zwei Frauen auf einem Mädelsabend, die ein wenig tranken und hin und wieder tanzten, wenn die Musik es erlaubte. Vor allem quatschten sie ununterbrochen. Dazu musste Katharina nichts weiter tun, als gelegentlich zu nicken oder zu lächeln, um sicherzustellen, dass der Redefluss nicht versiegte. Das gab ihr die Möglichkeit, sich unauffällig umzusehen, während sie an ihrem Frozen Strawberry Daiquiri nippte.

Das *St. James* lag im Untergeschoss einer ehemaligen Fabrik. Jedenfalls wirkte es so. Unter der Decke verliefen dicke Lüftungsrohre, die Tanzfläche war eingerahmt von riesigen Kästen, die an Schaltschränke erinnerten, und alte Drehbänke dienten als Tische. Das Ganze gab dem Begriff After-Work-Party eine ganz neue Bedeutung. Das Publikum war nicht sonderlich jung, sodass Katharina und ihre Freundin nicht weiter auffielen. Nur die Kleidung der meisten Gäste wirkte deutlich teurer als ihre eigene. Das schien aber niemanden zu stören. Bei wummernder Technomusik herrschte auf der Tanzfläche dichtes Gedränge, an den Tischen wurde viel getrunken und gelacht, und alle waren offenbar wild entschlossen, eine großartige Zeit zu haben. Während Katharina ihren Blick über die ausgelassene Party schweifen ließ, fragte sie sich, was an diesem Laden so besonders war, dass ein V-Mann des Staatsschutzes einen Werbeflyer des Clubs aufwändig unter den Dielen seiner Wohnung versteckte.

Alles, was sie auf die Schnelle zum *St. James* hatte finden können, hatte Katharina gelesen. Es war noch relativ neu, hatte sich aber schon bald zu einer festen Größe entwickelt. Der Ärger hielt sich im Rahmen, Schlägereien hatte es bisher nicht gegeben, allenfalls Besoffene, die laut grölend gegen Häuserwände pinkelten. Manche Gäste schluckten offenbar bunte Pillen, um länger durchhalten zu können. Im umliegenden Viertel gab es wenige Wohnhäuser, außerdem einige ältere Kleinbetriebe, eine Schlosserei, einen Handel für Tierfutter, eine Lackiererei. In letzter Zeit beschwerten sich immer wieder Anwohner, dass die Polizei nur sehr zögerlich oder gar nicht mehr kam, wenn ihre Einfahrten zugeparkt waren oder der Lärm morgens um drei jeden Schlaf raubte. Das klang, als fürchteten auch hier die Alteingesessenen, von Jüngeren verdrängt zu werden. Davor, dass sich etwas änderte. Was aber hatte das mit Holger, mit Körber und dem Staatsschutz zu tun? Was ist nur dein Geheimnis?, fragte sich Katharina, während sie sich weiter umsah. Dabei begegnete sie Carlas aufforderndem Blick. Offenbar hatte sie eine Frage gestellt und erwartete nun eine Reaktion. Sie beugte sich dicht an Katharinas Ohr.

»Ich habe dich gefragt«, schrie sie, »was du von den beiden da drüben hältst.«

Sie deutete auf ein Pärchen. Die Frau saß auf einer Werkbank, und während sie wild knutschten und seine Hände unter ihrem Pullover fummelten, schlang sie ihre Beine um seinen Körper. Dabei rutschte ihr kurzer Rock nach oben, und ihre Pobacken blitzten auf. Katharina war irritiert, auch ein wenig abgestoßen, vor allem aber mit den Gedanken woanders. Sie zuckte mit den Schultern.

»Meinst du, die sind echt«, fragte Carla schreiend, »oder gecastet? Weil man dem Publikum ja was bieten muss.«

Wieder fiel Katharina keine Antwort ein.

»Ehrlich, Katja, es ist wirklich toll, mal wieder so richtig ausgiebig mit dir zu quatschen. Du solltest mich nur auch mal zu Wort kommen lassen.«

Katharina sah ihre Freundin mit großen Augen an.

»Hör zu«, erklärte Carla, »es ist in Ordnung, dass du keine Lust hast zum Reden. Aber warum um alles in der Welt bettelst du dann, dass ich mit dir ausgehe? Und warum ausgerechnet hierher? Ich dachte, du würdest mir was aufregend Neues zeigen. Aber es ist nur teuer, grässlich laut, die Musik ist furchtbar, und das Publikum scheint sich um den Verstand saufen zu wollen. Also: Was willst du hier?«

Carlas bohrender Blick duldete keine Ausrede. Die Wahrheit wollte Katharina aber auf keinen Fall sagen. »Ich hatte von dem Schuppen gehört. Ich war neugierig und dachte, es könnte spannend sein. Es tut mir leid.«

»Und jetzt? Wollen wir uns wenigstens ordentlich betrinken? Sonst ertrage ich das nämlich nicht länger.«

»Ehrlich gesagt …«

»Also gut. Was dann?«

»Warum gehst du nicht ein wenig tanzen?«

»Weil ich dafür Musik brauche und nicht nur mörderischen Lärm!«

»Gib dem Laden eine Chance.«

»Sag doch einfach, dass du deine Ruhe haben willst, warum auch immer.«

Ein wenig beleidigt nahm Carla einen großen Schluck aus ihrem Weinglas, bevor sie ruppig Richtung Tanzfläche drängte. Katharina spürte ein schlechtes Gewissen, aber auch Erleichterung, endlich in Ruhe beobachten zu können. Große bunte Flächen an den Wänden ließen die Lichtblitze in schillernden Farben leuchten. Links waren Stahlplatten auf den Fußboden geschraubt, und mittlerweile war auch Katharina sicher: Dieser Laden war nicht ihr Geschmack. Alles wirkte zu laut, zu cool, zu gewollt.

Aber deshalb war sie nicht hier.

Weshalb dann?

Sie erinnerte sich an die früheren Fälle, an Häuser und Wohnungen, in die sie eingebrochen war, an versteckte Hinweise, die sie dort gefunden hatte. Die sie hatte finden sollen, weil sie absichtlich gelegten Spuren gefolgt war. Daran, dass sie schon zweimal nur knapp mit dem Leben davongekommen war, mehr tot als lebendig.

Galt für sie also das Gleiche wie für Jacobi? Hatte es auch etwas mit ihr zu tun? Dann sollte ich aufhören und gehen, auf der Stelle. Sie spürte eine Gänsehaut und für Sekunden den Impuls, einfach abzuhauen. Dann wieder dachte sie an Norman, daran, dass sie ihn nicht alleinlassen konnte.

Und wenn sie ehrlich war, wollte auch sie wissen, worum es hier eigentlich ging. Und auch sie würde nicht klein beigeben. Zu oft hatte sie sich einschüchtern lassen. Von Schindler, ihrem Chef. Von anderen Männern.

Von Ralf.

Sie hatte sich benommen wie ein kleines Mädchen und war auch so behandelt worden. Und so sah sie vermutlich auch der alte Mann im Hintergrund. In seinen Augen mussten sie und Jacobi naive Kinder sein, mit denen er spielen konnte.

So durfte sie nicht weitermachen.

Sie durfte nicht aufgeben. Nicht, bis das Rätsel gelöst und

der Kerl geschnappt war. Katharina sog an ihrem Strohhalm und nickte.

Am Tisch nebenan war die Stimmung ausgelassen. Die Leute lachten, schubsten sich, das Bier schwappte über. Katharina ahnte, was passieren würde, und trat einen Schritt zur Seite. Trotzdem erwischte es sie. Zwei Männer stießen sich gegenseitig, der eine taumelte zurück und rempelte Katharina gegen den Tisch. Ihr Cocktail und Carlas Wein kippten um, das dünne Glas zerbrach, und die Getränke ergossen sich über die Tischplatte. Den beiden Kerlen warf Katharina einen finsteren Blick zu, doch statt sich zu entschuldigen, glotzten sie nur aus großen, dunklen Augen. Dann begannen sie wieder laut zu kichern und zu rangeln. Sie schienen regelrecht weggetreten. Katharina ärgerte sich, besonders, weil auch ihre Bluse etwas abbekommen hatte. Unangenehm feucht klebte der Stoff an ihrem Arm. Grummelnd begann sie, mit den Fingerspitzen die Scherben aufzusammeln. Dabei sahen ihr die beiden Männer feixend zu. Schließlich sagte der eine etwas, worauf sich der andere vor Lachen krümmte und zu Boden fiel, wo er kichernd sitzen blieb.

In diesem Moment kehrte Carla von der Tanzfläche zurück. »Oh, hast du ordentlich gefeiert?«, schrie sie Katharina ins Ohr. »Das geht wohl besser ohne mich.«

Katharina sagte nichts, sondern deutete nur auf die beiden Männer.

»Verstehe. Da störe ich natürlich nur.«

»Gar nichts verstehst du. Und hör endlich auf, so einen Unsinn zu reden!«

Sichtlich überrascht von Katharinas Aggressivität, wich Carla einen Schritt zurück. »Weißt du, es ist echt schön, mit dir auszugehen. Eine wahre Freude.«

»Entschuldige, aber diese beiden Typen sind einfach nur ätzend. Guck dir die Sauerei an.«

»Ekelig. Aber du glaubst nicht, was mir gerade passiert ist. Wirklich ein prima Laden, den du ausgesucht hast.«

Katharina blickte sie fragend an.

»Ich tanze nichts ahnend. Der Song ist ziemlich bescheuert, aber ich gebe mir Mühe«, erklärte Carla. »Und dann kommt so ein kleines Männlein und hält mir eine Tüte mit irgendwelchen Pillen unter die Nase. Nicht dass ich schockiert wäre. Aber ich lehne dankend ab. Doch das interessiert den Kerl überhaupt nicht. Er ist richtig penetrant, folgt mir über die Tanzfläche, fasst mich an, legt mir das Zeug in die Hand. Wie auf einem arabischen Basar. Erst als ich ihn wegschubse, wird er sauer, lässt mich dann aber in Ruhe. Aber anstatt zu verschwinden, geht er einfach zum Nächsten. Und weißt du, was das Beste ist? Sie kaufen das Zeug. Hier, in aller Öffentlichkeit. Als wären es nichts als Bonbons. Siehst du? Der kleine Kerl mit der albernen Windjacke. Da, schon wieder eine Tüte.«

Am Rand der Tanzfläche drückte ein junger, schmächtiger Typ zwei Frauen, ähnlich alt wie Katharina und Carla, je einen winzigen Plastikbeutel in die Hand und erhielt dafür einige Geldscheine. Die Leute drum herum mussten es sehen, sagten aber nichts. Im Gegenteil: Sie schienen regelrecht anzustehen, und tatsächlich erhielt sofort der Nächste ein Päckchen.

»Ist das nicht unglaublich?«, fragte Carla. »Ich jedenfalls habe genug von diesem Schuppen. Lass uns gehen. Vielleicht finden wir ja einen netten kleinen Laden, in dem zwei Mädels einfach nur in Ruhe ein Glas Wein trinken können.«

Sie zog ihre Freundin am Arm, doch Katharina rührte sich nicht, sondern sah gebannt dem ungenierten Drogenhandel zu. Sie erinnerte sich wieder an ihre ersten Recherchen zu den Bürgerrechtlern, direkt nach der Verteidigung ihrer Habilitation und dem Abend mit Jacobi im Restaurant.

Schon damals hatte sie etwas von Drogen gelesen, dem aber keine Bedeutung beigemessen. Jetzt ärgerte sie sich über ihre Nachlässigkeit. Aber möglicherweise hatte sie trotz allem ein weiteres Puzzleteil entdeckt, aus dem sich vielleicht endlich ein klareres Bild ergeben würde. Immerhin legte es nahe, warum Holger der Laden so wichtig war.

Katharina blickte auf die beiden Kerle am Nachbartisch, wo der eine dem anderen aufhalf, während sie nach wie vor kicherten. Sie waren also nicht nur ziemlich betrunken, sondern auch völlig zugedröhnt. Und Katharina registrierte zufrieden, dass ihr Ausflug doch nicht umsonst war.

Wieder suchte sie den jungen Dealer und fand ihn dicht an der Treppe nach oben. Dort verkaufte er ein weiteres Päckchen, schien aber im Aufbruch. Katharina überlegte. Wenn dieses schmierige kleine Männchen ihre Verbindung zu der ganzen Geschichte war, dann durfte sie ihn nicht einfach gehen lassen.

Er stieg die Treppe hinauf.

Jetzt oder nie.

»Sei mir nicht böse«, erklärte Katharina, »aber ich muss noch mal weg. Wir holen das nach. Versprochen.«

Bevor Carla protestieren konnte, griff Katharina ihre Jacke und zwängte sich durch die Menge Richtung Treppe. Oben sah sie sich um. Der Dealer sprach mit einem der beiden Türsteher, auch ein junger Mann, mit dunklem Anzug und dunkelblauer Krawatte. Sie schienen sich gut zu kennen. Der Drogenhändler bot ihm ebenfalls ein Tütchen an, doch der Clubmitarbeiter lehnte lächelnd ab. Daraufhin verließ der Dealer das Gebäude.

Einen Moment noch wartete Katharina, bevor sie zielstrebig zur Tür ging und sich zwischen den Kontrolleuren hindurchzwängte.

»Besuch uns mal wieder«, sagte einer der beiden.

Sie reagierte nicht und trat ins Freie. Die kalte Luft war

erfrischend, ließ sie aber auch die Feuchtigkeit an ihrem Ärmel spüren. Noch auf den Treppenstufen blickte sich Katharina suchend um. Sie entdeckte den jungen Kerl nicht sofort und fürchtete schon, ihn verloren zu haben, als sie ihn nur drei Häuser weiter auf der anderen Straßenseite in einer Bar verschwinden sah. Er war also noch nicht fertig. Die Geschäfte liefen ja auch blendend.

Bevor sie das Gebäude betrat, atmete Katharina tief durch. Hinter einem schweren Vorhang herrschte eine gänzlich andere Atmosphäre als zuvor im Club. Der relativ kleine Raum war nur spärlich beleuchtet. Von irgendwoher kam leise Lounge-Musik, und etwa zwanzig Gäste saßen in niedrigen Sesseln und Sofas, rauchten und tranken Cocktails. Wieder ging der Dealer ungeniert durch die Reihen und bot seine Ware an wie ein indischer Rosenverkäufer. Hier hatte er deutlich weniger Erfolg, aber niemand nahm Anstoß. Auch der Barkeeper an der Theke links von Katharina sah, was passierte, störte sich aber überhaupt nicht daran.

Während Katharina weiter beobachtete, gleichermaßen entsetzt wie fasziniert, blieb eine Kellnerin mit einem Tablett neben ihr stehen. »Kann ich dir helfen?«

Irritiert suchte Katharina nach Worten, als sich der junge Kerl auf dem Weg nach draußen an ihnen vorbeizwängte. Seine Haare waren ungewaschen, und er roch nach Schweiß. »Danke, nein«, sagte Katharina und folgte ihm.

Zügig ging der Dealer weiter die Straße hinunter, ohne sich umzusehen oder sich irgendwie nervös zu verhalten. Warum auch? In der ganzen Gegend schien er ein gern gesehener Geschäftsmann zu sein. Nach etwa zweihundert Metern steuerte er auf eine Eckkneipe zu, ging aber daran vorbei, um schließlich nach rechts in den Hof zu verschwinden. Lagerte er dort seinen Nachschub?

An der Hausecke stoppte Katharina. Durch die Fenster mit gelblichen Butzenscheiben sah sie einige ältere Männer, die an der Theke über ihrem Bier hockten. Offenbar gehörten sie nicht zur bevorzugten Zielgruppe des erfolgreichen Jungunternehmers.

Vorsichtig lugte Katharina um die Ecke in eine dunkle Hofeinfahrt zwischen der Kneipe und einem weiteren langgestreckten Haus. Von dem Dealer war nichts zu sehen. Mit einer Hand stützte sich Katharina am rauen Putz der Fassade ab, während sie sich in den Hof tastete. Sand knirschte unter ihren Schuhen.

An der Rückseite des Hauses angelangt, blieb sie wieder stehen. Sie sah in einen kleinen ungepflegten Garten. Ihr Blick reichte jedoch nur wenige Meter weit. Den Kerl hier zu finden, schien völlig aussichtslos. Ich habe ihn verloren, dachte sie enttäuscht und fragte sich, ob sie unvorsichtig gewesen war und er sie doch entdeckt hatte. Während sie sich ihren Weg hierher noch einmal ins Gedächtnis rief, nahm sie einen unangenehmen Geruch wahr, eine Mischung aus Schweiß und ungewaschener Kleidung. Bevor sie erkannte, woher er stammte, griff von hinten ein Arm fest um ihren Hals und ein zweiter um ihren Bauch. Katharina war völlig überrumpelt und wehrlos, wurde nach hinten gezogen, verlor das Gleichgewicht und kippte zurück. Sie fürchtete, sich böse wehzutun, landete aber auf dem Körper ihres Angreifers, der mit ihr gefallen war.

Der Kerl lag unter ihr, schnaufte und schlang seinen Arm immer enger um ihren Hals. »Was willst du? Warum bist du hinter mir her? Wer schickt dich? Die Bullen?«

Mit jedem Satz, den er hervorpresste, erhöhte er den Druck. Katharina versuchte zu antworten, ihn irgendwie zu besänftigen, brachte aber nur ein Röcheln hervor. Sie fürchtete, er würde ihren Kehlkopf zerquetschen.

In dieser Position habe ich keine Chance, dachte sie schnell. Irgendwie muss ich in Bauchlage kommen. Das war ihnen im Selbstverteidigungstraining immer wieder eingebläut worden. Doch die Luft wurde knapp. Der Druck auf ihren Hals war entsetzlich. Trotzdem sammelte sie alle Kraft und rollte ihren Körper hin und her, von links nach rechts, nach links, nach rechts, so gut es eben ging. Der Dealer schien überhaupt nicht zu begreifen, was vor sich ging, und begann zu kichern. Doch mit jeder Bewegung verschaffte sich Katharina etwas mehr Spielraum. Schließlich hatte sie so viel Schwung entwickelt, dass sie mit dem Angreifer über dessen Ellenbogen nach rechts kippte. Er schrie auf vor Schmerz und lockerte ein wenig den Griff um ihren Hals.

Nun lag Katharina auf dem Bauch, mit dem ganzen Gewicht des Mannes auf ihrem Rücken. Ihre Arme und Hände waren eingeklemmt unter ihrem eigenen Körper. Das Pflaster des Hofes kratzte an ihrer Haut. Immerhin hatte der Druck auf ihrer Kehle etwas nachgelassen, und sie schnappte nach Luft.

Der Dealer stank, und sein schmieriges Haar lag auf ihrer Wange. »Ist das besser, wenn ich oben liege?«, keuchte er ihr ins Ohr. »Magst du das? Also, was willst du, du blöde Fotze? Schicken dich die Bullen? Weil sie sich selbst nicht mehr trauen?« Wieder begann er zu kichern, nun so wirr, dass sich sein ganzer Körper schüttelte. Dabei drückte sein Arm wieder auf ihren Kehlkopf und gegen ihr Kinn. Katharina presste es nach unten, bis sie ihren Mund an seinen Bizeps brachte.

Dann biss sie zu, so fest sie nur konnte.

Er schrie, zog ruckartig seinen Arm zurück und schlug ihr gegen den Kopf.

Katharina war benommen, spürte aber, dass sie nun mehr Luft bekam und mehr Bewegungsfreiheit. Es gelang ihr, einen Arm unter ihrem Körper hervorzuziehen. Damit schlug sie wahllos hinter sich, traf mit der Faust seinen Oberschenkel. Doch das schien ihm nichts auszumachen. Im Gegenteil. Sein Lachen wurde nur noch aggressiver, noch überlegener. »Komm schon, Fotze, wehr dich. Zeig, was du kannst.«

Katharina versuchte, nicht hinzuhören. Nicht seinen Gestank zu riechen, nicht seinen Körper auf ihrem zu spüren und seinen Atem auf ihrer Haut. Immer heftiger schlug sie um sich, rammte ihren Ellenbogen nach hinten, schneller und schneller. Doch ihr einziger Erfolg war, dass er nur noch lauter lachte und versuchte, seinen Arm wieder um ihre Kehle zu bekommen.

Bis sie ihn mit voller Wucht genau unterhalb des Rippenbogens erwischte.

Sein Kichern erstarb, der Griff um Katharinas Bauch ließ nach, und der Dealer schnappte röchelnd nach Luft. Noch einmal schlug Katharina zu und noch einmal. Nun lag sein Arm schlaff unter ihr auf dem Pflaster. Schnell rollte sie ihren Körper wieder hin und her, bis der Kerl von ihrem Rücken kippte.

Katharina sprang auf, drehte ihren Angreifer auf den Bauch, seinen linken Arm nach oben und presste ihr Knie in sein Kreuz. Noch immer kicherte er. Mit ihrer freien Hand griff Katharina in die Jackentasche, aus der er die Pillen hervorgeholt hatte. Das Innenfutter war schmierig und voller Krümel. Aber sie tastete auch mehrere der kleinen Tüten. Eine davon zog sie heraus und hielt sie dem Dealer vor die Nase. »Woher hast du die?«

»Verdammt gutes Zeug, oder?«

Sie zog ihm kräftig an den Haaren, doch es half nichts.

»Du solltest auch eine nehmen. Das entspannt.«

Der Kerl schien seine Lage überhaupt nicht zu erkennen. Katharina richtete sich auf und drehte ihn ruppig auf den Rücken. »Ich habe dich was gefragt. Woher?«

Das Kichern wurde immer lauter und schriller, bis er sich vor Lachen krümmte. Ohne nachzudenken, schlug ihm Katharina mit der Faust ins Gesicht. Schlagartig verstummte das Lachen, und der Dealer starrte sie mit großen Augen an. »Bist du irre? Frisst du das Zeug zum Frühstück?«

»Und du solltest selbst nicht so viel davon schlucken«, antwortete sie. »Dann könntest du's auch mit einem Mädchen aufnehmen.«

Daraufhin begann der Typ wieder zu kichern. Er musste völlig stoned sein. Kopfschüttelnd steckte Katharina die Pillen ein und ging.

KAPITEL 26

Die Lösung war ganz nah, das spürte sie.

Sie lag vor ihr auf dem Tisch, irgendwo in der Akte aus Körbers Büro, in der dessen Informant vor den Aktivisten gewarnt hatte, zwischen den Unterlagen aus Holgers Wohnung, Strategiepapieren der Polizei, Fotos, die Körber auf Demonstrationen zeigten, und dem Werbeflyer eines Clubs, den der V-Mann sorgfältig versteckt hatte. Dort jedoch wurde offen mit Drogen gehandelt. Wieder wog Katharina die kleine Tüte mit den bunten Pillen in der Hand. Waren sie die Antwort auf all ihre Fragen? Der Pol, um den sich alles drehte?

Über Aufputschmittel hatte Katharina schon ganz am Anfang ihrer Recherchen zu den Bürgerrechtlern gelesen. Der Kreis schien sich also zu schließen. Aber noch war er nicht rund, zeigte Ecken und Kanten. Katharina saß am Esstisch in ihrem Wohnzimmer, die Ellenbogen auf die Tischplatte gestützt und die Augen fest auf das ausgebreitete Material gerichtet, das nur von einer winzigen Lampe an der Wand beleuchtet war. Wie unter einem Mikroskop. Nichts sollte sie ablenken, Katharina Beck, die Forscherin, die nicht aufhören würde, bis sie die Lösung entdeckt hatte. Während sie den Blick über die Unterlagen gleiten ließ, spürte sie noch den Druck auf ihrem Kehlkopf. Aber da waren weder Angst noch Panik. Vielmehr amüsierte sie der Dealer in gewisser Weise, seine Überraschung darüber, dass sie sich so verbissen gewehrt hatte.

Im Internet suchte sie nach Informationen über Drogenkonsum in Frankfurt. Die tragischen Artikel über das elende Sterben einzelner Junkies auf Bahnhofstoiletten interessierten sie in diesem Moment jedoch wenig. Noch einmal führte sich Katharina die Bilder aus dem *St. James* vor Augen und veränderte die Suchanfrage hin zu Partydrogen. Sofort erhielt sie zahlreiche Treffer. In den Artikeln ging es um eine neue Wunderpille, deren Wirkung mit einer Mischung aus Entsetzen und Ehrfurcht beschrieben wurde. Es handelte sich um ein Aufputschmittel, ähnlich Ecstasy, aber ohne die lästigen Nachwirkungen wie Antriebslosigkeit oder depressive Verstimmung. Die neue Droge war weicher und dazu noch einfach in der Herstellung und deshalb billig. Vor allem aber schien sie nicht abhängig zu machen und so erst recht süchtig. Die Pillen schlossen die Marktlücke zwischen Energydrinks und harten Drogen. Sie wurden nicht nur auf Partys konsumiert, sondern auch von gestressten Schülern und von Frauen, die hofften, so Beruf und Familie besser unter einen Hut zu bekommen. Experten werteten die Tabletten als große Gefahr, gerade weil sie so harmlos schienen. Mehrmals las Katharina von Herzrhythmusstörungen, Kreislaufversagen und Atemstillständen. Dass es bisher noch keine Todesfälle gegeben hatte, war reines Glück. Katharina ließ sich Bilder anzeigen. Die Pillen im Netz sahen genauso aus wie die vor ihr auf dem Tisch: klein, ovale Form, wahlweise in Orange oder leuchtendem Grün. Genauso gut hätten es harmlose Vitamine sein können.

Auch auf den Demonstrationen der letzten Wochen waren offenbar große Mengen der Droge konsumiert worden. Sie stärkte die Ausdauer auf den langen Märschen durch die Kälte und löste die Hemmungen. Die Menschen skandierten die Parolen lauter und ließen sich von der Polizei weniger einschüchtern. Katharina dachte an den gut gehenden Club und die Tausende von Demonstranten. Ein gigantischer Markt.

Doch vor zwei Monaten hatte der schwunghafte Handel einen Dämpfer bekommen. Bei einer Razzia in Sachsenhausen war der Polizei ein erheblicher Vorrat an Drogen in die Hände gefallen. Es war nicht genug, um den Sumpf auszutrocknen, aber es reichte, um die Szene aufzuschrecken. In der Folge waren die Dealer deutlich vorsichtiger vorgegangen. Dennoch hatte sich die Polizei Hoffnungen gemacht, schon bald den entscheidenden Schlag zu setzen.

Dazu aber war es nicht mehr gekommen.

Denn dann war ein gewisser Holger zu Tode gekommen. Holger, der nicht Holger hieß. Der ein Bürgerrechtler gewesen war und gleichzeitig ein Spitzel der Gegenseite. Der mit dem Feuer gespielt hatte und dabei verbrannt war. In einem Artikel hieß es, dass die Polizei in der Folge so sehr unter Druck geriet, dass ihr die Mittel fehlten, den Drogenhandel weiter zu bekämpfen. Sofort wurden die Pillen wieder offen in den Clubs angeboten und auf den Schulhöfen verkauft. Es schien, als hätten die Behörden ganze Stadtbezirke aufgegeben. Besonders Praunheim, Rödelheim und Hausen waren betroffen.

Wieder nahm Katharina das kleine Päckchen mit den bunten Pillen zur Hand und platzierte es sorgfältig auf dem Tisch, genau in der Mitte zwischen den Unterlagen. Seit einigen Stunden erst ging sie davon aus, dass nicht die Polizei Holger getötet hatte. Weil es keinen Sinn ergab. Schließlich hatte er für sie gearbeitet, sie mit Informationen versorgt. Inzwischen glaubte sie, dass es die Bürgerrechtler gewesen waren, weil Holger ein V-Mann gewesen war, der ihnen hätte gefährlich werden können. Gleichzeitig profitierten auch die Drogenhändler enorm von seinem Tod, weil so die Polizei ganz mit sich selbst beschäftigt war.

Ein seltsamer Zufall, dass sich die Interessen zweier so unterschiedlicher Gruppen ausgerechnet in der Person von Holger kreuzten. Noch einmal nahm Katharina den Flyer zur Hand, den sie in dessen Wohnung gefunden hatte. Sie spürte ein Kribbeln auf der Kopfhaut.

Was, wenn der Zufall gar kein Zufall war?

Was, wenn Bürgerrechtler und Drogenhändler – eins waren?

War es das? War das die Verbindung, das fehlende Glied in der Kette? Ging es eigentlich um Drogenhändler, die sich als Bürgerrechtler ausgaben, um ihre Ware in großem Stil auf Demos verkaufen zu können? Die dann entdeckt hatten, dass einer unter ihnen ein V-Mann der Gegenseite war? Die ihn zunächst als Bedrohung für ihr Geschäft gesehen und dann als große Chance erkannt hatten?

Katharina kam auf Touren. Die Bilder liefen vor ihr ab wie ein Film. Wahrscheinlich hatten die Dealer Holger erpresst. Entweder die Polizei störte nicht länger ihre Geschäfte, oder sie ließen ihn auffliegen. Und die Nachricht, dass der Staatsschutz einen V-Mann in die Bürgerrechtsbewegung eingeschleust hatte, wäre fatal gewesen in der ohnehin aufgeheizten Stimmung in der Stadt. Katharina stellte sich vor, wie Körber versucht hatte, Zeit zu gewinnen, sich irgendwie aus dieser Klemme herauszuwinden. Dann hatten die Dealer die Geduld verloren. Schließlich gingen sie keinerlei Risiko ein.

Im Gegenteil.

Alles, was sie dafür gebraucht hatten, waren ein paar Polizeiuniformen aus dem Kostümverleih, Helme mit spiegelndem Visier, außerdem die nötige Portion Skrupellosigkeit und Brutalität.

Katharina lehnte sich zurück und sah aus dem Fenster in die Dunkelheit.

War das die Erklärung? Ging es ganz einfach um Drogenhandel?

Plötzlich erschauerte sie.

Diesem Freddy und seinen Leuten traute sie das durchaus zu. Was aber war mit dem Drahtzieher? Dem alten Mann, der alles, was geschah, in Auftrag gab? Und der behauptete, dass die ganze Geschichte etwas mit Norman zu tun hatte?

Norman Jacobi und Drogenhandel? Wo sollte dort die Verbindung sein?

Das ergab keinen Sinn.

Katharina spürte, dass die Unsicherheit zurückkehrte. Wie eine unsichtbare, vielarmige Kreatur waberte sie von allen Seiten auf sie zu, als das Telefon klingelte.

Erschrocken blickte sie zur Uhr. Halb zwei in der Nacht. Wer rief sie um diese Zeit an?

Der Hintermann? Wusste er von ihren Entdeckungen?

Beobachtete er sie?

Hastig sah sie sich um.

Das Klingeln hörte nicht auf.

Zögernd griff sie nach dem Apparat – und war erleichtert. Normans Nummer.

»Gut, dass du anrufst. Ich muss dir was sagen. Ich weiß endlich, worum es geht. Die ganze Geschichte.« Sie holte Luft und hörte, dass er aufgeregt dazwischenredete.

»Geht es dir gut?«, fragte er hastig. »Ist dir was passiert? Bist du verletzt?«

Ein wenig irritiert dachte Katharina wieder an die Begegnung mit dem Dealer und lächelte. »Ja, mir geht es gut.«

»Gott sei Dank! Du glaubst gar nicht, welche Sorgen ich mir gemacht habe. Schon seit Stunden versuche ich, dich zu erreichen. Wo hast du denn die ganze Zeit gesteckt?«

»Ich war unterwegs. Recherchen. Was ist denn los?«

»Sie sind hinter mir her! Nicht die Bullen. Freddy und seine Leute. Ich weiß es ganz sicher. Ich habe seine Stimme erkannt. Sie haben mich verfolgt, bis ins Wasser. Ich dachte, das ist das Ende, ich ertrinke oder erfriere oder beides. Sie wollen mich töten!«

»Bist du verletzt?«, fragte sie erschrocken.

»Ich habe ein paar Kratzer und kalte Füße. Sonst geht es

mir gut. Aber ich habe keinen Schimmer, warum sie mich umbringen wollen.«

»Drogen«, sagte Katharina trocken.

»Was?«

»Sie handeln mit Drogen im großen Stil. Und Holger war ein V-Mann von Körber und hat es gewusst. Deshalb haben sie ihn getötet. Und dann haben sie es der Polizei in die Schuhe geschoben. Und dafür brauchten sie dich. Es ist unglaublich perfide und brutal. Aber gleichzeitig perfekt.«

»Ich verstehe kein Wort.«

»Eigentlich ist es ganz einfach. Es ist alles nur ein Ablenkungsmanöver. Die Polizei ist viel zu sehr mit sich beschäftigt und hat gar keine Zeit …«

»Katharina! Katharina! Hör mir doch mal zu! Die Frage ist doch: Woher wussten sie überhaupt, wo sie mich finden?«

»Was? Was meinst du?«

»Es gibt nur vier Menschen, denen ich vom Haus an der Küste erzählt habe. Peggy geht es gut und Lea auch. Dir ist glücklicherweise auch nichts passiert. Aber was ist mit Alma?«

»Was soll mit ihr sein?«

»Seit Stunden versuche ich, sie zu erreichen. Sie meldet sich einfach nicht. Du musst zu ihr. Sofort.«

»Ich?«

»Bitte, Katharina, tu das für mich. Wenn ihr was passiert wäre, würde ich mir das nie verzeihen. Ich würde mich selbst drum kümmern, aber ich stecke fest auf dem verdammten Bahnhof von Hannover. Der nächste Zug geht erst um halb fünf. Gleich nehme ich mir ein Taxi. Aber es dauert, bis ich in Frankfurt bin. Und ich will doch nur sicher sein, dass es ihr gut geht.«

»Es ist mitten in der Nacht.«

»Nimm den Schlüssel für meine Wohnung, den ich dir gegeben habe. Wenn sie nicht aufmacht, findest du einen

Schlüssel für ihre Tür in einem kleinen blauen Kästchen im Flurregal.«

»Ich soll in ihre Wohnung gehen? Einfach so? Ich kenne sie doch gar nicht.«

»Ich will doch nur, dass es ihr gut geht. Bitte!«

Schwer atmete Katharina aus. »Also gut.«

»Danke, du bist ein Schatz. Und melde dich sofort, wenn du mit ihr gesprochen hast.«

Mit diesen Worten legte er auf.

Irritiert blickte Katharina auf den Apparat in ihrer Hand. Norman war völlig von der Rolle. Die Verfolgung durch die Dealer hatte ihn natürlich ziemlich mitgenommen. Hätte sie stärker auf ihn eingehen, ihn beruhigen müssen? Nein, denn in Momenten wie diesem war jede Diskussion zwecklos, das wusste sie inzwischen. Er hätte ihr nicht zugehört. Seine Gedanken kreisten allein um Alma. Katharina hatte nur eine vage Vorstellung davon, was sie ihm bedeutete. Trotzdem hielt sie Normans Sorge für übertrieben. Was hatten die Dealer mit Alma Frey am Hut? Aber sie würde sich kümmern, ihm zuliebe.

Im Internet suchte sie die Nummer. Während sie dem Freizeichen lauschte, überlegte Katharina, was sie sagen würde, sollte Alma sich melden, und alles klang seltsam. Hallo, Sie kennen mich nicht, und es ist mitten in der Nacht, aber geht es Ihnen gut? Doch Alma Frey ging nicht ans Telefon, weder an den Festnetzapparat noch an ihr Handy. Für einen Moment war Katharina erleichtert. Dann fragte sie sich, ob sie sich doch Sorgen machen sollte. Aber wenn es so einfach wäre, hätte Norman Alma längst erreicht.

Wenige Minuten später saß Katharina im Auto. Die Stadt war dunkel und leer und die Stille unangenehm. Katharina schaltete das Radio ein und suchte einen Sender mit klassischer Musik, um sich ein wenig abzulenken. Je näher sie der Menzelstraße kam, umso stärker wurde trotzdem der

Gedanke, dass Alma etwas zugestoßen sein konnte. Immerhin waren hier skrupellose Dealer und Mörder am Werk. Erst jetzt wurde Katharina bewusst, dass sie wahrscheinlich auch den Autofahrer getötet hatten. Dazu hatten sie wieder ihre Uniformen angezogen, eine Straße blockiert und einen Menschen erschossen. Und das nur, damit Jacobi es sah und den Druck auf die Polizei weiter erhöhte. Das alles war so unglaublich perfide.

Nach fünfzehn Minuten parkte Katharina vor dem Haus, in dem Norman und Alma wohnten. Sie sah an der dunklen Fassade hinauf. Nichts rührte sich. Warum auch? Am liebsten wäre sie einen Moment in ihrem Wagen sitzen geblieben, um sich zu versichern, dass alles ruhig war, und dann zurückgefahren und unter ihre Bettdecke gekrochen. Stattdessen gab sie sich einen Ruck und stieg aus.

Die Luft war kalt und feucht und die Straße menschenleer. Einen Moment zögerte Katharina, bevor sie klingelte. Wenn sie Normans Schilderungen glauben konnte, besaß Alma Frey durchaus Temperament. Katharina stellte sich vor, wie sie wütend über die Störung am Fenster erschien und einen Blumentopf nach ihr warf. Sie trat einen Schritt zurück.

Doch alles blieb still.

Sie klingelte erneut.

Wieder nichts.

Das ungute Gefühl kehrte zurück. Katharina überlegte, Kommissar Demandt zu informieren. Sie mochte ihn noch immer nicht. Wenn aber dort oben tatsächlich etwas vor sich ging, war es vielleicht besser, nicht allein hinaufzugehen. Sie rief ihn an. Er hatte tief geschlafen und verstand ihre kurze Zusammenfassung der Ereignisse offenbar nicht richtig. Trotzdem versprach er zu kommen. In dreißig Minuten würde er dort sein. Erleichtert stieg Katharina zurück ins Auto.

Sie rieb ihre Hände über ihre Oberschenkel, um sich aufzuwärmen. Und wenn Norman sich wieder meldete? Unmöglich konnte sie ihn weiter vertrösten. Er würde endgültig durchdrehen.

Wieder sah Katharina an der dunklen Fassade hinauf. Wahrscheinlich war Alma einfach nur spontan verreist und hatte keine Lust, ans Telefon zu gehen. Auch das schien zu ihrem Charakter zu passen. Dann sollte Katharina es einfach hinter sich bringen.

Im Treppenhaus empfingen sie ein vertrauter Geruch und das typische Knarren der hölzernen Stufen.

Was aber, wenn auch die Dealer oben warteten?

Nein, sie waren ja an der Küste und hatten Norman verfolgt. Was sollten sie auch hier?

Trotzdem öffnete sie Jacobis Wohnungstür sehr vorsichtig. Tastend setzte sie die ersten Schritte in den Flur. Es war seltsam, hier allein zu sein, mitten in der Nacht. Aber sie war nicht hergekommen, um diesem Gefühl weiter nachzugehen. Stattdessen begann sie, den Schlüssel zu Almas Wohnung zu suchen, und fand ihn wie von Jacobi beschrieben in einer kleinen blauen Schachtel im Regal. Bevor sie ging, warf sie noch einen kurzen Blick ins Wohnzimmer. Dort erwartete sie Juri zu sehen, wie er müde mit dem Schwanz wedelte. Doch sein Platz auf dem Sofa war leer.

Katharina stieg weiter die Holztreppe hinauf und stellte sich die Begegnung von Alma Frey mit den Dealern vor. Sie wollten wissen, wo Jacobi sich versteckte. Dazu hatten sie die Frau wahrscheinlich eingeschüchtert. Kräftige Kerle mit jeder Menge Tattoos. Und auf den Schreck hatte Alma Juri geschnappt und war für ein paar Tage weggefahren. Dann wäre dort oben nichts als eine hübsche, aber leere Wohnung. Das ergab Sinn, und Katharina beschleunigte ihre Schritte.

Dann stockte sie.

Wenn Alma den Dealern tatsächlich begegnet war, hätte

sie Norman dann nicht in jedem Fall informiert? Ihn gewarnt, anstatt einfach abzutauchen? Es wäre nur ein einziger, kurzer Anruf gewesen. Den hätte sie ganz sicher gemacht.

Wenn sie gekonnt hätte.

Katharina schluckte. Plötzlich wurden ihre Beine schwer. Als stiege sie seit Stunden einen steilen Berg hinauf. Schließlich erreichte sie das vierte Obergeschoss und blickte auf die Wohnungstür. Fauliger Gestank lag auf dem Treppenabsatz. Sie hielt sich eine Hand unter die Nase und klingelte.

Hundegebell, gemischt mit kläglichem Jaulen. Juri. Ihm ging es gut. Gott sei Dank.

Wenn er aber hier war, warum sollte Alma dann nicht in ihrer Wohnung sein? Auf keinen Fall würde sie ihn einfach allein lassen. Wenn aber auch sie hier war, warum ging sie dann seit Stunden nicht ans Telefon?

Bevor sich mögliche Erklärungen in ihrem Kopf zu einem düsteren Film verdichten konnten, klingelte Katharina ein weiteres Mal. Ungelenkes Tapsen hinter der Tür, Bellen und Knurren.

»Hallo, Dicker«, sagte Katharina, »ich dachte, ich schaue mal, wie es dir geht.«

Kratzen und Jaulen.

»Ist ja gut. Ich komme ja schon.«

Sie schloss die Tür auf. Sofort sprang ihr Juri auf wackeligen Beinen entgegen, die immer wieder seitlich wegrutschten. So sah es aus, wenn Norman vergessen hatte, ihm die Medikamente unter das Futter zu mischen. Katharina kraulte ihm den Nacken. »Was ist denn los mit dir? Und wo steckt deine Gastgeberin, hm? Wollen wir mal nach ihr schauen?«

Katharina tastete nach dem Lichtschalter im Flur und erschrak. Auf dem Holzfußboden lagen mehrere Hundehaufen. Offenbar war Juri längere Zeit nicht rausgekommen.

»Frau Frey? Mein Name ist Katharina Beck. Ich bin eine gute Freundin von Norman. Er hat mich gebeten, nach Ihnen zu sehen. Von ihm habe ich auch den Schlüssel zu Ihrer Wohnung. Geht es Ihnen gut? Frau Frey?«

Angestrengt horchte Katharina in die Stille, hoffte auf eine Antwort, ein kurzes Signal, dass alles in Ordnung war. Oder nur ein dummes Missverständnis. Ein Migräneanfall oder eine Magenverstimmung.

Doch es kam keine Antwort.

Stattdessen lief Juri über den Flur Richtung Wohnzimmer. Mehrmals sackten ihm dabei die Hinterbeine weg. Während Katharina ihm folgte, suchte sie angestrengt nach Erklärungen für den Anblick, der sich ihr bot. Für Juris jämmerlichen Zustand und den süßlich-fauligen Geruch, der die ganze Wohnung zu fluten schien. Etwas, das umgekippt war. Oder vergammeltes Obst. Doch das alles passte überhaupt nicht zu dem Bild, das sie sich durch Normans Erzählungen von Alma Frey gemacht hatte. So drängte sich mit jedem Schritt immer stärker die eine Erklärung auf, die eine Befürchtung war. Bevor sie übermächtig wurde, schaltete Katharina das Licht im Wohnzimmer ein.

Sofort sackte ihr das Blut in die Beine, und sie musste sich am Türrahmen festhalten.

Die Augen, die Katharina leer und doch durchdringend anstarrten, schienen aus dem Kopf zu springen. Das Gesicht war blau angelaufen durch das aufgestaute Blut. Eine dünne Schlinge schnitt in die Haut am Hals und war am anderen Ende um die Rippen des Heizkörpers gewickelt. Immer wieder stupste Juri den leblosen Körper mit der Nase an und stieß dabei verzweifelte Laute aus.

Alma Frey war tot, grausam stranguliert mit einem Stück Draht.

Katharina rührte sich nicht. Der Anblick war entsetzlich, und sie rechnete damit, augenblicklich von einer Welle aus Angst oder Panik überrollt zu werden. Zu schreien, zu weinen und die Flucht zu ergreifen.

Doch nichts dergleichen geschah.

Stattdessen registrierte sie, wie sich der Schrecken sehr schnell wieder legte. Wie eine Schlange, die kurz gezischt hatte und sich dann zurück unter ihren Stein verkroch. Erstaunt stellte Katharina fest, dass sie die Situation sehr nüchtern betrachten konnte.

Es war das erste Mal während ihrer Recherchen, dass sie eine der Leichen aus der Nähe sah. Sie erkannte die rohe, zerstörerische Gewalt. Doch da war noch etwas anderes. Auch der Frauenmörder Wolff und der Auftragskiller, der mehrere Politiker getötet hatte, waren rücksichtslos und grausam vorgegangen. Trotzdem glaubte Katharina, einen Unterschied zu erkennen. Die beiden Mörder hatten einen klaren Plan verfolgt und waren dabei irgendwie leiser und auf eine erschreckende Weise sogar elegant vorgegangen. Was Katharina nun vor sich sah, war nur sinnlos brutal. Wie das Werk von jemandem, der um sich schlug, weil er die Kontrolle verlor. Weil er spürte, dass der eigene Plan nicht mehr aufging. Katharina ahnte, wie gefährlich Mörder sein konnten, die unter Druck standen. Trotzdem spürte sie in diesem Moment weniger Angst als vielmehr eine neue Kraft. Die Kraft, sich nicht durch die Gewalt der Dealer einschüchtern zu lassen.

Die Kraft, es mit ihnen aufnehmen zu können.

Doch zunächst stand ihr eine Aufgabe bevor, die viel schwieriger schien.

Unmöglich.

Wie sollte sie das hier jemals Norman Jacobi erklären?

KAPITEL 27

Nur langsam kroch die Sonne über die Dächer und kippte kaltes Herbstlicht in die Straße. Es ließ die Fassaden blass und schmutzig wirken, irgendwie kränklich. Die Menschen, die daran vorbeigingen, schenkten dem keine Beachtung. Sie trugen dicke Jacken oder Mäntel und hatten es eilig. Bis sie ins Stocken gerieten durch das Polizeiaufgebot vor dem Haus. Plötzlich bewegten sie sich deutlich langsamer und betrachteten auffällig unauffällig das Geschehen hinter der Absperrung. Zwischen ihnen hampelten Kinder mit Schulranzen herum und stachen mit imaginären Messern aufeinander ein, bis die Beamten sie ungeduldig weiterschickten. Vermutlich alle dort unten fragten sich, was passiert war. Aber Katharina war sicher, dass keiner eine Ahnung hatte.

Das hier überstieg jede Fantasie.

Hätte sie sich es vorstellen können?

Katharina war furchtbar müde und gleichzeitig hellwach. Seit mehr als vierundzwanzig Stunden war sie auf den Beinen. Trotzdem nahm sie alles um sich herum ganz genau wahr, die vielen Einzelheiten, die nicht zusammenpassen wollten. Die hellen Möbel und die düstere Stimmung. Die stilvolle Dekoration und den Gestank von Verwesung.

Wolff, der Frauenmörder, hatte Normans damalige Freundin entführt, gefoltert und beinahe lebendig verbrannt. Schon zweimal wäre Katharina während der gemeinsamen Recherchen fast gestorben. Doch genau darin lag der Unterschied. Rebecca war für den Rest ihrer Tage gezeichnet, aber sie lebte. Ebenso Katharina. Vielleicht hatte das Norman und sie unvorsichtig gemacht. Vielleicht hielten sie sich für unverwundbar, umgeben von einem unsichtbaren Schutz.

Aber Alma Frey war tot, und nichts würde sie je wieder lebendig machen.

Dabei war sie sehr lebendig gewesen. Zumindest in Normans Schilderungen. Und auch das, was Katharina nun vor sich sah, passte ins Bild. Sie stellte sich eine Frau vor, die vielleicht ein wenig einsam gewesen war, sich ein Leben zu zweit gewünscht hatte, die aber nicht daran zerbrochen war, sondern das Beste daraus gemacht hatte. Sie hatte ihr Leben in die Hand genommen, hatte Geschmack besessen. Und Humor. Auch davon hatte Norman immer wieder erzählt, und davon zeugten auch die Bilder und Karikaturen an den Wänden. In diesem Moment bedauerte Katharina, sie niemals kennengelernt zu haben. Wahrscheinlich hätte sie sich einiges abschauen können von Almas unerschrocken-positiver Art. Katharina wusste, dass Humor und Gelassenheit nicht gerade zu ihren Stärken zählten.

Aber das hier war auch kein Spaß.

Es war ernst. Todernst.

Der Leichnam war von der Heizung entfernt worden und lag jetzt auf dem Fußboden unter einer weißen Plane. Darunter zeichneten sich die Konturen ab. Doch sie verrieten nichts von Almas Angst und ihren Schmerzen und nichts darüber, wie lange sie gelitten hatte.

Um sie herum waren jede Menge Leute beschäftigt. Der Rechtsmediziner füllte seine Formulare aus. Die Spurensicherung nahm ihre Proben und machte Fotos. Die Männer der Kripo beobachteten alles ganz genau, und uniformierte Beamte gaben Informationen weiter an die Kollegen vor dem Haus oder an die Zentrale. Sie alle erledigten ihren Job, professionell und schnörkellos. Aber für sie war es eben nur ihr Job. Der eine roch nach zu viel Rasierwasser, ein anderer flüsterte von einer Geburtstagsparty, die er abends besuchen würde, und ein Dritter tippte eifrig auf seinem Handy herum.

Während Katharina versuchte, alle diese Eindrücke irgendwie miteinander zu verbinden, traf sie Bruno Demandts Blick. In der Nacht war er sofort gekommen, sichtlich schockiert, und hatte umgehend gehandelt, auch sehr professionell. Wahrscheinlich wusste auch er von Normans besonderer Beziehung zu Alma Frey, und er kannte ihn gut genug, um sich vorstellen zu können, wie er reagieren würde, wenn er zurückkehrte. Ganz offensichtlich achtete der Kommissar penibel darauf, dass seine Leute beschäftigt waren und sich keine Nachlässigkeiten erlaubten. Trotzdem mochte Katharina ihn noch immer nicht, und sie glaubte, dass es ihm mit ihr ähnlich ging. Nun kam er auf sie zu. »Sie sagen also, es geht eigentlich um Drogen?«

»Genau.«

Er kniff die Augen zusammen. »Wie kommen Sie darauf?«

Ein weiteres Mal erklärte Katharina die Zusammenhänge, von den Dealern, die den Aktivisten ihre Pillen verkauft hatten, von Holger, dem V-Mann des Staatsschutzes, von der Erpressung, um sich die Polizei vom Hals zu halten, und vom Mord, um die Behörde öffentlich unter Druck zu setzen. Dabei achtete sie darauf, langsam zu sprechen und jede neue Information sorgfältig mit den bekannten Details zu verknüpfen. Demandt hörte aufmerksam zu, schien intensiv darüber nachzudenken und seine Zweifel zu haben. Schließlich nickte er.

»Was ich allerdings noch nicht verstehe«, sagte Katharina, »ist, wie der Drahtzieher da reinpasst. Was er eigentlich will. Was ist sein Ziel?«

»Ist doch klar. Er ist der Kopf des Ganzen. Er schickt seine Leute los, das Zeug zu verkaufen. Oder jemanden umzubringen, ganz, wie sie es brauchen.«

»Und Wolff? Die Morde an den Frauen? An den Politikern?«

»Nichts als Ablenkungsmanöver. Damit niemand auf die Idee kommt zu fragen, worum es eigentlich geht. Damit niemand die feinen Geschäfte stört.«

»Das ist alles, was Ihnen dazu einfällt?«

»Es hat doch wunderbar funktioniert und tut es noch. Vielleicht solltet ihr euch zukünftig ein bisschen zurückhalten. Das habe ich Norman übrigens schon vor einiger Zeit gesagt.«

»Geben Sie jetzt ihm die Schuld?«

»Nein, natürlich nicht.«

Katharina fixierte ihn. Sie war irritiert, erschrocken, wie sehr sich der Kommissar auf den Drogenhandel versteifte und sich weigerte, im Drahtzieher mehr zu sehen als einen habgierigen alten Mann. Vielleicht hatte Norman recht, und für Polizisten durften Erklärungen nicht zu kompliziert sein. Aber Katharina sah sich darin bestätigt, Demandt nicht zu trauen. Sie würde ihn im Auge behalten.

In diesem Augenblick dröhnten donnernde Schritte und aufgeregte Stimmen aus dem Treppenhaus. Jetzt also war es so weit.

»Überlegen Sie sich, was Sie ihm sagen«, erklärte Katharina. »Es wäre an der Zeit, mal wieder aufrichtig zu ihm zu sein.«

Demandt blickte sie an, und sie erkannte, dass er sich vor der Begegnung mit Norman fürchtete. Aber wenn sie ehrlich war, ging es ihr genauso.

Der Tumult im Treppenhaus wurde lauter. Katharina und Demandt traten in den Flur.

»Sie können da nicht rein!«, rief ein Polizist.

»Lassen Sie mich!«, antwortete Norman.

»Das geht nicht. Das ist ein Tatort!«

Nun erschienen sie in der Tür. Norman sah furchtbar aus, völlig übermüdet, abgekämpft, verzweifelt.

»Ist schon in Ordnung«, sagte Demandt zu dem Beamten, der versuchte, ihn zurückzuhalten.

»Wo ist sie?«, stieß Norman hervor, während er über den Flur stürmte. »Ich will sie sehen.«

»Ist aber kein schöner Anblick«, erklärte Demandt, und Norman warf ihm einen finsteren Blick zu.

»Also gut«, sagte der Kommissar. »Aber du fasst nichts an.«

Katharina blieb in der Tür stehen und sah, wie Norman neben der Leiche auf die Knie fiel. Als Demandt das Tuch zurückschlug, stöhnte er auf und hieb immer wieder mit der Faust auf den Boden. In diesem Augenblick glaubte Katharina zu verstehen, was es bedeutete, wenn jemandem das Herz brach. Sie ertrug den Anblick nicht länger, und gemeinsam mit Demandt zog sie Norman zurück und half ihm auf die Beine. Er riss sich los und lief in den Flur. Dort trat er wuchtig gegen den Koffer der Spurensicherung und schlug mit der Faust gegen die Wand. »Ich töte ihn, hörst du?! Ich schlage ihn tot! Und dann reiße ich ihm das Herz raus! Das schwör ich dir!«

Langsam trat Katharina näher, und vorsichtig legte sie ihre Arme um seinen Körper. »Scht«, flüsterte sie, »alles wird gut.«

»Red nicht so eine Scheiße! Nichts wird gut! Gar nichts!«

»Ja, ich weiß. Ich weiß.«

Unterwegs im Auto sagte Norman kein Wort, sondern starrte nur aus dem Fenster. Immer wieder blickte Katharina vom Fahrersitz zu ihm hinüber, doch er sah sie nicht an, kein einziges Mal. Von der Rückbank schaute Juri mit großen, traurigen Augen nach vorn. Sicher spürte er, dass etwas passiert war, und Katharina hatte den Eindruck, er habe ein schlechtes Gewissen. Dabei traf ihn die allerwenigste Schuld.

Wenig später stand Norman Jacobi mitten in Katharinas Wohnzimmer wie ein Gestrandeter. Als habe er fluchtartig seine ferne Heimat verlassen müssen mit nichts als den Kleidern auf dem Leib und der Gewissheit, nie wieder dorthin zurückkehren zu können. Hilflos rang Katharina die Hände. »Möchtest du was trinken?«, fragte sie leise. »Einen Kaffee? Wasser?«

Einen Moment sah er sie an, als müsse er ihre Worte mühsam in seine eigene Sprache übersetzen. Dann schüttelte er den Kopf.

»Hast du Hunger? Willst du was essen?«

Wieder Kopfschütteln, dann Schweigen und Blicke, in denen ihrer beider Hilflosigkeit aufeinanderprallte.

»Bitte hilf mir«, sagte sie, als sie es nicht länger ertrug. »Sag mir, was ich tun soll.«

»Warum?«, fragte er. »Warum sie? Was hatte sie ihnen getan?«

Für einen Moment schloss Katharina die Augen. Sie wusste, dass sie ihm jetzt wehtun würde. Aber sie war auch erleichtert, dass er die lähmende Stille durchbrochen hatte. So erzählte sie alles, was sie wusste. Oder zu wissen glaubte. Sie zeigte ihm die Pillen, die sie dem Dealer abgenommen hatte. Sie nannte den Namen des Clubs und der Lounge nebenan, wo die Drogen ganz offen verkauft wurden, weil niemand etwas von der Polizei zu befürchten hatte. »Und dafür brauchten sie dich. Mit deinen Artikeln solltest du Druck auf die Polizei ausüben, damit sie sich zurückhält und die Dealer weiter ungestört ihre Geschäfte machen können. Im Grunde genommen war es nicht anders als bei Wolff.«

Erst jetzt sah sie auf und erkannte an seinem Blick, wie wahnsinnig das alles für ihn klingen musste.

»Es ging ihnen nicht um Alma«, sagte sie so vorsichtig wie irgend möglich. »Es geht um dich. Sie dulden nicht, dass du dich aus dem Staub machst«, erklärte sie. »Sie wollen die absolute Kontrolle über dich. Die absolute Macht.«

In seinen Augen lagen Unverständnis und Angst, vor

allem aber vollkommene Hilflosigkeit. Katharina trat näher und strich mit der Hand sanft über seinen Nacken. »Du kannst nichts dafür. So was konnte niemand ahnen. Sie sind absolut skrupellos und vollkommen wahnsinnig. Das darfst du niemals vergessen.« Sie sah ihn an, suchte nach einem Zeichen, dass ihre Worte angekommen waren. Doch sein Blick änderte sich nicht. Stattdessen umarmte er sie plötzlich, umklammerte sie fest mit beiden Armen, hielt sich an ihr fest und strich kraftvoll mit seinen Händen über ihren Rücken. Katharina war überrascht und umarmte ihn ebenfalls, aber nur vorsichtig, tastend, um sicherzugehen, dass sie keine falsche Bewegung machte.

Nun begann er, sie zu küssen, eindringlich. Sie war irritiert, wehrte sich aber nicht. Daraufhin wurden seine Küsse fordernder, seinen Zunge drängte zwischen ihre Lippen, kurz darauf wischte sein Mund über ihre Wange, ihren Kiefer, den Hals, während seine Hände an ihrem Rücken hinunterstrichen bis zu ihrem Po und unter ihrem Pullover wieder hinauf. Sie ließ es zu und hob ihre Hände, damit er ihr das Kleidungsstück über den Kopf ziehen konnte. In diesem Moment schob er sie kräftig nach hinten, und Katharina stieß mit dem Rücken gegen die Wand und auch ein wenig mit dem Kopf. Für einen Augenblick blieb ihr die Luft weg, und einen Wimpernschlag lang kehrte die Erinnerung an den Schuppen zurück und an Ralf. Sie spürte einen Anflug von Panik und stieß Norman von sich. Katharina atmete schwer, aber in seinem Blick erkannte sie nichts, das er mit Ralf gemeinsam hatte. Keine Aggression, keinen Machthunger, keine Gier. Alles, was sie sah, war große Verletzlichkeit. Das nahm ihr die Angst, und sie lehnte sich zurück an die Wand.

Er kam zu ihr, küsste sie wieder intensiv, streichelte und knetete ihren Körper. Aufmerksam verfolgte Katharina jede seiner Bewegungen und spürte, dass er ihr nicht wehtun würde. Jedenfalls nicht absichtlich. So bemühte sie sich, den Kopf auszuschalten. Wenigstens für ein paar Sekunden.

Dann für einen Augenblick länger.

Ohne dass sie es beabsichtigt hatte, verkrallten sich ihre Hände in seinen Haaren, während sie seinen schnaufenden Atem an ihren Brüsten spürte. Katharina presste die Augen zusammen und biss sich auf die Lippen. Sie war eingeschüchtert, aber auch fasziniert von der ungeheuren, schutzlosen Intensität, mit der Norman handelte. So ungefähr musste es sich in der Luke eines Flugzeugs anfühlen kurz vor dem Fallschirmsprung.

Ein gewaltiges Risiko.

Aber auch eine einmalige Chance.

Wenn du jetzt nicht springst, wirst du es für immer bereuen.

Sie zögerte, spürte ihn, seine ungebremste Wucht. Katharina fürchtete sich davor, und gleichzeitig sehnte sie sich so sehr danach.

Sie hielt die Luft an.

Sie sprang.

Mit beiden Händen griff sie seinen Kopf und zog ihn hoch zu sich. Sie drückte ihren Mund an seine Lippen und küsste ihn so intensiv, so hemmungslos, wie sie es noch nie getan hatte. Ihrer beider Arme umschlangen und pressten ihre Körper aneinander. Ruckartig befreite sich Katharina und zog ihm hastig den Pullover über den Kopf und die Hose aus, und als sie beide nackt waren, schien es für einen Moment, als wollten sie sich auch noch die Haut vom Körper reißen, um sich noch näher zu sein.

So schlingerten und taumelten sie küssend durch den Raum, bis sie gegen den Tisch stießen. Norman hob sie an und setzte sie auf die Platte, genau dort, wo die Unterlagen verteilt waren. Nun sah er sie an, ganz tief. Er schien wieder hier zu sein, er selbst. Sein Blick war ernst, entschlossen, aber ohne jede Aggressivität. Er bat sie tatsächlich um ihr Einverständnis. So konnte es also auch sein, wild und hemmungslos und trotzdem einvernehmlich. Katharina wurde schwindelig, und mit einer winzigen Kopfbewegung nickte sie.

Nun nahm er sie, bewegte sich langsam vor und zurück. Sie hielt ihn umarmt und ihren Blick fest auf die Wand gerichtet. Nichts sollte sie ablenken, jede seiner Bewegungen wollte sie spüren, ganz genau. Es war nicht das erste Mal, dass sie sich liebten, aber nie zuvor hatte es sich so richtig angefühlt. Noch enger umschlang sie seinen Körper, und wieder verkrallten sich ihre Finger in seinen Haaren, während Normans Rhythmus schneller und kräftiger wurde. Mit einer einzigen Bewegung wischte er nun die Papiere vom Tisch und legte Katharina auf den Rücken. Für ihn schien es sehr intensiv zu sein, doch für sie fühlte es sich komisch an. Die Distanz war zurück, und Katharina fühlte sich nackt. So richtete sie sich wieder auf, umfasste ihn ganz fest, küsste ihn und stellte erleichtert fest, dass alles noch da war, die Nähe, die Intensität.

Nach einer Weile hob er sie wieder an, als sei sie federleicht. Hinter seinem Rücken überkreuzte sie ihre Beine, während er sie zur Wand trug. Dort spürte sie die kalte Tapete an Schultern und Po, doch das störte sie nicht. Im Gegenteil. Es war ein Kontrast, der sie die Intensität zwischen ihren Schenkeln nur noch stärker empfinden ließ. Sie sahen sich an, und jede seiner Bewegungen war wie eine kräftige Welle in der Brandung.

Dann setzte er sie ab, blickte ihr wieder tief in die Augen und küsste sie zärtlich auf den Mund. Sie wusste nicht, was passieren würde, aber statt Angst empfand sie glimmende Vorfreude. Er drehte sie mit dem Gesicht zur Wand, wo sie sich mit den Händen abstützte. Erst jetzt spürte sie seine volle Größe. Diese Position war neu für sie, doch seine Bewegungen waren so kräftig, dass sie gegenhalten musste und gar keine Zeit hatte, sich Gedanken zu machen. Nach einer Weile gab er grunzende Laute von sich, und auch sie hörte sich stöhnen. Doch es hatte nichts Falsches oder Peinliches. Sie ließ sich einfach fallen, stürzte in die endlose Tiefe, spürte den rasenden Luftstrom am ganzen Körper und wusste, dass sich der Fallschirm rechtzeitig öffnen würde.

Es war großartig.

Schließlich fielen sie erschöpft auf das Sofa. Dort kuschelte sie sich eng an ihn und legte ihren Kopf auf seine Brust. Seine Haut war warm und weich und duftete nach Karamell. Eine ganze Weile lag Katharina so, nackt, in ihrem Wohnzimmer und genoss Normans Nähe, als die Zweifel zurückkehrten. War das richtig gewesen, angemessen, jetzt, in dieser Situation? Sie erwog, ihn zu fragen, fürchtete aber, dass es ihn nur noch weiter aus der Bahn werfen würde. Schließlich entschied sie, dass er genau das jetzt gebraucht hatte. Und sie auch. Katharina lächelte. Zum ersten Mal hatte sich alles ganz richtig angefühlt. Mit den Fingern strich sie über seinen Oberkörper und machte Kringel in die Haare auf seiner Brust. Kurz darauf spürte sie Feuchtigkeit an ihrem Hinterkopf.

Er weinte.

Katharina überlegte, ob sie etwas sagen musste, sagen konnte, etwas, das es ihm ein bisschen leichter machen würde. Doch alles, was ihr einfiel, waren Floskeln, leere Worte, die eher dazu dienen würden, ihr eigenes Gewissen zu beruhigen, als ihm wirklich zu helfen. So sagte sie nichts, ließ es einfach zu.

Stattdessen fragte sie sich, wie es überhaupt so weit hatte kommen können. All die Morde, die Spuren und Zeichen, die Pläne, die ungeheuer komplexe Konstruktion über Monate hinweg – alles nur ein gigantisches Ablenkungsmanöver, um in Ruhe Drogen verkaufen zu können? Passte das wirklich zum Hintermann, zu dem Bild, das sie von ihm hatte? Oder wäre es nicht ein wenig – enttäuschend? Plötzlich spürte Katharina Unruhe, ein leises Kribbeln im Magen und die undeutliche Ahnung, dass es doch um mehr ging.

Und warum hatte Bruno Demandt so seltsam auf ihre Fragen reagiert? Er hatte die Zeichen abgetan als eine lästige Spielerei, eine Randnotiz. Wusste er doch mehr?

Schließlich der eine Satz, der sich in den letzten Tagen in ihr Gedächtnis gefräst hatte wie ein unauslöschliches Tattoo.

Sie fragen sich, was das mit Ihnen zu tun hat, Herr Jacobi?

Jetzt war Alma Frey tot, einer der wenigen Menschen, die ihm wirklich etwas bedeuteten. Kam es also näher, was immer *es* war? Aber so durfte sie nicht denken. Vielleicht hatten sie sich auf etwas eingelassen, das zu groß für sie war. Sie hatten Fehler gemacht, sich überschätzt. Doch das gab niemandem das Recht, die Ausrede, so etwas zu tun.

Katharina bemerkte einen ruhigen, tiefen Luftstrom an ihrem Haar. Normans Brustkorb hob und senkte sich in einem gleichmäßig langsamen Rhythmus, und sein Arm lag schlaff auf ihrer Schulter. Er war eingeschlafen, und sie freute sich, dass er offenbar etwas Ruhe gefunden hatte. Vorsichtig griff sie nach einer Wolldecke, die sie über ihnen beiden ausbreitete. Darunter spürte sie wieder seine Wärme und Nähe und langsam auch ihre eigene Müdigkeit. Seitdem sie auf den Beinen war, hatte sie Holgers Identität als V-Mann aufgedeckt, seine Wohnung durchsucht, war im Club gewesen, hatte mit dem Dealer gekämpft, Alma Frey gefunden, stundenlang auf Norman gewartet, sich vor seiner Rückkehr gefürchtet und schließlich aufregenden Sex mit ihm gehabt. Für einen Moment schienen ihr die letzten vierundzwanzig Stunden wie ein irrer, monströser Trip. Dem durfte sie ein paar schöne, unaufgeregte Bilder und Gedanken entgegensetzen. Das hatte sie sich verdient.

Sie stellte sich vor, dass sie noch lange aneinandergeschmiegt liegen blieben, den ganzen Tag über. Sie würden sich streicheln, irgendwann einen Happen essen, vielleicht ein wenig fernsehen, sich noch einmal lieben, wieder einschlafen. Und wann immer sie zwischendurch aufwachte, würde sie seinen Körper dicht neben sich spüren. Das gab ihr ein Gefühl von Geborgenheit, das sie so nicht kannte.

Irgendwann ging die Sonne unter und wieder auf, und Katharina trat mit einer Tasse duftenden Kaffees auf den Balkon. Ruhig lag die Stadt unter ihr, und sie genoss die ersten Sonnenstrahlen und die Gewissheit, dass auf ihrem Sofa ein Mann lag, der gut zu ihr war. Eine ganze Weile stand sie dort und dachte daran, wie wenig es brauchte, sich wohlzufühlen. So konnte es bleiben. Nur der Wind war etwas frisch. Schließlich ging sie schweren Herzens wieder hinein und schloss die Tür.

Seltsamerweise blieb der kühle Hauch.

Drinnen sah sich Katharina um auf der Suche nach seinem Ursprung. Sie tastete das Fenster ab und die Wände. Nirgends spürte sie einen Zug. Trotzdem fror sie.

Sie schlug die Augen auf und brauchte einen Moment, um zu erkennen, wo sie war. Noch immer lag sie nackt auf dem Sofa. Die Decke war auf den Boden gerutscht. Deshalb der kühle Zug auf ihrer Haut. Sie wandte den Kopf. Norman lag nicht neben ihr. Sie richtete sich auf, spürte Belag auf ihrem Gaumen und räusperte sich. Der Raum lag im Halbdunkel. Es musste bereits später Nachmittag sein.

»Norman?«, fragte sie in die Dämmerung und erhielt keine Antwort. Mit den Händen fuhr sie sich durchs Haar, bevor sie aufstand und sich die Decke um den Körper wickelte. Im Stoff hing ein Rest seines Duftes.

Sie blickte in den Flur. Dort war es dunkel.

Sie sah ins Bad. Nichts.

Schließlich kehrte sie zurück ins Wohnzimmer und schaltete das Licht ein. Seine Kleidung war weg.

Katharina rief ihn an und erreichte nur seine Mailbox, auf dem Handy und in seiner Wohnung. Sie trat an die Balkontür und blickte hinaus in den Garten. Die Bäume hatten das meiste Laub verloren, die Blüten waren weitgehend vertrocknet, das Gras wirkte struppig. Plötzlich schien ihr der Platz hinter dem Haus nicht mehr vertraut und heimelig. sondern wie ein fremder, lebensfeindlicher Planet.

In diesem Augenblick spürte Katharina, dass Norman Jacobi einen großen Fehler machen würde.

KAPITEL 28

So hatte er die Welt noch nicht gesehen.

Wenn er den Kopf bewegte, änderte sich das Bild vor seinen Augen ungleichmäßig. Der Vordergrund schien sich schneller zu bewegen und alles, das weiter zurücklag, nur mit Verzögerung. Als würde die Welt aus mehreren hintereinanderliegenden Schichten bestehen, die sich mit unterschiedlichem Tempo um sich selbst drehten. Dazwischen zuckten Lichtblitze, die aus dem Nichts zu kommen schienen, und über allem lag ein breiiger Lärm, der vermutlich Musik sein sollte.

Erstaunt betrachtete Norman Jacobi seine eigene Wahrnehmung. Er hatte Schmerzmittel genommen. Wegen des Sturzes an der Steilküste. Erst unter der Dusche hatte er die Kratzer an der Brust bemerkt und den ordentlichen Bluterguss am Knie. Er musste gegen Steine gestoßen sein. Nun stand er an einer der alten Werkbänke im *St. James*, vor sich einen doppelten Whiskey mit Eis, seinen zweiten. So fühlte er sich auf eine angenehme Art betäubt. Die Schmerzen waren im Augenblick woanders, und im Kopf war er klar. Jedenfalls schien es ihm so. Es war eine eigenwillige Trennung zwischen dem, was er dachte, und allem, was er wahrnahm und empfand. Als hätte beides nichts miteinander zu tun.

Wieder zuckte ein Blitz durch die Halle. Jacobi wusste, dass es unmöglich war; trotzdem hatte er den Eindruck, er könne dem Licht mit seinem Blick durch den Raum folgen bis zu dem Punkt, wo es auf die Wand traf und in unendlich vielen Funken explodierte.

Langsam wendete er den Kopf zurück über die vielen zuckenden Körper auf der Tanzfläche. Auf ihn wirkten sie wie ein großer Haufen schleimiger Regenwürmer. Die Leute feierten, als sei nichts passiert. Keine Grausamkeit, kein aussichtsloser Kampf, kein qualvolles Verrecken. Sie konnten nichts dafür. Schließlich wussten sie nichts, waren komplett ahnungslos. Würmer eben. Kein Gehirn, nur Instinkt. Jacobi fand den Anblick ekelhaft, die Leute, den Club. Er schien ihm wie ein Labor, eine Petrischale, in der die Würmer gezüchtet wurden mit Musik, Alkohol und Drogen. Und das nur, um sie weiter und immer weiter damit mästen zu können.

Plötzlich hörte er ein Rauschen im Ohr, lauter als die donnernden Beats aus den Boxen. Er sah sich selbst in Almas Wohnung, im Flur, kurz bevor er um die Ecke bog und sie auf dem Boden liegen sehen würde, unter der weißen Plastikplane. Jacobi kniff die Augen zusammen und presste die Hände an die Schläfen. Er wollte sie sehen, unbedingt, und fürchtete sich entsetzlich davor. Hastig griff er nach dem Glas und trank einen großen Schluck. Wohlig breitete sich die brennende Wärme in seinem Körper aus, auch im Kopf. Endlich ließ das Rauschen nach, und schwer atmete Jacobi aus.

Von Katharina aus war er mit einem Taxi nach Hause gefahren. Bruno und dessen Leute, die Spurensicherung, die ganze Mannschaft der Kripo waren bereits abgehauen. Nur zwei uniformierte Beamte hatten noch vor dem Haus gestanden, um Schaulustige und die Presse fernzuhalten. Schwerfällig war Jacobi die Treppe hinaufgestiegen, hatte die Tür zu seiner Wohnung geöffnet und die Fenster, um nach Tagen frische Luft hereinzulassen. Dann hatte er geduscht und seinen ramponierten Körper betrachtet, für den er im Augenblick nichts tun konnte. So hatte er sich angezogen und ein Stück Käse runtergewürgt, weil er glaubte, es müsse sein.

Danach war er noch einmal zwei Etagen höher gestiegen. Der Gedanke war seltsam, dass es das letzte Mal sein würde, weil die Wohnung leer stand und – unvorstellbar – bald jemand anderes dort wohnen würde. Das Siegel an der Tür hatte er ohne Zögern durchtrennt.

Die Stille im Flur war unerträglich gewesen. Auf dem Fußboden hatte er schmutzige Abdrücke bemerkt, die von den Polizisten stammen mussten. Er hatte Almas Stimme gehört, die sich furchtbar darüber aufregte. Aber sie hatte weit entfernt geklungen und hohl, wie durch einen Tunnel. So war er weitergegangen ins Wohnzimmer in der Hoffnung, ihr dadurch näherzukommen. Doch dort hatte er nichts gefunden außer einigen leeren Plastikbeuteln, die die Polizei vergessen hatte. Almas Stimme war verstummt, und nichts hatte sich gerührt. Alles schien wie eingefroren. Jacobi hatte es nicht ertragen, das Messer genommen und war gefahren.

Nun beobachtete er den Dealer, der seine Pillen verkaufte. Um ihn herum krochen sie wie Würmer, denen er die lebensnotwendige Nahrungsration verabreichte. Für sie schien es im Augenblick nichts Wichtigeres, überhaupt nichts anderes zu geben. Jacobi stellte sich vor, wie es wäre, alles um sich herum vergessen zu können. Vielleicht sollte auch er sich zudröhnen.

Nach einer ganzen Weile ging der Dealer direkt an ihm vorüber. Ruckartig griff ihn Jacobi fest am Oberarm. Überrascht sah ihn der Kerl an. Er roch nicht gut, war ungepflegt, schmierig. Aber er war auch jung, hatte etwas Kindliches, Unschuldiges. Wahrscheinlich wusste er nicht, was er tat. Welche Konsequenzen es hatte.

Auch seinetwegen war Alma tot.

Jacobi blickte ihm direkt in die großen dunklen Augen

und stellte sich vor, wie er ihm das Messer in den Bauch stieß. Es würde nur kurz auf Widerstand stoßen, ein kaum hörbares Reißen des Gewebes. Dann würde die Klinge immer tiefer in die weichen Innereien eindringen. Der Dealer würde ihn anstarren, eher überrascht als schockiert. Irgendwann würde er das Blut bemerken, das durch seine Kleidung sickerte, eine üble Sauerei. Aber dann wäre es längst zu spät, und er würde einfach zusammenbrechen. Die Ironie war, dass die ganzen Würmer um ihn herum so vollgestopft von seinen Pillen waren, dass sie es vermutlich nicht mal mitbekämen.

Jacobi blickte ihn an und grinste. Jedenfalls fühlte es sich so an.

»Was ist?«, schrie der Dealer gegen den Lärm.

Jacobi spürte den Griff des Messers in der Tasche. Er war warm, fast ein wenig geschmeidig. Er lag gut in der Hand. Ein einziger Schwung würde genügen.

Zurück und nach vorn.

Er war gespannt auf den überraschten Blick des jungen Kerls. Es würde Jacobi gefallen.

Aber das hier war nicht der richtige Augenblick.

Noch nicht.

Jacobi zog die Hand aus der Jackentasche und legte einen Hunderteuroschein auf den Tisch.

»Sag das doch gleich«, schrie der Dealer und legte zwei Tütchen mit je zwei Pillen daneben. »Einen schönen Abend noch.«

Jacobi ließ nicht los.

»Was noch?«

Jacobi antwortete nicht.

»Hör zu, ich würde auch gerne mit dir plaudern. Aber ich habe zu tun. Es gibt andere, die auch warten.«

Noch immer blickte Jacobi ihn an. Schließlich nickte er und ließ los. Sofort wandte sich der junge Kerl an die nächsten Kunden. Jacobi sah, wie in schnellem Tempo Tüten gegen Geldscheine getauscht wurden. Manche warteten nicht mal auf ihr Wechselgeld, sondern schluckten gleich die Pille, um dann wieder ausgelassen zu tanzen. Ein Haufen Würmer ohne Gehirn, die nichts dachten und nichts spürten.

Keinen Verlust. Keinen Schmerz.

Mit den Fingerspitzen nahm Jacobi eine der Tabletten aus der Verpackung und legte sie in seine Handfläche.

Sie zitterte.

Es war so einfach. Nur einmal schlucken, und die Sonne würde wieder scheinen, zumindest für ein paar Stunden. Jacobi führte die Hand zum Mund, als er Alma vor sich sah. Wütend redete sie auf ihn ein. Wegen des Lärms verstand Jacobi kein Wort, wusste aber genau, was sie sagte. Dass es feige wäre, jämmerlich, sich zu betäuben, statt sich der Situation zu stellen und zu tun, was getan werden musste. Und sie hatte recht damit. Es wäre eine Kapitulation. Vor ein paar bunten Pillen. Jacobi kippte sie aus den Tüten auf den Boden und trat mit dem Fuß drauf, bis nur noch Spuren eines weißen Pulvers zu sehen waren. Nun fühlte er sich besser. Noch immer klar im Kopf, aber ohne den Eindruck von Watte um sich herum.

Wieder spürte er den warmen Griff des Messers in der Tasche und suchte nach dem Dealer. Nachdem er ihn in der Menge entdeckt hatte, ließ Jacobi ihn nicht mehr aus den Augen, bis er die Treppe Richtung Ausgang hinaufstieg. Jacobi folgte ihm.

Draußen wartete er im Schatten eines Anbaus neben dem Club. Tatsächlich verschwand der Dealer, wie Katharina gesagt hatte, in einer Bar nur wenige Häuser weiter. Die Offenheit, die Selbstverständlichkeit, mit der die Drogen gehandelt und geschluckt wurden, irritierte Jacobi. Als wäre der Dealer nichts anderes als ein Pizzabote. Wahrscheinlich sah der Kerl das wirklich so. Jacobi fragte sich, ob ihn das wütend machte. Aber er spürte nichts, nicht mal Verachtung. Er würde sich nur ärgern, wenn ihm der Typ jetzt durch die Lappen ginge.

Während er wartete, sah Jacobi die spärlich beleuchtete Straße hinauf und hinunter. Es war eine triste Gegend. Der Ausläufer eines kleinen Gewerbegebietes, in dem es nicht mehr viel Gewerbe gab. Vielleicht existierte noch die eine oder andere Hinterhofwerksatt. Sonst gab es nur die neuen Clubs und Bars, die billigen Raum suchten für ihre modernen, zukunftsweisenden Geschäftskonzepte, in denen ein schmieriger Kleindealer offensichtlich eine zentrale Rolle spielte.

Als er nach zehn, zwölf Minuten noch immer nicht wieder aufgetaucht war, begann Jacobi, sich Sorgen zu machen. Hatte er etwas bemerkt? War er durch einen Hinterausgang abgehauen? Das wäre … Jacobi ballte die Fäuste in den Taschen, bis sie schmerzten. Endlich kam der junge Kerl wieder heraus, und Jacobi war erleichtert. Danach, hatte Katharina gesagt, sei der Dealer in einem Hof hinter einer Kneipe verschwunden, wo er sich auf sie gestürzt habe. Darüber machte sich Jacobi jedoch keine Gedanken. Der Kerl war kein Gegner.

So folgte er ihm, ohne sich sonderlich Mühe zu geben, und kam sogar etwas näher. Kein einziges Mal sah sich der Dealer um. Offenbar schöpfte er keinen Verdacht, trotz seiner Begegnung mit Katharina. Der Typ war wirklich zu dämlich. Oder zu voll mit seinen eigenen Pillen.

Nach gut hundert Metern bemerkte Jacobi rechts leuchtende Bierreklame. Die Kneipe. Jetzt war es also so weit. Er straffte seinen Rücken und seine Aufmerksamkeit. Wenn der Dealer abbog in den Hof, saß er in der Falle. Und dann würde Jacobi nicht mehr so nett zu ihm sein wie noch im Club. Nun sah er, wie sich der dunkle Umriss dem Gasthaus näherte – und daran vorbeiging, einfach weiter geradeaus die Straße hinunter.

Das war in Jacobis Plan nicht vorgesehen. Irritiert blieb er stehen, um sich zu sortieren. Dadurch wurde der Abstand zwischen ihnen wieder größer. Bald würde der Typ in der Dunkelheit verschwunden sein. Deshalb folgte Jacobi ihm wieder, ohne genau zu wissen, was er nun tun sollte. Zum ersten Mal fühlte er sich im Kopf ein wenig benommen und ärgerte sich, dass er getrunken hatte. Dann sah er das U-Bahn-Schild und erschrak. Was, wenn der Kerl genug hatte für heute und Feierabend machen wollte? Dann war er weg, und das durfte nicht passieren. Auf gar keinen Fall.

Jacobi beschleunigte, während er sich umsah. Rechts lagen kleine Firmen und Lagerräume in der Dunkelheit. Links begann das Unterholz des Bahngeländes. Das alles war nicht so, wie er es sich vorgestellt hatte. Aber eine andere Möglichkeit hatte er nicht. Immerhin schien es keine lästigen Zeugen zu geben. Er zog das Messer und begann zu laufen.

Erst kurz bevor er ihn erreichte, wandte sich der Dealer um. Auch er rannte nun, doch Jacobi besaß deutlich mehr Tempo. Er musste und er würde ihn kriegen. Schließlich griff er ihn am Kragen der Jacke und zog ihn daran nach hinten. Der junge Kerl stürzte, schrie und wand sich auf dem Asphalt. Mühelos hob ihn Jacobi auf die Beine und legte ihm von hinten das Messer an die Kehle. So zerrte er ihn rückwärts mit sich in den Schatten der Bäume am Straßenrand.

»Wenn du einen Ton von dir gibst, war das dein letzter, verstanden?«, flüsterte ihm Jacobi ins Ohr.

Der Dealer streckte den Kopf weit nach hinten, weg vom Messer, und nickte.

»Ich will deine Pillen. Alle, die du noch hast.«

Hastig durchsuchte der junge Kerl seine Jackentaschen und streckte Jacobi eine Handvoll kleiner Tüten entgegen.

»Ist das alles?«

Ruckartiges Nicken.

Jacobi drückte mit dem Messer zu. »Verarsch mich nicht.«

Kopfschütteln.

»Auf den Boden damit.«

Die Päckchen fielen auf den Asphalt, und Jacobi trat mehrmals kräftig darauf. »Und jetzt hör mir gut zu. Ich will, dass du genau tust, was ich dir sage.«

Nicken.

»Du rufst deinen Zwischenhändler an. Den Typen, von dem du das Zeug bekommst. Wo trefft ihr euch üblicherweise?«

Der Dealer schluckte. »Nordwestzentrum.«

»Nein. Nein, das geht nicht«, antwortete Jacobi kopfschüttelnd und dachte nach. »Du bestellst ihn hierher. Sag ihm, heute sind die Leute ganz besonders gierig. Sie reißen dir das Zeug aus den Händen. Du brauchst dringend Nachschub. Noch einmal so viel, wie du auch sonst bekommst.«

Heftig schüttelte der Dealer den Kopf, und Jacobi drückte mit dem Messer zu.

»Das ... das geht nicht«, stotterte der junge Kerl. »Wie ... wie soll ich ... wie soll ich das denn bezahlen? Das kostet mehr ... mehr, als ich heute überhaupt eingenommen habe.«

»Darum mach dir keine Sorgen«, erklärte Jacobi und stopfte ihm ein Bündel Geldscheine in die Jackentasche. Dann ließ er ihn los und stieß ihn zurück auf die Straße. »Und jetzt ruf ihn an.«

Hektisch zückte der Kerl sein Telefon und suchte nach der Nummer, als ihn Jacobi am Arm packte. Sie sahen sich an, und Jacobi erkannte, dass sich der Dealer an ihn erinnerte. »Du bist ganz ruhig, klar?«, sagte er. »Du freust dich. Die Geschäfte laufen großartig.«

Nicken.

»Sag es.«

»Die Geschäfte laufen großartig. Ich brauche Nachschub.«

»Etwas mehr Begeisterung.«

»Die Leute sind völlig verrückt. Die reißen mir das Zeug aus den Händen.«

»Geht doch. Und jetzt ruf ihn an und bestell ihn hierher.«

Während der Dealer wählte und wartete, ließ ihn Jacobi nicht aus den Augen. Endlich meldete sich jemand. Der junge Kerl begann nervös, sprach viel zu schnell und nuschelte, sodass sein Gegenüber offenbar nichts verstand. Jedenfalls erzählte er alles noch einmal, nun aber ruhiger. Trotzdem schien der Zwischenhändler zu zögern. Schulterzuckend sah der Dealer auf zu Jacobi, der ihn gestenreich aufforderte, sich mehr Mühe zu geben.

»Dieses Geschäft können wir uns nicht entgehen lassen«, sagte der junge Kerl ins Telefon. »Heute kann ich … ich kann so viel verkaufen wie sonst an drei Tagen.«

Das schien den Kontaktmann zu überzeugen.

»Nein, nein, nicht am Treffpunkt«, sagte der Dealer schnell. »Das dauert zu lange. Dann sind die Leute weg. Sie müssen direkt herkommen. U-Bahnhof Praunheim-West. Bitte … Ja, danke.« Erleichtert ließ er das Telefon sinken. »Zwanzig Minuten.«

Grinsend legte Jacobi den Arm um die Schulter des jungen Mannes. »Du machst das gut. Du solltest Schauspieler werden. Dann hättest du wenigstens keinen Ärger mit Wahnsinnigen wie mir.«

Der junge Mann lächelte nicht. »Und jetzt?«

»Gib mir dein Telefon.«

»Was? Das brauche ich. Für meine Arbeit.«

»Ich will doch nur, dass du keine Dummheiten machst. Mach schon.«

Widerstrebend reichte der Dealer den Apparat weiter. Jacobi ließ ihn in seiner Jackentasche verschwinden und zog den jungen Kerl mit sich zur Böschung, wo sie sich ins feuchte, kalte Gras setzten. »Und jetzt warten wir«, erklärte

Jacobi, einen Arm um den Hals des Dealers gelegt, in der anderen Hand das Messer.

Dabei war der junge Typ wirklich kein Gegner. Er war ein lächerlicher Hanswurst, eine Witzfigur. Der Zwischenhändler würde ein ganz anderes Kaliber sein. Jacobi stellte sich vor, wie er mit dem SUV heranrollte, ein bulliger Typ, einer der Männer, denen er an der Küste begegnet war, zu allem entschlossen, kaltblütig, rücksichtslos. Vielleicht kam sogar Freddy. Das wäre eine hübsche Pointe. Und wenn er eine Waffe dabeihatte? Kurz dachte Jacobi darüber nach, verspürte aber keine Angst. Das hatte er hinter sich. Außerdem würde es schnell gehen, so schnell, dass Freddy gar keine Zeit blieb, sich zu wehren.

»Was haben Sie mit ihm vor?«, fragte der Dealer nach einer Weile. »Wollen Sie ihm das Geschäft abnehmen? Wollen Sie ihn …?«

»Mach dir um ihn keine Sorgen. Die Frage ist, was ich mit dir mache. Immerhin hast du mein Gesicht gesehen.«

Ruckartig senkte der junge Mann den Kopf. »Ich habe gar nichts gesehen. Es ist viel zu dunkel.«

»Vielleicht gehe ich auch zur Polizei. Nein, noch besser: Wenn der Typ gleich kommt, sage ich ihm, dass sie aufgeflogen sind. Das ganze schöne Geschäft. Weil du es vermasselt hast. Wie wäre das? Die sollen ja keinen Spaß verstehen.«

Jacobi spürte das Zittern des jungen Mannes und drückte ihm wieder das Messer an den Hals. »Also, versau es nicht.«

Kurz darauf erhellte Scheinwerferlicht die verlassene Straße. Jacobi zog den Dealer einige Schritte weiter nach hinten in dichtes Gestrüpp. Von dort sahen sie tatsächlich einen SUV heranrollen. Etwa dreißig Meter entfernt blieb er stehen, mitten auf der Straße. Drinnen war es dunkel und niemand zu erkennen. Der Dealer wurde unruhig, wollte es vermutlich hinter sich bringen, doch Jacobi hielt ihn zurück. »Warte. Warte«, flüsterte er. »Ich will, dass er aussteigt.«

Doch wer auch immer in dem Wagen saß, er machte keine Anstalten, ihn zu verlassen. Darauf jedoch beruhte Jacobis ganzer Plan. Darauf, dass der Kerl seinen schützenden Panzer verließ. Deshalb dachte Jacobi daran, noch länger zu warten. Aber auf keinen Fall durfte der Typ misstrauisch werden und einfach wieder verschwinden. »Los«, sagte Jacobi schließlich, »geh runter und dann gerade auf den Wagen zu. Und dann nimmst du einige der Scheine, die ich dir gegeben habe, und lässt sie fallen. Unabsichtlich natürlich. Nun mach schon, geh runter.« Mit diesen Worten stieß er ihn Richtung Straße, während Jacobi sich selbst im Schutz der Böschung seitlich auf das Auto zubewegte. Von dort sah er, wie der junge Dealer in das Scheinwerferlicht stolperte. Im Gehen tat er so, als müsse er das Geld abzählen. Dabei rutschten ihm einzelne Scheine aus der Hand. Hob er sie auf, fielen ihm nach wenigen Schritten die nächsten zu Boden. Dafür war der Typ wirklich begabt. Es war der reinste Slapstick.

Und tatsächlich stieg der Fahrer des Wagens aus, fünf, sechs Meter von Jacobi entfernt. Im Scheinwerferlicht war ein großer, wuchtiger Umriss zu erkennen, aber kein Gesicht. Jacobi konnte nicht sagen, ob er zu den Kerlen gehörte, die ihm an der Küste gefolgt waren. Aber das war auch egal. Entscheidend war, dass er ihn genau dort hatte, wo er ihn haben wollte. Es waren nur wenige Schritte, raus aus dem Gebüsch, die Überraschung nutzen, zustechen, einmal, zweimal von der Seite, tief in den massigen Körper hinein. Er hätte keine Chance. »Für Alma«, hörte Jacobi sich flüstern.

»Bist du bescheuert?«, zischte der Mann. »Mitten auf der Straße mit dem Geld rumwedeln. Verteil es doch gleich auf der Zeil.« Die Stimme gehörte nicht Freddy, so viel war sicher und fast ein wenig enttäuschend. »Gib schon her«, sagte er und griff nach dem Geld.

»Und die Pillen?«, fragte der junge Dealer.

»Hier hast du sie«, antwortete der andere und drückte ihm ein Päckchen in die Hand.

Das war es.

Das war genau das Foto, das Jacobi brauchte. Es war ein wenig unscharf, und aufgrund der Dunkelheit und Entfernung waren die Personen kaum zu erkennen. Aber darauf kam es nicht an.

Ganz im Gegenteil.

»Und jetzt verschwinde«, sagte die kräftige Gestalt und stieg wieder in den Wagen. Ein Stück rollte der SUV rückwärts, bevor er wendete und in die Dunkelheit tauchte. Zurück blieb ein verängstigter Kleindealer mitten auf der Straße, während Jacobi zufrieden aus dem Gebüsch kletterte.

»Gut so?«, fragte der junge Kerl.

»Perfekt.«

»Und jetzt?«

»Hast du doch gehört: verschwinde.«

KAPITEL 29

Lange stand Norman Jacobi vor der alten Fabrik, in der die Redaktion der *Frankfurter Nachrichten* untergebracht war. Er sah an den Mauern entlang und hinauf, die sich undurchdringlich schwarz vom kalten Nachthimmel abhoben. Dadurch wirkte das Gebäude größer, als es war, wuchtiger. Wie eine Festung.

Sonderlich gemocht hatte er es nie. Im Sommer wurde es innen unerträglich heiß, im Winter war es kalt und feucht. Die Türen schlossen nicht richtig, die Luft war oft stickig und die Installationen morsch. Es war einfach nicht der richtige Ort für eine Redaktion. Vielleicht waren sie ja auch gar keine richtige Redaktion.

Jetzt aber, in dieser kalten Novembernacht, schien ihm der Bau perfekt. Wie eigens für diesen Moment geschaffen. Weil von außen nicht zu erkennen, nicht zu erahnen war, welche Waffe sich hinter den Mauern verbarg.

Die gefährlichste von allen.

Norman Jacobi lächelte, als er an der Schranke vorbei in den Hof ging. Er spürte, dass er auf dem Weg war zur dunklen Seite der Macht, und die Redaktion war der Todesstern. Von hier aus würde er eine Kettenreaktion in Gang setzen, die sich schon bald nicht mehr aufhalten ließ. Doch das bereitete ihm in diesem Moment keine Sorgen. Im Gegenteil. Vielleicht hatte er schon immer zur dunklen Seite gehört.

Aus den Fenstern im Erdgeschoss drang lediglich entfernter Lichtschimmer. Die Redaktion war nachts notdürftig besetzt, nie mehr als drei Kollegen, und jetzt wahrscheinlich nur der Volontär und ein Praktikant. Mehr war dem Konzern die Arbeit der eigenen Leute nicht wert.

Jacobi kam es entgegen. Leise und zielstrebig durchquerte er den Hof und stieg die Stufen an der Laderampe hinauf. Vorsichtig schob er den Schlüssel ins Schloss, zog die schwere Stahltür auf, schlüpfte hindurch und ließ sie geräuschlos wieder zugleiten. Dann wartete er einen Moment.

Nichts rührte sich.

Für den Weg durch den finsteren Lagerraum brauchte er kein Licht. Ungefähr eine Million Male war er hier hindurchgegangen, wusste, wo die Stützpfeiler standen und die letzten verblichenen Stoffballen. Der klägliche Rest einer ehemals blühenden Vergangenheit.

An der Tür zum Großraumbüro horchte er. Alles war still. Einen Spaltbreit zog er die Tür auf und spähte hinein. Nur eine Schreibtischinsel war beleuchtet, aber leer. Der Durchgang zum Flur stand offen. Perfekt. Ohne Zögern durchquerte Jacobi den Raum. Aus der Küche roch er Pizza und Kaffee und hörte zwei junge Stimmen. Jacobi widerstand dem Impuls nachzusehen und lief stattdessen zügig die Treppe hinauf.

Im zweiten Obergeschoss ging er über den langen Flur. Der ausgetretene Teppich dämpfte seine Schritte. Unendlich oft hatte er auch diesen Weg schon genommen, doch jetzt schien ihm alles fremd. In seinem Kopf war kein Bild dafür, kein Gefühl. Als habe er die Erinnerung an die letzten neun Jahre komplett verloren. Norman Jacobi spürte, dass es nie wieder werden würde, wie es einmal war. In diesem Augenblick war es ihm gleichgültig.

Er betrat sein Büro und schloss leise die Tür hinter sich, obwohl auf der gesamten Etage garantiert niemand war außer ihm. Jacobi machte kein Licht, sondern setzte sich in der Dunkelheit an den Schreibtisch. Die Umrisse der wenigen

Möbel, das Regal, der schmale Schrank und die kümmerliche Pflanze waren gegen das Fenster auszumachen. Jacobi lächelte. Was für das gesamte Gebäude galt, traf auf diesen Raum in besonderer Weise zu. All die Jahre war er Ausdruck von Jacobis Position in der Redaktion gewesen, abgeschoben an den Rand, eher geduldet als akzeptiert. Doch nun spürte er, welche Waffe er in Händen hielt. Wenn die Redaktion der Todesstern war, dann war dies jetzt die Kommandozentrale, von der die tödlichen Befehle ausgingen. Jacobi zog das Handy des Dealers aus der Jackentasche und sah sich die drei, vier dunklen, unscharfen Bilder an, auf denen Pillen und Geld die Hände wechselten. Schon immer hatte er sich gefragt, was Menschen daran reizte, Macht über andere zu besitzen. Wie es sich anfühlte.

In diesem Augenblick wusste er es und spürte einen wohligen Schauer der Genugtuung.

Dann begann er zu tippen. Es fiel ihm nicht leicht, bewusst keine besonders bildhaften, emotionalen Formulierungen zu wählen. Doch je einfacher seine Sätze waren, umso überzeugender würde die Botschaft sein. Dafür brauchte er einige Anläufe. Schließlich dachte er an Bruno und dessen weinerliche Rechthaberei, wenn er etwas getrunken hatte. Das machte es leichter.

Warum verbreiten Sie diese Lügen über uns?, tippte er schließlich ins Handy des jungen Dealers. Wir waren dran am Drogenring. Wir waren ihm sogar schon ziemlich nah gekommen, hätten nur noch etwas Zeit gebraucht. Aber dann ist passiert, was niemals hätte passieren dürfen. Der Tod von diesem Demonstranten. Und plötzlich heißt es, wir wären es gewesen. Aber welches Motiv sollten wir haben, einen einfachen Krakeeler zu töten? Das ist doch die entscheidende Frage. Und die Antwort ist sehr einfach: keines. Es gibt keinen vernünftigen Grund für die Polizei, das zu tun. Aber darüber hat niemand nachgedacht. Weil es so viel einfacher ist. Bequemer. Ein Opfer und ein Schuldiger. Und so hat man uns den Mord in die Schuhe geschoben. Wer? Eine interessante, eine berechtigte Frage. Und die Antwort liegt in einer weiteren Frage: Wer hat am meisten davon profitiert?

Überall haben die Dealer ihre Pillen verkauft, in den Clubs und Diskotheken, der U-Bahn, auf den Schulhöfen. Aber dann kamen wir und haben sie unter Druck gesetzt. Wir haben eine sehr erfolgreiche Razzia gemacht. Dadurch haben sie gesehen, dass sie nicht weitermachen können wie bisher. Wir haben sie vertrieben von den Schulhöfen.

Aber dann kam der Mord. Und anstatt weiter die Dealer zu bekämpfen, wurden wir bekämpft. Wir wurden vertrieben und konnten unsere Arbeit nicht mehr machen. Und sofort waren die Dealer wieder da. Und unsere Kinder und Frauen wurden wieder vollgepumpt mit dem widerlichen Zeug. Also frage ich: Wer hatte ein Motiv, den Demonstranten zu töten? Wer hat davon profitiert?

Besonders schlimm ist es in Hausen. Dort werden Drogen gehandelt wie Obst auf dem Wochenmarkt. Dort muss das Zentrum sein. Dort müssen wir ansetzen, um den Sumpf auszutrocknen. Wenn man uns lässt. Aber erst bekämpft man uns, und dann beklagen sich alle, dass die Polizei zu wenig unternimmt.

Aber wir waren nicht untätig. Wir haben weiter unsere Arbeit gemacht, die ganze Zeit. Unbemerkt haben wir einen Mann bei den Dealern eingeschleust. So wissen wir, wie sie denken und arbeiten. Wir verstehen ihre Strukturen. Sie glauben mir nicht? Das wundert mich nicht. Dann schauen Sie auf das Foto, das ich zum Beweis angefügt habe. Was sagen Sie nun? Und bald werden wir auch wissen, wo die Fäden zusammenlaufen. Irgendwo in Hausen. Und dann zieht sich die Schlinge um ihren Hals zu und wird ihnen die Luft abschnüren. Und Sie werden dann hoffentlich nicht länger Lügen über die Polizei verbreiten, sondern endlich wieder ehrlich und fair über unsere Arbeit berichten. Schließlich halten wir für euch alle den Kopf hin, jeden Tag. Ein (noch überzeugter) Polizist.

Noch einmal las Jacobi den Text. Er war zufrieden. Sehr zufrieden. Dann verteilte er die Tretminen. Er schickte seine Mitteilung an die Zeitungen in der Stadt, die Radiosender, Internetportale und als besonderes Bonbon natürlich auch an die *Frankfurter Nachrichten*. Leider konnte er jetzt nicht hinuntergehen und beobachten, wie die beiden von der Nachtschicht auf die Nachricht reagierten. Ob sie die ganze Tragweite begriffen. Aber irgendwer würde den Stein schon ins Rollen bringen, die ersten Sprengsätze zur Explosion. Am Anfang würden sie nur Kollateralschäden anrichten, Gliedmaßen abreißen, Hände und Füße. Aber schon sehr bald würden sie ihr ganzes tödliches Potenzial entfalten.

Und er würde dabei sein.

Jacobi schaltete den Rechner ein, lehnte sich zurück und legte die Füße auf den Schreibtisch. Es würde noch eine Weile dauern, bis sich die Nachricht verbreitete. Er spürte Ungeduld und hoffte nur, dass nicht zu viele Volontäre und Praktikanten anderer Zeitungen und Portale auch gerade in der Pause waren. Auch wenn es eine Pointe nach seinem Geschmack wäre. Massaker fällt aus. Wegen kalter Pizza.

Über seine Füße hinweg blickte Jacobi zum Fenster. Gegen das wenige Licht, das vom Hof hineinfiel, erkannte er die Umrisse einiger Zettel an der Pinnwand neben dem Schreibtisch. Mit den Tagen hatten sich die Blätter leicht gewellt. Erkennen konnte er nichts auf den Papieren, dazu war es zu dunkel. Aber das war auch nicht nötig. Oft genug hatte er sie angesehen, und die Bilder, die sie enthielten, hatten sich eingebrannt.

Das Gedränge auf einem U-Bahnsteig und in einem Zug zur Rushhour.

Kinder, die in einem See tobten, an dessen Ufer ein alter Kühlschrank lag.

Ein Stau auf einer vierspurigen Straße.

Ein Bienenstock inmitten verkrüppelter Bäume.

Die Meyfahrt-Werke ganz in der Nähe der Redaktion.

Jacobi und Freddy vor dem Haus, in dem Holger gelebt hatte.

Es war die Nachricht, die ihm der Drahtzieher vor einigen Tagen hatte zukommen lassen.

Sie fragen sich, was das mit Ihnen zu tun hat, Herr Jacobi?

Ja, er fragte sich, was die Bilder und die Morde mit ihm zu tun haben konnten. Immer wieder, seitdem er die Nachricht bekommen hatte, zermarterte er sich darüber das Hirn. Wen konnte er nur so verletzt haben, dass er sich auf diese Art und Weise an ihm rächte? Denn Rache war das einzige Motiv, das ihm stark genug schien, um etwas derart Irrsinniges in Gang zu setzen. Aber ihm fiel ums Verrecken niemand ein, der einen Grund gehabt haben könnte. Niemand, den er durch seine Artikel falsch beschuldigt oder gar ins Gefängnis gebracht hatte. Keine Familientragödie, die er ausgelöst hatte. Er war Polizeireporter einer unbedeutenden Lokalzeitung. Er schrieb nur auf, was passiert war. Er stellte nicht bloß und er urteilte nicht. Die Frauenmorde waren der erste Fall gewesen, in dem er überhaupt mehr unternommen hatte, als nur die Informationen der Polizei zusammenzufassen. Aber damals hatte es ja längst begonnen. Also konnte es niemanden geben, an dem er sich versündigt hatte.

Niemand außer einer Person.

In der Dunkelheit hinter dem Fenster sah er sie. Sie war weit entfernt, doch er erkannte sie sofort. Den schmalen, aber trainierten Körper, die aufrechte Haltung. Trotzdem wirkte Alma anders als sonst. Müde. Jacobi richtete sich auf, um zu ihr zu gehen, ihr zu erklären, wie es so weit hatte kommen können. Im gleichen Augenblick spürte er den Druck im Gaumen und wusste, dass er keinen Ton herausbringen würde. Stattdessen verschwamm das Bild vor seinen Augen, und Tränen liefen über seine Wangen. Er hoffte, dass sie es sah, seinen Schmerz, seine aufrichtige Trauer. Sie aber hob nur die Hand zum Abschied, drehte sich um und ging. Auch Jacobi hob den Arm, doch sie reagierte nicht mehr, und nun wusste er, dass sie nicht mehr zurückkehren würde. Schließlich war sie in der Dunkelheit verschwunden. Was blieb, war ein hohler Zwischenraum, der nie wieder gefüllt werden würde.

Sie fragen sich, was das mit Ihnen zu tun hat, Herr Jacobi?

Dann begann das Gemetzel.

Um halb vier am Morgen zeigte der Bildschirm den ersten Einschlag. Ein Portal schrieb, dass die Polizei offenbar kurz davorstand, einen großen Drogenring auszuheben. Der folgende Text klang ein wenig ungläubig, fast schüchtern. Zum Beweis, dass es sich nicht um einen Scherz handelte, übernahm er wörtlich ganze Passagen aus Jacobis Mitteilung, notdürftig verknüpft mit älteren Artikeln zur Razzia, zum Mord an Holger und den Vorwürfen gegen die Polizei. Schließlich das Foto des Dealers mit dem Zwischenhändler.

Das war ein guter Anfang, aber nicht genug.

Jacobi stellte sich vor, was gerade in den Redaktionen geschah. Irritiert saß die Nachtschicht vor den Bildschirmen. Es wurde diskutiert, hektisch telefoniert. Konnte das sein? Vor allem aber: Konnte man sich diese Geschichte entgehen lassen? Schließlich siegten die Gier und die Angst. Die Gier nach der heißesten, der unglaublichsten Geschichte und die Angst, den Coup, das große Geschäft zu verpassen. Tatsächlich folgten immer mehr Seiten, und die Beiträge wurden dichter, intensiver, reißerischer. War die Polizei Opfer einer Intrige durch Drogenhändler? War sie drauf und dran, sich zu rächen? Gab es einen Showdown? Zufrieden grinste Jacobi. Es lief genau wie erwartet. Selbst Portale, die er gar nicht informiert hatte, machten inzwischen damit auf. Schließlich klingelte Jacobis Handy. Es war Orthmanns Nummer, des leitenden Redakteurs für die Seite Vermischtes. Natürlich durften sich auch die *Frankfurter Nachrichten* diese sensationelle Story nicht entgehen lassen. Nur mühsam widerstand Jacobi dem Impuls, sich zu melden. Aber er hatte noch einiges zu erledigen.

Wichtigeres.

Aus seiner Brieftasche holte er einen Zettel, den er von Katharina bekommen hatte als Beweis für eine ungeheuerliche Geschichte. Darin ging es um einen V-Mann, der zwischen die Fronten geraten war und dem sein Kontaktmann beim Staatsschutz nicht mehr hatte helfen können. Oder nicht hatte helfen wollen. Da wäre es nicht fair, wenn der Kontaktmann gänzlich ungeschoren davonkäme. Das Stück Papier enthielt dessen Telefonnummer, lange Zeit sorgsam verborgen unter den Dielen eines Fußbodens und nur für die wichtigen Momente bestimmt.

Momente wie diesen.

Jacobi hielt sich ein Taschentuch vor den Mund und rief an vom Handy des Dealers. Das Klingeln schien endlos. Schließlich meldete sich eine verschlafene Stimme.

»Was soll das, Mann?!«, schrie Jacobi durch das Taschentuch. »Sind Sie wahnsinnig?«

»Was?«, stammelte Körber. »Wovon reden Sie? Haben Sie eine Ahnung, wie spät es ist? Wer sind Sie überhaupt? Und woher haben Sie diese Nummer?«

»Sie wissen genau, wer hier ist. Auch wenn Sie offenbar den Verstand verloren haben. Aber wenn Sie ernsthaft glauben, wir lassen uns öffentlich von Ihnen in die Luft jagen, dann sind Sie noch dämlicher, als ich dachte.«

»Wovon, um Himmels willen, reden Sie?«

»Von Ihrer hirnrissigen Ankündigung, die Sie überall im Netz verbreiten.«

»Welche Ankündigung?«

»Wollen Sie mich verarschen? Natürlich, dass Sie angeblich kurz davorstehen, den Drogenhandel in Frankfurt trockenzulegen. Ich habe Ihnen schon oft gesagt: Legen Sie sich nicht mit uns an. Lassen Sie uns in Ruhe unsere Arbeit machen. Doch Sie wollen ja nicht hören. Aber jetzt sind Sie endgültig zu weit gegangen. Ich gebe Ihnen nur noch eine letzte, eine allerletzte Chance. Ich gehe jetzt über die Straße zum Kiosk im U-Bahnhof Astoriastraße und hole mir meinen Kaffee und meine Zeitung. Und wenn ich zurück bin, will ich ein erstklassiges Dementi. Sagen Sie, dass irgendwer bei Ihnen besoffen war, als er dieses absurde Gerücht in die Welt gesetzt hat. Und dass Sie ihn gefeuert haben. Und dann sorgen Sie dafür, dass der Mist aus dem Internet kommt, klar? In zwei Stunden will ich nichts mehr davon lesen.«

»Aber wie soll ich das denn machen?«

»Wissen Sie was? Das ist mir scheißegal. Aber ich sage Ihnen, was ich machen werde, wenn Sie nicht spuren. Dann sorge ich dafür, dass endlich der ganze Dreck an die Öffentlichkeit kommt. Und ich meine den ganzen. Der V-Mann, den Sie bei den Bürgerrechtlern eingeschleust haben. Dass Sie sich von Drogenhändlern haben erpressen lassen. Dass sie den Leuten erst ein falsches Todesopfer untergejubelt haben und dann einen falschen Täter.«

»Verdammt, wovon reden Sie?«

»Und wissen Sie, was ich danach mache?«

Deutlich hörbar schluckte Körber. »Was?«

»Dann töte ich Sie.«

Damit legte Jacobi auf und atmete tief durch. Dann grinste er. Das war gut. Körber hatte er ordentlich eingeheizt. Daran würde er zu knabbern haben. Er hoffte nur, dass der Staatsschützer intelligent genug war, den Hinweis auf das Hauptquartier der Drogenhändler zu verstehen.

Blieb eine letzte Aufgabe. Der Funke, den er an die Zündschnur legte. Es war nur eine ganz kurze Nachricht an Freddy. Ein einziger Satz, abgeschickt vom Handy des jungen Dealers.

Der Satz lautete: Wir haben ein Problem, versehen mit einem Link zur Meldung und dem Foto.

Dann machte sich Jacobi auf den Weg.

Um nichts in der Welt wollte er die Show verpassen.

KAPITEL 30

Katharina zitterte.

Es war nicht die Temperatur, die ihr eine Gänsehaut bereitete, obwohl es kühl war in ihrer Wohnung. Die ganze Nacht hatte sie vor dem Computer gehockt und das Internet durchwühlt auf der Suche nach den Dealern. Würde sie eine Spur von ihnen entdecken, so ihre Hoffnung, hatte sie vielleicht eine Chance, auch Norman zu finden.

Bevor es zu spät war.

Während ihrer Recherche hatte sie ihn wieder und wieder angerufen, hatte auf seiner Mailbox gefleht, er möge vernünftig sein. Er aber hatte sich stumm gestellt. Seit fast vierundzwanzig Stunden, seit ihrer wunderbaren Zeit hier auf ihrem Sofa, hatte sie nichts mehr von ihm gehört.

Bis jetzt.

Doch statt Erleichterung spürte sie nur einen kalten Schauer, der nicht aufhören wollte.

Vor wenigen Augenblicken hatte sie eine Meldung entdeckt, die dem Anschein nach von einem Polizisten stammte. Darin behauptete er, es sei gelungen, einen Spitzel in den Drogenring einzuschleusen, der die Stadt mit billigen Pillen überschwemmte, und dass damit die Zerschlagung der Organisation unmittelbar bevorstünde. Das war natürlich Unsinn. Die einzige Konsequenz dieser Information würde sein, dass die Dealer aufgeschreckt wurden und damit die ganze Operation in Gefahr geriet. Kein Polizist mit ein bisschen Verstand würde so etwas jemals tun.

Norman traute sie es zu.

Besonders, nachdem sie das Foto gesehen hatte. Es war dunkel und unscharf, aber Katharina glaubte, die schmächtige Gestalt rechts im Bild zu erkennen. Der junge Dealer, dem sie gefolgt war und von dem sie Norman erzählt hatte. Das bedeutete, dass sie es war, die ihn auf diese irrsinnige Idee mit der Meldung und damit in große Gefahr gebracht hatte. Durch Almas Tod war er furchtbar verletzt, und in seinem Schmerz glaubte er vermutlich, es allein mit den Dealern aufnehmen zu können. Das war natürlich kompletter Wahnsinn. Denn wenn so offensichtlich war, dass er hinter der Meldung steckte, würden es auch die Dealer erkennen. Und ihn dann erst recht jagen.

Das Schlimmste an dem Ganzen war, dass Norman vermutlich genau das bezweckte.

Aber damit nicht genug.

In einem der zahlreichen Kommentare zur Meldung beklagte ein Leser, dass sich die Polizei zum Opfer stilisiere. Dabei sei das nur die halbe Wahrheit. Tatsächlich gebe es schon lange Kontakte zwischen Dealern und Staatsschutz. Und dabei gehe es nicht nur darum, den Drogensumpf in der Stadt trockenzulegen. Was genau damit gemeint war, ließ der Autor des Kommentars offen, und Katharina ahnte, welche Absicht dahintersteckte. Die Polizei sollte weiterhin als nicht weniger undurchsichtig und verbrecherisch erscheinen als der Drogenring. Der Ball sollte zurückgespielt werden, der Befreiungsschlag der Behörden verpuffen.

Dealer, V-Mann und Staatsschutz – nur ganz wenige Personen wussten bisher von dieser Verbindung. Und nur eine einzige konnte in diesem Moment ein Interesse daran haben, dass sie öffentlich wurde.

Norman Jacobi.

Katharina vermutete, dass auch der Kommentar von ihm stammte. Offenbar beabsichtigte er, alle aufeinanderzuhetzen, denen er eine Mitschuld an Almas Tod gab. Das war verrückt und doch wieder typisch für ihn. Wahrscheinlich würde er es sogar genießen, dabei zuzusehen. Und so absurd es klang, gab Katharina diese Vorstellung ein wenig Hoffnung. Denn es bedeutete, dass sie Norman finden würde, wenn sie die Dealer fand.

Sie musste ihn finden.

Katharina blickte auf und erinnerte sich an ein kurzes Gespräch mit Norman vor zwei Monaten. Nach den Politikermorden, als sie gerade noch davongekommen und alles vorbei war, hatte sie gesagt, dass beim nächsten Mal sie ihn retten würde und nicht umgekehrt. Es war nur ein Spaß, und damals war ihr diese Vorstellung verlockend, weil weniger aufreibend erschienen. Jetzt war es tatsächlich so weit, und nichts daran war leicht. Katharina war in Sicherheit, aber sie spürte die riesige Verantwortung für sein Leben auf ihren Schultern. Vor allem hatte sie keinen Schimmer, wo sie ihn suchen sollte. Letztlich fühlte sie sich genauso hilflos wie damals in der Hand des Killers. Noch einmal rief sie Norman an, wieder erreichte sie nur den Anrufbeantworter, und wieder flehte sie ihn an, sich zu melden. »Wenn ich dich retten soll«, sprach sie auf Band, »dann gib mir auch eine Chance dazu. Sonst ist das unfair. Dann mache ich nicht mehr mit. Und ein Eis gibt's auch nicht.« Sie legte auf und wusste nicht, ob das lustig klang oder nur verzweifelt. In jedem Fall war es eine Illusion zu glauben, dass er sich deshalb melden würde.

Sie stand auf und tigerte herum. Wo sollte sie jemanden suchen, der nicht gefunden werden wollte? In der Meldung war von Hausen die Rede, und Katharina erinnerte sich, dass Norman etwas von einem alten Gehöft erzählt hatte, das Freddy und dessen Leuten als Basis diente. Sie war dabei, sich die Schuhe anzuziehen, als ihr die Aussichtslosigkeit dieses Plans bewusst wurde. Auch wenn der Bezirk nicht sonderlich groß war, würde sie das Anwesen niemals rechtzeitig finden. Sie sah nur eine Möglichkeit: Bruno Demandt. Wenn ihr jemand helfen konnte, dann vermutlich er. Aber sie wollte ihn nicht im Präsidium treffen, dort, wo ihr auch Körber vom Staatsschutz begegnen konnte. Sie sah auf die Uhr. Es war kurz vor sieben am Morgen. Vielleicht hatte sie Glück. Jedenfalls durfte sie nicht länger warten. Sie rief ihn an.

»Sind Sie noch zu Hause?«

»Ja.«

»Ich komme zu Ihnen.«

»Was ist los?«

»Norman macht einen großen Fehler.«

Tiefes Seufzen am anderen Ende.

Unterwegs wurde es langsam hell. Die Leute waren auf dem Weg zur Arbeit, Schüler warteten auf den Bus, und niemand ahnte, wie gefährlich die Situation war. Katharina kam sich vor wie in einer Blase, ohne jeden Kontakt zur Außenwelt. Sie fuhr zügig und spürte die schwere Müdigkeit in ihren Augen. Sie sah, wie jemand am Straßenrand über sein Handy strich oder sich eine Zigarette anzündete. Aber es dauerte, bis ihr Verstand eine Verbindung herstellte zwischen dem Bild und seiner Bedeutung.

So war sie erleichtert, als sie nach knapp fünfundzwanzig Minuten in den Henriette-Goldschmidt-Weg in Riedberg einbog. Es war eine schmale, ruhige Straße mit alten Bäumen, die im Sommer sicher Schatten spendeten. Die Häuser stammten vermutlich aus den Fünfzigern und sahen aus, als sei die Stadt hier sehr weit entfernt. Als Katharina vor Demandts Haus parkte, trat der Kommissar bereits auf die Treppe. Sie stieg aus und ging auf ihn zu.

»Kommen Sie rein«, sagte Demandt.

»Dafür haben wir keine Zeit.«

»Was ist es dieses Mal?«

»Ich fürchte, er ist wild entschlossen, sich umbringen zu lassen.«

Der Kommissar kniff die Augen zusammen.

»Sie haben noch nicht von der Meldung gehört?«

»Welche Meldung?«

Katharina reichte ihm einen Ausdruck der Nachricht samt Kommentar zur Verbindung von Dealer, V-Mann und Staatsschutz. Demandt überflog die Zeilen und schüttelte den Kopf. »Was für ein Quatsch. Kein Polizist würde so was schreiben.«

»Und kein Drogenhändler würde so darauf antworten.«

»Da hat sich jemand einen Spaß erlaubt. Es steht so viel Scheiß im Internet. Darauf dürfen Sie nicht reinfallen.«

»Norman.«

»Ich verstehe nicht.«

»Die beiden Texte stammen von ihm.«

»Wie kommen Sie darauf?«

»Wer weiß von der Verbindung zwischen Dealern, V-Mann und Staatsschutz? Und wer hat ein Interesse daran, dass die Verbindung bekannt wird, ausgerechnet jetzt?«

Demandt schluckte.

»Wir müssen ihn finden, bevor es die Dealer tun.«

»Haben Sie ihn angerufen?«

»Hundert Mal.«

»Aber ich weiß auch nicht, wo er steckt.«

»Herr Demandt, er will sie aufeinanderhetzen, Dealer und Staatsschutz. Und er will dabei zusehen, wie sie sich gegenseitig umbringen. Und dann will er auch noch den Drahtzieher zur Strecke bringen.« Sie schüttelte den Kopf. »Dem ist er nicht gewachsen. Wir müssen Norman finden.«

»Wieso Drahtzieher? Was hat der damit zu tun?«

»Die Zitate am Tatort? Die Fotokopien an Norman persönlich? *Sie fragen sich, was das mit Ihnen zu tun hat, Herr Jacobi?* Der Anruf mit der alten Nachricht vom Anrufbeantworter?«

»Ich weiß nichts von irgendwelchen Nachrichten.« Demandt blickte über den Vorgarten und die Straße entlang, bevor er Katharina wieder ansah. »Aber wegen des Zitats im Hof müssen Sie sich keine Sorgen machen.«

»Was … was meinen Sie?«

Nun starrte er eine ganze Weile auf den Boden und wippte mit den Füßen vor und zurück. »Es stammt nicht vom Drahtzieher.«

»Sondern?«

Er holte tief Luft. »Von mir.«

Etwa eine Armlänge lag zwischen ihm und Katharina, aber die beiden Worte klangen, als kämen sie aus einem kilometerlangen Tunnel. »… was?!«

Demandt kratzte sich am Hinterkopf. »Wir standen so unter Druck, und Norman war so verbissen, uns etwas anzuhängen. Ich musste ihn einfach auf andere Gedanken bringen.«

In diesem Moment hatte Katharina das Gefühl, sich von ihm zu entfernen, ohne sich zu bewegen. Wie auf einem Laufband am Flughafen.

»Hören Sie«, sagte Demandt, »ich bin nicht stolz darauf, das können Sie mir glauben. Aber er hat mir keine Wahl gelassen. Und ich hatte recht damit. Wir haben Holger nicht getötet.«

Langsam setzte Katharina ihre Füße rückwärts die Stufen hinab. Bei jedem Schritt hatte sie das Gefühl, in die Tiefe zu stürzen. »Und das zweite Zitat? *Fiat iustitia et pereat mundus.* Die Fotokopien?«

»Ich sage doch: Damit habe ich nichts zu tun.«

Unten an der Treppe drehte Katharina sich um und lief zum Wagen.

»Sie müssen mir glauben!«, rief Demandt ihr nach.

Sie drehte sich nicht um, sprang ins Auto und gab Gas. Während der Fahrt achtete sie kaum auf den Verkehr. Sie konnte keinen klaren Gedanken fassen, so schockiert war sie. Die Dealer wollten Norman töten, weil er ihre Geschäfte störte. Körber hatte vermutlich nichts dagegen, damit seine Verstrickungen nicht öffentlich wurden. Außerdem hasste er Jacobi, seit sie bei der Jagd auf den Killer aneinandergeraten waren. Der Hintermann spielte sein ganz eigenes Spiel mit Norman. Und nun auch noch Demandt. Sie hatte also recht gehabt, ihm nicht zu trauen. Aber wem dann? Wem konnte sie noch glauben? Es gab niemanden mehr. Doch wie sollte sie Norman dann finden, ganz allein?

Wie sollte das gehen?

Katharina fand keine Antwort. Alles, woran sie denken konnte, war, dass Norman in der Falle saß, gefesselt und brutal zusammengeschlagen von Dealern, die Polizeiuniformen trugen und verspiegelte Helme, während Körber grinsend zusah. Irgendwann wurden die Konturen unscharf, das Bild verschwamm. Aber die Schläge und Tritte in ihrem Kopf hörten nicht auf.

Mit dem Handrücken wischte sich Katharina die Tränen aus den Augen. Deshalb sah sie den Radfahrer erst spät. Erschrocken riss sie das Lenkrad herum, berührte ihn aber trotzdem. Im Rückspiegel sah sie, wie er ins Schlingern geriet, stürzte, aber fluchend wieder aufstand. Sie hielt nicht an.

Zurück in ihrer Wohnung, tigerte sie wieder umher, noch angestrengter und gleichzeitig völlig erschöpft. Jeder Schritt fiel ihr schwer, und jeder Gedanke schien von seinem eigenen Gewicht zu Boden zu sinken. Irgendwann reichte ihre Kraft nur noch für eine einzige Vorstellung.

Einfach weg sein.

Sie spürte das schlechte Gewissen wie eine Brandwunde unter der Haut, aber dieses Bild ihrer leeren, unberührten Wohnung entwickelte einen Sog, der von Sekunde zu Sekunde stärker wurde. In ihrem Kopf hörte sie jemanden sagen, dass Norman sich ja gar nicht helfen lassen wolle. Dass sie alles versucht hatte, aber nichts dagegen tun konnte, wenn sich ein Haufen Männer unbedingt gegenseitig umbringen wollte. Dafür musste nicht sie den Kopf hinhalten.

Katharina hatte keine Ahnung, wohin sie sollte, aber darauf kam es nicht an. Es zählte allein, nicht hier zu sein, wenn das Sterben begann. Wie ferngesteuert fing sie an, Kleidung in eine Reisetasche zu stopfen. Das schlechte Gewissen kratzte an ihr mit kantigen Krallen, und die Tränen kehrten zurück. Trotzdem machte sie weiter.

Bis das Telefon klingelte.

Das musste er sein. Endlich hatte Norman begriffen, wie bescheuert sein Plan war. Er hatte verstanden, dass er Hilfe brauchte. Von ihr. Katharina rannte zum Apparat.

Es war nicht seine Nummer. War es bereits zu spät? War er …? Bekam sie jetzt die Nachricht? Zögernd hob sie ab. »Ja?«

»Frau Beck?«

»Ja.«

Schweres Atmen in der Leitung. »Herr Jacobi ist drauf und dran, eine große Dummheit zu machen.«

Die Stimme eines Mannes, alt, schleppend, gurgelnd. Katharina presste die Augen zusammen. Sie kannte diesen Klang.

»Und ich glaube, Sie wissen das«, sagte der alte Mann. Der Teufel, wie Norman ihn nannte. Der Drahtzieher, der sich alles ausgedacht hatte. Die Morde an den Frauen, den Politikern, die anonymen Nachrichten. Und der ein Spiel mit Norman trieb, ein perverses, ekelhaftes Spiel. Katharina spürte, wie ihre Unterlippe zitterte.

»Was … was wollen Sie von ihm? Bitte … ich …«

»Ich? Ich will nichts von ihm.« Wieder dieses angestrengte Schnaufen. »Ich mache mir Sorgen um ihn.«

Schlagartig wurde Katharina übel, und es kostete sie alle Kraft, sich nicht zu übergeben. »Dann tun Sie was. Bitte. Helfen Sie ihm. Er weiß nicht, wie er …«

»Ich verstehe, dass Sie das sagen. Aber ich kann ihm nicht helfen.«

»Aber wer dann? Irgendwer muss ihn doch davor bewahren.«

»Ich fürchte, Sie werden es tun müssen. Wie Sie es versprochen haben. Erinnern Sie sich?«

»Aber wie? Wie soll ich ihm helfen? Ich weiß ja nicht mal, wo er ist.«

»Und deshalb wollen Sie verschwinden? So tun, als ginge Sie das alles nichts an?«

»Was …?« Katharina hatte das Gefühl, auf der Stelle in Treibsand zu versinken. »Woher …?« Hektisch blickte sie sich um. Sie war doch allein in ihrer Wohnung, sie musste allein … Die Bilder vor ihren Augen bewegten sich. Als blicke sie überall auf einen riesigen Bildschirm, über den jemand viel zu schnell mit den Fingern wischte.

»Stellen Sie sich vor«, sagte der alte Mann, »Herr Jacobi hätte sich so verhalten, vor zwei Monaten. Einfach aufgegeben.«

Mehr hörte sie nicht, der Rest war nur noch ein gewaltiges Rauschen in ihren Ohren. Zitternd legte sie das Telefon in den Sessel und bewegte sich rückwärts in den Flur. Sie wagte nicht, die Schuhe anzuziehen, griff sie nur mit den Fingerspitzen. Auf Socken schlich sie ins Treppenhaus und die Stufen hinunter. Die Tür ließ sie offen.

Erst am Hauseingang schlüpfte sie in die Schuhe. Katharina rannte über die Straße, sprang in ihr Auto und fuhr los. Ohne Ziel kurvte sie durch die Viertel, und wann immer sie einen Ort vor Augen hatte, an dem sie sich vielleicht verstecken konnte, stellte sie sich im nächsten Augenblick vor, dass der alte Mann dort längst auf sie wartete. Er konnte ihre Gedanken lesen. Er hatte sich in ihrem Kopf eingenistet.

Katharina wischte sich die Tränen aus dem Gesicht und sah in den Rückspiegel. Mit einigem Abstand hinter ihr fuhr ein Auto, ein wuchtiger schwarzer Wagen, dessen Marke sie nicht erkennen konnte. Die Umrisse des Fahrers waren nur zu erahnen. War er das? Folgte er ihr auch jetzt? Aber er saß doch im Rollstuhl, er konnte doch gar nicht … Katharina riss das Lenkrad herum und bog in eine kleine Seitenstraße. Im Rückspiegel sah sie, wie das andere Auto daran vorbeifuhr. Erleichtert atmete sie aus.

Wie aber hatte sich der Kerl in ihr Leben geschlichen? Natürlich, er kannte Norman, kontrollierte jeden seiner Schritte. Das bedeutete, dass er auch sie kannte. Von Anfang an? Und er musste ihre Wohnung überwachen. Sicher, Wolff, der Frauenmörder, war dort gewesen. Aber das war … oh Gott … fast sechs Monate her. So lange schon beobachtete er sie? Wie sie lebte, aß, schlief, einfach alles? Sie war ihm völlig ausgeliefert, und dass sie weder sein Gesicht kannte noch sein Ziel, machte es in diesem Moment noch schlimmer für sie als das, was Ralf ihr angetan hatte. Sie fühlte sich hilflos, nackt und schäbig und begann wieder zu weinen, als sie den schwarzen Wagen passierte. Er stand am Straßenrand, wuchtig, mit getönten Scheiben. Als wäre er vermummt. Was wollte der alte Mann nur von ihr? Ging es bei allem etwa nicht nur um Norman, sondern auch um sie? Aber warum? Was hatte sie nur falsch gemacht? Welche Schuld hatte sie auf sich geladen?

Wieder bog Katharina ab und noch einmal. Vielleicht fuhr sie auch in einem Kreis, aus dem es kein Entkommen gab. Sie konnte es nicht sagen. Die Häuser am Straßenrand verschwammen in ihren Augenwinkeln, genauso der Asphalt direkt vor ihr. Mit dem Handrücken wischte sich Katharina die Tränen aus dem Gesicht, als sie über die Kreuzung fuhr und rechts einen schwarzen Schatten sah. Im selben Augenblick hörte sie einen lauten Knall und spürte einen mächtigen Schlag. Ihr Auto sprang zur Seite, und Katharina stieß sich wuchtig den Kopf.

Danach war alles schwarz.

KAPITEL 31

Nichts als Stille im Haus.

So still, als sei das Leben hier schon vor langer Zeit eingeschlafen und atme seitdem nur in unendlich langsamen, gleichmäßigen Zügen. Genauso bedächtig kroch das Licht der Morgendämmerung durch kühle Luft in die hinteren Winkel, vielleicht, um das alte Gemäuer nicht zu erschrecken, sondern allenfalls sanft aufzuwecken. Dadurch war die Kontur am Ende des Ganges kaum auszumachen, wirkte wie verschmolzen mit dem Hintergrund.

Oder wie eine Spinne, die in ihrem Netz geduldig auf Beute lauerte.

Seit über einer halben Stunde stand Norman Jacobi reglos in einer Ecke im Haupthaus des alten Gehöfts, das Freddy und seinen Leuten offenbar als Basis für ihre Geschäfte diente. Hier jedenfalls hatte Jacobi erfahren, dass sie sich nicht zufällig begegnet waren. Nun war er zurück, auch alles andere als zufällig, wartete, horchte, beobachtete.

Von seinem Standpunkt aus konnte er die Haustür einsehen und durch kleine Scheiben darin Teile des Hofes. Dort war bisher alles ruhig, genauso wie neben und über ihm. So betrachtet wirkte das Gebäude vollkommen unschuldig. Mit dem ausgetretenen weißgrauen Fliesenboden und den verblichenen Tapeten sah es aus, als könne es eine lange Geschichte erzählen. Von täglicher Arbeit, die niemals aufhörte. Von Hoffnungen, die sich nur selten erfüllten. Vielleicht von kleinen Freuden, die das immer Gleiche erträglich machten.

Aber das war nur eine Geschichte, ein sorgfältig konstruiertes Märchen. Denn in Wahrheit war dieses Haus nicht unschuldig. Es war böse. Ein Hort des Teufels. Und von hier aus breitete sich das Böse immer weiter aus, kroch über die Straßen der Stadt in die Schulen, Büros und Wohnungen und von dort in die Körper und Köpfe der Menschen.

Doch damit war jetzt Schluss. Dafür würde er sorgen.

Jacobi war bewusst, dass er Alma damit nicht wieder lebendig machen konnte. Trotzdem würde er Freddy und seinen Leuten, ihrer Skrupellosigkeit und ihrer Brutalität eine Grenze setzen. Es musste aufhören. Nur darum ging es. Und die Öffentlichkeit musste endlich erfahren, wie böse war, was von hier ausging. Die Gier. Die Gewalt. Die Verbindung zwischen Dealern und Staatsschutz, zwischen Freddy und Körber.

Mittlerweile war Jacobi sicher, allein zu sein. Doch selbst die Vorstellung, dass vielleicht irgendwo im Haus einer der Gangster schlief, bereitete ihm nur wenig Sorgen. Er war wach und aufmerksam. Jacobi hatte einen langen Weg hinter sich, der ihn schließlich wieder hierher zurückgeführt hatte. Offenbar musste es so sein. Er war bereit.

Geschmeidig löste er sich vom Hintergrund und bewegte sich beinahe geräuschlos über den langen Flur. Vorne lag der Raum, den er schon vor einigen Tagen durchsucht und in dem er das Dossier über sich selbst entdeckt hatte. Es hätte ihm eine Warnung sein sollen. Jacobi schob den Gedanken beiseite und die Tür auf. Das Zimmer wirkte unverändert. Alles nur Kulisse in einem Theaterstück, das Freddy mit ihm gespielt und sicher genossen hatte. Sogar die Beutel mit den Pillen lagen noch herum.

Auf der Suche nach einem Beweis, dass die Leute hier die Drogen nicht nur gelegentlich schluckten, sondern in großem Stil damit handelten, durchstöberte Jacobi die Unterlagen, die sich im Raum befanden – und blieb doch nur am

Dokument über sich selbst hängen. Ihm war klar, dass er keine Zeit für Spielereien hatte. Aber er wollte wissen, ob es darin Hinweise gab, dass sie ihm eine Falle gestellt hatten. Ob er es hätte sehen können. Während er die Seiten überflog, erkannte er, wie gut sie es gemacht hatten. Sie hatten ihm geschmeichelt, geschrieben, dass er neugierig sei, mutig und unerschrocken, genau der Richtige. Bevor er sich ärgerte, blätterte Jacobi weiter.

Bis er auf ein Foto stieß, das ihm die Kehle zuschnürte.

Er mit Juri und Alma vor dem Haus.

Angestrengt versuchte er sich zu erinnern, ob ihm das Bild schon bei seinem ersten Besuch hier aufgefallen war. Ob er hätte ahnen und somit verhindern können, was geschehen war. Dann begriff er, dass es längst zu spät war, und schob die Akte zurück. Daneben fand er nur Zeitschriften, Kataloge, Romane, aber keinen Hinweis auf Körber oder den Drogenhandel. Jacobi kam sich vor wie in einem Möbelhaus, in dem die Bücher nur Attrappen waren. Offenbar führten Dealer keine Akten.

Irgendetwas aber musste es geben. Es konnte, es durfte nicht sein, dass er so nah dran war und ihm der entscheidende Hinweis trotzdem durch die Finger rutschte.

Er trat wieder in den Flur und überprüfte die anderen Zimmer, die von ihm ab- und zum Teil ineinander übergingen. Es gab eine kleine Küche mit zusammengewürfelten Möbeln, eine Vorratskammer, Bad, Toilette, mehrere Wohn- und Büroräume, alles klein, eng und alt. Jacobi dachte nicht länger darüber nach, ob Freddy und seine Leute hier tatsächlich gelegentlich aßen und schliefen oder ob es nur ein Potemkin'sches Dorf war. Ihn interessierten allein die Spuren, die er nicht fand.

Er überlegte, wo er weitersuchen sollte. Aus einem Gefühl heraus entschied er sich für den Keller. Langsam stieg er die knarrende Treppe hinab.

Unten war es fast vollkommen finster. Um nicht aufzufallen, verzichtete Jacobi darauf, Licht zu machen. Wenn es überhaupt welches gab. Stattdessen nutzte er das Handy des jungen Dealers als Taschenlampe und leuchtete dicht vor sich auf den Boden, um den Lichtkegel möglichst klein zu halten. So tastete er sich durch staubige Luft und verzweigte Gänge, vorbei an alten Schränken und weiteren Möbeln, die teilweise mit Tüchern abgedeckt waren. Offenbar die Requisitenkammer dieses Theaters.

Mehrmals öffnete Jacobi einzelne Türen. In den fensterlosen Räumen dahinter empfing ihn der abgestandene Mief vergangener Jahrzehnte. In manchen standen ebenfalls Möbel, Kisten und Werkzeuge. Einige Schränke waren leer, andere mit Vorhängeschlössern gesichert. Die Tür eines wuchtigen Kleiderschranks stand ein wenig offen. Jacobi zog sie auf – und er spürte, wie die Wut in ihm hochkochte. Im Lichtschein des Handys blickte er auf Polizeiuniformen, Schulterpolster, Helme und Mützen. Wieder sah er den Autofahrer vor Augen, der tödlich getroffen zusammensank. Den stummen Schrei der Frau.

Doch das reichte ihm nicht.

Er ging weiter, obwohl er schnell merkte, dass er in diesem Gewirr aus Gängen und Kellerräumen die Orientierung verloren hatte. Nach einer Weile stieß Jacobi auf einen Raum, in dem rechts Holzbalken, Latten und ein Tisch an der Wand lehnten. Links erkannte er nach einigem Rätseln das Rad einer Pumpe und einen rostigen Wassertank. Vielleicht befand er sich nun direkt unter dem Bad, vielleicht unter einem der Anbauten. Möglicherweise bedeutete es aber auch gar nichts.

Jacobi wandte sich zum Gehen, als er im Schein des Handys mehrere schmale, weiße Striche auf dem Boden bemerkte. Sie erinnerten ihn an das weiße Pulver der Pillen, die er im Club zertreten hatte. Er ging in die Knie und strich mit dem Finger über eine der Stellen. Tatsächlich ließen sich die Konturen des Strichs ein wenig verreiben, und Reste von Pulver blieben an seiner Fingerkuppe haften. Jacobi führte sie zur Nase, ohne etwas zu riechen. Er blickte sich um. An der Rückwand des Raumes erkannte er eine weitere Tür. Sie stand offen.

Langsam richtete er sich auf und bewegte sich darauf zu. Die Kammer war kleiner als die meisten anderen, die er bisher gesehen hatte, und besaß kein Fenster. Links und rechts an der Wand standen Regale mit einigen Kartons darauf. Jacobi öffnete einen Deckel, leuchtete ins Innere und spürte eine Gänsehaut.

In der Kiste lagen durchsichtige Beutel, gefüllt mit Pillen. Tausenden von Pillen.

Schnell blickte er in einen weiteren Karton. Das gleiche Bild. In einem dritten fand er Unmengen der kleinen Tütchen, in die die Drogen portionsweise abgepackt wurden, um sie an die Kunden weiterzuverkaufen. Jacobi atmete aus und musste grinsen.

Er war am Ziel.

Endlich konnte er Freddy den Drogenhandel nachweisen. Jetzt fehlte nur noch ein Beleg für die Verbindung zu Körber. Doch zuerst machte er Fotos von den Kisten und ihrem Inhalt. Dabei genoss er es jedes Mal, wenn der Blitz durch die Dunkelheit zuckte.

Nach einer Weile legte sich die Euphorie, und Jacobi fragte sich, wie er weiter vorgehen sollte. Wenn sein Plan aufging, würden Freddy und dessen Kollegen bald hier auftauchen und irgendwann hoffentlich auch Körber mit Verstärkung. In Jacobis Fantasie floss dann Blut, und er hatte nichts dagegen, sollte es beide erwischen. Vermutlich aber würde Körber versuchen, Freddy und jeden zu erledigen, der ihn mit Holger und der Erpressung durch die Drogenhändler in Verbindung bringen konnte. Wenn es ihm tatsächlich gelang, würde der Staatsschützer am Ende vielleicht mit weißer Weste aus dem Sumpf steigen. Das wollte Jacobi unbedingt verhindern.

Während er noch über dieses Dilemma nachdachte, hörte er ein tiefes Brummen in einiger Entfernung über sich. Sofort löschte er das Licht und horchte nach oben. Trotzdem dauerte es einen Augenblick, bis er erkannte, woher das Geräusch rührte.

Ein Wagen fuhr in den Hof. Es ging also los.

Bedächtig tastete sich Jacobi zurück in den Kellergang. Er kam nur langsam voran, weil er seine Schritte sorgfältig setzen musste, um jeden Lärm zu vermeiden. Außerdem musste er immer wieder innehalten, um sich zu erinnern, aus welcher Richtung er gekommen war.

Nach einer Weile hörte er eine Tür und Schritte direkt über sich. Jacobi blieb stehen und blickte hinauf zur knarrenden Holzdecke. Durch ein kleines Loch fiel etwas Licht nach unten, und Staub rieselte auf sein Gesicht. Er stellte sich vor, wie einer der Dealer, vielleicht Freddy, wenige Zentimeter über ihm stand, nervös, ratlos und ohne die geringste Ahnung, wie nah ihm Jacobi war. Er spürte, dass er grinste. Zum ersten Mal war er nicht mehr das gejagte Wild. Nun war er der Jäger.

Ein zweites Auto fuhr in den Hof, kurz darauf ein drittes. Jacobis Strategie schien aufzugehen. Er hatte sie aufgescheucht, und nun kamen sie zusammen, um zu beraten, was zu tun war. Sie fragten sich, ob es tatsächlich einen Spitzel in der Gruppe gab. Was wusste die Polizei? War das alles nur ein Bluff oder waren sie am Arsch? Ganz gleich, wie absurd die Meldung im Internet auch war, allein der Gedanke, dass etwas dran sein könnte, würde sie beschäftigen. Es dauerte nicht lange, und Jacobi hörte Stimmen aus dem Raum über ihm, drei oder vier. Er verstand kein Wort, denn sie sprachen schnell und durcheinander.

Sie hatten Schiss.

Das wollte und durfte sich Jacobi nicht entgehen lassen. So tastete er sich weiter, nun nicht mehr ganz so vorsichtig, um nicht zu viel Zeit zu verlieren. Er setzte darauf, dass die Dealer zu sehr mit sich selbst beschäftigt waren, um darauf zu achten, ob sich im Haus etwas rührte.

Als er endlich den schwachen Lichtschein sah, der vom Erdgeschoss auf die Kellertreppe fiel, ging er noch schneller. Schwungvoll trat er auf die unterste Stufe und hörte ein lautes Knirschen. Erschrocken blieb er stehen und horchte.

Oben brach das Gespräch abrupt ab.

Hatten sie ihn gehört?

Nach einigen Sekunden wurde eine Tür geöffnet.

Tastende Schritte.

Jacobi sah die Treppe hinauf. Wenn ihn die Dealer jetzt entdeckten, war klar, was sie mit ihm anstellen würden. Trotzdem spürte er keine Furcht. Anspannung, ja, Nervosität und Sorge, aber keine Angst. Er hatte sich bewusst für diesen Weg entschieden, und er würde ihn bis zum Ende gehen. So oder so.

Trotzdem schien sich die Stille zu dehnen. Jacobi konnte nicht sagen, wie lange sich nichts rührte. Vermutlich waren es nur Sekunden, aber ihm schien es eine Ewigkeit. Endlich wieder Schritte, eine Tür wurde geschlossen, dann Stimmen.

Jacobi atmete aus und spürte die Anspannung in den Oberschenkeln. Gleichzeitig gab ihm dieser kleine Zwischenfall zusätzliche Sicherheit. Sie rechneten nicht mit ihm. Und das war nicht die einzige Überraschung, die er für sie hatte.

Mit beiden Händen stützte er sich seitlich an den Wänden ab, um die knarrenden Holzstufen auf seinem Weg nach oben möglichst wenig zu belasten. Dadurch kam er nur langsam voran, und wieder fürchtete er, etwas Wichtiges zu verpassen. Im Erdgeschoss angelangt, schlich er den Flur entlang bis zu der Zimmertür, hinter der er die Stimmen vernahm. Vorsichtig legte er sein Ohr an das Türblatt.

»Wir wissen doch noch gar nicht, ob an der Meldung was dran ist«, sagte eine Stimme relativ ruhig. »Vielleicht ist alles nur ein Bluff.«

»Und was ist das hier?«, fragte ein Zweiter, deutlich aufgebracht. »Das nenne ich ziemlich real. Scheiße, das Foto ist im Netz und in jeder verdammten Zeitung.«

»Wie kann er nur so unvorsichtig sein? Wie lange ist Ivo im Geschäft?« Ein Dritter. »So dämlich kann er doch gar nicht sein. Das macht er doch mit Absicht.«

»Jedenfalls braucht er eine verdammt gute Erklärung dafür«, sagte der Zweite.

Bisher hatte Jacobi drei unterschiedliche Stimmen gehört. Freddy war nicht darunter, da war er ziemlich sicher.

»Mir kam er schon an der Küste komisch vor«, sagte der Dritte. »Warum ist er so langsam gefahren? Vielleicht wollte er ja, dass Jacobi abhaut. Das hätte uns auffallen müssen. Scheiße, und dafür habe ich mir den Arsch abgefroren, während er im warmen Auto saß.«

»Möglich. Aber habt ihr euch mal gefragt, wie das Bild überhaupt an die Öffentlichkeit gekommen ist?«, fragte die Nummer zwei. »Ich meine, es ist doch völliger Quatsch zu glauben, dass es wirklich von den Bullen stammt. So blöd können selbst die nicht sein.«

»Und was ist mit Jacobi?«, fragte Nummer eins.

»Was soll mit ihm sein?«

Jacobi horchte auf. Diese Stimme war neu, und er war ziemlich sicher, dass sie zu Freddy gehörte.

»Was, wenn dieser Scheißtext von ihm stammt? Die Möglichkeit dazu hätte er.«

»Und woher sollte er das alles wissen?«, fragte Freddy.

Jacobi grinste. Jetzt wurde es richtig interessant. Sachte ging er in die Knie und blickte durch das Schlüsselloch. Dahinter sah er zwei kräftige Gestalten, große Kerle mit breiten Schultern. Beiden war er schon einmal begegnet. Damals hatten sie Polizeiuniform getragen. Darin hatte der eine Jacobi in Holgers Wohnung einen Schlag in den Magen verpasst und der andere einen wehrlosen Autofahrer getötet. Ein dritter Mann war halb durch die vierte Person verdeckt, die mit dem Rücken zur Tür stand. Jacobi erkannte die gedrungene Gestalt und die Lederjacke. Freddy, kein Zweifel. Keine zwei Meter lagen zwischen ihm und Jacobi, nur getrennt durch eine alte Holztür, und Jacobi registrierte, dass er es genoss.

»Schließlich war er hier«, sagte Nummer zwei, einer der beiden großen Kerle. »Weil du ihn angeschleppt hast. Vielleicht hat er doch etwas gesehen.«

»Ich habe niemanden angeschleppt«, antwortete Freddy.

»Trotzdem war das eine Scheißidee«, erklärte derjenige, der von Freddy verdeckt wurde, die Nummer eins. »Das habe ich gleich gesagt. Wir hätten einfach weiter in Ruhe unsere Geschäfte machen sollen.«

»Und auf die nächste Razzia warten?«, fragte Freddy. »Warten, dass sie uns alles abnehmen? Unser ganzes Kapital? Und uns einbuchten?«

»Aber einen Pressefuzzy ins Boot zu holen, war wirklich bescheuert.«

»Ihr wart alle damit einverstanden.«

Während Jacobi beobachtete, spürte er, dass sich etwas änderte. Nicht nur ihre Stimmen wurden aggressiver, auch die Körperhaltung der vier wandelte sich. Es passierte genau das, was er erwartet und erhofft hatte. Die Nerven lagen blank. Er fragte sich nur, wo Körber so lange blieb. Wäre zu schade, wenn er die Party verpassen würde. Wahrscheinlich war er doch nicht schlau genug, um Jacobis Hinweise auf das Quartier der Dealer zu verstehen. Also musste er etwas nachhelfen. Er wählte Körbers Nummer und deckte das Telefon mit der Hand ab, um zu verhindern, dass die Dealer die Stimme des Staatsschützers hörten, wenn er sich meldete. Dann hielt er den Apparat dicht an die Tür. Nun musste der Polizist nur noch zuhören, eins und eins zusammenzählen und eine Ortung veranlassen. Das würde sogar Körber hinbekommen – hoffte Jacobi jedenfalls.

»Aber du solltest ihn doch nicht hierherbringen«, sagte die Nummer eins.

»Ich habe ihn nicht hergebracht.«

»Du weißt, was ich meine. Dann hättest du ihm gleich sagen können, hallo, wir verkaufen Waren, die nicht ganz legal sind, und wir brauchen dich, um uns die Bullen vom Hals zu halten.«

Kommt schon, dachte Jacobi, das bringt uns hier nicht weiter. Redet lieber ein bisschen über Körber. Wie hat das angefangen? Wie seid ihr an ihn rangekommen?

»Und wenn es gar nicht Jacobi war?«, fragte Freddy.

»Wer denn sonst?«, wollte Nummer drei wissen und machte einen Schritt auf Freddy zu.

»Ivo.«

Nummer eins lachte auf. »Aber warum? Warum sollte er so etwas tun? Das ergibt doch keinen Sinn.«

»Vielleicht, weil Körber ihm einen Deal angeboten hat. Straffreiheit für ihn, wenn er uns ans Messer liefert.«

»Das glaubst du doch selber nicht. Das macht der nicht. Nicht Ivo.«

»Bist du dir so sicher?«

»Und wenn uns nicht Ivo verpfiffen hat, sondern du?«, fragte Nummer zwei.

»Ich?« In Freddys Stimme lag eine Spur von Unsicherheit.

»Schließlich hattest du den Kontakt zu ihm. Du hast mit ihm Händchen gehalten. Und vielleicht hat er ja dich umgedreht.«

Jacobi konnte sich ein Grinsen nicht verkneifen. Auf dem

Handy sah er, dass Körber endlich in der Leitung war, und die vier Typen hinter der Tür waren kurz davor, sich an die Gurgel zu gehen. Es lief perfekt.

»Und vielleicht hast du uns nur herbestellt«, fuhr Nummer zwei fort, »damit Körber sich nicht die Mühe machen muss, uns einzeln abzuholen.«

»Hör auf, so eine Scheiße zu reden. Alles, was wir getan haben, haben wir zusammen beschlossen.«

»Ja, ja, wir sitzen alle im gleichen Boot«, sagte Nummer drei. »Aber du warst schon immer ein bisschen gleicher.«

»Was soll das heißen?«

Nummer drei trat auf Freddy zu und stieß ihn zurück. »Dass mir dein Bossgehabe auf die Nerven geht.«

Nun gab Freddy auch ihm einen Schubs. »Dann hau doch ab!«

Daraufhin stieß die Nummer drei so heftig zu, dass Freddy gegen den Türrahmen kippte. »Ich nicht. Aber vielleicht solltest du verschwinden.«

Freddy richtete sich wieder auf, um sich auf seinen Kollegen zu stürzen, doch Nummer eins und zwei gingen dazwischen. Ein wildes Geschiebe und Gerangel. Das Ganze sah so komisch aus, dass Jacobi unwillkürlich zu lachen begann. Dabei stieß er mit dem Kopf gegen die Türklinke, erschrak und ließ das Handy fallen, das scheppernd auf den Boden schlug. Sofort hob er es auf, und genauso schnell herrschte Stille hinter der Tür. Jacobi wagte nicht, sich zu bewegen.

»Habt ihr das gehört?«, fragte Nummer zwei.

»Ich dachte vorhin schon, hier ist jemand«, sagte die Nummer eins.

»Hast du die Bullen bestellt?«, fragte die drei.

»Nein, verdammt«, antwortete Freddy.

»Ich sehe jetzt nach.«

Mit der Hand stieß sich Jacobi vom Boden ab und rannte, so schnell er konnte, Richtung Haustür. Doch im Hof hatten die Dealer freies Schussfeld, und das würden sie nutzen. So hastete er die Kellertreppe hinunter, drei Stufen auf einmal, ganz gleich, wie viel Lärm er dabei machte. Unten lief er durch die Dunkelheit, vorbei an den Möbeln, stieß sich das Knie, stolperte weiter, immer tiefer in das unterirdische Labyrinth. Dabei versuchte er zu hören, ob sie ihm folgten. Waren das Schritte auf der Treppe? Stimmen? Er war nicht sicher. Seine eigenen Bewegungen, sein Atem und sein Herzschlag waren viel zu laut.

Rechts ahnte er einen Türrahmen, bog ab, fiel auf die Knie und kroch hinter einen Schrank, an den einige Holzbretter gelehnt waren.

Ein lausiges Versteck.

Jacobi presste den Rücken an die Wand, umfasste die Knie mit beiden Händen und biss sich auf die Lippe, um seinen Atem zu beruhigen.

Dann blieb nur zu warten und zu horchen.

Dumpfe Stimmen von oben.

Langsame Schritte Richtung Kellertreppe.

Sie hatten es nicht eilig.

KAPITEL 32

Stimmen. Zwei oder drei. Vielleicht auch mehr. Jedenfalls verstand sie kein Wort, und das machte ihr Angst.

Gerüche. Würzig. Fettig. Aber auch chemisch. Nichts passte zusammen. Sie schlug die Augen auf und sah mehrere Gestalten, bedeckt mit Tüchern und seltsam schräg in ihrem Blickfeld hängend, als würden sie jeden Augenblick seitlich hinauskippen. Es kostete Katharina Kraft, aus diesen Eindrücken ein Bild zu formen, das irgendwie zu vertrauten Wahrnehmungen passte. Vielleicht war es kalt und die Leute deshalb so verhüllt. Ihr selbst jedoch war gar nicht kühl. Vor allem aber verstand sie kein Wort. War etwas mit ihrem Kopf nicht in Ordnung? Dort spürte sie einen heftigen, drückenden Schmerz, nicht nur an einer Stelle, sondern am ganzen Schädel, bis hinunter in den Nacken.

Lautes Kichern der vermummten Gestalten. Lachten sie über Katharina? Was war mit ihr? Sah sie komisch aus? Mit der Hand tastete sie über Haare und Gesicht und konnte nichts Ungewöhnliches feststellen. Ihre Finger wanderten weiter, bis sie am Hals plötzlich auf etwas Dickes, Hartes stießen. Katharina erschrak und versuchte, den Kopf zu heben. Es ging nicht. Panik stieg in ihr auf.

War sie gelähmt?

War sie gefangen?

Wo war sie?

Ruckartig richtete sie den Oberkörper auf. Als der Schwindel nachließ, blickte sie auf eine weiße Bettdecke und dahinter auf einen weißen Tisch vor einer weißen Wand. Offenbar lag sie im Krankenhaus.

Wie aber war sie dorthin gekommen?

Sie wendete den Kopf so weit nach rechts, wie es Hals und Nacken zuließen. Im Bett neben ihr lag eine Frau mit orientalischem Aussehen. Um sie herum saßen vier weitere Frauen mit Kopftüchern und dicken Mänteln, und auf der Matratze standen Schalen mit unterschiedlichen Speisen. Besorgt schauten die Frauen zu ihr herüber, doch Katharina wusste nicht, was sie sagen, wie sie reagieren sollte, und blickte zur Seite. Durch ein großes Fenster sah sie Hausdächer, auch einige Kirchtürme, Bäume, aber nichts, das ihr bekannt vorkam. Wieder spürte sie die Angst. In welcher Klinik lag sie? Wie war sie dorthin gekommen?

Hatte sie ihr Gedächtnis verloren?

Hastig kramte sie nach Erinnerungen. Wie war ihr Name? Katharina Beck.

Ihr Geburtstag? Der 19. September.

Die Adresse? Ahornweg 47, 60492 Frankfurt.

Wo arbeitete sie? Uni Frankfurt, Historisches Seminar, IG-Farben-Gebäude, 3. Stock, Raum 3.572.

Katharina war sicher, dass diese Angaben stimmten, und spürte ein wenig Erleichterung. Aber es blieb ein großes schwarzes Loch. Um sich von der Angst abzulenken, tastete sie wieder an ihren Hals. Was auch immer dort war, es bestand aus festem Material, war mehrere Zentimeter dick und umschloss ihre Kehle vollkommen.

Eine Halskrause.

Hatte sie einen Unfall gehabt? Deshalb auch die Kopfschmerzen? Aber wann und wo?

Katharina ahnte, dass sie in diesem Moment keine Antwort finden würde, und zwang sich, gleichmäßig und tief zu atmen, um die Unruhe in ihre Füße und von dort aus ihrem Körper zu drängen. Auch an diese Technik erinnerte sie sich genau.

Über dem Tisch an der Wand gegenüber hing ein Fernseher. Dort liefen Bilder ohne Ton. Jede Menge Leute tanzten ausgelassen in einem Club, während Blitze zuckten, die aus der Decke, dem Boden und von überallher zu kommen schienen. Die grellen Lichter taten Katharina weh, aber irgendetwas in ihrem Innern berührten diese Aufnahmen. Sie beugte sich etwas vor in der Hoffnung auf weitere Szenen, die das Schwarz ihrer Erinnerung ein wenig aufhellen würden. Nach einer Weile folgten Aufnahmen eines Schulhofes. Kinder tobten, andere standen in Gruppen zusammen. Während sich Katharina fragte, was diese Szenen miteinander verband, sah sie Bürohochhäuser und kurz darauf Menschenmengen, dicht gedrängt in der U-Bahn. Katharina erkannte keinen Zusammenhang und wollte sich bereits erschöpft zurück auf das Bett legen, als Tabletten im Bild zu sehen waren, kleine bunte Pillen in durchsichtigen Tütchen. Augenblicklich schien es, als habe sie Halt gefunden und würde nicht immer weiter in dem schwarzen Loch versinken. Es ging um Drogenhandel. Sie hatte recherchiert und etwas entdeckt. Mit den Armen stützte sie sich auf der Matratze ab, um sich aufrecht halten zu können, als Polizeiwagen durch das Bild fuhren und Beamte in ein größeres Haus stürmten.

Katharina spürte, dass sie etwas wusste über die Szenen, die sie auf dem Bildschirm sah. Um aber den Schleier zu heben, brauchte sie weitere Informationen. Sie musste hören, was dazu gesagt wurde. In der Schublade des Trolleys an ihrem Bett suchte sie nach Kopfhörern, fand aber nur Taschentücher und Bonbonpapier. Dafür entdeckte sie auf dem Fußboden ihre kleine Reisetasche. Katharina fragte sich, wie sie hierhergekommen war. Wer hatte sie gepackt und ihr gebracht? Oder hatte sie verreisen wollen? Aber warum sollte sie wegfahren, wenn sie doch offenbar gerade recherchierte? Die Unsicherheit wurde wieder stärker. Katharina spürte eine Furcht, die nicht zu greifen war, sondern ihren Körper umwaberte wie zäher Nebel. Umso dringender musste sie erfahren, was im Fernsehen gesagt wurde. Vorsichtig beugte sie sich hinunter, um ihre Tasche zu greifen. Dadurch nahmen die Schmerzen in Kopf und Nacken derart zu, dass ihr schwindelig und übel wurde. Die Tasche verschwamm vor ihren Augen. Sie griff hinein und spürte etwas Weiches, das sie aufzusaugen schien. Katharina hatte das Gefühl zu kippen, unendlich zu stürzen, als sie einen kräftigen Griff am Oberarm spürte.

»Was machen Sie denn?«, fragte eine Frauenstimme.

Im Augenwinkel erkannte Katharina eine kleine, kräftige Statur mit kurzen Locken, die dunkelblaue Kleidung trug. Sie richtete Katharina wieder auf.

»Wollen Sie aus dem Bett fallen?«, fragte die Krankenschwester. »Haben Sie sich noch nicht genug wehgetan?«

»Ich brauche meine Kopfhörer. Ich muss das sehen.«

»Das lassen Sie mal. Ich nehme an, ihr Schädel brummt auch jetzt schon gewaltig. Da ist Fernsehen keine gute Idee.«

Unwillkürlich wich Katharina zurück. »Woher wissen Sie ...? Was ist mit mir passiert?«

»Sie erinnern sich an gar nichts?«

Keine Ahnung zu haben, warum sie im Krankenhaus lag, war kaum auszuhalten. Dass die Schwester um ihren Zustand wusste, war unerträglich. Aber Katharina begriff, dass sie Hilfe brauchte, wollte sie aus ihrem Loch klettern. Kurz schloss sie die Augen, bevor sie den Kopf schüttelte.

Die Schwester lächelte mild. »Das macht Ihnen Angst, nicht wahr? Muss es nicht. Das ist ganz normal, so wie es gerumst hat. Aber komisch ist es schon.«

»Was? Was ist komisch?«

»Dass Sie über die Kreuzung geradewegs in ein parkendes Auto gerauscht sind. Einfach so.«

Katharina zitterte. Hatte sie die Kontrolle über sich verloren? War sie nicht mehr zurechnungsfähig? Doch dann sah sie die unscharfen Umrisse eines PKW vor Augen.

»Was ist mit dem anderen Auto?«, fragte sie hastig.

»Welches andere Auto?«

»Da war ein anderes Auto.«

»Davon weiß ich nichts«, sagte die Schwester, während sie die Bettdecke ausschüttelte. »Davon hat niemand was gesagt. Der Notarzt dachte, Sie hätten getrunken. Oder Drogen genommen.«

Erschrocken sah Katharina auf. »Und?«

Die Schwester schüttelte den Kopf. »Was es noch seltsamer macht. Und Sie haben gar keine Idee?«

»Sie sagen doch selbst …«

»Ja. Und das wird auch nicht wiederkommen. Was ist das Letzte, woran Sie sich erinnern?«

Katharina hatte keine Ahnung, an welchem Punkt ihr Gedächtnis seinen Dienst eingestellt hatte, und wich dem bohrenden Blick der Schwester aus.

»Ihr Name?«

Sie nickte. Dabei fühlte sich ihr Kopf an, als hinge er an Gummiseilen.

»Geburtsdatum? Beruf? Adresse?«

»Ja doch, ja.«

»Das ist doch die Hauptsache. Dann fehlen Ihnen wohl nur die Augenblicke direkt vor dem Unfall und die Stunden danach. Das ist doch zu verschmerzen.«

»Stunden? Seit wann bin ich hier?«

»Eingeliefert wurden Sie um kurz vor acht.«

Katharina suchte nach einer Uhr.

»Jetzt ist es Viertel nach zehn. Wissen Sie noch, wohin Sie wollten? Sie hatten eine Reisetasche dabei.«

Katharina blickte auf die Tasche neben dem Bett. Sie wusste, dass sie ihr gehörte. Wie sie sich anfühlte, wie sie roch. Mehr nicht.

»Nehmen Sie sich das nicht zu Herzen. Freuen Sie sich, dass Sie so glimpflich davongekommen sind. Ohne Ihren Airbag …«

Katharina verstand, dass die Frau ihr Mut machen wollte. Trotzdem wich sie deren Blick aus und sah wieder zum Fenster. Sie hatte einen Teil ihrer Erinnerung verloren. Auch wenn es nur wenige Stunden waren, gab es ihr ein Gefühl völliger Hilflosigkeit. Und Hilflosigkeit war der schlimmste aller denkbaren Zustände.

Um sich abzulenken, blickte Katharina nach einer Weile wieder auf den Bildschirm. Dort interviewte ein Reporter aufgebrachte Passanten. Dann war das Polizeipräsidium zu sehen. Während die Schwester das Zimmer verließ, spürte Katharina, dass die Polizei etwas mit ihrer Geschichte zu tun hatte. Schließlich wurde ein Foto eingeblendet, zwei Männer im Scheinwerferlicht eines Autos, und plötzlich schien es, als habe Katharina das verlorene Ende ihrer Erinnerung wiedergefunden. Jedenfalls brauchte sie nun keine Kopfhörer mehr. Sie wusste, wer die Personen auf dem Bild waren, dass Norman Jacobi das Foto gemacht und an die Öffentlichkeit gebracht hatte und was er damit bezweckte. Er wollte Dealer und Polizei aufeinanderhetzen. Und brachte sich selbst damit in Lebensgefahr. Deshalb hatte Katharina mit Kommissar Demandt gesprochen – und erfahren, dass er das lateinische Zitat am Tatort hinterlassen hatte.

Doch da war noch mehr. Es war, als streckte sich ihr eine Hand aus dem schwarzen Loch entgegen, um nach ihr zu greifen. Unwillkürlich rutschte Katharina an das Kopfende des Bettes und zog die Knie dicht an den Körper.

Sie hatte einen Anruf bekommen.

Der Drahtzieher. Er hatte sie aufgefordert, alles zu tun, um Norman zu retten. Das hieß, dass er sie beobachtete, in ihrer Wohnung. Deshalb war sie in Panik geflüchtet. Darum die Tasche. Und dann war da das andere Auto gewesen. Es war ihr gefolgt und musste sie schließlich gerammt haben, mit voller Absicht. Katharina bekam eine Gänsehaut. Denn es konnte nur eines bedeuten: dass der Hintermann sie nicht gehen ließ. Er war noch nicht fertig mit ihr.

Sie fragen sich, was das mit Ihnen zu tun hat, Frau Beck?

Katharina zitterte am ganzen Körper, spürte die Panik in den Händen und unter der Zunge. Der Drahtzieher war ein alter Mann, saß wahrscheinlich im Rollstuhl, weit weg von ihr. Trotzdem bestimmte er darüber, was sie dachte und tat, wohin sie ging. Oder auch nicht. Er besaß die totale Kontrolle über ihr Leben. Und es gab nichts, was sie dagegen tun konnte. Sie biss sich auf die Lippe, bis der Schmerz stärker war als die Furcht. Langsam konnte sie wieder einen klaren Gedanken fassen. Und mit der Klarheit stellte sich das seltsame Gefühl ein, dass der Unfall vielleicht auch sein Gutes hatte. Dass sie nicht abgehauen war. Dass sie Norman nicht im Stich lassen durfte. Genau das hatte der alte Mann auch gesagt. Das aber bereitete ihr aufs Neue eine Gänsehaut. Woher nur wusste er das alles von ihr? Wo in ihrem Kopf hatte er sich eingenistet? Und wie war er dort hineingekommen?

War er doch der Teufel persönlich, wie Norman behauptete?

Langsam drehte Katharina ihre Beine zur Seite und setzte sich auf die Bettkante. Dabei schien ihr Kopf wie ein schweres Pendel immer wieder gegen eine Wand zu stoßen. Sie streckte den Fuß zum Griff der Tasche und hob sie mühsam auf die Matratze. Nachdem sie darin einen Pullover gefunden hatte, tastete sie in ihren Nacken und befreite sich von der Halskrause. Danach fühlte sie sich ein wenig erleichtert, fürchtete aber, ihr Hals könne bei der kleinsten Unachtsamkeit einfach abbrechen. Als Nächstes zog sie sich quälend langsam ihr Krankenhaushemd über den Kopf. Dabei spürte sie, dass nicht nur ihr Schädel etwas abbekommen hatte, sondern auch die Schultern und Rippen, der gesamte Oberkörper. Als sie auf wackeligen Beinen in ihre Hose stieg, beobachteten sie die Frauen am Nachbarbett besorgt. Eine von ihnen redete auf Katharina ein, doch sie hörte nicht zu. Es kostete sie alle Mühe, sich aufrecht zu halten. Halb unter dem Bett fand sie ihre Schuhe. Sie waren schmutzig und an der Seite eingerissen. Als Letztes nahm sie ihre Jacke, bevor sie aus dem Zimmer wankte.

Auf dem Flur brauchte Katharina einen Moment, um sich zu orientieren, als eine der Besucherinnen vom Nachbarbett sie an der Schulter fasste. Katharina stieß sie zurück und musste sich an der Wand abstützen, um nicht zu stürzen. Dann ging sie Richtung Aufzug. Von dort sah sie, dass die Frau in der offenen Tür des Nachbarzimmers stand und wild gestikulierte. Kurz darauf erschien die Krankenschwester in der Tür, schien die Frau aber nicht zu verstehen, bis sie Katharina schließlich erkannte.

»Was machen Sie denn?«, rief die Schwester und lief ihr entgegen. Endlich kam der Fahrstuhl. Katharina stieg ein und stützte sich an der Wand ab.

Draußen traf sie der kalte Wind wuchtig, und erleichtert ließ sie sich in den Fond eines Taxis fallen. Die Fahrerin erkannte offenbar, dass es ihr nicht gut ging. »Wohin soll's denn gehen?«

Katharina zögerte. Es fiel ihr schwer, diesen Gedanken auszusprechen, aber sie sah keine andere Möglichkeit, wollte sie Norman noch irgendwie retten. »Zum Polizeipräsidium.«

Unterwegs rief sie Kommissar Demandt an und erklärte, dass sie beide Norman würden retten müssen. Danach sah sie die Stadt nur verschwommen an sich vorüberziehen. Ihr wurde schwindelig, sie schloss die Augen und konzentrierte sich darauf, sich aufrecht zu halten. Nach einer Weile dachte sie wieder daran, dass sie in diesem Taxi saß, weil der Hintermann es so wollte. Weil er beschlossen hatte, dass es noch nicht vorbei war. Sie fragte sich, wann er sie gehen lassen würde. Würde es jemals aufhören? Würde sie je wieder frei sein?

»Bevor Sie sich übergeben«, sagte die Fahrerin von vorn, »geben Sie bitte Bescheid.«

Als das Taxi hinter dem Polizeipräsidium hielt, wartete Kommissar Demandt bereits an der Schranke zum Parkplatz. Offenbar hatte er ein schlechtes Gewissen. Das musste Katharina nutzen. Sie reichte einen Geldschein nach vorn, verzichtete auf das Wechselgeld und quälte sich aus dem Fond. Demandt war sichtlich erschrocken.

»Was ist passiert?«

»Nicht hier«, antwortete Katharina und blickte ihn so entschlossen an, wie es ihr Körper zuließ. »Und auch nicht in Ihrem Büro.«

Demandt schien zu begreifen, dass sie sich auf keine Diskussion einlassen würde, und nickte. Zehn Minuten später saßen sie bei Tee und Wasser in der schmucklosen Kantine des Präsidiums. Außer ihnen war niemand dort. In knappen Worten berichtete Katharina, was seit ihrer letzten Begegnung geschehen war. Dabei presste sie ihre Hand auf die Tischkante, um nicht seitlich wegzukippen. Als sie geendet hatte, bemerkte sie Demandts Zweifel. »Da war ein anderes Auto«, sagte sie. »Aber Sie glauben mir nicht.«

»Doch, sicher.«

»Hören Sie, es ist mir egal, was Sie über mich denken. Aber wir müssen Norman finden. Sonst stirbt er.«

»Und wie soll das gehen? Ich weiß genauso wenig wie Sie, wo er sich versteckt.«

»Aber Sie haben Möglichkeiten. Lassen Sie sein Handy orten.«

»Das funktioniert nicht, wenn es ausgeschaltet ist.«

»Dann schicken Sie Streifen los, die ihn suchen.«

»Wie stellen Sie sich das vor in einer Stadt mit siebenhunderttausend Einwohnern?«

Entsetzt über Demandts Feigheit sprang Katharina auf. »Was sind Sie nur für ein Mensch! Sie haben ihn in diese Lage gebracht! Also holen Sie ihn da wieder raus! Das sind Sie ihm schuldig!«

Ihr wurde schwindelig. Der Boden unter ihr schien nachzugeben. Mehrmals griff sie nach der Tischkante, verfehlte sie aber.

Demandt stand auf, fing sie ab und setzte sie zurück auf ihren Stuhl. »Sie gehören ins Bett.«

Mit großen Augen sah sie ihn an. »Bitte.«

Der Kommissar zögerte und schien nicht zu wissen, was er tun sollte. Er wich ihrem Blick aus und sah aus dem Fenster auf das Gelände hinter dem Gebäude. Dort hatten sich mehrere Streifenwagen versammelt, während Körber und sein Kollege Bork hastig über den Platz zu ihrem Auto liefen. Zügig setzte sich die Truppe in Bewegung.

Erschrocken wandte sich Demandt zurück. »Kommen Sie.«

KAPITEL 33

Keinen Ton durfte er von sich geben.

Jeden einzelnen Schritt musste er setzen wie auf brüchigem Eis. Auf keinen Fall mit der Fußspitze gegen ein Stück Holz stoßen. Keine winzigen Steinchen unter die Sohlen bekommen. Kein Seufzen und Räuspern. Tun, als wäre er nicht hier. Als gäbe es ihn gar nicht.

Sonst war es aus.

Norman Jacobi schlich an der Wand des dunklen Gangs entlang. Blieb stehen. Horchte in die Stille. Hörte wieder die Schritte, die langsam über den staubigen Kellerboden schleiften. Dabei schien ihm, dass sie näher gekommen waren.

Jacobi konnte nicht sagen, wie lange dieses Katz-und-Maus-Spiel schon dauerte. Wo genau sich sein Verfolger befand. Auch wusste er nicht, wo er selbst in diesem Labyrinth aus Gängen und Kammern steckte. Er hatte vollkommen die Orientierung verloren.

Am Anfang waren es zwei gewesen, die den Keller durchsucht hatten, jetzt nur noch einer. Der aber war hartnäckig. Jacobi glaubte nicht, dass es Freddy war, sondern einer der beiden großen Typen, die er durch das Schlüsselloch beobachtet hatte. Gesehen hatte er ihn hier unten noch nicht, und das sollte auch so bleiben. Solange Distanz zwischen ihnen lag, so lange lebte Jacobi.

Aber das Spiel kostete Kraft. Die ganze Zeit hatte sich Jacobi mit hochgezogenen Schultern und leicht gebückt fortbewegt. Als ob ihn das unsichtbar machte. Seine Oberschenkel schmerzten und der Rücken. Und er hatte das Gefühl, seit einer Ewigkeit kaum atmen zu können.

Wieder Schritte, diesmal aus einer anderen Richtung. Sofort reagierte Jacobi, ging rückwärts, rollte vom Ballen über die Ferse ab, während er mit den Händen an der rissigen Wand entlangtastete, um nicht gegen die Holzlatten zu stoßen, die immer wieder am Gemäuer lehnten. Dicht über sich hörte er die Stimmen der übrigen Dealer. Längst interessierte sie nicht mehr, ob sich unter ihren Füßen jemand verkrochen hatte. Laut stritten sie über die Meldung im Internet, das Foto und darüber, ob sich ein Spitzel unter ihnen befand. Sie verhielten sich genauso, wie Jacobi es geplant hatte. Hätte er nur nicht diesen dämlichen Fehler gemacht und das Telefon fallen lassen.

Plötzlich blickte er auf seinen eigenen Schatten auf dem Boden. Von hinten fiel etwas Licht in den düsteren Gang. Erschrocken blieb Jacobi stehen und wusste doch, dass er in wenigen Augenblicken entdeckt würde, wenn er nicht sofort von hier verschwand.

Wieder änderte er die Richtung. Durch die schwache Beleuchtung konnte er sich immerhin besser orientieren, kam schneller voran. Nach wenigen Metern verzweigte sich der Gang, in dem er sich befand. Ein schmaler Pfad führte geradeaus, ein etwas breiterer wandte sich nach rechts. Jacobi hatte keine Ahnung, wohin sie führten. Vielleicht in ein gutes Versteck. Vielleicht in eine Sackgasse.

Er entschied sich für den breiteren Weg. Weil wir immer die einfachere Alternative wählen. Wahrscheinlich wusste das auch sein Verfolger. Schließlich genoss er seine Macht schon die ganze Zeit. Hätte er ihn wirklich finden wollen, wäre Jacobi längst tot. Stattdessen spielte er mit ihm, wie die Katze mit der Maus. Ein wenig Luft lassen, dann wieder zuschnappen. Luft lassen. Zuschnappen. Bis die Katze die Lust verlor und ernst machte.

Vielleicht war es jetzt so weit. Die Schritte kamen jedenfalls näher. Jacobi beeilte sich, so gut er konnte, ohne einen Ton von sich zu geben, als ihn hinter einer Biegung Licht von vorn traf. Erschrocken blieb er stehen. Wie konnte das sein?

Schritte von hinten.

Licht von vorn.

Ihm blieb keine Wahl. Er ging zügig weiter und erreichte einen kleinen Raum mit einem Fenster zum Hof. Sofort versuchte er, es zu öffnen, doch es war alt und der Rahmen verrostet. Es kostete Jacobi alle Konzentration, am Hebel zu ziehen, ohne einen Laut von sich zu geben, nicht zu stöhnen oder zu fluchen und auch nicht gegen das verdammte Metall zu schlagen. Immerhin hatte er den Eindruck, dass sich das Fenster Millimeter für Millimeter bewegte. Er sah sich bereits durch die enge Öffnung in den Hof krabbeln, als er wieder die Schritte hinter sich hörte.

Erschrocken hielt Jacobi inne.

Noch ein paar Meter, und sein Verfolger würde ihn sehen. Dann war es aus. Ein gezielter Hieb mit der Tatze, und die Maus war erledigt.

Jacobi hielt den Atem an, als ein tiefes Brummen durch das Gemäuer drang und die Schritte übertönte. Durch das Fenster sah er, dass ein Auto in den Hof rollte, ein schwerer SUV. Jacobi war nicht sicher, glaubte aber, dass es derselbe Wagen war, der vor dem Ferienhaus an der Ostseeküste gestanden und ihn entlang der Steilküste verfolgt hatte. Und derselbe, den er in der Nacht am U-Bahnhof Praunheim-West bei der Drogenübergabe fotografiert hatte.

Ivo.

Ein Mann stieg aus dem Wagen, kräftige Statur, schwarze Kleidung. Zügig ging er zum Eingang. Ob er ahnte, was ihn erwartete?

Von oben rief Freddy in den Keller hinab. »Komm schon, Max, lass gut sein. Ivo ist da.«

Reglos starrte Jacobi auf die Türöffnung zum Gang. Atmete nicht. Blinzelte nicht. Horchte in die Stille und versuchte, den Dealer allein durch seine Gedanken an einem nächsten Schritt zu hindern.

Oben wurde eine Tür geöffnet.

Stimmen.

Und endlich entfernten sich die Schritte.

Norman Jacobi wurde schwindelig. Er stützte sich an der Wand unter dem Fenster ab und ging in die Hocke, bis er das Gefühl hatte, wieder einigermaßen fest auf seinen Beinen stehen zu können.

Jetzt nur noch abhauen.

Mit aller Kraft riss er das Fenster auf, ganz gleich, ob er dadurch Geräusche verursachte. Die kalte Luft erschien ihm frisch und irgendwie saftig. So roch Freiheit. Leben. Er stützte sich am Rahmen ab und zwängte sich in die kleine Öffnung, als er wieder Stimmen über sich hörte. Er verstand kein Wort, aber er erkannte, dass sie heftig miteinander diskutierten, sich anschrien. Jacobi zögerte. Ihm war bewusst, dass er schnellstens von hier verschwinden sollte. Aber er war auch neugierig, ob sich das Rudel Wölfe tatsächlich selbst zerfleischte. Natürlich würde er nicht so dumm sein, noch einmal an der Tür zu lauschen. Aber was sollte schon passieren, wenn er hier unten und alle anderen oben blieben?

Einen Moment wog er noch ab, bevor er sich langsam zurück in den Keller gleiten ließ. Dort sah er zur Decke und machte einige Schritte in Richtung der Stimmen. In der Tür des kleinen Raumes blickte er noch einmal zurück. Das Fenster, sein Fluchtweg, stand noch offen.

So tastete sich Norman Jacobi zurück in die Dunkelheit, aus der er erst vor wenigen Augenblicken gerade noch entkommen war. Er folgte den Stimmen, sie wurden lauter und deutlicher. Nach einer Weile verstand er erste Worte und Halbsätze. Schließlich befand er sich direkt unter ihnen und grinste. Er hatte sie unterwandert. Durch einen Spalt in der Holzdecke fiel etwas Licht in den Keller. Schräg vor sich erahnte Jacobi die Umrisse eines Schrankes, an den er sich zu erinnern glaubte. Weiter geradeaus musste der Raum sein, in dem sie die Pillen lagerten. Er befand sich also genau im Zentrum des Geschehens. Im Auge des Wirbelsturms. Und dort war es bekanntlich ganz ruhig. So spürte Jacobi wieder ein wenig Sicherheit.

Und es lief.

»Wer hat das verdammte Drecksfoto gemacht?!«, rief die Nummer zwei von oben.

»Wie oft denn noch?«, antwortete eine neue Stimme. Das musste Ivo sein. »Ich habe keinen Schimmer. Olli, diese Kröte, hat mich angerufen und gesagt, dass er Ware braucht. Weil die Leute abgehen wie verrückt.«

»Und das macht dich nicht stutzig?«, fragte Nummer eins.

»Nein, macht es nicht. Er ist mein Kunde, und wenn er Ware will, liefere ich. So läuft das Geschäft. Ich dachte, das hättet ihr begriffen.«

»Wie kannst du nur so unvorsichtig sein? Und jetzt haben wir die Scheiße am Hacken! Sieh dir das an. Der Mist steht in jeder Zeitung. Wir sind am Arsch! Das war's mit dem Geschäft.«

»Und was kann ich dafür?«

»Ja, genau, das möchte ich gerne wissen«, sagte die Nummer drei. »Was soll der Scheiß? Warum verarschst du uns?«

Alles lief wie geschmiert, und zu gern hätte Jacobi ihre Gesichter gesehen. Der Raum war niedrig, aber doch zu hoch, als dass Jacobi durch den Spalt in der Decke hätte blicken können. Dazu fehlten etwa dreißig Zentimeter. Er sah sich um und erahnte Holzlatten an der Wand. Während oben die Diskussion weiterging, legte er das erste Brett auf den Boden.

Er horchte.

Niemand bemerkte ihn.

Schnell schichtete Jacobi weitere Latten aufeinander und legte einen dickeren Holzklotz obenauf. Dann stützte er sich unter der Decke ab und stieg vorsichtig auf den Stapel. Nun konnte er sein Auge dicht an den schmalen Spalt im Holz führen. Hauptsächlich sah er auf die Zimmerdecke, aber wenn sich die Männer bewegten, wischte ein Arm oder Bein durch sein Blickfeld. Und sie bewegten sich! Die Nerven lagen derart blank, dass Jacobi grinsen musste.

»Wir haben so viel Arbeit investiert«, klagte Nummer drei, »und du machst alles kaputt! Warum? Haben die Bullen dir Geld geboten? Oder versprochen, dass sie dich laufen lassen?«

»Du glaubst, ich lasse mich kaufen?!«, schrie Ivo. »Dass ich euch verrate für ein bisschen Kohle?! Und was ist mit dir? Vielleicht hast du ja das Foto gemacht. Ich kann's schließlich nicht gewesen sein.«

»Was bist du doch für ein Arschloch!«, rief die Nummer zwei. Jacobi sah eine schnelle Bewegung, dann begann die Decke über ihm zu knirschen und zu schwanken. Sie gingen aufeinander los, rangen miteinander. Vielleicht schlugen sie sogar aufeinander ein. Jedenfalls hörte er dumpfes Schreien und Stöhnen. Ein wenig zog Jacobi den Kopf ein, um sich nicht zu stoßen, als ihm Staub von der Decke in beide Augen rieselte. Reflexartig wischte er sich mit den Händen durch das Gesicht. Dadurch verlor er das Gleichgewicht und kippte nach hinten. Mit den Füßen suchte er Halt und trat gegen die Holzlatten, die mit lautem Scheppern zu Boden krachten. Jacobi stürzte und landete auf dem Rücken. Seine Handflächen, Ellenbogen und die linke Hüfte schmerzten, doch er gab keinen Ton von sich, sondern starrte wie hypnotisiert an die Decke.

Darüber war es augenblicklich totenstill.

Aber natürlich mussten sie ihn gehört haben, selbst bei dem Tumult. Was also würden sie tun?

Norman Jacobi hielt den Atem an.

Starrte an die Decke.

Lauschte in die Stille.

Plötzlich zerriss ein schmerzhafter Knall die Dunkelheit. Holzsplitter und kleine Steinchen trafen Jacobi an den Händen und im Gesicht. Einen Moment brauchte er, um zu verstehen, was es bedeutete.

Sie schossen auf ihn. Durch den Fußboden.

Sie suchten ihn nicht mehr, spielten nicht länger mit ihm. Sie wollten ihn nur noch töten.

Ehe Jacobi darauf reagieren konnte, fiel ein zweiter Schuss. Hastig drehte er sich auf alle viere und krabbelte ins Dunkle, nur weg vom Spalt.

Noch ein Schuss. Und noch einer. Im selben Moment ein reißender Schmerz in der linken Wade. Wieder dauerte es Sekunden, bis Jacobi begriff. Er war getroffen. Verletzt. An einem Schrank richtete er sich auf. Bei jeder Bewegung zuckte das Stechen und Brennen hinauf bis in den Oberschenkel. Er tastete am Bein hinab und spürte warme Feuchtigkeit.

Blut. Viel Blut.

Hektisch überlegte er, während er an die Decke starrte. Oben war wieder alles still. Doch hier konnte er auf keinen Fall bleiben. Sie wussten ganz genau, wo er steckte. Wenn er sich jedoch bewegte, hinterließ er Spuren. Und im Hof war er leichte Beute.

Ihm kam nur eine einzige Idee.

Eine blödsinnige Idee.

Mit dem Handy als Taschenlampe humpelte Jacobi in den Raum, in dem die Drogen lagerten. Dort griff er hastig drei der großen Beutel mit einigen Tausend Pillen. Damit hinkte er wieder hinaus, ohne Licht und Ziel, nur weg vom Spalt in der Decke. Unterwegs riss er das Plastik mit den Zähnen auf und ließ die Tabletten auf den staubigen Boden rieseln. Dann die zweite Tüte.

Im selben Moment bemerkte er einen schwachen Lichtschein. Er blieb stehen und sah auf. Schritte auf der knarrenden Treppe. Keine Stimmen.

Sie kamen also.

Hektisch zerrte Jacobi an der dritten Tüte, doch die Verpackung wollte nicht aufgehen. Seine Zähne taten weh. Komm schon. Der Schmerz in der Wade sorgte für Übelkeit und Schwindel, doch Jacobi wankte weiter. Mach schon. Endlich öffnete sich der Beutel, und die Pillen ergossen sich prasselnd über den Boden. Hastig humpelte Jacobi weiter durch die Dunkelheit, stieß sich das Knie. Egal.

Nach weiteren Metern ertastete er einen größeren Holzstapel an der Wand, hinter dem er sich verkriechen konnte. Dort zog er seine Jacke aus und wickelte sie, so fest er konnte, um die Wunde. Der Schmerz schien ihm den Verstand zu rauben, aber es musste aufhören zu bluten.

Nun mehr Licht. Natürlich schalteten sie alle Lampen an. Jacobi blickte auf seinen provisorischen Verband. Noch schien er zu halten. Aber würde es reichen? Jedenfalls konnte er durch die Holzlatten hindurch den Gang ein Stück zurückschauen. Und damit auch gesehen werden. Sein Versteck war also kein Versteck. Er musste weiter.

An den Brettern zog er sich hinauf und humpelte vorwärts, als er Schritte und Knirschen von rechts vorn hörte. Augenblicklich blieb er stehen.

War er im Kreis gelaufen? Stolperte er ihnen direkt in die Arme?

»Was ist …?! Scheiße!«, rief die Nummer drei. Sie hatten die Pillen auf dem Boden gefunden. Inständig hoffte Jacobi, dass es sie aufhalten würde. Wenigstens für einen Moment. »Dieser Wichser! Dieser gottverdammte Wichser! Die ganze

Arbeit von zwei Jahren zum Teufel! Ich töte ihn! Habt ihr gehört?! Ich reiße ihm den Kopf ab!«

»Beruhige dich«, antwortete Freddy. »Das ist doch schlau. Das ist total schlau.«

»Was soll daran clever sein, die ganzen Pillen in den Dreck zu kippen? Die sind jetzt für die Tonne. Weißt du, wie viel Kohle da jetzt liegt?«

»Trotzdem. Siehst du das? Die dunklen Flecken? Das ist Blut. Wer auch immer sich hier unten verkriecht, ist verletzt. Er kann nicht weg. Und jetzt sammle die Pillen auf.«

»Ich soll was?!«

»Nun mach schon. Halt die Klappe und tu ein Mal, was ich dir sage.«

Dann herrschte Stille. Angestrengt horchte Jacobi in den Gang hinein, hörte aber nichts. Zum ersten Mal in diesem Keller hatte er den Eindruck, dass sie nicht nur brutal waren, sondern auch clever. Ihm überlegen.

Er hatte Angst.

Jacobi rührte sich nicht, weil er fürchtete, dass sie ihn dann noch schneller entdecken würden. Ihm blieb nichts, als zu warten. Bis sie kamen und ihn töteten. Um sich irgendwie abzulenken, tastete er vorsichtig am Bein entlang. Es schmerzte wahnsinnig, aber er spürte keine Feuchtigkeit. Das gab ihm die irrwitzige Hoffnung, sich vielleicht doch noch weiter unbemerkt bewegen zu können. An die Wand abgestützt richtete er sich auf.

Plötzlich ein Prasseln auf dem steinigen Boden. Jacobi blickte zurück in Richtung des Geräusches.

»Das ist gut, Mann«, sagte die Nummer eins. »Das ist echt gut.«

Schritte. Prasseln.

Schließlich begriff Jacobi. Sie streuten die Pillen zurück auf den Boden, damit nun er darauftrat. Dadurch würden sie genau wissen, wo er steckte.

Sie schnitten ihm den Weg ab und trieben ihn in die Enge.

»Das ist echt gut.«

Jacobi war klar, dass er keinen Ton von sich geben durfte. Humpeln war unmöglich, sonst war es sofort aus. Ganz sachte setzte er zuerst den rechten Fuß. Dann biss er sich auf die Lippen. Nun der linke. Es fühlte sich an, als schlitzte ihm jemand das ganze Bein auf bis an die Hüfte. Schnell wieder der rechte. Diese drei Schritte genügten, um ihn vollkommen zu erschöpfen.

Wieder das Prasseln auf dem Boden.

»Wer sät, kann auch ernten«, sagte die Nummer zwei.

»Ja, Mann, das macht echt Spaß.«

Nach wenigen Schritten erreichte Jacobi einen weiteren Raum. Dort hockte er sich direkt neben die Türöffnung und lehnte den Kopf gegen die Wand. Er war am Ende seiner Kraft, verletzt, schmutzig und in ein paar Augenblicken tot. Wie war es nur so weit gekommen? Warum konnte er einfach nicht aufhören? Warum erkannte er nie, wann es genug war? Schließlich zückte er das Handy, das er dem jungen Dealer abgenommen hatte, und tippte eine kurze Nachricht an Bruno. Stecke tief in der Klemme. Bitte hilf mir. Altes Gehöft in der Maderstraße.

Kaum hatte er die Nachricht abgeschickt, hellte sich der Raum um ihn ein wenig auf. Jetzt konnte es nicht mehr lange dauern.

»Wo steckt der Arsch?«, fragte Nummer drei.

»Immer locker bleiben«, antwortete Freddy. »Er ist verletzt. Er kann nicht weg.«

»Scheiße, ich habe aber keine Lust mehr auf diesen Mist. Ich will endlich wissen, wer uns in die Eier tritt!«

Wieder ein Schuss. Der Schall brach sich an den Wänden, und Staub rieselte auf Jacobis Hand neben ihm auf dem Boden.

»Bist du bescheuert?«, rief Freddy.

»Ich lass mich nicht länger verarschen. Ich will ihn haben, und zwar jetzt.«

Noch ein Schuss. Und ein dritter. Ein Querschläger schlug auf der anderen Seite der Tür ein, keine zwei Meter von Jacobi entfernt. Reflexartig rutschte er ein wenig zur Seite.

»Still!«, rief Freddy. »Hört ihr das? Er muss hier sein, ganz in der Nähe.«

»Na, dann erst recht!«, rief die Nummer drei und feuerte weitere Schüsse ab. Jacobi beugte sich zur Seite, die Arme schützend um seinen Kopf gelegt. Er zitterte am ganzen Körper, als er Sirenen hörte, schnell näher kommend. Die Schüsse brachen ab, und mehrere Autos rauschten in den Hof. Kurz darauf ertönte ein Megafon. »Hier spricht die Polizei«, sagte eine schnarrende Stimme. »Das Gebäude ist umstellt. Kommen Sie raus mit erhobenen Händen.«

Jacobi schloss die Augen und spürte, wie das Blut aus seinem Kopf sackte. Er lächelte. Das war knapp.

»Die können mich mal«, rief die Nummer drei. »Wichser!«

Stampfende Schritte. Knirschen. Dann wieder Schüsse. Erschrocken zuckte Jacobi zusammen. Diese Typen waren komplett wahnsinnig.

»Ihr könnt mich mal, ihr Arschlöcher! Ihr kriegt mich nicht! Ich geh nicht mehr in den Knast!«

Wieder Schüsse. Nach wenigen Sekunden wurde das Feuer von draußen massiv erwidert. Jacobi hoffte auf Bruno, glaubte aber, dass es Körber war, vermutlich mit einem SEK und ganz sicher ohne Interesse, dass ein lästiger Zeuge aus dem Haus überlebte.

»Ich auch nicht«, schrie die Nummer zwei. »Eher verrecke ich! Und ihr gleich mit!«

Nun wurden von innerhalb des Hauses mindestens zwei, vielleicht drei oder vier Waffen abgefeuert. Mit jeder Sekunde schien das Gefecht heftiger, verbissener, mörderischer zu werden. Die Schüsse hallten wie Donner durch das alte Gemäuer. Das ganze Gebäude schien zu zittern. Jacobi presste die Zähne zusammen und den Kopf gegen die Wand.

Wie sollte er hier je wieder herauskommen?

KAPITEL 34

Es klang beängstigend. Wie das gierige Knistern eines Feuers, das sich durch trockenes Unterholz fraß. Katharina hatte den Eindruck, dass die Scheiben des Autos zitterten. Sie redete sich ein, dass es alles sein konnte. Jugendliche, die mit ihren Mopeds darum wetteiferten, den meisten Lärm zu machen. Ein viel zu früh abgebranntes Silvesterfeuerwerk. Aber der rote Punkt im Navigationssystem ihres Handys bewegte sich zielsicher auf die Adresse zu, die Norman in seinem Hilferuf genannt hatte. Und dort fielen Schüsse. Katharina wandte den Kopf und begegnete Bruno Demandts sorgenvollem Blick.

Kamen sie zu spät?

Der Kommissar steuerte seinen Wagen viel zu schnell durch die enge Kopfsteinpflasterstraße. Nach einer Biegung bremste er jäh ab. Etwa dreißig Meter weiter vorne versperrten Mannschaftswagen der Polizei die Zufahrt zu einem alten Gehöft.

Ohne Zögern stiegen sie aus und liefen los. Katharina ignorierte das Dröhnen in ihrem Schädel und das Gefühl, durch knietiefe Watte zu waten. Auf ihrem Weg zur Absperrung bemerkte sie verschreckte Gesichter hinter halb zurückgezogenen Gardinen. Vor den Einsatzwagen waren mehrere Beamte mit beeindruckender Statur und Schutzwesten postiert. Der Blick durch das Tor war fast völlig versperrt. Immerhin waren für den Moment nur einzelne Schüsse zu hören. Die Luft stank nach verbranntem Metall.

»Sie können hier nicht bleiben«, sagte einer der Männer. »Das ist ein Polizeieinsatz. Gehen Sie weiter.«

Demandt zückte seinen Ausweis. »Ich muss mit Körber sprechen«, erklärte er und versuchte, sich durch die Sperre zu drängen, doch vier kräftige Arme hielten ihn zurück. »Was soll das?«

»Strikte Anweisung. Niemand betritt den Hof, solange die Lage unklar ist. Das dient Ihrer eigenen Sicherheit.«

»Wessen Anweisung ist das? Körbers?«

Der Beamte verzog keine Miene.

»Ihr spielt Krieg mitten in der Stadt? Habt ihr jetzt alle den Verstand verloren?«

Einen Moment betrachtete der Uniformierte seine Schuhe, bevor er ungerührt wieder aufsah. Kopfschüttelnd trat Demandt zurück auf die andere Straßenseite, während Katharina erschrocken zwischen den Männern hin und her blickte. »Was …?«, fragte sie. »Warum tun Sie denn nichts?«

Demandt nickte und zückte sein Telefon. »Körber? Hier ist Demandt. Hör sofort auf damit. Eine Schießerei mitten in der Stadt! Das ist doch Wahnsinn!« Angestrengt lauschte der Kommissar in sein Handy, bevor er Katharina ansah. »Aufgelegt.«

Sie war fassungslos. Würde die Polizei wirklich tatenlos zusehen, wie Norman von den Dealern hingerichtet wurde? Oder legte sie es bewusst darauf an? Demandt schien sich ähnliche Fragen zu stellen. Jedenfalls wandte er sich wieder an die Uniformierten, die den Zugang zum Hof absicherten. Während er auf sie einredete, versuchte Katharina, zwischen Toreinfassung und Einsatzwagen einen Blick auf das Gelände zu erhaschen. Etwa in der Mitte des Hofs standen zwei gepanzerte Transporter. Dahinter kauerten vermummte SEK-Männer, Körber und dessen Kollege Bork. Sie wirkten überrascht von der Gegenwehr aus dem Haus und ziemlich ratlos.

Katharina blickte zur Seite. Intensiv redete Demandt auf

die Wachen ein, gab sich alle Mühe. Er drohte ihnen, appellierte an ihren gesunden Menschenverstand und an ihr Mitgefühl. Doch scheinbar ungehört prallten seine Worte an ihren Schutzwesten ab und verpufften in der kalten Luft. Ohne zu überlegen, trat Katharina nun auf die Stoßstange des Mannschaftswagens direkt vor sich und quetschte sich über die abgeschrägte Motorhaube in den Hof. Dort lief sie mit eingezogenem Kopf zu den Panzerwagen, während einzelne Schüsse von den Häuserwänden widerhallten. Sie duckte sich neben Körber an das Fahrzeug. Der Staatsschützer sah sie entgeistert an. »Was tun Sie hier? Verschwinden Sie, auf der Stelle. Oder ich lasse Sie einsperren.«

»Sie müssen damit aufhören«, flehte Katharina.

»Bringen Sie sie zurück«, sagte Körber zu einem der SEK-Männer, offenbar der Kommandant.

»Was glauben Sie, was das hier ist?«, fragte dieser. »Ein Kindergeburtstag, und wir sind die Pausenclowns?« Es war nicht klar, an wen diese Aussage gerichtet war.

Inzwischen hatte es auch Demandt geschafft, irgendwie an den Wachen vorbeizukommen. Gebückt rannte er auf die gepanzerten Fahrzeuge zu und kauerte sich zwischen Katharina und den SEK-Mann. »Wollen Sie ernsthaft da rein?«

»Nicht ohne einen Plan vom Gebäude«, antwortete der Kommandant. »Es ist schon jetzt ein Himmelfahrtskommando, und ich werde meine Männer nicht sinnlos verheizen. Wir versuchen, einen Grundriss aufzutreiben. Aber bei einem Gebäude dieses Alters ist das schwierig.«

»Blasen Sie die ganze Sache ab. Das ist doch Wahnsinn. Sie müssen mit denen reden, verhandeln.«

Körber beugte sich vor. »Sieht das aus, als würden die verhandeln wollen? Das sind skrupellose Drogenhändler. Mörder. Von denen dürfen wir uns nicht die Regeln diktieren lassen. Wir haben die Pflicht, diesen Sumpf trockenzulegen.«

»Das fällt dir ausgerechnet jetzt ein?«, fragte Demandt,

während ein Schuss auf der anderen Seite des Fahrzeugs gegen die Panzerung schlug. »Dir wäre doch sehr recht, wenn da niemand heil herauskäme. Damit niemand unangenehme Details ausplaudern kann. Von deinen Kontakten zu ihnen. Davon, dass du dich von ihnen hast erpressen lassen. Am besten wäre doch, sie wären alle tot. So wie dieser Holger.«

Körber presste die Lippen zusammen. »Wir wollten reden. Aber die haben sofort geschossen.«

»Jacobi ist da drin.«

Für einen winzigen Moment zuckten die Muskeln in Körbers Wange. Katharina konnte nicht sagen, ob er erschrocken war oder innerlich Genugtuung verspürte.

»Er war es doch, der entdeckt hat, dass sie von hier aus ihre Geschäfte machen«, erklärte Demandt. »Ohne ihn wärt ihr gar nicht hier.«

»Wir haben ihn nicht darum gebeten, sich in Dinge einzumischen, die ihn nichts angehen.«

»Haben wir noch nicht genug Opfer? Wie viele Tote willst du noch? Was, wenn ein Querschläger einen Nachbarn trifft?«

»Wir können uns nicht länger auf der Nase rumtanzen lassen.«

»Du bist verrückt.«

»Nein, ich bin Realist. Ich tue, was getan werden muss, um die Ordnung wiederherzustellen. Niemand steht über dem Gesetz.«

Katharina war entsetzt. »Sie wollen, dass er stirbt, nicht wahr? Weil Sie sich vor ihm fürchten.«

»Schafft endlich die Frau hier weg!«, kreischte Körber.

Der Chef des SEK gab ein kurzes Zeichen, und einer seiner Leute zog Katharina ruppig am Arm. An der Sperre übergab er sie an die Wachpolizisten. »Ihr macht euren Job ganz großartig, wirklich.«

Zurück auf der Straße, sah Katharina, dass Demandt und

Körber noch immer miteinander diskutierten, während weiter Schüsse fielen.

Ihr lief die Zeit davon.

Auf dem Weg ein Stück die Straße hinunter schrieb sie eine kurze Nachricht an die Nummer, von der Norman seinen Hilferuf an Demandt gesendet hatte.

Wir sind hier. Wir holen dich da raus. Ganz sicher. Wie geht es dir?

Im Hintergrund waren wieder Schüsse zu hören. Offenbar war Körbers einzige Taktik, die Dealer zu zermürben. Den Feind so lange zu belagern, bis er zu geschwächt war, um sich länger zu wehren. Und ihn dann zu überrennen. Wie im Mittelalter.

Warum meldete sich Norman nicht? War er schon …?

Endlich erhielt sie eine Antwort. Zitternd öffnete sie die Nachricht.

Schön, von dir zu hören, schrieb er. Ein bisschen unbequem hier, und das Popcorn ist aus. Aber es geht mir gut.

Katharina lächelte und spürte Tränen aufsteigen. Wo steckst du?

Dieses Mal kam die Antwort prompt. Weiß nicht. Alles sehr unübersichtlich. Echtes Labyrinth. Und dunkel. Sie sind nicht weit weg.

Sie? Das mussten die Dealer sein. Bist du in Sicherheit?, schrieb sie eilig zurück. Kannst du dort bleiben?

Wieder ließ er sie warten. Schließlich erhielt sie eine Antwort. Sie bestand nur aus zwei Wörtern.

Ich hoffe.

Sie war erleichtert, dass es ihm offenbar gut ging und er seine Zuversicht nicht verloren hatte. Wie lange aber würde das so bleiben? Wenn die Dealer ganz in der Nähe waren, konnten sie ihn jederzeit entdecken. Und dann? Würden sie ihn als Geisel nehmen? Als menschlichen Schutzschild? Oder ihn einfach beseitigen?

Nervös ging sie zurück zur Hofeinfahrt. Während einer der Wachposten sie misstrauisch beobachtete, sah sie über die Motorhaube hinweg, dass sich Körber und Demandt in eine fruchtlose Diskussion verstrickt hatten. Wie konnten sie nur so … kindisch sein, in dieser Situation? Sie ertrug den Anblick nicht länger und ging an der Außenmauer des Gehöfts entlang die Straße zurück. Mittlerweile beobachteten die Anwohner die Szenerie nicht mehr nur hinter ihren Vorhängen. Selbst auf dem schmalen Gehweg hatten sich einige Schaulustige eingefunden. Katharina spürte ihre Blicke. Ihre Neugier, die Lust am Schauder. Ihr wurde übel.

Von nun an richtete sie den Blick starr auf das Pflaster vor ihren Füßen, bis sie das Ende der Hofanlage erreichte. Zwischen dem seitlichen Anbau an der Straße und dem Nachbargebäude verlief nur ein schmaler Pfad. Katharina bog ein, um endlich den Blicken zu entkommen.

In dem Durchgang roch es muffig und feucht. Immerhin wurde das Knallen der Schüsse ein wenig gedämpft. Der Weg war mit Steinplatten belegt, zwischen denen Unkraut wucherte. In der Wand rechts befanden sich in unregelmäßigen Abständen metallene Fensterluken, die in die Kellerräume des Gehöfts führen mussten. Jedes Mal prüfte Katharina, ob sich eine öffnen ließ. Schließlich gab eine Luke dem Druck ihrer Fußspitze nach.

Und nun?

Die Schüsse schienen weit entfernt. Dafür waren der Schwindel und die Schmerzen in Kopf und Nacken umso präsenter. Wollte sie wirklich da hinuntersteigen, um Norman aus der Umklammerung brutaler Mörder zu befreien, während draußen ein Sondereinsatzkommando der Polizei nur darauf wartete, auf alles zu feuern, das sich im Gebäude bewegte?

Ja.

Wenn sie es nicht tat, würde er vermutlich sterben. Und

er hätte es in jedem Fall für sie getan. Sie war es ihm schuldig. Und sich selbst.

Schwerfällig ging sie in die Knie und spähte durch die Luke in einen schmalen, niedrigen Raum. Dort reichte ihr Blick nur wenige Schritte weit. Plötzlich wurde ihr speiübel, und sie übergab sich. Einen Moment atmete sie schwer, bevor sie sich langsam rückwärts durch das Fenster rutschen ließ.

Unten empfing sie alte, staubige Luft, die sich trocken und gleichzeitig schmierig auf ihre Haut zu legen schien. Katharina wagte nicht, ihr Handy als Taschenlampe zu nutzen. So stützte sie sich an der Wand ab, als sie erste tastende Schritte in Richtung der Schüsse unternahm. Dabei glitten ihre Fingerspitzen über rissigen Putz, nacktes Mauerwerk, rostiges Metall, Spinnweben, Holzbalken, alte Möbelstücke. Die gesamte Anlage schien ihr wie eine längst vergessene Gruft, und vor ihrem inneren Auge tauchten Bilder von Leichen auf, die hinter knarrenden Türen vergammelten. Sie spürte den starken Impuls davonzulaufen. Doch sie blieb standhaft und konzentrierte sich stattdessen auf jeden ihrer Schritte. Dabei versuchte sie, sich die Berührungen ihrer Fingerspitzen einzuprägen wie eine Landkarte.

Bis es unter ihren Füßen knirschte.

Katharina stoppte, ging in die Knie und ertastete auf dem Boden kleine, feste Krümel.

Pillen.

Mit der flachen Hand wischte sie über den Beton und stellte fest, dass es nicht nur einzelne Tabletten waren, sondern viele. Sehr viele. Dazwischen streiften ihre Finger durch Feuchtigkeit, die sich mit dem Staub der Jahrzehnte zu zähen Klumpen verklebt hatte. War das … Blut? Erschrocken wich Katharina zurück an die Wand.

Er hatte geschrieben, es gehe ihm gut.

Vielleicht wollte er ihr keine Angst machen.

Sie zückte ihr Handy. Bist du verletzt?

Katharina wartete auf eine Antwort, bis sie es nicht länger ertrug und sich weitertastete. Die Schüsse wurden lauter und zahlreicher. Offenbar hatte das Gefecht wieder an Heftigkeit zugenommen, als das Mobiltelefon kurz in ihrer Hand vibrierte.

Ja, lautete seine Antwort.

Katharina bekam einen Schreck und bewegte sich nun deutlich zügiger in Richtung des Lärms, ganz gleich, welche Geräusche sie selbst dabei produzierte. Er brauchte ihre Hilfe, das allein zählte.

Vor ihr drang etwas Licht in den Gang. Katharina dachte nur an ein Fenster, als sie aus dem Augenwinkel einen weiteren Raum erspähte und darin einen der Dealer, der seine Waffe nachlud. Erschrocken presste sie sich an die Wand neben der Tür und hielt den Atem an.

Hatte er sie gesehen?

Angestrengt horchte sie, doch die Schüsse waren zu laut. In jedem Fall würde der Mann den kleinen Raum sehr bald wieder verlassen. Und dann? Hastig schlich Katharina einige Meter zurück und kroch hinter ein Regal an die Wand. Von hier aus hatte sie den Zugang zu dem Raum im Blick und hoffte, selbst ausreichend verdeckt zu sein. Unwillkürlich begann Katharina, langsam zu zählen. Sie war bei siebenundvierzig, ehe endlich eine kräftige Gestalt im Gang erschien und links um die nächste Ecke verschwand. Erleichtert lehnte sie den Kopf an die Wand und atmete tief durch.

Das jedoch brachte Norman nicht weiter.

Wo genau bist du?, tippte sie in ihr Handy. Wo sind die Dealer, vor, hinter, links oder rechts von dir?

Wieder begann sie zu zählen, und wieder dauerte es viel zu lang, bis er antwortete.

Bin nicht sicher, schrieb er, glaube, eher rechts.

Unhörbar fluchte Katharina. Für sie kamen die Schüsse

eindeutig von links. Das bedeutete, dass sie an den Dealern vorbeimusste, um zu Norman zu gelangen. Wie sollte das gehen?

Sehr gut, tippte sie. Bin gleich bei dir.

Katharina richtete sich auf und nahm den Weg, auf dem der Dealer verschwunden war. Nun jedoch würde sie aufmerksamer sein. Jeden Schritt setzte sie sehr sorgfältig und schob mit der Fußspitze einzelne Pillen beiseite, um keinerlei Lärm zu verursachen. Das war furchtbar anstrengend, gab ihr aber ein gewisses Gefühl von Kontrolle zurück.

Der Raum, in dem sie den Dealer gesehen hatte, war nun leer. Unter dem vergitterten Fenster und an der rechten Wand standen mehrere große Holzkisten, die mit Vorhängeschlössern gesichert waren. Dort hatte der Typ seine Pistole nachgeladen. Katharina schauderte bei dem Gedanken, dass die Behälter vielleicht randvoll mit Waffen und Munition waren.

Sie ging weiter, immer in Richtung der Schüsse. Mit jedem Schritt nahm der Lärm zu und auch ihre Anspannung. Schließlich blickte sie nach links um eine Ecke und sah zwei nebeneinanderliegende Türen, aus denen Licht in den Gang fiel. Aus den beiden Räumen kamen die Schüsse, kein Zweifel. Zwischen den Feuerstößen hörte sie mehrere Männer, die sich anfeuerten, stöhnten oder fluchten.

Für einen Moment schloss Katharina die Augen.

Daran musste sie vorbei.

Das war Wahnsinn. Nichts als Selbstmord.

Aber es ging nicht anders.

So wartete sie, bis die Schießerei wieder an Intensität zugenommen hatte, und schlich dann vor zur ersten Tür. Dort presste sie sich an die Wand. Trotz des Lärms glaubte sie ihren Herzschlag zu hören. Mit einer kurzen Kopfbewegung spähte sie in den Raum. Dabei hatte sie das Gefühl, in ihrem Schädel würde ein mächtiger Amboss hin und her schwingen. Immerhin erkannte sie, dass die zwei Männer an der Kellerluke ihr den Rücken zugewandt hatten und ganz mit sich und ihren Gegnern draußen im Hof beschäftigt waren. Katharina zählte bis drei, biss sich auf die Lippe und schlüpfte an der Türöffnung vorbei. Völlig außer Atem lehnte sie nun zwischen den beiden Türen an der Wand, als das Feuer wieder nachließ.

»Ziemlich gute Show, die wir hier abliefern!«, rief jemand aus dem Raum, der noch vor ihr lag.

»Damit haben die Penner bestimmt nicht gerechnet«, antwortete ein anderer aus dem Raum, an dem sie gerade vorbeigeschlichen war.

»Was haltet ihr davon, wenn wir nach oben gehen und ihnen vom Dachboden aus eine kleine Überraschung bereiten?«

»Ja, Mann, geile Idee.«

Katharina spürte Panik. Wenn sie aus den beiden Räumen herauskamen, würden die Dealer sie sehen. Und wenn sie sie sahen, war sie tot. Was sollte sie nur tun? Sie hatte bereits die Mündung einer Pistole vor Augen, als der Beschuss von draußen wieder stärker wurde.

»Ihr Wichser!«, schrie jemand vorne und antwortete mit wütendem Feuer. Diesen Augenblick nutzte Katharina, lief auch an der zweiten Tür vorbei und immer weiter, nur weg von den Schüssen.

Bis sie eine weitere Nachricht erhielt.

Zurück. Der Raum mit dem Wasserspeicher, lautete der kurze Text.

Bei dem Gedanken, sich wieder in die Nähe der Gangster zu bewegen, wurde Katharina übel. Sie zögerte, bevor sie sich von der Wand abstieß. Bei jedem Schritt blickte sie nun abwechselnd nach vorn, um keine böse Überraschung zu erleben, und zur Seite, damit sie Norman nicht ein zweites Mal verpasste. Schließlich lag links ein dunkler Raum, in dem sie einen ungefähr zwei Meter hohen Tank aus Metall erahnte. Ihr war schwindelig, aber sie wagte nicht, Normans Namen zu flüstern, aus Angst, sich in letzter Sekunde noch zu verraten. Zitternd tastete sie sich vor ins Dunkel. Nach einigen Schritten konnte sie ihn ausmachen. Er saß auf dem Boden, den Rücken an die Wand gelehnt, das linke Bein ausgestreckt. Er atmete schwer. Katharina fiel vor ihm auf die Knie und ignorierte das Dröhnen in ihrem Schädel. Stattdessen umarmte und küsste sie ihn.

»Wie geht es dir?«, flüsterte sie. »Bist du schwer verletzt? Hast du Schmerzen?«

Während sie ihm über das Gesicht streichelte, spürte sie kalten Schweiß auf seiner Haut, aber er schüttelte den Kopf. »Jetzt nicht mehr.«

»Wo?«, fragte sie.

»Das linke Bein.«

Vorsichtig strich sie mit der Fingerspitze über seine Hose, bis sie den provisorischen Verband an der Wade ertastete und erschrak. Er war feucht.

»Ich hatte wohl schon bessere Tage«, sagte er gepresst.

»Du musst hier raus. Sofort.«

»Nichts dagegen.«

»Weißt du, wie?«

»Leider nein.«

»Dann werden wir den Weg nehmen müssen, auf dem ich gekommen bin. Kannst du laufen?«

»Wird schon gehen.«

Noch einmal strich sie ihm über die Wange und spürte plötzlich unbändigen Stolz. Auf ihn, aber auch auf sich selbst. Zärtlich küsste sie ihn, bevor sie ihm unter die Achseln griff, um ihm aufzuhelfen. Katharina sah, dass er starke Schmerzen haben musste, aber er gab keinen Laut von sich. Seinen linken Arm legte sie um ihre Schultern, damit er das verletzte Bein entlasten konnte. Der Druck in ihrem Nacken erzeugte Schwindel, der Schmerz schien ihre Wahrnehmung zu betäuben, und ihr Blick verengte sich. Doch sie hatte kein Recht zu jammern und schon gar keine Zeit.

So unternahmen sie die ersten Schritte. Es dauerte einige Meter, bis sie ihren Rhythmus gefunden hatten. Dabei registrierte Norman, dass sie sich in Richtung der Schüsse bewegten. Er stoppte und sah sie an, doch ihr blieb nichts, als mit den Schultern zu zucken.

Nach einer gefühlten Ewigkeit erreichten sie den ersten Raum, in dem geschossen wurde. Erschöpft warteten sie neben der Tür. Norman lächelte, aber Katharina sah, wie sehr er schwitzte. Dass ihm die Kraft ausging. Sie fürchtete, im nächsten Moment würde er einfach zusammenbrechen. Ausgerechnet jetzt setzte wieder eine Feuerpause ein. Vorsichtig blickte Katharina um die Ecke und sah drei der Dealer. Einer stand am Fenster und beobachtete angestrengt jede Bewegung im Hof, während zwei weitere auf dem Boden hockten, unter ihnen Freddy.

»Vielleicht sollten wir den Bullen einfach ein paar Pillen rüberbringen«, sagte dessen Gegenüber am Boden. »Das würde sie ein bisschen lockerer machen.«

»Aber wir lassen sie dafür bezahlen«, antwortete Freddy.

»Natürlich. Geschäft ist Geschäft. Schließlich sind wir nicht die Caritas.«

»Wisst ihr eigentlich, wie viele Bullen es in Frankfurt gibt? Ich meine, das ist ziemlich viel Potenzial.«

Sie lachten, und Katharina nutzte den Moment, um an der Türöffnung vorbeizuhuschen. Das war der leichte Teil. Sie blickte zurück. Gebeugt lehnte Norman an der Wand und schien sich kaum noch auf den Beinen halten zu können. Er tat ihr unendlich leid, aber sie mussten weiter.

»Schön, dass ihr an das Geschäft denkt«, sagte eine dritte Stimme, »kurz bevor sie uns abknallen.«

»Entspann dich«, antwortete der Erste. »Wenn sie uns

haben wollen, müssen sie uns holen. Und das trauen sie sich nicht. Du wirst sehen, spätestens morgen früh marschieren wir hier wieder raus.«

Hastig winkte Katharina Norman, zu ihr zu kommen.

»Und dann trinken wir ein frisches Helles.«

»Für mich gibt es ein saftiges Steak. Mit viel Zwiebeln.«

Jacobi biss die Zähne zusammen und ging vollkommen geräuschlos die zwei Meter an der Tür vorbei. Katharina war erleichtert, bemerkte aber den großen Blutfleck dort, wo sie gerade gestanden hatten. Sie sagte nichts.

Während die Dealer weiter darüber sinnierten, was sie tun würden, sollten sie den Keller in Freiheit verlassen, spähte Katharina in den Raum, der jetzt vor ihr lag. Dort herrschte eine ganz andere Atmosphäre. Schweigend starrten zwei Männer in den Hof, beide mit Pistolen in den Händen, die in den Fensternischen ruhten. Katharina zögerte nicht und passierte auch die zweite Tür.

»Die Schießerei war Mist«, sagte einer der Dealer. »Aber diese Stille ist ätzend. Was glaubt ihr, was die da draußen tun? Hecken die was aus?«

»Klar, die überlegen sich, wie sie die Auster knacken können, ohne sich wehzutun.«

»Das wird aber nicht klappen.«

»Ganz genau.« Um der Antwort Nachdruck zu verleihen, wurden mehrere Schüsse abgefeuert. In diesem Moment raffte sich Jacobi auf und humpelte auch an dieser Tür vorbei. Erleichtert gab ihm Katharina einen Kuss, doch noch waren sie nicht in Sicherheit. Einige Schritte musste er noch durchhalten, ohne ein Geräusch von sich zu geben, bevor sie ihn wieder stützen konnte. In etwa fünf Metern Entfernung bog der Kellergang nach rechts ab. Wenn sie es bis dorthin schafften, waren sie aus dem Blickfeld der Dealer verschwunden. Dann würde es leichter werden. Katharina schickte Norman voraus, während sie ihn und den Gang, der hinter ihnen lag, im Auge behielt. Jacobi quälte sich, aber langsam kam er voran. Wieder blickte Katharina zurück und sah nun eine Silhouette in der Tür des zuerst passierten Raumes. Der gedrungenen Statur nach musste es Freddy sein. Er sah zu Boden. Offenbar hatte er den Blutfleck entdeckt. »Sagt mal, hat es einen von euch …« Er sah auf und bemerkte Katharina und die humpelnde Gestalt dahinter. »Jacobi? Bist du das, Jacobi? Du gottverdammter Schweinehund!«

»Lauf!«, schrie Katharina, während Freddy im Raum verschwand, sicher um eine Waffe zu holen.

Katharina zerrte Norman mit sich. Sie bogen um die Ecke, waren aber viel zu langsam. Nun wurde es in ihrem Rücken deutlich heller. Katharina blieb stehen und horchte. Langsame Schritte hinter ihnen. Flüsternd drängte sie Norman weiterzugehen. Er weigerte sich, sie allein zu lassen, doch sie bestand darauf. Sie selbst verbarg sich notdürftig hinter einigen Holzlatten, die an der Wand lehnten. Von dort sah sie Freddy um die Ecke biegen, in der einen Hand eine Taschenlampe, in der anderen eine Pistole.

»Bleib stehen, du Arschloch«, sagte er und hob seine Waffe. Erschrocken fuhr Norman herum, doch es fiel kein Schuss. Vielleicht wollte Freddy den Moment seiner Überlegenheit noch ein wenig auskosten. Jedenfalls bewegte er sich langsam auf Jacobi zu, der hastig weiterhumpelte. Trotzdem kam Freddy immer näher. Als er auf Katharinas Höhe war, schlug sie mit einer Latte zu und traf ihn an der Brust. Erschrocken stöhnte er auf und griff sich an den Oberkörper. Der zweite Hieb erwischte ihn mitten im Gesicht. Nun gab er nur einen überraschten Laut von sich und fiel auf die Knie.

Katharina ließ die Latte fallen, rannte zu Jacobi und zerrte ihn mit sich in einen Gang, der nach rechts abzweigte. Hier fiel kaum noch Licht hinein, und die Dunkelheit gab ihr das

Gefühl von ein wenig Sicherheit. Nach einigen Metern stoppte sie und horchte. Von hinten hörte sie undeutliche Stimmen, aber keine Schritte. Offenbar waren die Dealer so überrascht von diesem Angriff aus ihrem Rücken, dass sie sich zunächst sammeln mussten.

Dagegen strömte ihnen von vorn ein Rauschen und Klackern entgegen. Katharina hatte keine Vorstellung, woher die Geräusche stammten, aber sie schwollen an wie eine Welle, die sich immer weiter auftürmte. Dann fiel gleißendes Licht in den Gang, und Katharina blickte auf monströs vermummte Gestalten, die Waffen auf sie richteten. »Auf den Boden! Auf den Boden!«

Das SEK. Die Männer mussten ihr in das Gebäude gefolgt sein.

Katharina hob die Hände und senkte den Kopf. »Er ist verletzt. Er braucht Hilfe.«

»Auf den Boden! Runter! Runter!«

Sie ging in die Knie und zog Norman mit sich.

»Ganz runter! Auf den Bauch! Auf den Bauch! Die Hände nach vorn! Nach vorn!«

Katharina presste sich auf den Steinboden, atmete Staub und überlegte fieberhaft, wie sie den Polizisten die Lage erklären konnte. Ob sie überhaupt an einer Erklärung interessiert waren. Plötzlich knallten Schüsse von hinten über ihren Kopf und schlugen in der Mauer.

»Angriff!«, schrie der SEK-Mann, und seine Leute erwiderten das Feuer. Panisch rollten Katharina und Jacobi zur Seite und robbten in einen Quergang, in dem die Schüsse wie Donner widerhallten. Auf allen vieren krochen sie immer tiefer in den schmalen Pfad, um möglichst viel Distanz zwischen sich und die mörderische Schießerei zu bringen, als Katharina mit dem Kopf gegen etwas Hartes stieß. Ein Schienbein. Im selben Moment tropfte etwas auf ihr Gesicht. Dann riss eine kräftige Hand ihren Kopf an den Haaren nach oben, und Katharina hatte das Gefühl, ihr Genick würde zerbrechen. Schließlich stand sie auf wackeligen Beinen und erahnte Freddys blutverschmiertes Gesicht. Sie spürte seinen stickigen Atem auf ihren Wangen, aber er sagte nichts. Stattdessen drehte er ihren Körper herum, legte seinen Arm von hinten fest um ihren Hals und drückte ihr den Lauf seiner Pistole gegen den Kopf. So schob er sie zurück in Richtung der Schießerei. Einen Moment verharrte er und starrte auf Jacobi hinab, der versuchte, sich an der Wand aufzurichten. Dann drückte er die Waffe gegen Normans Kopf.

»Bitte«, flehte Katharina. »Er kann nichts dafür. Ich habe ihn überredet.«

»Hör auf!«, schrie Freddy. »Hör auf, so eine Scheiße zu reden. Ihr habt ja keine Ahnung. Keinen blassen Schimmer. Ihr habt es versaut!« Mit diesen Worten trat er Jacobi wuchtig gegen das verletzte Bein, der schreiend zusammenbrach. »Um dich kümmere ich mich später. Arschloch.«

Inzwischen hatte das Schießen wieder nachgelassen. Offenbar hatten sich beide Gruppen etwas zurückgezogen und belauerten sich nun gegenseitig. Freddy schleifte Katharina zur nächsten Ecke. Sie dachte an eine Selbstverteidigungstechnik, begriff aber, dass ihr dazu jede Kraft fehlte. Sie spürte kaum noch ihre Beine.

»Ich habe die Frau!«, schrie Freddy. »Hört ihr das, ihr Bullen? Ich habe die Frau. Ich komme jetzt raus, und ihr werdet nicht schießen. Ihr lasst uns gehen, und der Frau passiert nichts.«

An der Ecke blieb er stehen und sah für den Bruchteil einer Sekunde in den Gang. Für Katharina ging es viel zu schnell, um etwas erkennen zu können.

»Ihr werdet nicht schießen, sonst ist sie tot!«

Nur einen kleinen Schritt machte Freddy nach vorn. Unter seinem kräftigen Griff spürte Katharina das Blut in ihrem Hals pochen. Ihr war schwindelig.

Noch ein Schritt.

Nun blickte Katharina in Pistolenläufe mit aufgesteckter Leuchte. Im gleißenden Licht waren die Gestalten dahinter kaum zu erkennen. Das machte es noch schlimmer. Sie hatte das Gefühl, im dichten Nebel auf einem Drahtseil über eine Schlucht zu balancieren. Sie kniff die Augen zusammen und schluckte schwer.

»Ihr werdet uns jetzt gehen lassen«, erklärte Freddy. »Uns alle.«

»Waffe runter.«

»Ich werde nicht darüber verhandeln.«

»Legen Sie die Waffe runter.«

»Wir gehen jetzt.«

»Waffe runter und auf den Boden.«

»Keine Verhandlungen. Kommt, Jungs, wir gehen.«

»Hast du ihn?«

»Ja«, sagte ein zweiter Polizist.

Katharina presste Luft durch ihre Nase und hörte zögerliche Schritte hinter sich.

»Auf den Boden!«, schrie der SEK-Mann. »Runter! Runter! Runter!«

»Wo bleibt ihr denn, Jungs?«, fragte Freddy und wandte ein wenig den Kopf. In diesem Moment fiel ein einzelner Schuss. Ruckartig wurde Katharina vom Arm um ihren Hals zurückgezogen und kippte nach hinten. Es ging viel zu schnell, um zu reagieren. Sie landete auf Freddys Körper, und an ihrem Hinterkopf spürte sie warmes, weiches Gewebe. Freddy rührte sich nicht mehr.

Dafür brach ein Inferno los. Wütend feuerten SEK und Dealer aus wenigen Metern aufeinander. Kugeln donnerten über Katharinas Kopf und ins Gemäuer. Steinsplitter flogen. Hektisch rollte Katharina zur Seite und robbte zurück in den Quergang, in dem Jacobi lag. Er lehnte an der Wand und stöhnte. Sie riss ihn hoch, ohne Rücksicht auf seine Schmerzen. »Komm, nur noch ein bisschen!«, rief sie. Seinen linken Arm legte sie um ihre Schulter und zerrte ihn mit sich, weiter den Gang entlang, nur weg von den Schüssen. Bei jedem Schritt stöhnte er auf und schien nur noch mehr in sich zusammenzusinken.

»Reiß dich zusammen, verdammt!«

Sie war sich nicht sicher über den Weg, redete sich aber ein, sich ungefähr an die Richtung zu erinnern. Unterwegs kam ihr jedoch nichts bekannt vor, keine Umrisse, die sie schemenhaft wahrnahm, keine Wege und Abzweigungen. Trotzdem hastete sie weiter, denn von hinten schienen die Schüsse näher zu kommen.

»Zurück! Zurück!«, schrie eine Stimme.

Katharina zitterte und wagte nicht, sich umzudrehen. Sie spürte, wie der letzte Rest Kraft einfach aus ihrem Körper floss, und fürchtete, jeden Augenblick zusammenzubrechen. »Komm!«, schrie sie. »Komm schon!«

Endlich erreichten sie eine Luke. Nicht jene, durch die sie in den Keller gestiegen war, doch das war egal. Katharina lehnte Jacobi an die Wand wie einen Sack Mehl und zog mit aller verbliebenen Kraft am Fensterheber. Er bewegte sich kaum. Katharina zitterte, schrie und fluchte, während die Schüsse immer näher kamen.

Schließlich gab das Fenster nach. Kalte, feuchte Luft strömte Katharina entgegen wie ein erfrischender Cocktail. Doch dafür hatte sie keine Zeit. Sie griff Jacobis Hände und legte sie in den Rahmen des Gitterfensters. »Halt dich fest. Du musst dich festhalten und hochziehen.«

Er sah sie an. Sein Blick war glasig, und seine Pupillen schienen sich unwillkürlich zur Seite zu drehen.

»Nicht!«, schrie Katharina. »Nicht jetzt! Du musst dich festhalten! Halt dich fest!«

Fetzen grellen Lichts fielen in den Gang, und ein Schuss schlug zwei Meter entfernt im Gemäuer ein. Katharina sah nicht hin, sondern ging in die Knie und stemmte ihre Schulter unter Jacobis Gesäß, um ihn durch das Fenster zu wuchten. »Mach schon! Mach!«, schrie sie und hörte ihre eigene Stimme nur noch wie durch einen Tunnel.

Endlich ließ der Druck auf ihren Schultern nach. Jacobis Oberkörper lag im Gras vor dem Fenster, und er schaffte es, auch seine Beine nachzuziehen. Sofort folgte ihm Katharina und zwängte sich über seinen Körper nach draußen, wo sie völlig erschöpft liegen blieb. Der Boden unter ihr war hart, kalt und feucht.

Noch nie hatte sie etwas so Schönes gespürt.

EPILOG

Ein wenig verloren stand der junge Fernsehreporter auf dem weitläufigen Platz. Er trug eine Steppjacke und hatte den Kragen hochgeschlagen gegen den schneidenden Wind. Trotzdem war zu sehen, dass er fror. Die wenigen Passanten liefen mit gesenkten Köpfen zügig an ihm vorbei, taten, als sähen sie ihn gar nicht.

»Vor elf Tagen haben wir von genau diesem Ort schon einmal berichtet«, erklärte der Journalist mit ernstem Blick in die Kamera. »Damals hatten die Proteste gegen das geplante Gesetz zum Schutz von Politikern ihren Höhepunkt erreicht. Heute wurde bekannt, dass der Gesetzentwurf vorerst nicht umgesetzt werden soll. Ein großer Erfolg der Bürgerrechtsbewegung, könnte man meinen. Doch wie ist dieser politische Sinneswandel zu erklären? In den vergangenen elf Tagen hatte Frankfurt einen getöteten Aktivisten zu beklagen, außerdem gewaltsame Ausschreitungen zwischen Polizei und Demonstranten, einen ermordeten Autofahrer sowie die schlimmste Schießerei in der langen Geschichte der Stadt. Dabei waren drei Drogenhändler getötet und zwei weitere schwer verletzt worden. Auch ein Polizist des Sondereinsatzkommandos war unter den Opfern, während drei seiner Kollegen weiterhin um ihr Überleben kämpfen. Ein hoher Preis, den die Stadt und letztlich wir alle gezahlt haben. So gibt es heute keine Demonstrationen und auch keinen spontanen Jubel über das Scheitern des Gesetzes. Fast scheint es, als sei die ganze Stadt zu erschöpft, um sich ausgelassen zu freuen oder auch nur erleichtert aufzuatmen.«

Der Reporter wandte sich an einen Passanten. »Darf ich Sie etwas fragen?«

Ein wenig erschrocken blieb der Mann stehen. Er sah müde aus.

»Was sagen Sie dazu, dass das Gesetz zum Schutz von Politikern nun doch nicht in Kraft treten soll?«

»Gut. Das ist gut.«

Der Journalist wartete auf eine weitere Erklärung, doch sie kam nicht. »Und dass die Polizei schon über längere Zeit Kontakte ins Drogenmilieu gehabt haben soll?«

»Ja, das ist alles sehr ... sehr durcheinander. Aber ich denke ... jetzt kommt erst mal Weihnachten, und im neuen Jahr sehen wir weiter.« Mit diesen Worten und einem unsicheren Lächeln verabschiedete sich der Mann.

»In der Tat«, sagte der Reporter nun wieder an sein Publikum gerichtet, »sind die Zusammenhänge und Hintergründe der Ereignisse noch weitgehend ungeklärt. Es klingt unglaublich, aber möglicherweise war die Frankfurter Polizei Opfer einer Erpressung durch die Drogenhändler. Wie und warum, dazu halten sich die Ermittlungsbehörden noch immer sehr bedeckt. So bleibt nur zu hoffen, dass sich die Stadt über die Adventszeit ein wenig erholen kann, ohne dass die offenen Fragen unter der besinnlichen Stimmung und den zu erwartenden Geschenken begraben werden.«

Mit einem milden Lächeln schaltete Norman Jacobi den Fernseher ab. Die aufrichtige Ahnungslosigkeit des Kollegen amüsierte und rührte ihn zugleich. Dabei musste er zugeben, dass es ihm nur wenig anders ging. Auch er war nicht sicher, ob er wirklich begriffen hatte, was in den letzten knapp zwei Wochen geschehen war.

Dass Freddy und seine Leute dieses grausame Spiel mit

ihm und der ganzen Stadt nur gespielt hatten, um ungestört ihre bunten Pillen verkaufen zu können.

Dass Jacobi in den vergangenen drei Tagen immer wieder Almas Stimme auf dem Gang vor seinem Zimmer gehört und jedes Mal damit gerechnet hatte, dass sie hereinstürmen und sich über sein weißes Krankenhausleibchen lustig machen würde.

Dass sie aber nie wiederkommen würde.

Dass der Drahtzieher offenbar nichts mit den Dealern zu tun hatte. Das behauptete zumindest Katharina. Sie war überzeugt, dass er sie beobachten ließ, das zweite lateinische Zitat am Tatort hatte anbringen lassen und Nachrichten geschickt hatte. Die Morde aber seien ganz allein Freddys Idee gewesen oder die seiner Leute.

Dass es trotzdem einen Zusammenhang mit den früheren Fällen geben sollte. Und dass das verbindende Glied in der Kette allein er selbst sei.

Norman Jacobi.

Diesen Gedanken konnte er immer noch unmöglich fassen, weshalb er ihm auch jetzt wieder auswich und den Kopf zur Seite wandte. Auf dem Trolley neben seinem Bett standen Blumen, Schokolade und Obst. Letzteres war ein Scherz seines Kollegen Wuttke. Als ob Jacobi fünfundsiebzig sei und dringend Vitamine brauche, um ein letztes Mal auf die Beine zu kommen.

Auch Kollegen anderer Zeitungen hatten ihn besucht. Vordergründig, um sich zu versichern, dass er tatsächlich noch einmal davongekommen war. Um die dramatische Geschichte aus erster Hand zu hören. Doch tatsächlich ging es auch ihnen allein um die Story. Um Freddy und Holger, den Drogenhandel, die Rolle der Polizei, den Skandal.

Inzwischen war Körber vom Staatsschutz auf einen Verwaltungsposten in Süddeutschland abgeschoben worden. Dies war der Preis dafür, dass die Polizei die Geschichte, so gut es ging, unter den Teppich kehren würde. Das hatte Jacobi von Bruno erfahren. Er hatte sich entschuldigt und zwei Stunden hier am Bett gesessen, ohne viel zu sagen. Am Ende hatten sie sich umarmt. Es hatte sich gut angefühlt.

Jacobi selbst kam langsam wieder zu Kräften. Ein, zwei Tage noch, sagten die Ärzte, um sicherzugehen, dass sich die Wunde nicht entzündete. Mittlerweile war er mit Krücken schon wieder einigermaßen mobil. Lieber ließ er sich jedoch von seinem Besuch im Rollstuhl über die Gänge chauffieren.

Sein Zimmernachbar schlief, und lächelnd blickte Jacobi aus dem Fenster über die Stadt. Der Albtraum war vorbei, und er konnte kaum glauben, dass alles erst drei Tage her war und nur wenige Kilometer entfernt passiert sein sollte.

Er hörte die Tür und wandte den Kopf. Katharina stand im Zimmer. Sie war blass, schien müde und abgekämpft. Das alles ließ die Halskrause noch wuchtiger wirken.

»Du brauchst es gar nicht zu versuchen«, erklärte Jacobi. »Dieses Mal hat es mich erwischt. Ich allein habe Anspruch auf die Besuche, das Mitgefühl und das Obst.«

Matt lächelnd gab sie ihm einen Kuss und setzte sich auf die Bettkante. »Wie geht es dir heute?«

»Die Werte sind ganz schlecht.«

Sie erschrak.

»Der Arzt sagt, ich brauche dringend Bewegung. Ich müsste mindestens eine halbe Stunde im Rolli rumgefahren werden.«

Sie lächelte.

»Und du?«, fragte er.

»Es wird.«

Er legte seine Hand auf ihren Arm. »Es ist vorbei. Freddy wird uns nicht mehr auflauern. Das Schlimmste, das uns jetzt noch passieren kann, ist, Weihnachtsgeschenke zu kaufen.«

Wieder lächelte sie. »Du weißt, dass das nicht stimmt. Es

wird weitergehen. Um dich. Und du wirst weitermachen. Bist du weißt, was es mit dir zu tun hat.«

»Du machst wirklich gute Laune. Ich dachte, jetzt fängt es an, dass wir unsere gemeinsame Zeit genießen. Komm her.«

Er richtete sich auf, und sie umarmten sich. »Wir haben es geschafft«, sagte er leise. »Zusammen. Und wir werden schaffen, was noch kommt. Was immer es ist.«

Sie löste sich aus der Umarmung, und Jacobi sah, dass sie weinte.

»Was ist los?«, fragte er.

»Ich werde gehen.«

»Was? Wohin?«

»Ich weiß noch nicht. In jedem Fall weg. Weg aus Frankfurt.«

Jacobi schluckte. Er spürte Angst.

»Norman, ich ... ich kann nicht mehr. Dreimal wäre ich fast gestorben. Ich habe keine Kraft mehr.«

Während er sie sprachlos ansah, nahm sie seinen Kopf in beide Hände und blickte ihm lange in die Augen. Dann küsste sie ihn zärtlich auf die Lippen, bevor sie aufstand und zur Tür ging.

»Katharina!«, rief er.

Sie blieb stehen und sah ihn an.

»Bitte«, sagte er. »Bitte geh nicht. Lass mich nicht allein. Ich ... ich bin nicht gut in so was. Aber ich ... ich liebe dich doch.«

Sie presste die Hand unter die Nase. Tränen liefen über ihre Wangen. Dann wandte sie sich um und verließ das Zimmer. Noch immer völlig überrascht sah Jacobi ihr nach. In Filmen kam die Heldin zurück. Immer. Sie umarmten sich, weinten, lachten, und alles wurde gut. So starrte er auf die Tür. Dreißig Sekunden. Eine Minute. Schließlich spürte er einen Gedanken aufziehen wie Halsweh.

Rebecca war für den Rest ihres Lebens gezeichnet.

Alma war tot.

Nur mit letzter Kraft hatte sich Katharina retten können.

Brachte er den Frauen Unglück? War es am Ende klug von Peggy gewesen, sich und Lea vor ihm in Sicherheit zu bringen?

Was hatte er nur an sich? Was hatte das alles mit ihm zu tun?, fragte er sich wieder, als das Telefon klingelte. Gedankenverloren hob er ab. »Ja?«

Schweres, röchelndes Atmen. »Ich hoffe, Sie haben es gut überstanden.«

Der alte Mann, der Drahtzieher, kein Zweifel.

»Und Sie?«, fragte Jacobi grob. »Hatten Sie Ihren Spaß? Haben Sie es genossen?«

»Nein, und ich möchte mich bei Ihnen für die Unannehmlichkeiten entschuldigen. Sie sollen wissen, dass ich nichts davon beabsichtigt habe.«

»Unannehmlichkeiten? Was meinen Sie damit? Den Tod von Unschuldigen? Von Polizisten? Aufruhr in der ganzen Stadt? Den Tod von Alma Frey?«

»Mit alldem habe ich nichts zu tun. Das wissen Sie.«

»Und Sie sollen wissen, dass ich Sie ab jetzt suchen werde. Sie jagen. Und dass ich nicht eher aufhören werde, bis ich Sie gefunden und zur Strecke gebracht habe.«

»Ja, das weiß ich. Und alles andere würde mich auch sehr enttäuschen. Aber bis es so weit ist, habe ich noch viel mit Ihnen vor.«